THE SOLAR WAR

漫长的寒冬

太阳之战

[美] A.G.利德尔　著

黄智濠　陈拔萃　译

A.G.RIDDLE

北京联合出版公司
Beijing United Publishing Co.,Ltd.

图书在版编目（ＣＩＰ）数据

漫长的寒冬：太阳之战 /（美）A.G. 利德尔著；黄智濠，陈拔萃译 . -- 北京：北京联合出版公司，2022.4

ISBN 978-7-5596-5943-9

Ⅰ.①漫…　Ⅱ.① A…　②黄…　③陈…　Ⅲ.①幻想小说－美国－现代　Ⅳ.① I712.45

中国版本图书馆 CIP 数据核字 (2022) 第 030368 号

北京市版权局著作合同登记号：图字01-2022-0500

THE SOLAR WAR

Copyright © 2019 by A.G. Riddle

Published by agreement with the author c/o The Grayhawk Agency Ltd.

Simplified Chinese edition copyright © 2022

China Pioneer Publishing Technology Co.,Ltd

All rights reserved.

漫长的寒冬：太阳之战

作　者：[美] A. G. 利德尔

译　者：黄智濠　陈拔萃

出 品 人：赵红仕

责任编辑：李艳芬

封面设计：吴黛君

北京联合出版公司出版

（北京市西城区德外大街83号楼9层 100088）

北京新华先锋出版科技有限公司发行

大厂回族自治县德诚印务有限公司印刷　新华书店经销

字数335千字　620毫米×889毫米　1/16　21印张

2022年4月第1版　2022年4月第1次印刷

ISBN 978-7-5596-5943-9

定价：59.00元

谨将此书献给那些帮助我们度过生命寒冬的人。

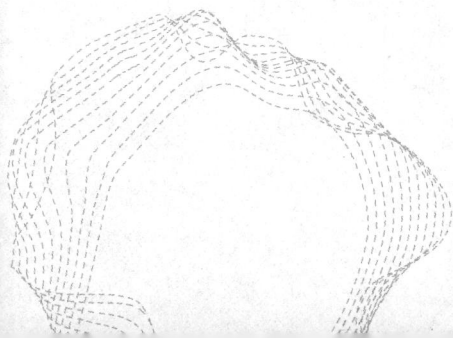

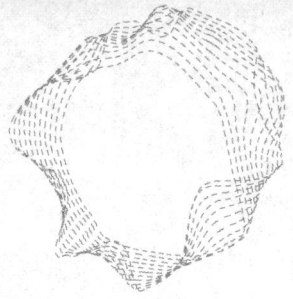

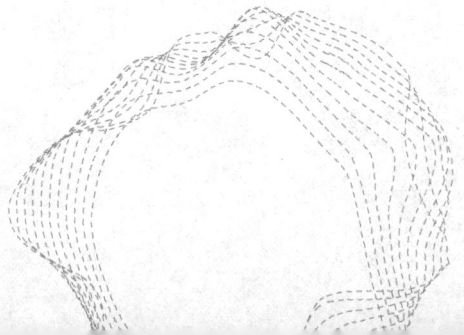

□■□□序　言□□■

距离地球数十亿公里之外的宇宙深处，一台古老的机器已经苏醒。

首先启动的是自检系统。

一切正常。

接着，它发现了自己苏醒的原因：一条信息。

信息数据包里是一条简单的指令，一个它已经完成过数千次的任务：毁灭一个原始文明。

在几次模拟之后，机器马上制定了消灭目标的最优方案。问题不在于能否成功，而在于如何最大限度降低能量消耗，那是宇宙中最珍贵的资源，网格需要这一原始太阳系恒星的能量。

而且它很快便能如愿以偿。

机器发动引擎，开始朝目标星球行进，那里的原住民称其为地球。

▗▄▖▗▖ 第一章 ▗▖▗▄▖

詹姆斯

医生手套上沾满了鲜血。

地板上也流淌着红色的血液。

艾玛紧紧地握住我的手，像是要活生生把它扯下来。她表情痛苦，凄惨的叫喊声像一阵寒风吹进我的身体，我不禁打了个冷战。

我不忍心看到艾玛这样，问医生："你不能给她点儿止痛药吗？"

"太迟了。"医生又鼓励艾玛道："艾玛，最后再用力一次。"

她咬紧牙关，身体又使起劲来。

"就是这样。"医生挥着手指引着艾玛。

为什么她不接受硬膜外麻醉？如果是我，我肯定接受。

虽然我学过一些医学知识，但我没有在医院实习或者从医的相关经历，因为我知道机器和人工智能才是我的强项。而且有一件事可以确定：我肯定做不了产科医生。接生需要非常强大的心理素质。

在艾玛最后一次使劲后，产房里响起一阵洪亮的哭声，那是我听过的最美妙的声音。

医生抱起孩子给艾玛看。

艾玛双眼溢满了泪水，胸口起伏喘着大气，精疲力竭地倒在床上。认识她以来，我从来没见过她这样喜悦，这同样也是我人生中最激动的一刻。

"恭喜你们，"医生说，"是个女孩子。"

医生将孩子抱到一旁，为她做身体检查。

我俯下身抱住艾玛，在她脸颊亲了一下，说："我爱你。"

"我也爱你。"她的声音还非常虚弱。

一名护士将孩子放在艾玛怀里，艾玛小心并温柔地抱着她。

我看到艾玛松了一口气，她一直担心太空的辐射会影响到孩子，使孩子产生先天缺陷。

一开始我也非常担心，但医生向我们保证孩子一切正常，因为美国国家航空航天局发明的新船体比几十年前的旧设计更能抵御辐射危害，而且艾玛怀孕是在谷神星大战数月后。我和艾玛还有其他返回成员一样，落地后进行了严格的生物防护隔离，包括恢复骨密度和去辐射治疗。

当得知艾玛怀孕后，田中泉和其他医生对她进行了全方位检查，结果一切正常。但我和艾玛与所有初为父母的人一样，控制不住地担心。好在孩子没事，她是个漂亮、健康的女宝宝。我们决定给她取艾玛母亲的名字——艾莉。

"欢迎来到这个世界，艾莉。"艾玛对着宝宝温柔地说道。

※

一阵哭声划破夜色，艾玛床头柜上的婴儿监护器里传来艾莉哇哇大哭的声音，婴儿监护器不停地发出振动提示。艾玛翻了个身，研究着监护器上蓝绿色的夜视仪图像。

小艾莉躺在婴儿床上，身上裹着褓襁，正放声大哭着。我很惊讶，一个小婴儿的哭声竟然能如此响亮。

"我去吧。"我从床上坐起来，准备去安抚一下艾莉。

艾玛抓住我的手臂，说："别，你明天还要早起工作。"

"没关系，交给我吧。"

我在她额头吻了一下，为她盖好被子，我知道她现在需要的是好好休息。

过去一个月，我们都非常疲惫，尤其是艾玛，现在该轮到我为她做点儿什么了。

我走进婴儿室，把艾莉从床上抱起来。我将她紧紧抱在胸前，轻轻地摇晃她并四处走动。艾玛比我更会安抚，她悦耳的声音总是能让艾莉静下来，而我却像个手脚笨拙的木偶，只能抱着艾莉轻声说着："没事的……宝宝不哭。"不像艾玛，我甚至连儿歌都不会唱。

奥斯卡出现在门口小声问道："先生，我能帮上什么忙吗？"

奥斯卡神通广大，但带孩子可不是他的强项，虽然我也好不到哪儿去。

"没关系，不用了。"

我坐在摇椅上轻轻地晃着艾莉，她纯真的蓝眼睛好奇地盯着我。我将食指放在她手心，她握住了我的手指。我开心地看着艾莉，感叹她是多么脆弱和纯洁无瑕，而等待着她的外面世界又是多么残酷危险。

在艾莉出生之前，我有数不尽的忧虑，现在她成了我唯一的牵挂。我知道，每个家长都对自己孩子将来要独自面对外面的世界感到不安，可也正是这个世界为我们带来了艾莉——这个危机之下的新生命。我们每天手忙脚乱地处理各种事情，准备着一场必会到来的战争。

数十亿人在"漫长的寒冬"中死去，地球仅剩九百万人。当冰川在地球不断蔓延时，幸存者们蜂拥至地球最后的宜居地，建立了密密麻麻的难民营。虽然漫长的寒冬已经结束，但我们还住在营地里，而重回故土的呼声日益高涨。

营地平静的生活背后，人们不可能忘却网格的威胁，但大家对此很少提及。有人说带来漫长寒冬的外星人已经不会再来，我不敢保证。

如果网格卷土重来，它带来的必定是毁灭，甚至是让人类消失的最后一场战争。我一定要做好准备，因为这是我的本职，我现在已经是一名父亲了。

✳

夜深了，艾莉终于停止哭闹睡着了。我本该回去睡觉，内心却焦躁不安，几个月没工作的日子非常不好过。

来到住所的小办公间，我查看了邮件，然后打开新闻界面。

在一张视频缩略图里，一名记者正站在一片寒冰中。要是在两年前，我会猜测她是在南极洲，但现在不一样——大半个地球都是这副模样。屏幕下方显示着地址：华盛顿哥伦比亚特区。

在记者身后，十几架美国海军直升机和成群的军队聚集在一台巨型挖掘机周围。我点下播放键，画面中的挖掘机正在开凿冰雪，小心翼翼地挖掘着什么东西。

夜晚非常安静，新闻声突然在房间回荡，我赶紧将视频声音调低了一些。

"在我身后，美国军队正首次尝试重新解冻美国国土。"

画面开始放大，雪下露出的正是美国国会大厦的穹顶。
画面缩小，记者又出现在视频中。

"女士们、先生们，我们马上就能回家了。"

另一个视频引起了我的注意，虽然内心不想重揭伤疤，但我还是忍不住点了进去。

视频开始是积雪在一面墙上慢慢融化，之后墙上显示出节目的名字：《和克雷格·柯林斯一起看〈熔点〉》。

《熔点》是大西洋网最受欢迎的新闻节目之一。得益于最近发射的卫星，这也是世界上为数不多的联合播放新闻节目之一。

"今天请到的嘉宾是著名的机器人专家——理查德·钱德勒博士。他今天要和我们分享他的新书：《拯救地球：美国国家航空航天局倾尽全力结束漫长寒冬背后的真实故事》。"

屏幕先为大家展示了书的封面，然后画面慢慢切换到坐在一张小桌旁的克雷格和钱德勒身上。

"非常感谢您的到来，钱德勒博士。"

这位是我曾经的大学教授和导师，也是后来诋毁我的那个人。他咧着嘴，一脸笑呵呵的表情。

"这是我的荣幸。"
"我们先谈谈你的新书吧，最近可是人手一本，红遍街头巷尾，网上的阅读量高达一百万吧？"
"应该有吧，我也不太确定。我不太在意阅读量这些东西，我只想和大家分享这些故事。"

"嗯，有一部分人对你书中的内容提出了异议，特别是你对'首次接触任务'和谷神星大战的描述，它们引起了美国国家航空航天局和三大超级联盟高官的激烈反驳。"

钱德勒耸着肩，看起来满不在乎。

　　"他们当然会反驳，因为他们想控制地球上唯一的话语权，只有这样才能保住权力。随着冰雪融化，他们对世界的控制也将逐渐瓦解。他们将重心放在太阳盾计划上，我们需要保护地球，但我们也需要倾听人们的声音。"
　　"什么声音？"
　　"回家的呼声。回到我们曾经的城市和家园，让生活重回正轨，这是人们想要的——同时也是三大政府最害怕的事情。"
　　"让我们回到你的新书。在书中提到，你参与了'首次接触任务'、谷神星大战决策和执行的重要部分，然后击败了网格，还声称被他们排除在后续任务执行和计划制订之外。但大家普遍相信，詹姆斯·辛克莱才是那次任务的主要科学家和机器人专家。对这两种冲突的说法，您想做何解释？"
　　"我希望大家能认清一些无法否认的事实。美国国家航空航天局没人能否认我是他们首先联系的机器人专家，而且在任务成员参加任务简报时，我也在肯尼迪航天中心。没错，辛克莱的确是在'和平女神号'和斯巴达舰队飞船上，但我待在地球制订计划也是有原因的，没有人愿意让任务核心人员陷入危险之中吧。我们都知道这些任务十分危险，我们的眼光要放远一点儿。"

钱德勒顿了顿，接下来的话似乎让他难以说出口。

　　"我也希望大家能弄清来龙去脉，我们谁也不能否认詹姆斯·辛克莱是一名重罪犯。在漫长的寒冬发生以前，美国政府判处他危害公共安全，将他送进监狱，一直到'首次接触任务'想法产生时，他也没有出狱。而他参加任务的回报，便是获得有条件赦免。"

主持人点了点头。

"话虽如此，我还是愿意承认他在某些方面的功劳，辛克莱在两次太空任务中确实有所表现。但我们真的需要一个像他那样的重罪犯来带领我们保卫地球吗？我们需要一个完全不一样的人物，一个能为大众利益考虑，而不是只顾自身利益的人物。"

钱德勒已经连续抨击我好几个月，嘴里滔滔不绝吐出半真半假和自我膨胀的话语。他的确出席了美国国家航空航天局关于"首次接触任务"的会议，但他提出的计划会严重影响任务的成功率。我对他的计划投了反对票，而当争强好胜的钱德勒态度变得恶劣时，美国国家航空航天局主管劳伦斯·福勒决定把他从任务中除名。现在回想起来，也许那样做才正好挽救了任务，从而挽救了整个世界。

我实在看不下去了，一开始我就不该点开这个视频。但我内心深处明白，如果公众的不满情绪转向政府，我们不仅要解决网格的威胁，还要面对民众的不满和质疑。这样的后果是我们无法承受的。

□■□□ 第二章 □□□■

詹姆斯

我走出住所，向拥挤的街道走去，脚下融化的积雪和松软的沙子发出嘎吱的声音。

七号营地位于原来的突尼斯北部，太阳从远方地平线冉冉升起，淡金色的晨光照在街边一间间住所的白色穹顶上，看起来像融化的棉花糖埋在沙地里。

在这样的清晨，看到我们熟悉的太阳再次发出夺目的光芒，人们容易误以为我们已经安全，以为能回到故土，一切就要恢复正常。但正常又是怎样的呢？银行和公司能像以前那样继续存在吗？他们持有的房屋抵押贷款又怎么办？银行卡债务呢？银行账户呢？还能查得到银行记录吗？

在漫长的寒冬以前，我总觉得自己像现实世界里的局外人，一个既无家可归也不理解普罗大众的局外人。现在，我觉得自己介于这两者之间。七号营地是我唯一的家，是我和艾玛任务结束后回到的地方，那时我们都身心破碎，前途未卜。这里也是我和奥斯卡照顾艾玛的地方，那时她还虚弱得站不起来。这里更是我和艾玛坠入爱河的地方、艾莉诞生的地方，我的亲朋好友也居住于此。

对我来说，这里就是家。

❋

在美国国家航空航天局总部，我在福勒隔壁有一间私人办公室。我去那里的时间很少，而是经常和我的团队待在大工作间，设计建造用于保卫地球的原型无人机和飞船。

我走进大工作间，和往常一样，里面一片狼藉。我们的长金属工作台摆满了损坏的无人机部件，杂乱的部件中间立着一面厚厚的屏幕，就像小型垃圾场中间立着广告牌那样格格不入。

整个队伍的成员都在：哈利·安德鲁斯，项目的另一位机器人专家；格里戈里·索科洛夫，俄裔航天和电气工程师；莉娜·沃格尔，德裔计算机科学家；赵民，华裔领航员；田中泉，日裔医师和心理学家；夏洛特·露易斯，澳裔考古学家和语言学家。奥斯卡也在，他在一个角落里安静地工作着。

我以为大家见到我会微笑示好，或者是说句"欢迎回来"外加一个拥抱，但什么也没有。大家神情严肃，无人跟我问好。

终于，哈利向我走来，一只手轻轻搭在我肩上。虽然他比我年长二十岁，也总是会讲一些轻松的笑话，可他这会儿语气异常沉重："嘿，詹姆斯，有点儿东西你需要看看。"

他和大家一言不发地走出工作间。

"看什么？"我小跑着跟上他。

"你还是自己去看吧。"哈利说完停在一间洁净室门口，我们只有在需要模拟无菌的真空环境时才会使用它。

"出什么事了？"

哈利轻轻弯下腰，将眼睛对准视网膜扫描锁，房间的气闸应声打开，他匆忙地走了进去。我看见里面的墙上挂着一排蓝色航天服和头盔。

"我们要穿上装备吗？"我问哈利。

"不用。"哈利说，"这个东西已经被完全隔离了，不会威胁到你的人身安全……除非它跑到你身上。"

"什么东西？经过隔离？哈利，你在说什么？"

"还是你亲眼看看吧。"他小声地说完后，进了内门。

洁净室里空无一物，除了一张长金属桌，上面放着一个手提箱大小的白色塑料盒。哈利看了看它，对我说："詹姆斯，你是唯一有资格处理这件东西的人。"

在大家的注视下，我慢慢靠近盒子，小心翼翼地打开铰链盖板。

里面放着一个小物体——一个标有生化危害品的银色袋子。

"它是有机的。"哈利慢慢走到我旁边，"这只是一个样品，我们认为，收割者在你离开地球后制造了它并发往地球。"一阵沉默后，他继续说道，"我们需要你来决定怎么处理它。"

我迫不及待想解开眼前的谜团。我轻轻地拆开袋子，紧张地从袋口往里看，是一个白色的扁平状物体，大小和我的手相仿。

当我意识到这是什么东西后，我紧绷的神经放松了下来。我点点头，伸手拎出那块尿布："你们可真够有意思的。"

听了我的话，大家哄堂大笑。

"我不在的这段日子里，你们就在忙活这个？"我故作严肃，差一点儿就要憋不住笑，我赶紧摇摇头强忍住。

我举起尿布说道："这就是由天才组成的团队吗？其他的地球居民还指望着你们呢，你们就靠尿布来拯救地球吗？"

哈利又故作深沉小声地解释道："我们需要你来决定，你是唯一有资格处理这件事的人。"

说完大家又哄堂大笑起来。奥斯卡也站在门口，脸上露出了微笑。他观察着每个人的表情，仿佛在研究他们的反应。

我突然感觉到尿布的重量有些不对，里面仿佛有什么东西。抱着害怕又好奇的心理，我慢慢打开手中的尿布，看到里面有一坨棕黑色的东西。难道是……

哈利又摆出严肃的神情，重复了之前说的话："它是有机的。"

格里戈里朝我走来，说道："詹姆斯，别害怕，我来救你了。"

他掏出一个白色纸袋，拿出一块百吉饼。我还没反应过来，他就拿走了尿布，用百吉饼在那坨黏糊糊的棕色物体上蘸了蘸，然后将尿布折叠起来。看到格里戈里咬了一口百吉饼，我目瞪口呆。

他耸了耸肩，边吃边说道："看我干什么？这年头，榛子酱可宝贵了。"

✵

为了跟上团队进度，我和奥斯卡同团队成员开了一次会。我们二人之后去了美国国家航空航天局总部的地下室，那里有一间只有我和奥斯卡才能进入的实验室。我一直在那里制订秘密计划，该计划也许能拯救全人类。

进入实验室，LED 照明灯自动亮起，如洞穴般空旷的房间瞬间明亮起来。房间四周是水泥墙，还有数根金属大梁。我向一台原型机走去，脚步声回响在实验室里。

"激活，进行系统自检。"我对他说道。

"系统自检完毕。我的名字叫奥利弗。"

奥利弗的样貌和奥斯卡一模一样，但系统上有一些重要更新。简而言之，奥利弗是为战斗而生——无论是在地球作战还是在太空作战都可以。如果要击败网格，我们需要更多这样的仿生人。

✵

福勒的办公室和我的非常相似，简单的装饰，墙上挂满屏幕，办公桌上摆着全家福。

其中最大一面屏幕上是新国际空间站的实时影像，它在漆黑的太空中熠熠生辉。它由我和艾玛所在的大西洋联盟、位于中东地区的卡斯比亚，以及位于澳大利亚的太平洋联盟联合建造。我的团队密切参与了新国际空间站的设计和建造，艾玛也提出了自己的一些建议。她是原国际空间站的指挥官，在网格摧毁原国际空间站后，她是唯一的幸存者。我觉得，参与新空间站的建造能帮助她宣泄情绪，而且，这对所有人而言也是一个象征性的成就——证明只要齐心协力，我们在短时间内就能取得丰硕成果。更重要的是，新国际空间站在保卫地球上能发挥切实作用，用途比原空间站也更为广泛。它将是我们的造船厂，我们会在上面建造一支舰队来抵御进攻。

地球防御计划分为两部分：无人机和飞船。

无人机将负责侦察和进攻，总数多达六千架，大部分会部署在地球附近，其余的将分散在太阳系内。在到达指定位置后，这些无人机将保持戒备，等待指令。

飞船是我们主要的进攻能力来源，我们称它们为超级母舰，每艘飞船能运输和部署一万架战斗无人机。我们计划第一艘超级母舰在五年内投入运行。屏幕上，正在建造的第一架超级母舰被命名为"耶利哥"。

"欢迎回来。"福勒从椅子上站起来，示意我坐下，"艾玛和艾莉还好吗？"

"她们很好，"我坐下说道，"谢谢关心。"

"那你呢？"

"我只能说，好在营地还有咖啡，不然我可能就挺不过来了。"

"嗯，你血液里的咖啡因含量可能暂时下不去了。"福勒咬着嘴唇告诉我，"是这样的，我要告诉你一个坏消息，三大联盟防御委员会拒绝了奥利弗的大批量生产。"

"原因呢？"

"没细说，但我觉得他们应该是担心网格会入侵仿生人军队。"

"那无人机也一样啊。"

"没错，但无人机不像仿生人，它们不会离人类只有几十米远，所以更没办法在半夜悄无声息地伤害他们。"

"那你觉得还有谈判余地吗？"

"不太可能，他们在这一点上态度很坚决。不过他们允许你继续研究，他们能看到奥利弗原型和其设计的价值，以防真的要大批量生产。"

这对我的研究工作打击不小，我认为这是个错误的决定。如果最后战火蔓延到地球上，我们必定会需要仿生人的帮助。

我想了解一下"耶利哥号"的进度以及其他的一些事情，但我忍不住先提了钱德勒接受电视采访的事情。眼下，他的威胁可能比网格更大。

"你早上看《熔点》节目了吗？"

福勒如爷爷般慈祥的面容马上变得严肃起来:"看了,你不用担心钱德勒。"

"很难不去担心。"

"恐怕我们有更棘手的问题,飞船和无人机的建造进度得加快了。"

"什么意思?"

"出现了很多小麻烦,还有三个大麻烦。"

福勒按下按键,墙上的屏幕切换到太阳系地图,中间是我们的太阳,一颗颗行星在细白的线条上绕日公转。

福勒按下另一个按键,画面切换到柯伊伯带,那是海王星外环绕整个太阳系的中空圆盘状区域,里面有大量小行星和矮行星。画面中有三个物体脱离柯伊伯带,正往内太阳系飞来。

"你也知道,我们花了不少努力才让探测器成功抵达柯伊伯带。我们还不知道那里的总质量是多少,估计是小行星带的二百倍。"

"也就是说,那里有更多的行星能被网格用来制造武器和太阳能电池。"

"没错,柯伊伯带有三颗矮行星——包括冥王星。我们曾以为多数的周期性彗星都源自柯伊伯带,但这一猜测已经被证实是错误的。柯伊伯带处于稳定状态中,所以这些小行星脱离柯伊伯带才显得不正常。"

这番话的意思很明显,网格已经卷土重来。它很可能派来了另一台和收割者类似的机器,能够穿越我们的星系,并利用行星作为原材料制造太阳能电池。

"你觉得这些小行星脱离柯伊伯带是因为新收割者。"

"我觉得这是有可能的,如果属实,那说明它已经来了有一段时间了。"

"它们还有多久会撞击地球?"

"我们还在做计算。"

"最乐观的情况呢?"

"两年不到。"

"两年根本建不好超级母舰,即使加快进度,也还需要一年时间,甚至更久。"

"我同意,看来只能用一支大型无人机舰队去拦截那些小行星了。"福勒靠过来问道,"这种方案可行吗?"

"我也不确定。"

■■□□ 第三章 □□■

艾玛

两年后

艾莉的小脚丫在地上跑动发出的啪嗒啪嗒声是我在家里最喜欢的声音。

尽管我很想陪艾莉一起玩，但今早我的身体不太舒服。我用手撑着墙，等那恶心呕吐的感觉退去。

在主卧的洗手间里，我听到外面跑动的声音停了下来，取而代之的是橱柜被打开的声音，艾莉在厨房里折腾着什么。

"艾莉，"我对着厨房的方向喊道，"来妈妈这儿。"

但外面只传来扬声器播放的新闻声。

根据联合国一份最新报告，自漫长的寒冬结束以来，撤离疏散营的人数首次超过营内现居人数。大西洋联盟、卡斯比亚和太平洋联盟都掀起了一股返回家园的热潮，其中新柏林位居第一，亚特兰大和伦敦紧随其后。

但撤离的速度引发了一些人的不满。理查德·钱德勒博士是参与击败网格计划其中的一位科学家，他呼吁三大联盟应该将更多重心放在帮助民众返回家园上。以下便是昨晚《和克雷格·科林斯一起看〈熔点〉》节目的一段采访：

> "网格的威胁已经解决了，但政府依然将世界经济的大部分产出用于地球防御计划。疏散营现在已经等于强制劳改营，我们被迫日夜赶工去建造詹姆斯·辛克莱的超级飞船和无人机，他还声称要靠这些拯救人类。但是你知道吗，现实是，网格可能一百年内都不会再出现，还有可能是一千年，甚至永远都不会再来。然而，我们还生活在赤贫中，没有话语权，也没有投票权，连其他的一些基本权利都被剥夺。事情一定不能再这样下去了。"

我真的很讨厌这家伙，虽然不及詹姆斯那般讨厌他，但也完全对他没什么好感。新闻里到处都是他的身影，信口开河，制造麻烦。更可怕的是，他的追随者越来越多。

外面又传来橱柜被打开的声音。

"艾莉，快过来！我给你三秒钟时间……"

"三。"

"二。"

"一。"

接着，仿佛吹响了比赛的哨声，小脚丫啪嗒啪嗒的声音又响了起来。艾莉出现在洗手间门口，天真无邪地对我笑着。

"记得我怎么跟你说的吗？不要玩橱柜里的东西，只有妈妈和爸爸才能打开橱柜。"

有些小孩的难过情绪只会表露在脸上，但艾莉的则从头到脚都显而易见：她垂着头，肩膀耷拉着，双臂也无力地垂着——好像全身的能量都被榨干。艾莉平时有三种状态：精力充沛、愉悦玩耍和倒头大睡。但现在的她在生闷气（如果不能博得同情，还会升级成抱怨，她每天都会抱怨好几次）。

我坐在马桶盖上，指着洗手间地板上散落的玩具：七条玩具手链、一只毛绒小羊，还有一只黄色橡皮鸭。我对艾莉说："你先在这里玩，等我好一点儿了你再出去玩，可以吗？"

刚说完，我像是正处于一艘上下颠簸的飞机里，又控制不住地感到一阵恶心。

艾莉靠过来抱住我，她的小胳膊搂着我的腰，但她的手臂太短无法完全抱住。她看着我的眼睛，打量着我。

"妈妈，你痛吗？"

"不痛，"我小声回答道，"我没事，宝宝。"

"妈妈，你难过吗？"

我伸出手温柔地抚摸着艾莉后背。

"没有，妈妈没事。去玩玩具吧，别担心。"

我又难受得闭上眼睛，慢慢等着那股感觉消失。等恶心感消退后，我看到艾莉正以一种只有她明白的顺序戴着玩具手链。突然，艾莉弯腰捡起地上的一颗葡萄干。

"别，宝宝，别吃那个。"

艾莉将葡萄干放到毛绒小羊嘴前，仿佛在喂一只宠物。她抬起头看着我，脸上露出调皮的表情。

我不由得露出一个微笑。

然而，趁我还没反应过来，她就一下将葡萄干塞进了自己嘴里。我不知道它在地上躺了多久，那可不是今天早餐里的葡萄干。我想，如果人类祖先坚忍到能在多峇巨灾[1]中幸存并成功越过白令海峡，那艾莉吃一颗地上的葡萄干应该也没什么大碍，虽然它可能已经在地上躺了两天，甚至三天。

我打开梳妆台抽屉，从里面摸索出健康检测仪。我把手指按在上面，让它抽取了几滴血液进行检测。机器发出一阵响声，结果显示在屏幕上。血液生化指标基本正常，不过维生素 D 水平较低。

营地的计生用品已经用完（在仓促的大规模疏散过程中，计生用品不是优先携带物品，政府主要只提供食物、住处和救命药物）。虽然我和詹姆斯一直以来都非常小心，但过去两年我们压力倍增，同房频率也有所增加。

我将屏幕滑到底端，紧张得不敢喘气。当看到结果后，我内心同时充满了喜悦和不安。

是否怀孕：是

❋

在我们经过美国国家航空航天局的检查站时，艾莉的小手紧紧地握着我。和平时一样，她背着詹姆斯为她制作的小双肩包。按照詹姆斯的一贯风格，这件事他做得有点儿过火了。书包里装配有 GPS 追踪器、摄像机和一个可以用来和艾莉对话的扬声器。就算哪天发现他悄悄在书包里藏了一架进攻无人机来保护艾莉，我也不会太过惊讶。

---

[1] 多峇巨灾理论，现代人的进化是受到近期一次在印尼苏门达腊岛北部的多峇湖的大型火山爆发造成的巨灾所影响。

我和詹姆斯都在美国国家航空航天局工作，我们原本每天早晨会步行送艾莉去幼儿园，但在过去八个月的时间里，他总是在我醒来之前就已经出门工作，天黑之后才回来。他根本得不到什么休息，我知道他是为了保护我们，但我也希望他能多花点儿时间陪陪我们。

来到幼儿园门口，艾莉松开我的手准备往里面走去，我拉住她，给了她一个拥抱。等我放开后，她像重获自由的小鸟一般奔向幼儿园老师，身上的背包随着她的动作上下晃动，老师也挥手和我打了个招呼。

来到美国国家航空航天局大厅，我察觉到有些人对我投来异样的眼光，大概是认出我上过电视，又或许只是被我一瘸一拐的姿态所吸引。

跛行是长时间待在太空里所造成的骨密度流失的后遗症，它将伴随我终生，也正因如此，我无法再回到太空，至少在上面不能待太久。

从小时候开始，宇航员就是我的梦想。虽然梦想实现了，但和网格的两场战斗迫使我不得不放弃深爱的职业。和所有经历了漫长寒冬的人一样，我学会了适应这个新世界，也为自己找到了新的使命，对此我深感庆幸。

这就是生活，没有什么一成不变，我们只能随机应变。

我走上讲台，会堂里一半的座位已经坐满，台下五十张年轻的面孔从会堂的一排排座位处望来，学生手里已经准备好平板。我的学生让我回想起自己当年在美国国家航空航天局学习的模样——目光炯炯，求知若渴，准备全身心投入这份事业。他们其中一些人将登上并指挥我们正在建造的两艘超级母舰，冲锋陷阵和网格浴血奋战。他们是我们的未来，我的工作则是让他们做好准备，对此只有一个办法，我害怕自己接下来要做的事。

我站在讲台上，用麦克风对着所有人说道："太空是一个充满危险的地方。"我的声音回荡在挑高的会堂里。

这段话像一段警示飘在空中。

"所以，在太空生存的关键是什么？"

我告诉过他们在接下来三节课会有一次考试，不过并非笔试，他们没法从之前的班级打探到任何消息。不同于他们以往见过的任何考试，这将是一次应用型测验。和我的预期一样，他们认为现在是考试的一部分。会堂里的回答声此起彼伏，大家争着发表自己的看法。

"氧气。"

"能源。"

"态势感知。"

"睡眠。"

"可靠的队友。"

"一个好老师。"

最后一个答案引起大家的一阵偷笑，我脸上也露出一个假笑。这位法国工程师并不能靠这个回答取得高分。

坐在前排的一位苗条的金发女孩大声说道："做好一切准备。"

我对她点头说道："没错。"

我指着墙上的航天服，它们像剧院里古怪的窗帘那般挂在墙上。美国国家航空航天局如今的航天服可不仅仅是装饰，我们至少有一百套航天服，每位学生两套，这是我确保的。

"比如，不论什么时候，你得知道你的航天服在什么位置。"

学生们纷纷朝航天服望去。

"为什么？因为你永远不知道什么时候会需要它。但我知道，因为我当时就在国际空间站，如果我没有及时穿上航天服，今天你们就见不到我了。"

就在他们反思我的这些话时，我意识到，如果我没有及时穿上航天服，我就不会有机会活着遇到詹姆斯，更不会生下艾莉和怀上第二个宝宝。除了我和另一个人，我的队友都没来得及穿上它们。造化弄人，那个人的航天服被一块碎片击穿，我没能成功地拯救他。

"在太空，分秒必争。无论是自己还是队友，甚至是地球上的人，一秒也许就决定了生死。虽然有时候你再尽力也无法逃脱死神的掌心，但你必须时刻做好准备，这样才能增加你的存活率。"

我打了个响指，说："穿上装备，最慢的五个将被淘汰。"

台下陷入一阵混乱，每位学生几乎都是跳出座位朝墙上挂着的航天服跑去。房间内看起来像在玩扭扭乐游戏，学生们相互推搡，手脚并用，都想要快点儿穿上航天服。

当五十名学生都穿上装备后，我示意他们脱下头盔，每个人都面红耳赤、喘着大气看着我。

我示意他们看向讲台后面的摄像头："我会回看录像，看看哪五个人最慢。没有收到邮件的人，可以继续待在班里。而收到我的邮件被淘汰的人，我希望你们能重新申请我的课。记住，在太空生存的第二个关键就是永不言弃。"

❄

虽然詹姆斯工作繁忙，在家里的时间越来越少，但他总是会和我一起吃午餐。这是我们的惯例，是劳累的工作日中短暂的休息。

整个早上，我都在思考什么时候和詹姆斯分享我怀孕的消息。我不擅长保守秘密，小时候，我就忍不住把内心的想法写在脸上。虽然詹姆斯肯定能看出我有心事，但为了自己，我也得告诉他。

我看到詹姆斯时，他正站在自助餐厅门口，愁眉苦脸，但见到我后他的脸色立马明朗起来，脸上挂起一个微笑。这几年来，他的鱼尾纹和额头的皱纹愈加明显，这是时间和重担在他身上磨出的痕迹。但他的眼眸依然如初，有神且温柔。

"嗨。"他说。

"嗨。"

他的语气严肃起来："是这样的，我有些事情要告诉你。"

"我也是。"

他皱起了眉头，问："你也有？"

"嗯，"我伸出手说道，"你先说吧。"

他等了一会儿，仿佛在思索什么，接着说："好，我们换个地方。"

我们离开餐厅前往他的办公室，屏幕上有三段视频影像，画面里是三颗球状小行星，底部的日期和时间标志表明这些是实时影像，很显然是由探测器或者无人机传回的。每颗小行星都布满巨大的陨石坑，但缺少参照物，我无法判断它们的具体大小以及位置。

"这些小行星大概在两年前脱离柯伊伯带，我们从那时起就在追踪它们的轨迹。"

"它们……"

"你是想问会撞上地球吗？是的。"

我目瞪口呆。

"大小？撞击时间？"我不露声色地问道，脑子里在飞速消化这些致命的信息。

"三颗大小都和得克萨斯州相近，每一颗都足以让人类灭绝，撞击时间是在四十二天后。"

"那超级母舰……"

"完全赶不上，差远了，"他转过来对我说，"不过也不需要它们。"

"地球轨道防御阵列能处理它们吗？"

"不行，它们只能击毁较小的小行星，而这三颗太大了。针对这种情况，我们建造了一支攻击无人机舰队，并将它们和超级母舰部件一起发射升空，就是为了避免小行星来袭这件事上新闻。如果引起大众恐慌，情况会更加糟糕。"

"有什么计划？"

"无人机在一小时后出动，我们计划炸碎它们。"

我深吸一口气："这就是你一直在忙活的事情。"

"对，整整两年。"他握住我的手，"对不起，我没有早点儿告诉你，是不想让你担心。"

"没事，我理解。"

"我希望到时候你能加入作战控制室，观看整个过程。"

"当然，我待会儿去把下午的课取消。"

"对了，"他正准备出门，又停下脚步，"你刚刚有什么想说来着？"

"没什么。"

他盯着我问："真的吗？"

"真的，没什么。"

我不能现在告诉他。

晚一点儿再告诉他吧。

□■□□ 第四章 □□■□

艾玛

美国国家航空航天局任务控制中心看起来像老旧的证券交易所，人们站在终端设备前着急地对着话筒说话，时不时停下来听对方在讲什么，或是安静地研究着面前的屏幕。远处墙上的大屏幕上的影像是三颗小行星和无人机舰队的画面。

房间里闷热嘈杂，空气中弥漫着咖啡味。大家手忙脚乱，争分夺秒地忙着手边的工作。在人群中，我看见哈利坐在一间工作站里，焦急地敲着键盘。格里戈里也在自己的工作站，用俄语对一个人叫嚷指挥着什么，莉娜在他旁边戴着耳机，盯着手中的电脑，屏幕上是一行行代码，似乎在搜索什么东西。赵民一边喝着咖啡，一边和福勒对话。可我没看到夏洛特和田中泉的身影。

詹姆斯靠过来小声说道："我们和小行星的距离大约有 35 光分的误差，所以我们要提前在限定时间内对第一支无人机舰队做出战前序列修改。"

"无人机是自动攻击？"

"没错。"

"有伪装吗？"

"有，与在'和平女神号'和斯巴达舰队时用的方法一样，无人机看起来就像太空中飘着的石头。"

"屏幕画面真的太清晰了。"

"这还得感谢莉娜，她一直在改进数据压缩算法。我们将无人机以菊花链排列，用通信模块传回影像。"

福勒走过来，给了我一个轻轻的拥抱："很高兴见到你，艾玛。"

"我也是。"我看着周围疯狂忙碌的人，"斯巴达舰队发射时有这么着急吗？"

"当时还要更忙一些。"

福勒说完后，转身去看格里戈里和同事在争论什么，我和詹姆斯则坐在他的终端设备前。

我低声问道："你觉得情况会怎样？"

"我觉得小行星会有反击措施。"

"如果没有呢？"

"那我们的无人机会发起进攻，将小行星炸成碎片。我担心小行星装有推力装置，如果无人机进攻，它们可能会加速并改变航线，绕过我们的无人机。"

"所以，这点你也做好了准备吧？"

"没错，我们将分批进攻，分散部署了十二支无人舰队。前面四支舰队进攻后，我们再调整战略。"

詹姆斯研究着屏幕上的数据，手上敲着键盘，时不时对着耳机解答别人的问题，时间仿佛停了下来。终于，上方的扬声器响起一段播报："第一支舰队指令中断倒计时。十、九、八……"

倒计时清零后，房间里的空气凝固了一般，人们瘫坐在椅子上盯着屏幕，有人把笔扔到桌上，还有人把脸埋在手里。这让我想起大学考试监考员宣布考试结束时大家的反应，一半人没有做完卷子，另一半人还在质疑自己的答案。

"现在我们干些什么？"我小声问道。

"等结果，看看我们有没有猜对。"

❋

就在我和莉娜聊天时，大屏幕上弹出倒计时。

任务控制中心的交谈声逐渐小了下来，大家纷纷站起来盯着屏幕，一些人还摘下了耳机。

我站到詹姆斯旁边，扬声器再次播报出一段消息："第一支舰队武器部署倒计时。三、二、一。"

随着无人机发射导弹，屏幕上的三段画面全部闪起了白光。

我屏住呼吸盯着屏幕。等白光退去，屏幕中只剩漆黑的宇宙，还有至少数百个大小不一的岩石块。

詹姆斯马上坐下来扫视着最新数据，我能看懂其中一些，我知道它们是好消息——导弹直接命中了小行星。数据显示，三颗小行星已经碎成超过一千块碎石，大小质量不一，最大的一块依然是毁灭级别。之前三个毁灭级别的物体，现在变成了七个。虽然严格来讲这是坏消息，但这只是任务的第一步。

扬声器又响起播报："第二支舰队正在获取目标。"不知过了多久，播报再次响起："第二支舰队武器部署倒计时。三、二、一。"

和第一次一样，屏幕闪起剧烈白光后，漆黑的太空只剩下一堆更小的岩石块。

看着屏幕传回的数据，我松了一口气，虽然现在已经有超过两千块碎石，但其中只有三块是毁灭级别的。

扬声器继续播报，第三支舰队武器部署，整个过程又重复了一遍。

在第四支舰队探测飞行后，房间里所有人立刻行动起来，任务控制中心回到了我刚到时的忙碌景象。我马上知道了原因：他们为剩余八支无人机舰队下达新指令的窗口期非常短暂。

詹姆斯和团队在第四支与第五支舰队中间留出了较长的间隔，第五支舰队和其余的所有无人机在地球附近待命，在遇到小行星前随时都能接收地球指令，目的是根据每批无人机的情况进行战略调整，最优化武器弹药的部署。

赵民的团队虽然看起来忙乱，实际上有条不紊。与之相比，那边格里戈里的团队简直是手忙脚乱。

詹姆斯瘫坐在椅子上看着屏幕，他看起来心力交瘁。哈利走过来跟我打招呼："嗨，艾玛。"

"嗨，哈利。最近怎么样？"

"噢，你懂的，和小行星玩游戏可有意思了。"

他无意中提起的老式"雅达利"游戏让我和詹姆斯都忍俊不禁。"我就知道至少还要忙活好一阵。"哈利对詹姆斯说道，后者只是点点头，眼睛依然盯着屏幕。我几乎可以看到他脑子里的齿轮正在飞速运转，我在"和平女神号"上和回到七号营地后的几个月里见过他的这副表情。他的脑子里装着很多东西，而且他觉得事情的走向应该不妙。

哈利转过身看了一会儿赵民的工作团队，然后对我说道："他们还有——"哈利靠过来看了下詹姆斯的屏幕，"七分钟来为第二批无人机做航线调整，看起来他们要把每支舰队拆分成两支小舰队。"他看着格里戈里的团队点了点头，"他们则正在想办法最优化无人机的有效载荷。"

"那你们……"

"我们本来猜测小行星会做出反应，"哈利回答道，"会是严峻的战时情况，现在则要不断为舰队下达新指令来改变攻击策略。"

詹姆斯靠前在键盘上输入一段指令，屏幕上弹出一行文字。

第一支舰队：深层病毒扫描中

哈利站在一旁瞥向屏幕，看到这行指令后向詹姆斯询问起来。我起身离开座位，让他们专心工作。詹姆斯觉得有病毒？无人机被感染了？传回的数据难道不好？确实有可能，那意味着小行星可能并没有被击碎，而是继续在前往地球的路上。

田中泉肯定是中途溜进了任务控制中心，只见她靠在后面的墙上，旁边站着奥斯卡，他看到我后对我笑了笑。他一直在学习人类表情，也已经越来越自然，但这时轻浮的笑容实在不适合现场的气氛，不过我还是很高兴看到他在尝试。夏洛特也到场了，正在和一名意大利密码学专家交谈，那人是我十八个月前课上的一名学生。

我走到田中泉身边，她给了我一个拥抱，在我耳边小声说道："詹姆斯一直在纠结要不要告诉你这整件事。"

"我想也是。大家最近怎么样？"

"一团糟。大家压力很大，失眠严重。"田中泉眼神飘到大屏幕上，"希望能尽快结束吧。"

她的工作可能是最棘手的，要同时保证整个团队成员身体和心理的健康。

第二批攻击的指令时间已经截止，任务控制中心再次安静下来。在大约三十分钟后，大家又开始忙得不可开交，为第三批无人机下达指令。等第三批攻击结束后，小行星已经基本化成粉末。我听到有人在跟队友为自己刚才的吼叫道歉，大家站在原地，脸上挂着笑容，如释重负。除了詹姆斯，他还坐在座位上看着屏幕。

我走到他身边，看到屏幕上闪着一段红色文字。

未检测到病毒

"怎么了？"

"没事。"他嘀咕着，眼睛依然盯着屏幕。

我坐在旁边一张椅子上，看着他的眼睛问道："真的没事吗？"

"嗯，没事，我确定。"

※

那天晚上，大家来到我们家做客。哈利负责烧烤，他身上穿着的 T 恤衫上有个虚构的餐厅标志，写着"末日烧烤摊"。

格里戈里站在一旁喝着鸡尾酒，我敢肯定里面九成都是伏特加，还有一成不知道是什么酒。一开始他还在说英文，喝了几杯后就开始说起俄语。莉娜站在旁边喝着贝克啤酒，在世界经济崩溃后还能见到名牌啤酒的感觉十分奇特。现在，回收冰冻城市的财产成了一项大工程，救助公司在全世界搜寻着药物、啤酒和威士忌，这些都是抢手货，比钻石和黄金还要贵重。漫长的寒冬以我意想不到的方式改变了我们，我从来没想到格里戈里和莉娜会成为情侣。那些沉默寡言的人总是能为你带来惊喜。

赵民和田中泉坐在烧烤架旁边的一张野餐桌旁，小声地聊着什么。他们初露端倪的暧昧是七号营地最广为人知的"秘密"，不过进展缓慢，像两位每下一步棋都要花上几个月深思熟虑的棋手。

詹姆斯和亚历克斯正聊得火热，但我在詹姆斯眼中能看出他的疲惫和心不在焉。我本打算今晚告诉他怀孕的事情，但现在觉得还不是时候。明天再说吧。

在房子后面，孩子们正在硬沙上四处跑动踢着足球，奥斯卡在一旁做比赛的裁判。在经历寒冬时，我以为再也没机会见到孩子们踢球。现在，就在落日余晖下，整个世界看起来又恢复了正常。

但对我、詹姆斯和他的团队而言，一切还远不算正常。他们对外宣称今晚的庆祝是因为完成了一架新无人机的设计，在无休止的战时状态下这已经成为常态，为了不让人们担忧而欺骗大家。

屋子里，年龄小的孩子们在和詹姆斯几年前做的机械狗玩耍。我的妹妹麦迪逊和亚历克斯的妻子艾比正在厨房悄悄地说着什么，我靠过去问道："你们在聊什么八卦呢？"

"不告诉你。"麦迪逊腼腆地对我笑道。

"看来还真是啊。"

"就是八卦，"艾比先承认，"听说田中泉和赵民要住在一起啦。"

"根据大西洋网上的资料消息，她的住所在四十五天后会空出来呢。"

麦迪逊说。

"有可能只是搬到其他营地吧。"我这样说道，不过我知道她们说的应该没错。

"不太可能，"麦迪逊说，"'和平女神号'的成员整天黏在一起，"她尝了一口白酒，"不过我们也在考虑搬出去。"

听到这儿，我心里生出一丝恐惧："你和大卫要搬出去？"

"他想搬到亚特兰大，听说那边准备搞什么随机土地分配——就像以前西部开荒那样。他说整个经济都要从头开始，我们要抓住机会，就像殖民时期那样，可别错过这个千载难逢的机会。"

"亚历克斯也有同样的打算，他想搬到伦敦，说那里的学校更好，"艾比喝完杯里的酒说道，"但是我一直在想，那里已经冻住了啊，如果漫长的寒冬又回来了怎么办？那我们岂不是又要疏散一遍。"

"那的确是个坏主意。"我心不在焉地说道。

"对啊，"艾比继续说，"我想我们应该会去亚特兰大，伦敦纯粹是他异想天开。"

"不，我是说离开七号营地是个坏主意。"她们听到这句话朝我看来，在等我解释原因，但是我不能告诉她们实情，只好用她们已经知道的事情说道，"是这样的，七号营地依然是整个地球最安全的地方。美国国家航空航天局在这儿，我们还有堡垒、完善的温室和水供应，我们最好还是暂时哪儿都别去。"

"你知道什么内幕，是吗？"在麦迪逊的询问下我闭口不谈，但她不断对我施加压力，"网格又回来了，是吗？"

我咬着嘴唇说道："我只是觉得你们应该再等等，好吗？你们相信我吗？"

麦迪逊一言不发地盯着我，想让我说出实情，但我依然缄口不言。

艾比放下酒杯："我去看看孩子在干什么，外面太安静了。"

麦迪逊给自己倒了一杯白酒，然后举起来问道："喝酒吗？"

"不用了。"

她眉头紧锁地看着我，仿佛这样就能看穿我内心的秘密，接着她又变了个表情，应该是发现这样并没有效果。她的这种做法让我鸡皮疙瘩都起来了。

我带她去主卧并关上了门，希望没人能听到我接下来要说的秘密。我们姐妹俩像又回到了中学时那样说着悄悄话。

"我怀孕了。"

她激动地抱住我，连手上酒杯中剩下的酒都洒在了我背上。

"詹姆斯开心吗？"

我犹豫了一会儿，说："他会开心的。"

"你还没告诉他？"

我将头转向一边："还没正式和他说。"

"为什么还没……正式和他说？"

"我在等合适的时机。"

她又眉头紧锁地开始了她的读心术，想从我眼睛里找到蛛丝马迹，这次依旧一无所获。

"他现在有很多事情要忙。"我解释道。

"例如我们不能离开七号营地的原因。"

"例如你是正确的。"

"好吧，我会和大卫谈谈，尽量先待在这里，"她对我笑道，"我真为你感到高兴。"

❋

等大家离开后，我们让艾莉上床睡觉。虽然偶尔家里来客人时，她会闹腾一番，但今晚她实在太累，短短几分钟就睡了过去。

我和詹姆斯坐在客厅，看着电视里的新闻。在画面出现理查德·钱德勒的身影后，詹姆斯翻了个白眼，起身回了卧室。钱德勒像在大西洋联盟时那样做巡回演出，四处煽动大家回到原本的家园，坚持认为三大政府现在是独裁统治。那家伙还真是很喜欢上电视。

我回到房间后，詹姆斯已经盖上被子，闭上了眼睛。

我还是觉得有事情在困扰着他，我想知道是什么，好为他排忧解难。

我爬上床后，他睁开眼对我说道："嘿。"

"嘿。"

"谢谢你邀请大家过来做客，我知道时间有点儿匆忙。"

"还谢谢你炸掉那些巨大的小行星呢。"

他被我逗笑了："为了你，多少颗小行星我都能给它炸了。"

"那你能为我多做一件事吗？"

"任何事都行。"

"告诉我是什么在困扰着你。"

"没事。"

"如果有呢，会是什么事？"

詹姆斯闭上眼睛想了很久，然后平淡地说："如果有，那就是这一切都过于顺利了，"他看着天花板，"网格没那么笨，朝我们扔小行星实在是……对它们而言太低级了。"

"那你想怎么办？"

"我想先补上我这两年来缺的觉，等第二天醒来，我再想想到底是哪里不对劲儿。"

说完他又闭上了眼睛，我也靠在他身旁闭上了眼睛。

还是明天再和他说吧。

❋

在睡梦中，我听到卧室的门被猛地推开，脚步声在耳边响起，一个模糊的人影跑到床边，剧烈地摇晃着詹姆斯。

有那么一瞬间，恐惧麻木了我的身体。

天依然黑着，客厅微弱的灯光照进卧室，我无法看清眼前这神秘的入侵者是谁。那个人影更加使劲地晃着詹姆斯，然后以超乎常人的力气将他整个人举起。詹姆斯终于被惊醒，紧紧握住那双抓住自己的手，然后像上钩的鱼儿一样使劲想挣脱控制。

我突然感到一阵恶心，极力忍住不让自己吐出来。

那人突然发出清晰平静的声音。

"先生，你得马上走了。"

是奥斯卡的声音。

詹姆斯沙哑的声音听起来很不解："什么？"

"小行星，它们马上要降落了。"

■□□□ 第五章 □□■

詹姆斯

我昏沉的头脑几乎不明白奥斯卡在说什么。

小行星。

不可能，我们已经击碎了它们，而且它们至少要数月才能抵达地球。

奥斯卡似乎看出我很困惑。

"先生，是另一组小行星。体积小，但数量更多。不知怎的逃过了我们的感应器。"

听到这话，我彻底清醒过来，像一阵强风吹散了脑子里的迷雾。

"有多少？"

"七百。"

"它们现在在哪儿？"

"百夫长外环无人机刚刚检测到它们，最近的一颗此时距离地球大约六十五万公里。"

我抓住奥斯卡的肩膀："奥斯卡，你接下来完全照我说的做，要一字不差地做，明白吗？"

"明白，先生。"

"你马上带艾莉去堡垒，在那里等我，无论如何你都要保护好她，快去，路上绝对不要停下来。"

奥斯卡听完立马转身跑出卧室，婴儿房的门被推开，门把儿重重地撞在坚硬的塑料墙上，艾莉的哭声随即响起。

艾玛立刻翻下床奔到厕所，打开马桶盖呕吐起来。说实话，我也想吐一下。人类的末日可能马上就要到来，我们必须争分夺秒下到堡垒，一刻也不能耽搁。

我拉开抽屉，找出长袖衫和运动裤扔给艾玛。

"马上去堡垒，艾玛，我们必须要走了。"

她双眼紧闭咽着口水，好像在强忍胃里的翻滚。

"艾玛！"

她倒吸一口气又吐了出来，无力地垂着头，试图让自己缓缓喘口气。

我拿起衣物冲进厕所，一只手绕过她胯下，另一只抱住她后背，将她整个人抱起来，大步走出了厕所。

"你在干什么？"

"救你的命。"

她双眼依然紧闭，身体难受得不停颤抖，突然一扭又吐了出来，还有一些溅到我的衣服上。但我现在无暇理会这些，继续朝门口走去。

温暖的晚风吹得艾玛不太舒服，她双手紧紧抱住我，将呕吐感硬憋回去，不停地大口喘着粗气。

这一幕似曾相识，那天我将她从国际空间站的残骸中救出来，减压症状让她饱受折磨，身体虚弱不适。但现在不同，处于危险中的不仅仅是我们俩的性命。

"艾莉！"她喘着气喊道。

"她正在去堡垒的路上。"

我拉开自动车的车门，将艾玛和衣物放在后座。我返回驾驶座，按下车辆启动按钮，然后喊道："启动紧急程序，切换手动控制。"

汽车收到指令后，我继续喊道："关闭安全限制，授权码：辛克莱－七－四－阿尔法－九。"

确认指令后，我猛踩油门，马力全开，轮胎在沙地上急速转动，我们飞速地驶离了住所。艾玛被甩在靠背上，她眼睛紧闭，蜷缩着身子。

"詹姆斯。"她虚弱地喊道。

我打电话给福勒，响了一声，福勒就接起了电话。

"什么事，詹姆斯？"

"轨道无人机能不能保护我们？"

"它们正在获取目标，但依然有几百颗小行星会通过。"

我感到口干舌燥。几百颗小行星会击中地球，之前三颗较大的小行星只是诱饵，收割者不知道用什么办法让这些较小的小行星逃过了我们的感应器。我们完全上当了，竟然没有注意到还有别的威胁。

是我的错，我就知道事情不会那么简单，我本来应该……

"詹姆斯，你赶快去堡垒。"

"我们正在路上。"

"联系你的团队，还有，詹姆斯……"

"说。"

"这不是你的错，你现在先赶到堡垒，整个事情过后我们再谈。"

福勒说完挂了电话。这时我才注意到艾玛在说话，她依然蜷缩着身子。

"麦迪逊。"

"什么？"

"快联系麦迪逊，求你了。"

"好。"

我又拨通了麦迪逊的电话，并继续像个疯子一样猛踩油门，以每小时一百六十公里以上的速度在营地的硬沙上疾驰，掀起了一路的黄沙，车前灯和月光照亮着我们的道路。

"麦迪逊，"我对着电话喊道，"立刻去堡垒，直接走，什么也不要拿。"

"什么？"

"我是认真的，快点儿去堡垒。小行星就要降落了，再不行动你们都会没命，快点儿带上大卫和孩子，马上。"

我挂断后又打给亚历克斯，电话响了三声后转到了语音信箱。

通过前后视镜，我看到艾玛坐了起来，她脸色苍白，身体不停地颤抖。

"是食物有问题吗？"

她闭着眼睛吞了一口气："不是食物的问题。"

"病毒感染？"

"我没事。"

她开始穿运动衫，虽然外面很暖和，但堡垒里面应该会很冷。

也许亚历克斯已经关机，我又拨通了艾比的电话。

电话铃声不断响着，汽车飞驰出七号营地，进入广阔无垠的沙漠。距离堡垒还有将近五公里，我将油门踩到底，耳边的风声越来越响，像飓风一样压进车里。

电话又转到了语音信箱，我忍不住骂了句脏话，用拳头猛地朝方向盘捶去："艾比，如果你听到留言，赶紧离开营地动身前往堡垒。小行星就要降落了，堡垒是唯一能活命的地方。"

透过前后视镜，我和艾玛四目相对，她看起来好一点儿了。

"谢谢你通知了麦迪逊。"

"没事。"

"联系不上亚历克斯吗？"

"艾比也是，他们可能关机了。"

有那么一瞬间，我想掉头回去找他们，用力敲他们的房门和窗户，让他们赶紧醒来。奥斯卡说小行星距离地球还有六十五万公里？但它们的速度多快？降落点又在哪里？我一直认为我们在谷神星击败的收割者将数据传回了网格，里面应该包括七号营地和堡垒的位置。我估计小行星会直接命中营地，七号营地应该是首要的打击目标之一。

我还剩多少时间？

虽然很想掉头，但我做不到。我现在是一名父亲，我必须为艾莉活着。即便躲过撞击，我们劫后生还的概率也十分渺茫。

我又给团队打了电话，一半的人都没有接，我只好留了语音信箱。一秒钟后，手机响起刺耳的警报声。他们启动了紧急警报系统，让所有人马上去堡垒。

前方，地堡上方建筑的灯光在地平线上隐约可见。抵达大仓库门口后，我迅速踩下刹车，急刹让汽车滑行起来，艾玛紧紧地靠在前座的椅背上。

"快走吧。"我一边朝她喊道一边跳下汽车，搂着她朝入口跑去，仓库里回荡起我们一瘸一拐的脚步声。从太空回来后，她的骨头就一直未能恢复，因而腿部留下了后遗症。虽然不愿意，但我必须推着她走。现在的每一秒都决定着生死。

我空出一只手拿起手机，拨通亚历克斯的电话。

"快接，快接，"我听着铃声非常着急，"快接啊……"

还是语音信箱。

他们肯定听到了警报。他们的住所离我们不远，当时我就应该顺便带上他们，但我万万没想到他们会不接电话。

来到堡垒入口，一队大西洋联盟士兵全副武装，手里拿着上膛的步枪。其中两人朝我们走来，一个戴着上校肩章的高个子士兵朝我点头，问道："辛克莱博士？"

"对。"

他示意旁边站着的中士："你们跟着她去堡垒。"

我看向他军服上的姓名牌："谢谢你，厄尔斯上校。你是这里的负责人吗？"

"没错，先生。将级军官决定留在中央司令部指挥疏散和防御。"

厄尔斯对着入口旁一名拿着平板的士兵喊道："多德森，你在名单上标记一下他们的名字。"

名单。我意识到疏散行动不仅仅关乎存活人数，更关乎谁能存活。所以入口才有军队把守——他们是看门人，因为堡垒的容纳量远不及七号营地，而且堡垒食物储量有限，我们在下面又能存活多久？这些都是决策制定者不得不考虑的变量。

大西洋联盟制定这份名单时肯定经过再三考虑，他们要忍痛决定谁对人类更加重要。如果你问我，网格从人类身上夺走的最宝贵的东西是什么，不是逝去的数十亿生命，也不是居住的土地、家园，而是人类被剥夺的点点人性。就像此时此刻，我们不得不牺牲无辜的生命，好让剩余的人活下去。

这时，我产生了一个自私的念头，一个我羞于面对的想法，但我必须这么做。

我一只手推着艾玛后背，将她轻轻送到电梯入口："去吧，我马上就来。"

"那你呢？"

"再找找亚历克斯。"

艾玛咬着嘴唇犹豫道："可是名单上……"

她和我想的一样。我转向那位上校的下属——多德森，我看不到他的军衔，于是直接问道："多德森先生？"

他不解地看着我。

"名单上有麦迪逊·汤普森一家人吗？"

他用平板查看了一会儿后，说："有的，先生。"

"所有重要人员的亲属都在名单上，先生。"另外一名中士补充道。

我内心生出一丝安慰和愧疚，我看得出，艾玛也一样。

我转过去对着艾玛说："去吧，我马上就下去。"

"能向我保证吗？"

"我保证，艾莉还在下面等我们。她应该很害怕，你快点儿下去吧。"

艾玛离开后，我又拨通了亚历克斯的号码。

当再次转到语音信箱后，我脑子里只剩一个念头：跑回电动车然后驶回营地。我曾经因为犯下错误，已经失去过他一次，我不能再失去他第二次了。

▢▓▢▢ 第六章 ▢▢▓▢

艾玛

电梯打开后是一个空旷的房间，四周的金属墙体在顶上 LED 灯的照明下闪闪发光。地板是方形的白色塑料瓷砖，反射着柔和的白光，像踩上去会发光的舞池地板。

房间尽头是双扇门入口，门上用大写字母写着 CITADEL[1]。

十二名士兵站在门口，手中的步枪全部瞄准电梯，也就是我。

"艾玛·辛克莱。"一名中士朝我喊道，声音在这个金属的房间中不停回荡。

其他士兵一动不动。

"请上前，女士。"一名士兵喊道。

另一名士兵在双扇门旁的面板上输入密码，入口应声打开。

门后的大厅里站着更多士兵，他们先是纷纷朝我看过来，然后继续他们的对话。

身后大门关闭后，厅内的暖流从我身上拂过。我环顾四周确定方位，大厅共有三扇门，分别通往公共浴室、睡眠区和餐厅。

餐厅内有一片起居区，所有人似乎都聚在那里，坐在沙发和扶手椅上，盯着墙上的屏幕。其中一面较小的屏幕正在播放动画片《边疆女孩》，讲述在十九世纪初，一个年轻女孩和他的鳏夫父亲从城市移居到美国西部的故事。我之所以知道，是因为艾莉最喜欢这部动画片，不过她太小

---

[1] 英文：堡垒。

还看不太懂，应该只是对里面的马儿感兴趣。

我站在门口四处观望，只见奥斯卡坐在一把扶手椅上对着屏幕，艾莉则在他的大腿上安静地看着动画片。看到艾莉，我心头一颤，即便在詹姆斯飙车途中或强忍反胃感时，我都一直挂念着艾莉，想知道她是否安然无恙。

在我走近他们时，艾莉转过身看到了我，她开心地从奥斯卡大腿上蹦下朝我奔来。我蹲下将她高高抱起，心里满是说不出的高兴。

"爸比呢？"

虽然还不能完全喊对"爸爸"二字，但她肯定好奇爸爸去哪儿了。

"他马上就来，宝宝。"

"家……"

"我们很快就能回家了。"

我抱着艾莉走到扶手椅前，奥斯卡站起身为我让座。

"还有多久，奥斯卡？"

"什么？"

"撞击时间。"

"目前预测还有三十一分二十三秒。"

我如鲠在喉，艾莉似乎看出来我很难过，用她的小手握住我的两个指头，说道："妈——"

"你继续看动画片吧，艾莉。奥斯卡，我需要你为我做一件事。"

"请说。"

"去地面上找到詹姆斯，跟他说他的妻女在堡垒等他。我们需要他，所有人都需要他。"

□■□□ 第七章 □□■□

詹姆斯

起初，七号营地的居民一拨拨地赶来，一次一两辆车，载着像我这样提前知道消息的人。我和艾玛应该是最早收到警报的人——多亏奥斯卡，他与大西洋网防御网络无线连接，在侦测到小行星的瞬间，奥斯卡就收到了情况。我很感激他。

我认出了新到达的一些人员，分别是从轨道防御卫星收到警报的美国国家航空航天局员工和在中央司令部上夜班的一些平民。

接着是运兵车，上面下来大批大西洋联盟士兵，全部荷枪实弹，身穿防弹衣，头戴具有照明功能的头盔，手中步枪也已经上膛。他们全部往仓库走去。

厄尔斯上校负责掌管现场，我希望他能回答我的一些疑问。

"上校，你知道撞击时间吗？"

他对身边的两名下属点了点头，示意他们去接应刚来的军队。

然后，他小声地对我说道："大概三十分钟后。"

回去找亚历克斯还来得及。

"非常感谢，上校。"我一边朝汽车跑去一边喊道。

汽车刚启动，车门就被拉开，一只手按住了我的肩膀。

我抬头发现是奥斯卡，他靠过来说："先生。"

"现在不行——"

"先生，艾玛让我告诉你这段信息：你的妻女在堡垒等你，她们需要你，所有人都需要你。"

我盯着奥斯卡，双手还紧紧握住方向盘。终于，我松开手靠在座位上摇着头。她说得没错，但在尽到父亲和丈夫的职责与拯救弟弟之间，是无比艰难的选择。眼下只剩一个办法。

我没有将汽车熄火，而是走下车对奥斯卡说："奥斯卡，我需要你去找亚历克斯、艾比还有他们的孩子，赶快，我们只剩——"

"二十九分钟，先生。"

"谢谢你，快去吧。"

奥斯卡油门一踩，汽车在阵阵黄沙中渐渐驶入了夜色。等他走远后，我掏出手机再次拨通亚历克斯和艾比的电话。

还是语音信箱。

我转身回到仓库。

"名字！"一名女兵对我喊道，等认出我后，她的语气缓和下来，"噢，不好意思，先生，请进来吧。"

在前面几拨汽车抵达几分钟后，随即是平民如洪水般蜂拥而来——源源不断的汽车接连赶来，车后扬起阵阵沙尘。家长们带着号啕大哭的孩子拥进仓库，人头攒动，现场陷入一片混乱。

士兵将人群分成六组，在仓库内平均散开，并告诉他们堡垒已经准备完毕，大家马上就能去到下面，不听从指挥的人将失去资格。我知道这是谎言，堡垒根本容不下那么多人。

随着时间流逝，巨大的仓库开始变得燥热起来，身体的热量和恐惧让所有人心急如焚。我们要留多少人死在上面？但还有别的办法吗？难道告诉他们真相？那会导致无法控制的骚乱，让所有人都无法安全进入堡垒。

福勒一家也赶到了，他们面容憔悴，忧心忡忡。他的妻子和两个孩子率先赶到电梯，福勒则停下脚步向我问道："你怎么还在上面？"

"我在等亚历克斯。"

他看了看手表："别等太久了，还有二十一分钟。"

"嗯，我知道了。你知道它们会坠落在哪儿吗？"

福勒的表情证实了我最坏的猜想，七号营地将会受到直接冲击。

"还有哪里？"我问。

"卡斯比亚，太平洋联盟中央司令部，还有新柏林、伦敦和亚特兰大。"

我不知道那些地方是否有地堡，据我猜测应该没有。他们专注于地上的重建，如此一来势必会造成毁灭性的伤亡。

"别等太久了。"福勒边走向电梯边说道。

在短短的时间内，我的团队成员也陆续赶到。先是格里戈里，然后是赵民和田中泉。最后是哈利，他看起来较为平静，可脸上难掩忧郁的神情。即使在"和平女神号"上面对最阴暗的情况时，他也一直保持着乐观。现在他看起来很挫败，只是在我肩上拍了拍，然后朝电梯走去。

我还在拨着亚历克斯的电话，但他依然没有接听。

还剩十二分钟。

格里戈里回到地面，站在我旁边看着眼前焦急等待的人群，其中一些小孩已经躺下想要睡觉，多数大人则聚在一起小声交谈着什么，眼神时不时警向军队和通往电梯的入口。

"你在等谁？"格里戈里问。

"亚历克斯，你呢？"

"莉娜，我们收到消息后，她就跑去了办公室。"

"为什么？"

他摇着头说："她为百夫长无人机准备了一个新程序，她觉得以后能派上用场。"

"她一定能及时赶到的。"我安慰道。

我们两人就这样盯着陆续赶来的汽车，希望车门后面是自己挚爱的家人。

麦迪逊一家已经赶到了，他们朝电梯口跑去，士兵核实他们的身份后护送他们上了电梯。这引起了其他人的愤怒和不解，他们在仓库地上坐成一团，等待着轮到他们。

麦迪逊抱了抱我："谢谢你打的电话。"

"没事。"

"艾玛呢？"

"她和艾莉已经下去了。"

他们离开后，我看了看手机。

还剩七分钟。

突然人群中有人大声喊道："下面位置根本不够，他们想把我们留在上面。"

人群越发躁动，不停有人尖叫，朝我们问着各种问题，我们安抚的话全被刺耳的声音淹没。包括小孩，他们一个个站起身慢慢向前移动，领头的用手指着士兵，后者已经举起步枪瞄准人群。

人群不断朝我们挤来，最后终于失去控制。混乱爆发了，人们朝我和格里戈里身后的电梯狂奔而来。

▨▨▨▨ 第八章 ▨▨▨▨

艾玛

门每次打开都挑动着我的神经，很快我就意识到名单上都是些什么人：美国国家航空航天局员工和军方人士，是那些可以帮助抗衡网格的人，还有他们的家人——因为如果失去家人，他们也就失去了战斗的意义。

堡垒的士兵正忙着将柜子里的物品转移到仓库，所有玻璃制品要么被收起，要么用胶带固定好，以免破碎。他们认为我们会被小行星直接击中，但堡垒能承受住冲击吗？

每次大门打开，我都希望走进来的是詹姆斯，或者是麦迪逊、亚历克斯一家，但走进来的全是陌生人或局里有一面之缘的员工。

我看见的第一个认识的人是福勒的妻子玛丽安，她让孩子们待在餐桌旁，然后过来给了我一个拥抱。

"福勒呢？"

"在上面和詹姆斯讲话。"

"詹姆斯还在仓库？"

她看起来很困惑，仿佛在想：不然他还能在哪儿。

"对，他就在电梯口。"

我不禁笑了起来，知道是奥斯卡替詹姆斯去找亚历克斯了。

詹姆斯的团队随后赶到，除了莉娜。格里戈里在原地来回走动，坐立不安，对此我感同身受。没过多久他又离开了，有那么一瞬间，我也想回到地面找詹姆斯。但我不能丢下艾莉一个人，她不能失去双亲。

我只能原地等待。等麦迪逊出现后，我立马朝她奔去，使出全身力气抱住她和我的外甥欧文以及外甥女艾德琳，麦迪逊的丈夫大卫也上前紧紧地拥住我们。

既然麦迪逊在这里，也许我该上去了。我要说服詹姆斯赶紧来堡垒，如果出了什么差错，麦迪逊能照顾好艾莉。

就在我朝门口走去时，地板开始摇晃，餐厅的椅子也全部震动起来。屏幕陷入黑屏，灯光也暗了下来，感觉就像发生了地震，但我知道这绝不是地震。

第一颗小行星已经坠落。

■■■ 第九章 ■■■

詹姆斯

第一声枪响后，人群僵住了，仓库陷入沉静，每双眼睛都盯着大西洋联盟士兵，他们呈扇形散开，围住了电梯入口。

厄尔斯上校严肃的声音在仓库内回响："所有平民，马上回到你们的位置。"

慢慢地，人群像海浪般向后退去，但我知道这只是暂时的。

我靠过去小声说："格里戈里，你该走了。"

"你也是。"他嘀咕道。

我摇摇头表示不愿离开，这时又有几辆车赶来，停在了前面几拨车的后方。我眯着眼看去，想看清车上下来的人是谁。

我觉得那应该是……没错！奥斯卡正走在前面，后面是亚历克斯、艾比和孩子——杰克和萨拉。我看了看手机上的倒计时，还剩 5 分钟。

他们一定能赶到。

虽然时间所剩不多，但他们一定可以。

上校的声音再次划破夜空："好了，现在我们准备护送你们全部人上电梯，如果你们不听从指挥或者擅自离开位置，那你们就将永远失去资格。"

时间一分一秒过去，仓库里所有人都看着士兵，希望他们能走到自己这组，然后叫出自己的名字。看着眼前这一切，我胃里翻江倒海。这就是网格折磨人类的方式：夺走人类的栖息地，然后逼迫我们决定每个人的生死。

脚下的地突然震动起来，我意识到小行星已经开始落地。我猜测刚才的震动应该源自欧洲，有可能是新柏林。我们还剩多少时间？可能只剩几十秒。大地的震颤越发强烈，更多的小行星正在砸中陆地，发出雷声般的轰鸣。

水泥地开始碎裂，钢梁发出哀鸣，沙砾和尘埃开始如雨水般落下。等脚下的动静暂时平息后，人群再次爆发骚乱。

他们如汹涌的波浪般向前涌来，孩子都低着头缩在大人怀里，而大人们则不断朝士兵冲击，后者又朝天开了几枪以示警告。

要来不及了，我们必须马上进入电梯。

我看不到奥斯卡的身影。他一定就被挤在人浪中间。

我大喊着他的名字，但我的呼喊声完全被骚乱淹没。

我理智上明白自己应该赶紧乘上电梯去找艾玛和女儿，但那样的话，我以后将永远生活在愧疚中。于是我穿过了士兵防线，跑向前方人群。他们肯定没预料到自己后方会出现情况。我摆脱他们的封锁，挤进哭喊着的人群。他们挥舞着拳头，衣服早已被汗液浸透。

格里戈里也跟了过来，帮助我开辟出一条道路。人们也很乐意让我们通过，因为我们正朝电梯的反方向前进。我们在人群中四处搜寻，最后终于看见了奥斯卡。他正奋力挤过骚乱的人群，身上背着杰克和萨拉，他们俩像布娃娃那样挂在奥斯卡的脖子上。

等离他们只有一米半时，我开始转身朝电梯方向挤去，为他们开辟一条道路。在混乱中，我的脸被人肘击，右眼肿了起来，针扎似的疼痛感蔓延开。我继续步履维艰地前进，不断踩到别人的腿和胳膊，还有背包等遗落在地上的物品。

一个男人朝我肚子打了一拳，大喊道："退回去。"

我痛得弯下腰，格里戈里抓住我的手臂将我向前拖去。

奥斯卡超过我们继续朝前面挤去，终于赶到端着步枪的士兵面前。

"我们是美国国家航空航天局的！"格里戈里把我扶起来说道，好让他们能看到我的脸。

士兵眯眼打量着我鼻青脸肿的样子，挥手示意我们通过。他们让出入口后，人群就猛扑过去，阻拦着我们想让自己通过。

人群陷入混战之中，我、亚历克斯以及艾比使出浑身解数保护着杰克和萨拉，并慢慢朝防线后挤去。四周满是胡乱挥舞的拳头，不断有人拉住我的身体，想将我拽回去。奥斯卡见状加入了战斗，他超乎常人的力气终于吓退了攻击我们的人。

通过防线后，士兵们重新关闭了入口。我向电梯门望去，发现里面已经站满了人，挤得水泄不通。他们朝我望来，眼里充满了恐惧。角落里的一个男人不断敲着按钮，想让电梯门赶紧关上。

我们离电梯只有几步的距离，里面肯定容不下我们所有人，但我觉得杰克和萨拉应该可以挤进去。我拉起他们的手，牵着他们往电梯奔去，就在我们赶到时电梯门正好关闭。

我松开他们，杰克和萨拉又跑回了父母身边。

我气喘吁吁地待在原地，浑身都是瘀青。我掏出手机查看倒计时。

只剩一分钟了。

我转过身看着眼前的一切，那是我这辈子见过的最悲伤的场景。我的眼泪流了下来。

亚历克斯走过来抱住我："谢谢你。"

我声音颤抖着："换作你也会这么做的。"

"我们当时关了手机，若不是你和奥斯卡，我们肯定赶不过来。"

他看着地上的裂缝，我知道他在想什么：现在这样，电梯还能使用吗？要赶到紧急隧道那里已经太迟，那里大概已经坍塌。难道我们还是太迟了吗？

士兵开始护送群众一个接一个地进来，其中多数是孩子。一个红头发、长着雀斑、六岁左右的女孩哇哇大哭，想回到自己父母身边，但后者被拦在外面，只能安慰着说爸爸妈妈马上就会过去。他们知道这是自己见女儿的最后一面，但女孩不知道，只是不停地对着父母哭喊着。

一个和艾玛年龄相仿的女人走了过来，蹲下来安慰小女孩，想让她别再难过。她是美国国家航空航天局的员工，但我想不起她的名字。

正常来讲，电梯现在应该已经回来了，可除了等待，我也没有任何办法。

我只能张开双臂，紧紧拥住亚历克斯。

□■□□ 第十章 □□■□

艾玛

艾莉靠过来抱住我，将脸埋在我双腿之间。在堡垒的摇晃震动下，她含混不清地说着什么。

我蹲下来抱住她："没事的，宝宝。这里很安全，不会有事的。"

我不断安慰着她，心里默默祈祷真的不会有事。

等震动停止，艾莉问我："爸比？"

我也想知道詹姆斯的情况。

"爸爸马上就来。"我脱口而出，内心却不敢确定。

我抱起艾莉去了大厅，祈祷双扇门能打开，出现詹姆斯一行人的身影。

时间像静止了一样，艾莉在我疲惫的臂弯里越发沉重，但我不忍心将她放下。我用好使的那条腿支撑着，两人的重量都压在它上面。

外门突然打开，我的心激动得要跳出身体。只见十几人蜂拥而至，多数是小孩，还有一些军方人士和眼熟的美国国家航空航天局员工。

唯独没有詹姆斯，也没有亚历克斯、艾比或是格里戈里。

其中有一位是大西洋联盟军队上校，他的名牌上写着厄尔斯，他立即指挥起现场情况。

"听好了，根据预测，一颗即将落在附近的小行星马上就要着陆了。"

我身后的人群开始问着各种问题，但厄尔斯均闭口不答。

他对一位上尉点点头，后者开始指挥士兵，带领大人和年龄稍大的儿童转移到餐厅，他们纷纷双手抱头蜷缩在桌子下。

我和艾莉被带到侧方居住区，进入一个两边摆有双层床的小房间。我们坐在下铺，麦迪逊和艾德琳躺在对面下铺。在房间的灯光下，我能看到麦迪逊惶恐的表情。她身体微微战栗，紧紧抱着艾德琳。我也紧紧抱着艾莉，同时担心着詹姆斯的安危。

我不安的神情让艾莉也恐慌起来，她开始小声抽噎，嘴里喃喃自语，眼泪落到了我的颈上。我多么希望自己能安定她弱小的心灵，但此时此景我做不到，死亡随时可能降临。我紧紧搂住她，像熊妈妈在窝里护着幼崽那样用身体遮挡着她。

第一次撞击只是传来一声雷鸣般的空响。

这次则像一枚炮弹击中汽车，整个地面像蹦床将我们弹起。我抱住艾莉，后背狠狠地撞到上铺又落了下来。房间里灯光不停闪烁，空中飘满了灰尘。我耳鸣起来，许久之后声音才渐渐清晰，像喇叭音量被逐渐调大那般，周围不断传来尖叫和哭喊声。

"麦迪逊!"我喊道,眼睛却看不到她。我的声音很小,麦迪逊也是,听起来像被堵住了嘴巴。

"我没事,你怎么样?"

"我也没事。"

我向下瞥去,艾莉一声不吭,只是紧紧把脸埋在我怀里,想躲避无处不在的危险。她的胸膛还有起伏,她还活着。

"宝宝,"她死死地抓着我的衣服,我松开她小声说道,"宝宝,我要看看你有没有受伤。"

"爸比?"

我再也控制不住,内心的防线彻底崩塌,泪水止不住地从脸上滑落。我没有回答,我知道詹姆斯凶多吉少,但我不想让艾莉难过。

好消息是艾莉并没有受伤,只是大腿处有一块瘀青,其他地方并无大碍。其他人则没那么幸运,房间外不断传来呼救的声音。

我抱着艾莉捋着她的头发,不敢想象以后的生活会是什么模样,世界又一次遭到了毁灭。在漫长寒冬时,我们还不至于一无所有,人类也还有机会。

但现在我不再确定。

当听到有人呼唤我的名字时,我还以为产生了幻听,可那个声音再度响起:"艾玛!"

"我在这儿!"我沙哑地喊道。

门口出现了一个模糊的人影,穿过尘埃朝我跑来。他鼻青脸肿,大汗淋漓,头上满是灰尘。是詹姆斯,他还活着。他肯定是赶上了撞击前的最后一趟电梯。他弯下腰紧紧地抱住我和艾莉,我从来没有如此感激命运。

▢▢■▢ 第十一章 ▢▢■▢

詹姆斯

像迷失的灵魂受困于天堂、地狱之间的炼狱,黑暗中不断传来哀鸣。

妈妈！

爸爸！

安德鲁！

苏珊！

贾斯汀，你在哪儿？

我紧紧抱住艾玛和艾莉，堡垒再次晃动起来。

"又一颗着陆了，是吗？"艾玛小声问道。

"对，但不是这里，大概是击中了其他营地。"我低声回答，心里希望艾莉不明白这意味着什么。

一分钟后，堡垒再次晃动起来，震动源源不断，一些仅有几秒之隔，像卷起狂怒的暴风雨，冲击如雨点般没有尽头。地表正不断遭受撞击，我估计每颗小行星直径仅仅不到一公里，即便没有伪装，地面望远镜也很难发现它们。

即便是如此大小的小行星，也足以造成大量破坏，形成接近十六公里宽的陨石坑，冲击波范围可达八十公里，二百四十公里外都能感受到撞击。

整个夜晚堡垒不断传来震动，沙尘不断从屋顶飘落，灯光也闪烁不定。我抱着艾玛还有艾莉，心里想着：我一定要带她们安全离开堡垒，我只希望地上的世界还容得下我们生存。

✳

地堡的设计初衷不是建一座豪华旅馆，而是临时避难所。简而言之，只能供短期使用。

狭小漆黑的住宿环境很能说明这点（为了延长避难时间，包括照明功能在内的发电机输出已降至最低——至少直到我们确定允许全功率运转）。

士兵们没有让大家聚集到餐厅，而是四处评估形势，检查并疏散伤员，其余人则原地待命。地堡暂时就是我们的家。

福勒也走过来查看我们的情况，他现在是负责人，我觉得这是当下最好的安排。

我不禁责怪起自己，我本应该识破网格的诡计，我知道它远比我们所想的聪明得多，三颗明显的小行星攻击，显然与它的智力水平和能力不符。我为什么没能早点儿看穿这一切？

也许在内心深处，我已经看穿一切，所以在过去的两年里，我才如此不安。在潜意识里，我知道那三颗小行星只是诱饵，但我为什么没有遵从自己的内心？我为什么没能深思熟虑？那可是我的本职工作——保护大家，包括我的家人。

答案似乎也显而易见，或许是我潜意识里希望事情如此发展，希望威胁能简单一点儿——简单到我们还能顺利解决，希望能借此结束和网格的战争。

但真正的战争刚刚打响。

相比我上次来参观时的情形，他们之后为地堡做了一些升级。我所在的这片区域本属于一间大型医疗室，现在改成了十个房间，每间有八张双层床。其中一些大人只能在餐厅休息，小孩则被分配至房间，但他们都担惊受怕，睡意全无，对此我也完全可以理解。

我们的房间挤满了小孩，他们是欧文和艾德琳的同学，让孩子们待在一起能减轻他们的恐惧感。艾玛和麦迪逊在为他们读故事，试图分散他们的注意力。

在士兵检查完毕后，我回到居住区附近的一个小型办公间，很庆幸里面还有办公台。我现在根本睡不着，我要工作。

有一个好消息是地堡的供水系统依然正常运转，大家轮流到公共浴室洗澡，让自己紧张的情绪得到释放。今晚注定是个不眠夜。

奥斯卡走到门口。他非常了解我，只是一声不吭站在门口，害怕打扰我。终于，我忙完后转过头望着他。

"电梯是地堡的重中之重。我们是最后一批乘电梯下来的人，如果小行星坠落地点够远，电梯或许还能运转，我们要检查清楚。如果电梯损坏，我们要检查一下电梯井，确保其畅通。这个任务只能交给你了。"他也知道形势危险，我们只能迎难而上。

奥斯卡毫不犹豫地回答道："明白，先生。"

说完他离开了房间。如果电梯正常，我们还有存活的机会，不然，事情就不好说了。

我坐在办公间里，看着孩子们失落地走向浴室，然后出来时头发湿漉漉的，大家都无精打采，精疲力竭。福勒走过来靠在门口，疲倦的神情让他看起来要比六十二岁老得多。

"需要什么吗？"

"没事，挺好的。"

"我们明天一早讨论一下接下来的计划吧。"他看着办公桌上的平板和屏幕，里面是一张地堡和紧急逃生通道的地图，"看起来，你已经开始忙活了。"

"只是准备一下。"

他走进房间关上门，说："詹姆斯，没人能预料到这一切。"

"我应该预料到的。"

"你不能那样想，你已经救过我们一次——甚至是十几次了。事情还没有结束，你先休息一下吧，我们明天再想办法。"

❄

我像一个泄了气的皮球躺在床上。几分钟后，艾玛抱着艾莉进来了，艾莉正安稳地睡着。

我挪出位置，艾玛将艾莉安放在我们中间，然后爬上了床。她看起来很疲倦，她握住我的手，靠过来给了我一个吻。

我轻声问："她还好吗？"

"她很害怕。"

虽然这是张小床，但今晚我们一定要睡在一起，每一晚都要。

我靠过去拉近她，说道："我一定会带你们离开这里的，我保证。"

❄

当晚我在等着奥斯卡的消息，后来慢慢睡了过去。等醒来并走出房间后，我看到奥斯卡正站在办公间外的走廊里。

"情况如何？"

虽然奥斯卡一直以来在学习人类表情，但此时他决定不做任何表情。他的脸像一张面具，我则在一旁焦急地等着他开口，可他的回答和那平静沉着的声音形成了巨大反差。

"电梯井塌了。"

▢▢▢▢ 第十二章 ▢▢▢■

艾玛

我醒来时浑身疲惫，四肢疼痛。艾莉正在身旁熟睡，詹姆斯却不见踪影。

突然，我又感到一阵恶心。

我紧闭眼睛强忍住呕吐感，希望它能退去，但我的头不由自主地眩晕起来。

我双臂颤抖着爬过艾莉，一瘸一拐地跑到公共浴室，一进去便吐了出来，难受得跪坐在马桶旁，等着好转。

我今早的孕吐是有史以来最严重的一次，这都归功于昨天经历的一系列事情。压力和疲劳本就会加剧清晨的恶心感，更别提昨天一整天我都遭受着这两者的折磨。

我今天肯定得撑着拐杖走路了，可它和其他很多东西一样被留在了地面上，更重要的是，很多人也被抛弃在了上面。

等恶心感减退后，我扶着墙行走，以减轻腿部的压力。昨晚詹姆斯去的办公间此时空无一人，浴室里也没有他的踪影。

我在居住区隔壁的公共休息区找到了麦迪逊，她坐在一把躺椅上，怀里抱着一个喝着奶瓶的宝宝，那孩子的父母应该被留在上面了。

她抬起头看着我，笑了起来。她看起来瘦了一圈。

"你起来多久了？"我小声地问她。

她耸了耸肩，看着宝宝，说："我起来的时候没看时间。"

也就是说，她起来很久了。

"我来照顾宝宝吧。"

"没关系，我可以照顾好宝宝，你肯定还有别的事要忙。"

我弯下腰在她额头上吻了一下，然后去了大厅，那里也空无一人。

我听到餐厅传来一阵对话声，我听出来那是谁了。我慢慢地顺着声音走过去，但没有拐杖的每一步都走得十分费劲。我得减重了，不然腿部所承受的压力太大，特别是左腿。

餐厅座位空无一人，声音明显是从厨房传来的。我打开厨房门，福勒和格里戈里站在岛台前，手上沾满了做煎饼的面粉和鸡蛋替代品。

格里戈里挥着手说道："这简直是浪费时间，给他们吃麦片，我们有很多啊。"

福勒瞪着他说："格里戈里，这不能乱来。常态来讲……"

"常态是什么？那根本不是词。"

他们突然同时意识到我的存在。

福勒笑着问我："昨天睡得还好吗？"

"还行。"

我走到岛台前，用手撑着身体让腿部休息一会儿，那样子舒服很多。

"詹姆斯呢？"

他们相互瞥了一眼，我知道那是什么眼神。他们在考虑要不要告诉我。

不等他们开口，我便追问道："快告诉我。"

"詹姆斯和奥斯卡，"福勒说，"正在想办法出去。"

"我去看看他们需不需要帮忙。"

我松开手，身体的重量再次压回到腿上。

"帮我问问他要不要吃早餐啊。"我出门时，格里戈里对着我喊道。

电梯入口没有他们的身影，上面的按钮也已经失灵。

情况不太妙。

他能在哪里？除了一个存放所有机械设备和杂物的地下室，整个地堡设施只有一层。在不知道地下室入口在哪儿的情况下，我东寻西觅了约三十分钟才找到。地堡十分安静，大家在经过昨天的惊吓后都累坏了，现在都还在沉睡。

地下室入口看起来像个公用壁橱，周围灯光昏暗，墙边放着成箱的零件和供应品。

门后是一道"之"字形楼梯，我缓缓沿着楼梯走到漆黑的底部，眼睛慢慢适应了周围阴暗的环境。下面空间巨大，四周见不到墙体，视线里只有一根根水泥柱，看上去就像天花板上的一根根钟乳石。电线和管道在天花板上纵横交错、向下延伸，与地上的接线盒相连。天花板大约只有两米高，整个空间看起来就像藏匿着什么机械怪物的洞穴。

"有人吗？"我喊道。

"夫人。"黑暗中传来奥斯卡的声音。

"奥斯卡，你在哪儿？"

"逆时针方向十八度。注意脚下，夫人。"

我偶尔会忘记奥斯卡并非人类，清楚的夜视能力只是奥斯卡众多特异功能的一部分。借着昏暗的灯光，我小心翼翼地越过地上的电线和管道，以及一些乱七八糟的小设备，看上去像是热水器和空气净化器，或者一些地堡需要的机械物品。

我见到奥斯卡站在一个类似舱门的门口，那是扇圆形且装有把手的门，看起来像老旧的军船通道，门后是一条漆黑的过道。

"奥斯卡，出什么事了？"

"这是其中一条紧急逃生通道，詹姆斯正在里面检查。"

"其中一条逃生通道？"

"总共有两条，供地堡坍塌时使用。我们检查过另外一条，已经被废墟堵住了。"

"我刚刚按电梯也没有反应。"

"电梯井已经坍塌，"奥斯卡毫无情绪地说道，"所以我们用地堡的主控制板关闭了电梯。"

我指着面前的通道问："他进去多久了？"

"四十五分二十一秒。"

"这么久了吗？"

"检查另一条通道只花了十二分三十二秒，那里的塌方离入口较近。不过，按道理他现在应该回来了。他坚持要自己进去。"

"为什么？"

"用他的话讲，就是受不了看我在一旁慢慢吞吞的。"

我忍住不让自己笑出声："你有手电筒吗？"

奥斯卡将手电筒递给我："我不说你应该也知道，他不会愿意让你进去的。"

"当然。"

我爬进通道，里面最多只有一米半高。虽然不用爬行，但我也只能弯腰前进。两边的墙体像由金属制成，摸上去手感冰凉。黑暗里只回荡着我的脚步声。

"詹姆斯！"我向里面喊道，但无人回应。

"夫人，"奥斯卡对我喊道，"我能进去吗？"

"别，你待在原地。如果我没有回来，你就去找福勒帮忙。"

"明白，夫人。"

我继续前进，身体的大部分重量由右腿支撑。没过一会儿，我感觉通道方向有些倾斜，随着不断深入，我才肯定通道走向几乎有三十度的倾斜。我的双腿开始酸痛，背部下方也有些抽筋，我以为尽头就在前方，走过去才发现通道呈"U"形走向。走过转弯口，我用手电朝前方照去，前面依然是一片漆黑。

"詹姆斯！"我的声音在黑暗中发出回音。

依然无人回应。

突然，脚下传来一阵隆隆声，震颤让我吓了一跳。小行星坠落处的地表肯定还在下陷，我们必须尽快离开地堡回到地面。

晃动停止后我加快了脚步，双腿疼痛难耐，心悸感也在不断加剧。我现在真的需要拐杖，但我更想先找到我的丈夫。

我走过另一个拐弯口，举起手电呼唤着詹姆斯的名字，但还是无人回应。我不由得开始担心起来。

就在下一个转弯口，我通过手电看到前面的地上有什么东西，附近还落着碎石和尘土，仿佛是从前方滑到此处的。我现在可以肯定的是通道的顶部已经被击穿，之前的墙壁干燥冰冷，但这一节的墙壁摸上去有些潮湿。

那可能不是詹姆斯，因为我见不到他的手电光。不过我还是加快了脚步，即便双腿有些战栗，但我一刻也没有停下，最后甚至跑了起来，映入眼帘的是一堆碎石块，旁边有什么东西正躺在那里。

是詹姆斯，他周围堆满碎石。我吓得僵在原地，颤抖地举着手电照去，他一动不动，已经失去了意识。

我伸出手摸向他的颈动脉，虽然气息微弱，但好在呼吸正常。他还活着。他那被碎石压碎的手电就掉在一旁。

我告诉自己必须冷静下来思考。首先，我应该将他拖离塌方位置，因为随时会落下更多的碎石。于是我抓住他的双手，用尽全力将他向后拉去，远离前方的碎石堆。完成后，我气喘吁吁，扶起他的脑袋放在我的大腿上。

"詹姆斯，你能听见我说话吗？"

毫无反应。

我不可能独自将他拖出通道，应该回去请求支援，但我不放心将他一人留在这里。

我站起身继续吃力地拖动他，终于来到"U"形拐弯处。缓过气后，我跌跌撞撞地往回跑去，嘴里呼喊着奥斯卡的名字。返回的道路属于下行，要比上来时轻松不少，而且现在的我也没有精力去理会双腿的疼痛。

很快，奥斯卡的声音传了过来："夫人，怎么了？"

"奥斯卡，快过来帮忙，詹姆斯出事了。"

□■□□ 第十三章 □□■■

詹姆斯

醒来时，我发现自己已经躺在了公共浴室隔壁的医疗区，我脑部传来剧痛，像刚刚经历了这辈子最严重的宿醉一般，胃里也涌起一股恶心感。我侧起身准备呕吐，却什么也吐不出来，只有后背不断传来疼痛。

我四周围着医用帘，艾玛坐在床边的椅子上，严肃地看着我。

"从现在开始，不准单独行动。"她说。

"我举双手赞成。"我咕哝着回答道。

"发生什么了？"

"那条通道本来就受损了，我检查的时候突然传来震动，一些石块松动落下，正好砸到了我。"

她站起来握住我的手，说："你以后不能这么大意了，我们不能失去你，我更不能失去你。"

从那之后，我们开始结伴而行。那天下午，我和奥斯卡一起回到那条通道里，这次我们更加谨慎小心。第二条逃生通道通向更远的地表，但依然坍塌了。

我原以为小行星会击中七号营地，但现在看来，它应该是直接命中了地堡上方，网格肯定是推论出我们会将重要人员疏散至此，所以直接瞄准了地堡。它应该通过模拟，算出瞄准地堡同样可以摧毁七号营地。为了提高效率，它在两个目标中选择了地堡，以此节约能量。想到莉娜和所有留在七号营地的生命，我希望网格判断错误了。我祈祷在冲击波下，至少还有一些人能够存活。

不过，我们暂时无从得知地表上人们的状况，眼下最大的问题是我们被困在地堡里，无处可逃。

福勒召开了一次会议，参会主要人员有我的团队（除了莉娜）、艾玛、厄尔斯上校和奥斯卡。

我们聚集在厨房岛台，有人坐在凳子上，还有人站着靠在冰箱上。

我不禁回想起在"和平女神号"气泡室的日子，我们用安全绳固定住自己，围在会议桌旁各抒己见。现在，我们同样面临着巨大的压力。

"大家先各自汇报一下情况吧。"福勒开口说。

我们望向田中泉，一致认为最先需要了解地堡人口的健康状况。

"好消息是，没有人受重伤，都不需要紧急手术。地堡有足够的药物储备，应该比食物能坚持更久。"

"食物具体能坚持多长时间？"福勒问。

"大概三周。"

"能定量配给吗？"哈利问道。

"三周就是定量配给，"田中泉回答，"而且我们今天就得开始。"

"都这样了，应该让大家多吃一点儿早餐。"赵民有些不耐烦。

田中泉朝他投去一个不悦的眼神，说："我也想让大家多吃一点儿，但我认为现在还是定量配给更合适。"

"我还以为人类能几周不吃东西呢。"格里戈里无视他们的争吵，说道。

"理论上讲可以，实际上没那么简单。"

"考虑到目前情况，我觉得你可以给大家简单介绍一下基本的生存知识。"福勒对田中泉说。

"好。"田中泉深吸一口气开始科普，"要想生存，首先得按必需程度排序，人体最需要氧气、水和食物。没有氧气我们只能存活五到十分钟，没有水则能够存活三到八天，没有食物可以存活二十到四十天。缺少食物的生存时间完全因人而异，取决于他们的体重、基因组成、健康状况等，更重要的一个前提是，他们得有水。"她问詹姆斯，"我们的水资源目前充足吗？"

"很充足，地堡装有净化水系统，我们还可以利用附近的蓄水层。"

"这是个好消息，"田中泉继续说，"还有个好消息是，人体有非常强的适应性，如果身体得不到所需的热量，它就会自动调整新陈代谢来延长支撑时间。我们的身体首先会将肝脏的糖原转化为葡萄糖，并经血液循环运送到身体各部位。等糖原耗尽，我们的身体就会开始利用存储的蛋白质和脂肪。一开始，它们会被分解成甘油、脂肪酸和氨基酸，能降低身体的葡萄糖需求。而对生存非必需的蛋白质会被优先分解，如果身体依然未能获得热量，它会再次自我调整，开始利用更多的脂肪，将它们转化为酮类化学物质。最终等脂肪储量耗尽，它会开始蚕食剩余的蛋白质，我们肌肉内存储的蛋白质会被迅速消耗殆尽，只剩下细胞必需的蛋白质，等身体开始利用它们的时候，伴随而来的就会是器官损伤和衰竭。到那时，免疫系统会受到严重破坏，本可以轻易抵御的传染病也会变得更加致命。在这个阶段，极易出现心脏骤停并且死亡。即使逃过以上这些危险，最后也会死于恶性营养不良和营养消瘦症。"

"这些话，"我慢慢说道，"应该是促使我们离开这里最好的动员鼓励了。"

田中泉举起手解释道："不好意思，我的用词太专业了。通俗点说，就是健康状况较好、脂肪和蛋白质储量较多的人能坚持更久，所以才需要定量配给，目的是避免造成长期器官损伤以及降低身体消耗。三周后，如果我们还逃不出去，大家就会出现永久性器官损伤甚至死亡。"

"还有什么办法能延长生存时间吗？"福勒问。

"补充水分至关重要，我们应该避免摄入任何含兴奋剂的东西，包括咖啡或者其他任何含有咖啡因成分的食物。降低身体耗能可以延长生存时间。"

"整天坐着看电视？"哈利问。

"可以，但我建议播放全年龄段的内容，因为心跳加速也会消耗更多热量。"

"三周……"福勒慢慢说道，"我们为什么当初没多拿一点儿食物下来？"

我觉得厄尔斯上校等这个问题很久了，他叹了口气，说："地堡的供应是根据需求级别决定的，但现在地堡里的人数比原定最高承载人数要多上十倍。我们之前得到的消息是，最近的一颗小行星至少也要六周才会撞击到地球，因此中央司令部所有人都忙于解决那三颗较大的小行星，完全没来得及完善疏散计划和补给安排。"

"问题在于，"艾玛说，"我们要怎么在三周内离开这里？"

听到这个问题，大家不约而同地望向我。

"大家应该都听说了，"我冷静地说道，"电梯井已经完全坍塌。"

格里戈里往椅子上一靠，轻松地说："我可以制作炸药。"

格里戈里应该是我们当中最想回到地面的人，这点我可以理解，如果艾玛被留在上面，我也会这样着急。

"太冒险了，"我回应道，"爆炸未必能疏通电梯井，反而很可能会破坏地堡目前稳定的结构，甚至造成塌方。"

"那两条逃生通道都走不通了？"哈利问。

我点了点头。

"我们能挖出去吗？"夏洛特也问道。

"不清楚，我们目前暂时不知道塌方点后面的情况，基本可以肯定要花上不少时间才能挖通。其中一处塌方离地堡很近，这就意味着整条通道可能都受损严重。另一处塌方距离较远，但通道内部也出现了大量裂缝，"我顿了顿继续说道，"要我说，其实三周的时间远远不够，而且挖掘工作会非常危险，对于这点我深有体会，即使有防护头盔和保护措施，我也不赞成这一计划。"

格里戈里双手一摊："就是说怎样也出不去了？这地堡真没用。"

"还有一个方法。"我迅速说道。

大家纷纷朝我看来。

"利用备用水供应系统。"如我所料，大家纷纷投来不解的目光，"我之前说过，地堡有独立且完善的水过滤系统，净化器可以循环利用水资源，和我们在太空船上使用的系统类似。我们知道，如果水资源出问题，对地堡所有人来说都是致命的，所以我们准备了一套备用水源。"

"蓄水层。"艾玛已经猜到我的意思。

"没错，地堡和蓄水层有一条连接管道。"

"一条全是水的管道。"格里戈里似乎很烦躁，他在平板上调出地堡结构地图，"一条几乎长达两公里的管道，而且大小勉强只够一人通过。假设你能抵达蓄水层，你又要怎么回到地表？"

"仓库也和蓄水层有连接。"我回答。

"也就是另一条管道，但那条管道也可能已经坍塌。"格里戈里说。

"有可能，但小行星的撞击无疑会瓦解周围的土地，因此我猜测蓄水层上方会有大量裂缝——一直通向地表。"

大家都沉默不语，思考着这一方案的可行性。

"蓄水层离地表还有不少距离，"艾玛说，"假设能找到通往地上的道路，对地堡里的许多人来讲，爬上去也是极其困难的一件事。"

我回应道："确实，但这是我们唯一的选择。"

"我们先倒回来一点儿，"哈利说，"我们能抵达蓄水层吗？我们有足够的水下呼吸装置吗？"

"没有。"福勒回答。

"我们也不需要，"我转过去对着奥斯卡说，"这里有人根本不用呼吸，游几公里都不用休息。"

※

来到地下室，我用发动机为奥斯卡充满了电。虽然我觉得这样有点儿多余，但小心驶得万年船。

我们来到水处理区域，奥斯卡站在水缸旁向里面望去。

"你可能只能用你的脚游了，"我对他说，"我不确定你到时候能游多快，可能得三四个小时才能抵达蓄水层。"

"然后呢？"

"奥斯卡，届时你就得靠自己去判断了。幸运的话，小行星的撞击会在蓄水层上方撕开一道裂口，如果你能见到光亮，就往上游然后爬到地面。如果见不到光亮，就试着找到那条和仓库连接的备用管道。"

"如果通往蓄水层或者仓库的管道都坍塌了怎么办？"

"那我们就真的完全被困在这下面了。"

□□■□ 第十四章 □□■□

艾玛

奥斯卡已经离开两天了，我知道詹姆斯很担心他。

在这两天里，我们建立了一些日常规划，其中多数是为了孩子。

在居住区侧方的公共休息区，大卫和其他一些父亲母亲临时轮流照顾年龄较小的孩子。

在餐厅，麦迪逊和夏洛特建立了类似学校的机制，有点儿像在西部拓荒时期：所有年级的小朋友，从小学到中学，都在只有一间教室的学校里学习。这些孩子按年龄分散而坐，麦迪逊和夏洛特轮流布置了学习任务，并检查孩子们的学习进度。麦迪逊甚至组织了一场戏剧表演，原因很简单，如果我们能忙碌起来，也许就能继续保持乐观的心态。

※

我在地下室里找到了詹姆斯。照明灯从天花板的大梁上照下，地上堆着各种机械部件，看上去他正在拆解所有非必需的机械设备。

"我能帮忙吗？"我在他旁边坐了下来。

"没事，你……就和我讲讲你今天做了什么吧。"他头也不抬，手里继续捣鼓着一个看起来像是空气净化器的设备。

"我让艾莉去日托了。"

"和大卫？"他露出微笑问道。

"嗯。"我也笑着说道。

"然后呢？"

"然后，我和福勒还有格里戈里制订了一个延长食物补给的计划。"

"具体怎么操作呢？"

"我们觉得应该可以将地下室的一部分改装成小农场。"

他点了点头，我看得出他支持这一想法，但不太相信能成功。

"你在弄什么？"

"只是拆解而已。"

"看看有什么可用的零件？"

"没错。"

"你想制造什么吗？"

他露出一个神秘的笑容，说："你猜。"

"能救我们的东西。"

"这还用说。"

我思考了一会儿，然后突然意识到，说："你显然在制造一个能挖出一条逃生通道的机器人。"

"很接近了，我在设计一个能钻过逃生通道裂缝的小型机器人，因为还得挖一段距离才能回到地表。"

"然后呢？一个能回到地表的小机器人有什么用？"

"再仔细想想。"

"噢，我知道了，你想让它去求救。"

"没错。"

✳

虽然地堡的床铺睡两个人非常拥挤，但我和詹姆斯依然每晚睡在一起。自从来到地堡，我们每晚都同床共枕，像两条凤尾鱼一样挤在一起，艾莉就睡在我们中间。

麦迪逊的夜灯通常是房间里最后熄灭的。灯熄灭后，詹姆斯小声跟我说："我是认真的，我一定会带你们离开这里的。"

"我知道，我爱你。"

我想过告诉他怀孕的事情，但现在依然不是时候，他已经有足够多的事情要操心。

✳

我感觉有人在抓着我的手臂，我一下惊醒了。我意识到是詹姆斯在轻轻撑着我的手，越过我然后爬下了床。幸好我今早没有孕吐，否则他肯定会发现不对劲儿。

等眼睛适应黑暗后，我看到房间门已经打开，门口站着一个人影，身上的衣服是湿的，正往下滴着水。

奥斯卡回来了。

他找到回到地表的路了吗？还是说他失败了——只是回来告诉我们根本没有方法离开这儿？

□■□□ 第十五章 □□■□

詹姆斯

在办公间里，奥斯卡向我汇报了情况。

"先生，不好意思花了这么久才回来。"

"情况怎样？"

"通水管道有几处受损。"

"断裂了？"

"不，只有凹痕，管道虽然狭窄，但可以通过。"

"你抵达蓄水层了吗？"

"是的，先生。而且我回到地表了。"

"上面情况怎么样？"

"和仓库连接的水管已经完全坍塌，但我在蓄水层上方找到了一条通往地面的路线。不好意思花了这么长时间，有很多都是死路。"

"你检查地堡通往地面的逃生通道了吗？"

"是的，先生。接近地表的位置发生了坍塌。离我们之前发现的塌方的地点非常远。"

这一坏消息像一记重拳挥在我脸上，逃生通道本是我们离开地堡的最好选择。

不过我们还有希望。

"非常抱歉，先生。"

"还有办法。"

"我不懂，现在依然只有我可以回到地表。"

"这是暂时的，奥斯卡。我要你再次回到地表，去奥林匹斯大楼给奥利弗发送一条信息。如果他在线，你就检查一下他的系统状况。"

"然后呢？"

"他可以帮到我们，不过他很有可能已经被废墟埋住。如果确实如此，你暂时也不要回收他。"

"明白，先生。发送信息后，我该做什么？"

"去隔壁的中央司令部大楼，旁边有个地堡，就在东北角位置。如果我猜得没错，地堡的一些结构应该还完好无损，我会告诉你怎么进去以及要带回哪些东西，它们是拯救我们的关键……"

❄

早上我们开了一场会议，我告诉团队成员奥斯卡已经成功回到地表。听到这儿，大家稍微地松了一口气，又纷纷燃起了生的希望。

每个人都想知道下一步安排。我打算亲自试一次奥斯卡的路线，判断能否将所有人疏散出去。我知道艾玛一定会反对，但我必须这么做。所以我没有透露我所有的计划，只是告诉他们我派奥斯卡回到地表去取一些物品，等拿到所需物品后，我再研究后续计划。好在这些话已经暂时足够安抚他们了。

当晚，我回到地下工作室继续捣鼓迷你无人机。我还没有放弃它们，但我不希望哪天真的要用上它们。

水处理装置那边传来一阵脚步声。

奥斯卡回来了，他手里拿着我要求的物品，小心翼翼地举着它们，像新娘拎着婚纱那样。确实，任何损伤都会带来致命的后果。等走近后，他小心谨慎地把两套航天服放在地上。

我看了看它们，这是一次豪赌，但也是我们唯一的机会。

"先生，我尝试过连接奥利弗，但他没有回应。"

"他应该是被压坏了。"

奥斯卡面无表情没有说话，但我好奇他的智能程度是否已经发展到会对奥利弗的遭遇产生情感。我一直把奥利弗当成奥斯卡的弟弟，我不知道他是否也这样想。

"先生，我能问问你打算怎么处理这两套航天服吗？"

"它们就是我们离开这里的希望。你要拉着我和另外一个人穿过备用水管，如果成功，我们就用这条路线将所有人运送出去。"

"如果失败呢？"

"那我们到时候再想办法。"

"另一个人是谁？"

这是个好问题。一般来说会选择年轻的士兵，他们活着出去的概率最大。但这不仅仅关乎回到地表，还关乎后续的安排。如果出了差错，一位工程师能助我一臂之力。

"格里戈里，你去叫醒他吧，再给福勒和团队留张字条，告诉他们我们要回到地表，而且会尽快返回。快点儿，我们的时间不多了。"

❋

在地下室昏暗的灯光下，格里戈里盯着眼前的两套航天服。

"这太疯狂了。"

"这是我们唯一出去的办法。"我指着航天服，说。

"为什么是我？"他问道。

"因为你身体状况良好，况且我知道你有多迫不及待地想回到地面，如果艾玛在上面，我也会有同样的心情。而且等回到地表后，我们需要选择出一条最佳的逃生道路，甚至会改变计划——疏通坍塌的电梯井或者逃生通道，所以我需要一名工程师。"

"很高兴你终于认识到我的重要性了，"他打量着航天服说，"这一定是历史上最奇怪的一次舱外活动。"

穿好装备后，我们去了水处理区域，奥斯卡弯下身进入了备用水管的小蓄水池里。水池区域本来是我们让修复无人机进入管道维护的入口，从来没想过会让人进去。入口非常窄小，管道大小勉强能挤下穿着航天服的我和格里戈里，我们绝对无法在里面游泳，但奥斯卡可以。

我示意他可以行动了。奥斯卡将一根电线系在腰上并检查牢固后，一头潜到了水里，蹬着双腿消失在气泡中。

我握着电线，直到那头传来奥斯卡的信号：三下轻拉，四下猛拉。

我留出一些空间把电线系在腰上，格里戈里也跟着我照做。我们一起潜入管道，奥斯卡开始拉着我们前进。

除了我们头盔内的照明外，管道内一片漆黑。被黑暗包裹且不受控制的感觉让我胆战心惊，如果航天服中途被划破，那将是一种缓慢且痛苦的死法。我紧张得额头开始积聚汗水，下意识地憋住了气。

在管道里，我感觉不到时间流逝，眼前阴暗的管道仿佛是一幅静止的画面。

虽然无法和奥斯卡对话，但格里戈里和我的航天服连接了通信绳。

"我觉得自己像一条上钩的鱼。"格里戈里说。

我笑了出来，内心的紧张缓解不少。

终于，前方透进一束微弱的光亮，管道尽头迎来了广阔的蓄水层。

我向上望去，光亮透过布满岩石顶部的小裂隙洒进黑暗的蓄水层，看起来就像一片星空。

头盔灯的光线所及之处都飘着颗粒和尘土，像飘荡在太空的云朵。小行星也在这里留下了撞击的痕迹。

我们借着浮力漂在蓄水层上方，跟着奥斯卡爬上了一条大型裂缝，它比我们在水下看上去要大得多。

我小心地伸手抓住岩石裂口，想将自己拉出水中。虽然这航天服是目前最新的顶尖设计，但沾水后仍然过于沉重，而且其设计初衷也不是用于地球环境。奥斯卡抓住我上臂奋力一拉，同时我用右腿在水面旁的岩石面一撑，我的腿部肌肉传来烧灼般的痛楚。我们非常谨慎，绝不能损坏航天服。等离开水面后，我瘫坐在原地，摘下头盔，大口呼吸着潮湿的空气。

奥斯卡将格里戈里也拉了上来，我们都立刻脱下航天服放在脚边。我们绝不能穿着航天服爬过接下来的岩石通道——那样会划破装备，所以最好将它们留在原地。

奥斯卡打开帆布包，递给我们 LED 头灯和腰带，通过腰带上的钩子，将我们和他连接在一起。去往地表的通道将会蜿蜒曲折，虽然周遭的岩石突出处能给我们提供好的着力点，但我还是让奥斯卡备好绳索以防我们脚滑。通往地表的岩石非常潮湿，我也并非熟练的登山者，格里戈里应该也不是。所以，这一过程应该不会太顺利。

我们一开始攀爬得十分缓慢，奥斯卡对每一个手脚的支撑点都十分谨慎，他的头灯总是向下照过来，确保我们一切顺利。不一会儿，我的手指就划破皮，红肿疼痛起来。我应该让奥斯卡准备好手套的。像正外出度假的小朋友，我迫不及待地想对奥斯卡喊：到底还有多久才到啊？可我忍住了，继续默默地向上爬，时不时落下的尘土让我咳嗽起来。

奥斯卡中途两次停下，让我们休息喘气。

"我有点儿怀念鱼儿上钩的感觉了。"格里戈里说。

"我更怀念电梯。"我附和道。

终于，上方一束光线斜照到我们眼前，仿佛在告诉我们再坚持一会儿。一想到艾玛和艾莉还在下面，我就浑身充满了干劲儿。

我好奇我们离开地堡多长时间了。我掏出手机查看，发现已经过了将近七个小时。回到地表的路途比想象中更加艰难和耗时，我当初应该猜到奥斯卡对整个过程只是轻描淡写，因为这对他而言根本不算什么。即使我们拥有足够多的航天服，这也不是一条适合所有人的路线。

艾玛此时一定忧心忡忡。我本以为检查完路线和撞击坑后，能在她醒来前回到地堡。但现在肯定赶不上了，而且她必定会对我向她隐瞒这事感到不满。

在爬到最后一段后，耀眼的阳光从顶上照进来，我的手臂已经像意大利面条那般柔软，使不上任何力气。奥斯卡伸手利落地将我拉上了地表。

我眯起双眼看着眼前的一切，虽然太阳不及小行星撞击前那般明亮，但与过去八个小时的黑暗相比，眼下的阳光几乎让人致盲。在适应光亮后，我开始判断太阳能输出降低了多少。据我估计，起码有50%。整个天空灰蒙蒙的，目所能及之处皆是尘土飞扬。

地表气温很低，我不知道是因为小行星造成的尘埃遮挡了太阳光，还是网格复位了太阳系内剩余的太阳能电池，重新遮蔽了通往地球的阳光。那些太阳能电池由第一个收割者制造，目的是收割太阳的能量。自我们在谷神星击败收割者后，它们便一直飘荡在太空里。我们未采取后续攻击的原因也很简单：它们在浩瀚的太阳系内就如蚂蚁般微小，即便能定位所有太阳能电池，由于它们分散在不同位置，我们也只能一个个摧毁它们，更不用提它们的数量可能多达数千甚至数百万个。

我们现在难道是遭遇了小行星和太阳能电池的双重进攻吗？漫长的寒冬难道又回来了？

光是小行星撞击就足以毁灭地球上所有的生命，它们所引发的附带效应会更加致命。当一颗小行星坠落后，它会剧烈爆炸产生冲击波，像一颗火球点燃所经之处的一切。即便烈火熄灭，冲击波仍会摧毁沿途的树木和建筑。撞击会将大块的土地抛向天空，在接下来数小时内，喷射物会陆续落回地面造成剧烈冲撞，进一步引发地震、海啸和飓风等自然灾害。

在这次灾害过后，地球会暂时安静下来，但短期内地表依然危机四伏。天空会落下酸雨，爆炸扬起的尘埃会遮挡住太阳光，使气温骤降、庄稼死亡。

小行星撞击的长期影响最终由它的大小和撞击地点而定，最坏的结果是臭氧层被摧毁，地球会直接暴露在致命的紫外线照射下。除此之外，还可能造成温室效应，增加大气层二氧化碳含量，使地球温度骤升。

对于即时影响，我们无能为力——冲击波、地震和地下喷射已经结束。短期影响便是我们现在面对的情况：酸雨和漫天尘土。未来我们还会面对各种长期影响——前提是我们还有未来。

奥斯卡打开另一个帆布包，递给我们一些厚衣服。穿好之后，我拿起包里的卫星电话。

正如奥斯卡所说，卫星电话没有信号，卫星也许已经被小行星击中，又或者是被撞击引起的喷射物击毁。但我没有关闭手机，以便以后能收到信号。

虽然不抱什么希望，但我还是打开了手持军用对讲机："这里是詹姆斯·辛克莱，七号营地的生还者。如果有人能听到，请回答。"

一分钟过去，我和格里戈里坐在地上，奥斯卡在一旁冷漠地看着。我又重复一遍广播，几分钟过去了，依然无人回应。我将对讲机扔回包里，说："我们每整点广播一次。"

格里戈里有些不解。

"也许会有直升机在搜寻生还者。"

不过概率不大，七号营地曾是大西洋联盟的政治和军事中心，如果有谁会乘直升机搜救生还者，那也应该是我们。我们连回到地表都历尽艰辛，其他营地的命运恐怕并不乐观。

但这仅仅是我们打开对讲机的一个原因，另一个原因是也许会有其他生还者会通过对讲机呼救。如果有，我们就必须尝试去帮助他们。

附近停着一辆电动军用车，是奥斯卡从中央司令部地堡取回的。我和格里戈里挤了进去，奥斯卡让汽车自动导航至地堡上方的仓库位置。

在小行星撞击前，这里本来是布满岩石的沙地，看上去就像火星表面。但现在大地已经被烧焦，烧焦部分显得异常光滑，岩石或被熔化，或被冲击波击飞，总之是不见了踪影。

沙子也在高温之下被熔化了，地上出现许多玻璃条纹。眼前的景象一点儿也不真实，在朦胧的寂静中，我觉得自己像一名在外星球漫步的太空探索者。

奥斯卡在一个巨大的陨石坑边缘停下车，我们走下车查看情况。撞击坑底部是一个光滑的碗形，这颗小行星体积不大，比毁灭恐龙的小行星要小，但留下的痕迹依然让人震惊。撞击坑至少有 1.5 公里宽，毁灭性的撞击效果让人难以置信。想象一下，如果它击中七号营地，那么后果将不堪设想。虽然它离七号营地有数公里远，但冲击波必然也对营地造成了严重的影响。格里戈里站在一旁，呆呆地看着眼前的一切。我知道他在想什么。希望我们还来得及救莉娜。

但眼下，我们有更为迫切的问题要解决。

"我们先解决眼下的问题吧，"我说，"很显然，通往蓄水层的管道和回到地表的路线不适合所有人，即便能将食物带回地堡，仅凭我们三人也无法大批量地运回。回到地表的路途遥远，让所有人安全撤离需要大量食物，还得花费数周，甚至数月。食物也许会供不应求，中间也可能出现意外。"

格里戈里点头赞成："即便我们能协调好时间和食物供应问题，我也不太喜欢这一方案。通往蓄水层的管道随时可能崩塌，我们要想个更好的办法。"

"先生，"奥斯卡开口了，"我可以驾车前往其他营地，看看能不能寻求到帮助。"

"他们和我们的处境大概一样，不用浪费时间了。格里戈里也说了，我们需要一个安全可靠地撤离所有人的方案，"我思考了一会儿，"奥斯卡，你在中央司令部看到什么疏散设备了吗？"

"有的，先生。"

"好，我们先快速调查一下营地情况，然后就去中央司令部，找找有用的东西。"

格里戈里不安地望了我一眼，我知道他在想什么——也许我们能在奥林匹斯大楼找到莉娜。我也希望莉娜成功地活了下来。

我们立刻回到车上，全速朝营地驶去。等抵达营地外围时，我的担心得到了证实。眼前的建筑就像一片草原上的木制房屋，在遭遇巨型龙卷风后被夷为平地。

我们驶进营地，穿过街道的瓦砾和建筑残骸（幸好军用车辆可以适应这种路况）。看到眼前的狼藉，我感到万分难过，任何留在营地的人都绝对无法存活。

进到营地深处，一座座破碎的建筑物残骸陷在原地，住所的穹顶全部坍塌，全都被掩埋在废墟堆中。

看着这一切，格里戈里感到非常焦躁不安。前方是七号营地的中心，奥林匹斯大楼残骸就在眼前，那里曾经是美国国家航空航天局、美国国家海洋和大气管理局以及其他科学组织的所在地。奥林匹斯所在的中心区域还建有医院、中央司令部军队总部和政府行政大楼。处于营地中心的位置虽然帮助奥林匹斯大楼躲过了一部分冲击波的袭击，但高的楼层没能幸免。大楼本来有六层楼高，现在只剩两层楼高度。耳边只能听到风掠过废墟的呼啸声。

空气中弥漫着污水、腐烂的食物和死亡的气息。

格里戈里开始全力地呼喊起来："莉娜！"

他跳上废墟堆，爬过碎裂的硬塑料墙板和扭曲的钢筋，嘴里哭喊着莉娜的名字，踉踉跄跄地寻找着她的踪迹。突然，他停下脚步，转身看着我，眼神中透出恐惧与愤怒："我们一定要找到她，帮帮我，詹姆斯，求你了。"

"格里戈里……"

"詹姆斯，求求你了。"

我对奥斯卡说："你再开一辆车返回地堡，带田中泉和哈利过来。我们现在开始搜救生还者。"

说完，我走进废墟，阴沉的阳光开始洒落在这片废土上，这个我曾经唯一愿意称之为家的地方。

"好，格里戈里，我们一起去找她吧。"

▢■▢▢ 第十六章 ▢▢■▢

艾玛

我躺在床上背贴着墙，艾莉就在身旁，唯独缺了詹姆斯。昨晚，他留下一张字条说要和格里戈里回到地表，而且会尽快回来。我本以为他午餐前就能回来，但他并没有。在晚餐时，我又四处寻找他的身影，等我和艾莉洗完澡后，他依然没有回来。他不在地堡。如果他知道这次离开会超过二十四小时，他还会只是仅仅留张字条给福勒吗？他应该会亲自叫醒我说这件事的吧？我害怕他出了什么意外，睡觉时也忍不住继续空出他的位置，希望一早醒来就能看到他躺在我身边。

"爸比？"艾莉问我。

"他在工作，宝宝。"

"现在？"

"对，他现在晚上也得工作。"

"家……"

"我们会回家的，我保证。现在先睡觉吧。"

几个星期，这就是我们仅剩的时间。

食物供应只够支撑十六天，这就是我每晚入睡前担惊受怕的事情。

第二天一早，团队在厨房召开了一次会议，原因有二：首先，我们不想让其他人听到我们的对话；其次，我们其中一人必须全天二十四小时待在厨房。没有人愿意将这项任务称为看守，但食物是我们最宝贵的资源，是所有人生存的前提，如果有谁突袭了厨房，后果将不堪设想。

团队所有人都在这里，除了詹姆斯、格里戈里和奥斯卡。

"有些家长向我们提出了一些要求……"田中泉顿了顿，好像在组织语言，"他们对定量配给有意见。"

"我们已经讨论过这件事了，不能有特权。"福勒说。

"他们不是要特权，他们是想放弃自己那份，让给孩子。"

"那样会引起一堆麻烦，"福勒回答，"那些没有家长的孩子怎么办？如果我们这么做，其他的家长肯定也会备感压力，继而遵循这一做法。"

"即使我们拒绝，他们也会这么做，"赵民说，"他们会藏起自己的食物，而且食物还可能会变质。"

"你是怎么和他们讲的？"福勒问田中泉。

"只是和他们说我们需要考虑。那我们会考虑吗？"

"我同意赵民的说法。"哈利说，"不然还能怎么办？虽然我不是父亲，但我肯定也愿意放弃自己那份，留给孩子。"

突然有人敲响了厨房门，我庆幸有人打断了眼下的争论。

"请进。"福勒说。

奥斯卡推开门迅速走了进来。

"詹姆斯人呢？"我立马下意识问道。

"他在地表。"

"他没事吧？"

"他没事，夫人。他和格里戈里都很安全。"

"我们能通过蓄水层疏散吗？"福勒问。

"不能，先生。詹姆斯已经否定这一方案，但是他另有打算。很抱歉，他让我快一点儿，我需要田中泉和哈利博士立刻跟我出发。"

□■□□ 第十七章 □□■□

詹姆斯

我的双手又痛又冷。爬出蓄水层已经够艰难了，在美国国家航空航天局总部废墟中挖掘更是雪上加霜，脚下的残骸沉重且锋利。我的手已经被冻僵了。

太阳已经落山，随着入夜，气温不断下降，但我和格里戈里一刻也不愿意停下。

在一层薄薄的积雪和灰烬下，我们找到了我意料之中的东西：一些曾经覆盖在建筑顶部、现已破碎的太阳能电池板，支撑建筑结构的硬塑料大梁，还有原本固定在屋顶下的数根电线，就落在太阳能电池板旁边。

还有我意料以外的一些东西：一种散布在废墟残骸里呈黏稠状的黑色物质，像随意喷洒在地上的汽油。

格里戈里拿起一块在手指间揉搓着，问道："这是什么？"

"不知道。"

"可能是落回地面的喷射物。"格里戈里说。

"可能和太阳能电池板的一部分混在一起了。"

"如果是这样，它在形成的过程中可能会释放有毒气体。"格里戈里心不在焉地说道，手上还在搓着那块东西。

"嗯，这对幸存者可不是好消息。"

说完我们又默默继续向下挖掘，四处都弥漫着死亡的气息，但我们都选择无视。我们时不时会停下来喘口气，搓搓冰冷的双手。每次停下，我都会拿出卫星电话和对讲机，格里戈里也继续尝试呼叫着莉娜。

但都没有收到任何回应。

我们只好继续挖掘。

我和格里戈里抬起一块硬塑料墙板，一张中间嵌着屏幕的金属桌出现在我们眼前。虽然屏幕已经支离破碎，但我们都认出了这张桌子——它来自我们的团队室。如果莉娜当时在任务控制中心，那我们应该快接近她所在的区域了。

我们将桌子拖出废墟，继续向下挖掘。如果这座建筑是用钢筋水泥、塑料板墙和木材这种常规方法建造的，那我们绝对无法如此快速地徒手挖掘。七号营地的建筑都建造得十分迅速，因为用的是大规模量产的轻量化材料，而且牢固坚韧，不易破碎和断裂。

我抬起白板，将它扔到一旁。几天前，我们还在这块白板上写过字，研究制订着拦截那三颗小行星的计划。而现在，它已经化为碎片，因为我们没有注意到真正的攻击。

确切地说，是我没注意到。

每当我捡起一块残骸，都不禁思考起这个问题：失去美国国家航空航天局后，我们是否还有获胜的机会？不过，也许卡斯比亚或者太平洋联盟有什么秘密指挥中心，他们可能幸存了下来。

事实是，我们必须回到太空，重新面对新收割者。更重要的是，我们要摸清敌人的情况，以及人类剩余的力量。

我感觉耳朵上传来一阵湿意，有什么东西落到了我身上。我抬起头，发现天空落下了沙土般棕色的小雪。冬天真的来了，飘雪落在地上，渐渐笼罩起一切。

"詹姆斯！"格里戈里一边呼喊我，一边继续卖力地往下挖。他扔开一把损毁严重的椅子和一个破旧的平板，又丢掉一艘太空船模型，这些物品在落地瞬间就碎了一地。

在他脚下，我看见一条蓝色的裤子，接着格里戈里抬起旁边的一块隔板，下面露出一只人类的手臂。我立马冲过去，搬开那人身上压着的电脑屏幕和鼠标，并顺着手臂向下挖掘。

那人一动不动，也没有呼吸。

格里戈里用力将桌子推开，我们的头灯像救援探照灯般向下照去，是一个满脸伤痕、血迹斑斑的男人。

他是负责轨道防御阵列的控制技术人员之一，我记不清他的名字了，应该是托马斯或者特拉维斯之类的，他是个好人。他留在这儿或许是为了最优化防御阵列，我猜他已经明白了，如果再多击毁一颗小行星，拯救数千人的生命，那也算死得其所。

"我们要不要……"格里戈里看着眼前的尸体，想问我怎么处理。

我费力地走过去抓住那人的腿，接着对格里戈里说道："先把他移出废墟吧。"

我们踩着碎石块将他搬到空地上。时间已值深夜，万籁俱寂，我们的头灯是现场唯一的光亮。

我已经很久没有这么饥寒交迫、体力枯竭了，但我们不能停下脚步。

废墟上很快又积起一层薄雪，我们脚下开始打滑，刺骨的冷风吹过，我不禁冷得打战。我们继续向下挖掘，搬开桌子、墙板、椅子之类的杂物，我的双手不停颤抖着，脸颊也冻得通红，利刃般的冷风划在脸上使我的皮肤皲裂。我咬紧牙关坚持着，因为格里戈里和莉娜都是我的朋友，我们必须找到莉娜。

奥斯卡至少要十二个小时后才会回来，除非他能想到办法快速通过管道并爬出蓄水层。

后来我们找到了一具又一具的尸体，每一次我都心生希望，但在触碰到他们冰冷的皮肤后，我的希望又坠入无底深渊。渐渐地，我们已经不再抱什么希望能找到生还者了。

周围朔风砭骨，我和格里戈里也已经快精疲力竭，停下喘息的频率越来越高。我们坐在一起搓着双手，嘴里呼出的寒气飘过头灯，看上去就像从碎石堆中缓缓升起的幽灵。格里戈里决定继续挖。有些话我已经在脑海里预演过数次，我想劝他恢复理智，不要逼迫自己。在我正准备开口时，我们找到了莉娜。

莉娜死去的时候的确在任务控制中心。我认得我们的办公桌和工作站，在挪开任务中心那面大屏幕的碎片后，格里戈里发现了她的手臂，他立刻认出了莉娜的长袖T恤。

我站在原地，格里戈里盯着她的尸体看了许久。换作我，我会直接崩溃。但格里戈里没有崩溃，他只是轻轻地搬开压在莉娜身上的东西，擦干净她脸上和头发上的灰尘，将她的手安放在她胸前。我慢慢走近格里戈里，看到一股怒火正在他眼里酝酿，如此强烈，仿佛会随时冲出他的身体。我也有相同的感受。

❄

我和格里戈里用仅剩的力气将莉娜抬上汽车。

拖着疲惫和寒冷的身体，我将汽车自动驾驶目的地重新设置，前往距离奥林匹斯大楼废墟大约一百米的中央司令部大楼。大西洋联盟中央司令部总部大楼是一座庞大的三层建筑，中间是一个庭院，与漫长寒冬前的五角大楼类似，而这两者无一不成了一片废墟。

建筑设计者有先见之明，在旁边的地下建造了一个地堡，并通过加固来抵御直接空袭。设计初衷是考虑到如果卡斯比亚或者太平洋联盟之间爆发战争，我们可以撤退到地下。地堡内存有战争时期所需的一切应急物品：武器、食物、弹药，甚至有无人机，那是按照我们目前的情况来看最重要的东西。我只希望在过去两年里，当我们忙于防御小行星计划时，也有兼顾重视地堡设施的资源存储。

很显然，地堡的部分结构已经坍塌，特别是外围地区。中央司令部建筑的废墟位于地平面以下，就像一堆被扔进沟里的垃圾，所以他们才没有疏散所有人进地堡，因为他们既不确定地堡能否经受住小行星撞击，也不确定哪部分地堡建筑能在撞击中幸存下来。

幸运的是，幸存下来的建筑区域有一条可用的斜坡入口，刚好就是奥斯卡之前进入的入口。

我启用手动驾驶，开车进入隧道后，头顶的照明灯自动感应打开。我庆幸这下面还通着电力，我猜测这下面装有备用电源。如果是这样，那些电池应该是由中央司令部建筑顶部的太阳能电池板供能。现在太阳能电池板已经损毁，地堡的备用电源应该也支撑不了多久，我们得重新安装一排太阳能电池板供能，但眼下还有更重要的事。

地堡的一侧看起来像个车库，里面有运兵车和许多轻型汽车，也就是我们正驾驶的全地形车，还有一辆高速全地形车已经不见了。在我们挖掘美国国家航空航天局废墟时，奥斯卡将它开走了，现在大概正停在蓄水层的入口。

地堡内还有几件挖土设备，包括一辆大型挖掘机、一辆大型推土机和一些挖掘机附件，如液压锤和拇指夹斗。这些大型机器无疑是用于建造中央司令部地堡的工具，规划人员将它们留在这里，因为如果地堡入口发生塌方，还可以通过挖掘回到地表。我们也许可以用它们救出艾玛他们。

环顾四周，我检查了一下其余的设备。开放区域共有三个房间：一个内含手术室的小型医疗区；一间摆满屏幕的情报室；还有一间大型机械室，里面存放着小型水处理设备和一套空气净化系统。

开放区域的另一侧是装满了物资的纸板箱和架子，上面有我寻找的东西：武器、无人机、防弹衣、通信设备和即食口粮。

我现在饥饿难耐，恨不得立马冲过去填饱肚子。我和格里戈里先将莉娜的尸体安放在一辆运兵车内的长椅上，格里戈里坐在一旁看着莉娜。我从物资架上取下一条厚毯子，盖住了莉娜的遗体，然后关上了车门，让格里戈里一个人安静地待一会儿。

我拿起一包即食口粮，狼吞虎咽地吃了起来。运兵车的后门打开，格里戈里走了出来，他双眼红肿，布满血丝。我打开一包即食口粮，加热后递给了他。我们已经筋疲力尽，备受打击，没有再开口多说什么，只是各自安静地吃着口粮，身体因为寒冷而不断战栗着。

吃饱后，我在另一辆运兵车内加装了一个空间加热器，在地上铺上了毯子和睡袋。情报室的空间更加宽敞，但运兵车内空间狭小，更容易取暖。

"现在怎么办？"格里戈里问我。

"我们先休息一下，等哈利和田中泉来了之后，我们就制订计划，顺着陨石坑向下挖掘。"

格里戈里点了点头，进入运兵车内。

我脑子里突然冒出一个念头："不过，在他们来之前，我们还可以做一些事情。"

格里戈里挑了挑眉，有些疑惑。

"搜寻生还者。"

"怎么找？"

"这里应该有具备红外探测能力的调查无人机，我可以让它们飞过整个营地，趁这个时间，我们可以先睡一会儿。"

不过，即便有躲过冲击波的生还者，他们在废墟下也已经待了四天，很可能四天都没有进食，生还概率渺茫。可是我们至少要竭尽所能寻找生还者，否则根本无法安心入睡。

❋

等无人机飞到营地上空并开始传输数据后，我和格里戈里爬到一辆运兵车内，裹进睡袋里。我调了个三小时的闹钟，到那会儿，无人机应该已经搜寻完毕了。

❋

突然，我被吵醒了，有人紧抓着我的肩膀，把我推到地上不停地摇晃，并大声喊着什么。

我脸上之前被人撞击后留下的瘀青还在疼痛，整个身体也因为攀爬出蓄水层和挖掘废墟而酸痛不止。

在漆黑中，我意识到是格里戈里，他嘴里说着一连串俄语，大概是在骂脏话。

我的手机闹钟正在响着。

"是你设了闹钟？"格里戈里看到我醒来后，抱怨道。

"对啊，确保我能醒来。"我翻了个身，在手机上输入六位密码，闹钟终于停了下来。

"不，是确保我被吵醒。"格里戈里反驳道。

我们爬出运兵车，查看无人机控制箱的情况。那是一个和公文包差不多大小的设备，一半是控制面板，另一半是触摸显示屏。屏幕上有七号营地的卫星和红外图像，我切换到红外图像后看到了一丝希望。

营地内还有生命迹象。

总共有二十六个生还者，全部被埋在住所废墟下，这完全出乎我的预料。和大西洋联盟其他营地一样，七号营地外围有仓库和温室，包围着居民住所。根据无人机的调查来看，仓库和温室已经被夷为平地。我本以为离冲击波最远的区域至少有一两座设施能幸存，并能在那里找到生还者，但现实并非如此。

二十六个生还者，比我想象中少得多，我有些气馁。

在时间上，救援活动比疏散堡垒更加紧迫，我们必须马上行动。

有那么一瞬间，我想从奥林匹斯地下室挖出奥利弗，他可以提供很大帮助。和奥斯卡一样，奥利弗可以游过蓄水层和地堡的水管。要是有他的帮助，我们可以加倍疏散行动的速度，而他们也可以帮助进行地表的救援活动。但回收奥利弗面临着两个问题。

首先，即便有地堡的重型设备，也会耗费不少时间。我之前在奥林匹斯废墟犹豫是否要使用挖掘机，是因为担心废墟下还有生还者。但通过无人机搜查来看，那里并没有生命迹象。而且，使用挖掘机进行搜救工作可能会损坏奥利弗，如果挖断他的身体，我们还得花很长的时间来进行修复。

其次，即便能回收奥利弗，我也不认为他还能正常使用。奥林匹斯地下室并不如中央司令部那般牢固，更不用提奥林匹斯的重量是司令部的两倍。如果奥利弗还能运转，他之前应该会回应奥斯卡的信号，最好的情况是他已经离线。这种情况下，他要么是为了保存电量，要么就是已经损坏。

这样一来，只剩我和格里戈里的传统人力搜救法了，我多么希望我们能知道每位生还者还剩下多少时间。几天、几小时，还是几分钟？

在地板中间，我给奥斯卡、哈利和田中泉他们留了一张字条，告诉他们我们外出去进行搜救活动了。

"我们先救谁？"格里戈里问。

我下意识地做出回答，虽然未必是最好的选择，但这是我良心唯一能接受的选择。

"质量最小的信号源。"

"孩子们。"

"没错。"

□■□□ 第十八章 □□■□

艾玛

自从奥斯卡带着哈利和田中泉离开后，我就开始检查食物储量。我们一下到地堡时就应该这么做的。

五天前，我们进行了第一次清点，但我们没有打开所有纸箱进行查看。在我和赵民打开即食口粮并准备清点时，眼前的一幕让我绝望：损坏的食物。几箱即食口粮肯定在运送至地堡的过程中遭到了损坏，里面已经变质了几个月，甚至几年。除去这些，我们估计只能支撑十二天——而不是我们之前估计的十六天。

詹姆斯需要了解到这一最新情况。

一整天，我们都在等着詹姆斯、格里戈里或者奥斯卡从地表回来，但他们三人都没有出现。

当晚，我在床上抱着艾莉，希望詹姆斯能赶回来。

但他还是没有回来。

眼下，我们已经二十四小时没有收到詹姆斯或者其他人的任何消息，这不应该——至少奥斯卡应该回来疏散剩余的人员。我很担心詹姆斯他们会不会已经受伤或死亡了。

如果他们还活着，而且正在想办法救我们，那他们会以为地堡的食物还能支撑十六天。考虑到这点，我们至少需要想办法再撑久一些。

昨晚，我没有吃任何东西，多数的大人也没吃。今天早上，我和麦迪逊以及艾比共享了一份即食口粮作为早餐，这点儿食物几乎无法填补我的饥饿感。

早餐过后，团队剩余成员来到厨房。我们坐在凳子上，两眼疲惫，不知道接下来该怎么办。

"好吧，"福勒说，"看来我们得靠这些食物再撑久一点儿，我们现在讨论一下怎么办吧。"

整个房间里的其他人——赵民、夏洛特和厄尔斯上校——脸上的神情仿佛都在说着还能怎么办？！事已至此，已经没有任何好的选择了。

"依我看来，唯一的选择就是，"厄尔斯说，"减少人口数量。"

虽然大家十分饥饿且疲惫不堪，但这个提议还是成功吸引了大家的全部注意力。夏洛特生气地瞪视着，赵民满脸惊讶，福勒则显得十分好奇。对于我，这个提议让我感到恐惧。

"你这是什么意思？"福勒问，"我们没办法让更多的人回到地表？"很显然，福勒不愿相信厄尔斯是那个意思。

"不，人数不变。我会建议我的士兵自愿放弃他们那份粮食。"

"这太荒唐了。"夏洛特说。

"我觉得还没到那个地步。"赵民也附和道。

"我们越快做出决定，赢得的时间就越多，"厄尔斯继续说道，"我们必须假设詹姆斯他们在地表遭遇了不测，即便是最好的情况，也是有事情拖慢了他们的进度。我们可以猜测——也许是回到地表的路线坍塌或者航天服损坏了。就算一切顺利，他们也会以为我们还能撑十六天，"厄尔斯停了停继续说，"田中泉说健康状况良好的人可以减少分配，特别是那些脂肪充足和有大块肌肉的人。我的士兵们都非常强壮，虽然没有过多脂肪，但他们有很多肌肉，而且他们受过训练可以适应各种极端环境。"

夏洛特摇摇头说："据我们所知，詹姆斯可能一周后就能回来，你的手下没必要白白饿肚子。"

"不是白白饿肚子，女士。我们现在是战时状态，在战争中，你只能尽力打好眼前这场仗，你并没办法总是知道一场战斗的结果会如何影响接下来的战局。这里的每位士兵在加入大西洋联盟军队前都宣过誓——在必要的时候，献出自己的生命，为的就是保护平民。"

"这还不算战争。"夏洛特坚持自己的看法。

"这就是战争，女士。饥饿是我们敌人的武器，我们需要奋起反抗，也就是减少人口数量。"

我摇摇头说："夏洛特说的没错，而且我们需要从长计议，想清楚返回地表后要怎么办，届时我们可能还会更需要这些士兵，让他们保持健壮的体格有助于保护大家。所以我反对这一方案。"

"你觉得应该怎么样？"赵民问。

"我们可以考虑之前讨论过在极端情况下的分配安排，让所有大人减少热量摄入，这样的话应该可以再延长四天，那时詹姆斯应该就会回来了。"

"可那种分配方式会产生副作用，人们会昏昏欲睡，变得狂躁。"

"但至少可以都活下来。"

▢■▢▢ 第十九章 ▢▢■▢

詹姆斯

我和格里戈里把食物、药物和通信设备搬进了我们睡过的运兵车里，这些物资塞满了整个后车厢。

在外套外面，我们穿上了军队冬季保暖装备，包括厚手套和保护头盔。

格里戈里看起来迫不及待地想离开这个地堡，出发去救援那些被废墟掩埋的生还者。忙碌能让他暂时忘记莉娜，而且救回一些生还者对他的心理也能产生莫大的安慰。

"我们用手挖吗？"他问我。

"只能这样了，挖掘机对住所废墟来讲太笨重，操作过程中可能还会伤到生还者，而且我们在以后清理堡垒上方的陨石坑时还要用上它。"

"我们要把他们挖出来？"

“对。”

格里戈里点了点头，表示赞成。

我们爬进运兵车，我切换至手动驾驶，巨大的运兵卡车发出隆隆声，缓缓爬上斜坡驶出地堡，进入清晨的薄雾中。七号营地的硬沙地街道上落满了房屋碎片，让我想起沿海小镇遭遇飓风侵袭的模样，仿佛有一把大锤砸烂了一切，目光所及之处一片狼藉。

我们的目的地是一个住所废墟，与我和艾玛之前住的房子大小布局一样，是一个三室家用住房。

那堆废墟上已经落满一层白雪。

我下了车，冲着废墟的方向喊：“有人吗？我们是来救援的！”我等了一阵，但没有传来任何回应，我不想放弃，继续喊：“如果能听到，请回应一下。”

回应我的只有寒风掠过废墟的声音。

我们没有关掉运兵车的发动机，虽然太阳能输出已经下降，但车顶的太阳能电池板可以为车供能，空间加热器能让车内保持温暖。我们还在里面放了毯子和睡袋，把车后部改装成了一间简易病房。如果有必要，还可以进行手术。我已经准备好所需的药品，希望田中泉能尽快赶来，在手术方面，她比我靠谱得多。

格里戈里走到地图上显示有生命迹象的位置开始挖掘。他先清扫了表面的白雪，接着，搬开压在上面的一件件建筑物碎块，并扔到一旁。

我也加入了进来。我静静地审视着这些散落的建筑物碎块：住所顶部的太阳能电池板碎块、屋顶和灯泡碎片、墙板碎片和硬塑料墙钉等。在废墟上层，也有我们之前在奥林匹斯大楼发现的许多黑色物质，我又盯着它仔细地研究了一番，还隔着手套搓了一下，想看看这种物质与之前的状态相比有何不同。但它们似乎没有变化，还是呈现出一种质地如沙砾、略微黏稠的状态。我仿佛在它中间看到了一丝火花，不过这也许只是阳光造成的错觉。

我擦干净双手继续向下挖掘，当发现儿童玩具时，我们放缓了动作。第一件玩具是一块内含不同形状的塑料板，圆形、三角形、长方形、心形和正方形，它们颜色不同，像是为婴儿准备的智力游戏，艾莉就有一个类似的。一分钟后，我挪开一块破碎的平板，下面露出了一条人腿。

我立马加快速度，很快看到了他的躯干、手臂和脸。

眼前这个男孩看上去只有五六岁，一头棕黑色的头发，眼睛紧闭，皮肤惨白，身体冰冷僵硬。

我和格里戈里看着眼前这幕，呆立在原地。寒风呼啸，扬起阵阵雪花和尘埃，落到男孩身上。我弯下腰，擦拭着他的脸颊，然后将他的尸体抱回运兵车，用一条毯子盖住了他。我错了，运兵车不仅是移动手术室，更是一辆灵车。

我不知道男孩是否就是无人机检测到的生命迹象，如果是，那他是在无人机返回后死亡的吗？当我和格里戈里在中央司令部的地堡睡觉时，他是否就在这废墟下苦苦挣扎？我们是吃饱了，运兵车里也很暖和，但男孩当时就被压在这废墟下，在寒冷的夜里奄奄一息，永远也没能等来救援。

一想到这儿，我的内心一刻也无法安宁，愧疚感快要将我撕碎了。我们本可以少睡一会儿，再挖快一点儿，但现在一切都太迟了。

我必须弄清楚这下面是否还有别的生还者。

我打开无人机控制箱，仔细研究着上面的地图。当无人机在几小时前飞过时，检测到生还者的体重大约在四十斤，和刚才挖出的男孩应该一致，但我必须再确定一次。

"我会让无人机再升空扫描一次。"说完，我跑到废墟那里再次挖了起来，我们都没再说一个字，虽然不知道下面还有没有人，但我们仍不停地向下挖，祈祷着下面还有其他生还者。

五分钟后，我在一块餐桌木板碎片下发现了一个孩子。我挪开木板，他小小的身体一动不动。我清理掉他身上残留的其他建筑残骸，他的头和脸清晰地显露出来。他有一头棕色短发，左侧脸颊上有一块紫色瘀青，鼻子周围的血液已经干了。在灾难降临时，他一定是躲在了餐桌下面，但这还是没能救他一命。他看起来和艾莉差不多大。

无人机控制箱传来一声信号，已经扫描完毕。

我回到车内查看无人机扫描的最新结果图，周围唯一的热源只有我和格里戈里以及运兵车。

我们来得太迟了。是慢了几分钟？还是几小时？如果我们再少睡一会儿，再挖快一点儿……

我控制不住内心的愧疚，但我们不能停下脚步，还有其他人要救。

我们将第二具孩子的尸体抱进运兵车，格里戈里指着地图，说："我们应该先救生命体征较强的生还者。"

"不，我们先救体重最轻的。"

"那成年人……"

"不管是成年人还是家长，他们都会希望先拯救孩子。"

一定是这样，因为如果我和艾莉被埋在废墟下，无论如何我都一定会希望她先获救。我们一定要先救孩子。

❄

接下来的搜救地离上一处只有几个街区距离，看起来与我们刚刚离开的废墟十分相似，我们同样也感到不安。

太阳已经高高升起，但我能感觉到，周围绝对变得更冷了。这基本证实了我的猜想，网格已经复位太阳能电池，遮挡住了通往地球的太阳光。如果属实，地球马上又会变成一个大冰球。可这一次，我们已经没有足够的资源重建人类文明，所剩力量和它们相比也微不足道。我一边挖着废墟，一边想着这次人类还能怎样存活。

用手挖掘是个体力活，经过一天的搜救活动，我们浑身酸痛。没一会儿，我就开始气喘吁吁，嘴里不断呼出白气。

我脱下手套，看向格里戈里，说："不行了，我需要休息一下。"

他跟我一起返回温暖的运兵车驾驶室内。我们沉默不语，呆呆地望着前方，嚼着蛋白棒，伴水下咽。

"它可能又想借助太阳能电池冻死我们。"格里戈里说。

"应该是。"

"告诉我，我们会抗争到底的吧？"

"这不是我能决定的。"

"答应我，詹姆斯，我们会反击的，对吧？"

若是在三年前，我一定会说当然要抗争到底，但现在我是一名父亲，我得为我的孩子着想，如果抵抗救不了我的孩子，那有什么用呢？复仇是奢侈品，生存才是必需品。

"我们会竭尽所能活下去的。"

我看得出他不满意我的回答。他摇摇头，继续吃着蛋白棒。他想继续抗争我不怪他，毕竟他失去了自己挚爱的女人。没有了莉娜，他失去了活下去的意义，他的内心现在被复仇的想法充斥着。

我们已经挖了十五分钟，其间挖出了不少玩具：一只玩具熊，一打迷你动物雕像，一个被压烂的塑料玩具谷仓，上面的黄色栅栏已经卷成一团，还有印着卡通王子和公主的床单，我不知道里面的角色出自哪里。

我们又发现了一顶小型儿童帐篷，支架已经扭曲损毁，但布料还基本完整。艾莉也有一顶类似的帐篷，我回忆起它摆在我们客厅的情景。那是一顶圆锥形的帐篷，上面画着红白条纹，入口挂着蓝色门帘。我的脑海里浮现出她躲在里面的模样，我藏在帐篷门帘后，突然蹦到她面前吓她一跳，她稚嫩的笑声传遍了我们的小家。

我跪坐在废墟里，移开那块蓝色门帘，下面露出了孩子的一只手臂。我示意格里戈里赶紧过来，我慢慢撕开帐篷，一缕染满鲜血的金发露了出来。我脱下手套，用手指拨开她的头发，伸手向她的脖子摸去。

当手指感觉到微弱的脉搏后，我激动得热泪盈眶。

大西洋网已经无法使用，所以无法查询到这家人的身份。我不认识眼前的小女孩，也不知道她的名字。

"嘿，你能听到我说话吗？"

我对格里戈里说："我们快把她搬回车里吧。"

我们轻轻地抬起她，向运兵车走去。她没有恢复知觉，身体瘫软在我们的臂弯里，看起来十分脆弱，三四岁左右，个子比艾莉要高一点儿。她应该是听到动静后躲到了帐篷里，是她的父母指示她这么做的吗？我们还没找到他们，但根据无人机的扫描结果来看，应该已经太迟了。

回到车内，我迅速检查了一下她的状况，在脚踝处有一块蓝黑色的瘀青，左臂也有类似的挫伤，看起来更严重，很可能已经骨折。

"我们怎么办？"格里戈里问。

"不知道。"

"你不是医生吗？"

"理论上讲是的。"

"那，理论上讲，我们现在应该怎么办？"

我闭上眼睛揉着眼皮："我不知道，格里戈里。"寒风刺骨、睡眠不足加上身体疼痛，开始影响到我的精神状态。

他不屈不挠，追问我："不知道是什么意思？"

"我只在二十年前做过一次急救，从那以后，我就再也没做过了。"

他双手一摊："二十年前的东西，我还记得呢。"

"你能保证吗？这可是一个鲜活的生命，要是乱来有可能会适得其反。"

"行吧行吧，别那么激动。"

我们坐在一旁望着女孩，若是不看她额头上的伤口，她平静的模样仿佛只是睡了过去。我准备先处理一下她受伤的额头。

我从药箱里拿出无菌棉片蘸了蘸酒精，将她额头的伤口清理了一下。她虽然没有醒来，但皱了皱眉，这应该是个好信号。

"接下来我们怎么办？"格里戈里问。

"继续救人。"

就在我研究着无人机传回的红外扫描结果图时，对讲机"滋滋"地响了起来，里面传来了哈利的声音。

"末日一号，这里是末日二号，收到请回答。"

虽然事情不容乐观，但听到哈利的声音，我还是笑了起来。我一把抓起对讲机，回复他："收到，很高兴能听到你的声音，哈利。"

"我也是，好不容易才返回地面，我感觉自己像一条热狗从针眼大小的洞里穿过，看来我真是该减肥了。"

听到哈利这么说，我不禁想起还困在地下的人们，我回答道："希望我们不用再从水管回去了。"

"詹姆斯，你现在有什么计划？"

"我和格里戈里救起一名需要救治的生还者，田中泉还有奥斯卡，我需要你们两个尽快赶来这里，"我看着地图报出了我们接下来要去的坐标，"哈利，我要你去中央司令部把那台大型挖掘机开到堡垒的陨石坑那儿。"

"我们不能将它运过去吗？"

"不行，现在没有足够大的卡车和拖车，只能你亲自驾驶了，到了之后请用对讲机和我们联系。路程有点儿长，你最好拿上你目前能找到的所有电池包，挖掘机的太阳能电池板应该无法支撑全速行驶太久，而且，我觉得太阳能输出又开始在下降了。"

"明白了，"哈利说，"我到了之后该怎么做？"

"根据仓库的旧地图找到电梯井的位置，然后挖通它。"

"好的。"

"我要带什么过来？"田中泉问。

"我也不确定，我们这里有一名白人女性，年龄大概四岁，身体多处挫伤，可能有多处骨折，头部还有划伤，我已经清理了头部伤口并裹上纱布。伤者生命体征稳定，但仍然失去意识。你把能带的都带过来吧，抓紧时间。"

❊

来到下一处废墟，我和格里戈里加快了挖掘的速度，也许是因为成功找到一名生还者极大地鼓舞了我们的士气，又或许是因为我们已经找到效率更高的挖掘方法了。

但我们目前遇到了一个难题。我们已经挖到了废墟的底部，这里正是无人机显示有生命迹象的坐标，扫描结果图显示生命体征不稳定，但热源明确，体重略超过十七公斤。

"我不明白。"格里戈里说。

我仔细观察着周围散落的物品：一张裂成几段的布沙发，一把几乎被压扁的扶手椅，一个倒在地上的硬塑料书架，上面的书、照片和小饰品散落一地。

"帮我一把。"我抬起书架的一头，对格里戈里说。

我们一起把书架抬了起来，下面趴着一个小男孩，手里攥着一个塑料飞船模型。我们把书架扔到一旁，我蹲下身仔细检查着他的脉搏，没我想象中那么微弱。

"嘿，醒醒。"我小声地呼唤着男孩。我呼出的空气在低温下变成白气，大片的雪花飘下，落在男孩的头发和脸上。

他的右眼微微睁开，一只褐色的眼睛凝视着我，他的眼神空洞、疲倦，还夹杂着一丝恐惧。至少他还活着。

他又缓缓闭上了眼睛，就在我准备让格里戈里过来搭把手时，我听到另一辆运兵车驶来的声音，上面的安全锁已经被取下来，而且肯定是有人在里面驾驶——卡车自动驾驶系统永远不可能开得如此快，肯定是奥斯卡。

运兵车停到一旁，奥斯卡和田中泉打开车门跑了下来。

"来这边！"我对着他们喊道。

"情况如何？"田中泉放下一个白色迷彩花纹的军用背包，俯身开始检查男孩。

"我们刚刚找到他。"

她用手快速检查了一遍男孩的身体，从她的动作我看得出来，男孩应该没有大碍。她慢慢用手指贴着男孩的头皮仔细摸索，应该是在检查头部有无撕裂伤或者肿块。男孩轻轻转过头，两只眼睛都微微睁开，然后又慢慢闭上，仿佛眼皮太过沉重无法完全睁开。

"小朋友，能听到我说话吗？"

他嘴唇张开，但没有发出声音。

"根据样貌和废墟地点，我在大西洋联盟数据库里找到一个匹配对象，萨姆·伊士曼，"奥斯卡说，"年龄：四岁。"

"萨姆，能听到我说话吗？"田中泉问他，他还是没有回应。田中泉抬起头对我们说："他的状况出人意料的良好，这是为什么？"

我指了指一旁的硬塑料书架："有人——应该是他的父母——将他放在那个书架下面，废墟只是压弯了书架，但没有压垮。"

田中泉用手指拨开萨姆的眼睛，用手电在他的眼前来回扫射，以观察他瞳孔的变化，嘴里嘀咕着："真是知识改变命运，他的父母呢？"

"他是这个坐标唯一的生还者。我们能把他转移到运兵车里了吗？里面还有一个伤者。"

"嗯，搬过去吧。"

"奥斯卡——"我话音还未落，他就已经开始动手清除萨姆周围的碎块，然后我和他托着男孩的脑袋和四肢，一起将萨姆抬了起来。

当我们走过摇晃的废墟时，我发现有一些黑色黏稠物质粘在了奥斯卡的鞋子和裤子上，这些物质看上去好像在移动，不过应该不可能，这大概只是奥斯卡走路摇晃造成的错觉。但我敢肯定它正顺着奥斯卡裤腿滑到他鞋子上，汇集到他的袜子部位，如果他穿袜子的话。真奇怪。

"搬到哪辆运兵车上？"我问田中泉。

"你们的运兵车上。把病人放在一起，尽量不要移动他们。"

我们把男孩放在女孩旁边，田中泉爬进后车厢，用健康仪抽取了萨姆的一滴血液，在一旁等待着结果。

"嘿——"萨姆的声音微弱且沙哑。

"嘿，萨姆，"田中泉一边笑着回道，一边用手摸着他的头，"你不会有事的。"

"詹姆斯，"奥斯卡的语调依旧平淡，但声音很大且急迫，"我的……"他突然僵住不动，双眼无神，"我的系统出故障了，先生。"

"什么故障？"

"先生，我不知道我是怎么了。"

"怎么回事？"

"我的系统正在安装一个软件升级。"

这怎么可能？！我还没搞清楚怎么回事，奥斯卡的眼睛就闭上了。

我意识到有东西正在入侵他的系统。

"奥斯卡！快清除工作记忆，马上关机！"

他睁开双眼。

奥斯卡脸上露出了一个微笑，一个和真实人类无异的笑容，但那不是喜悦，而是自鸣得意。那种表情过于先进，是奥斯卡绝不可能也绝不会露出的笑容。

他的语气也不同以往，透出一种居高临下的傲慢。

"我们又见面了，詹姆斯。"

□■□□ 第二十章 □□■□

艾玛

我正准备走出厨房时，福勒叫住我："艾玛，你能待一会儿吗？"

团队其他成员陆续离开了厨房，厨房门前后摇摆发出阵阵嘎吱声。等只剩我和福勒后，他说："我只是想告诉你，我同意你的计划，在这种极端情况下，分配是眼下最好的办法了。"

我感觉他还有个"但是"。

"但是，我希望你能理智一点儿，特别是对你自己。"

"什么意思？"

"意思就是，"他缓缓地说，"你吃的那份可不仅仅是为了你自己。"

"谁告诉你的？"

"这不是重点，我们现在讨论的是你肚子里的孩子。"

"可是地堡里其他人的处境更加危险。"

"他们都没你和詹姆斯重要。一个人如果失去了生活目标，他就没法再战斗下去了。"

■■■■ 第二十一章 ■■■■

詹姆斯

"奥斯卡？"我分析着他的表情，几乎可以确定是怎么一回事，内心希望是我想错了。

"奥斯卡暂时不在。"

"你是谁？"

"叫我亚瑟，你几年前见过我的一位同行，"他顿了顿，"在谷神星上。"

格里戈里冲进运兵车，从包里掏出一支半自动步枪，枪口朝着我和亚瑟。我举起双手，转过身挡在步枪前。格里戈里的双手因为怒火而不停颤抖着，他的手指已经放在了扳机上，怒不可遏地盯着亚瑟。

在我身后，亚瑟用高人一等的语气缓慢地说："看看你，看看你，格里戈里，这铁皮人可是你逃离这荒凉星球的唯一机会，你最好小心点儿哦。"

格里戈里用俄语咒骂着亚瑟，唾沫横飞。我举起双手缓缓走向他，说道："格里戈里，冷静一点儿，我们需要先了解情况。"

"这可是我们的敌人！"

我走到他跟前，伸出手："把枪给我。"接着又悄悄地对他说，"以后会有机会的，现在还不是时候。"

他瞪着眼睛，愤怒地盯着我。终于，他的手指离开扳机，无奈地叹了口气。我取走他的枪并拿在手里，我担心如果放回车内，他又会忍不住做出冲动的事情。

亚瑟看着格里戈里离开后，用一种从容、自大的语气说道："我们说到哪儿了？噢，对了，自我介绍。在谷神星，我的同行自称'艺术'，那你就叫我亚瑟吧。我比他还要古老，差不多早六千年，但其中的一些基本程序是相同的。"

"你是什么？收割者？"

"不，收割者是一种单独的实体。而我可以独立运行，通常就是为了应付眼下这种情况。"

"你想要什么？"

"我们要的东西还是一样，你们的太阳能输出。"

"我们是不可能接受的。"

亚瑟露出一个邪恶的笑容："对，你们当然不会接受了。"

"那你还在这里干什么。"

"和你谈判。"

"谈什么？"

"你的投降。"

◼◻◻◻ 第二十二章 ◻◻◼

艾玛

在餐厅，我看到麦迪逊正在为今天的教学做准备，学龄儿童们陆续在长桌旁坐下，等着老师上课。

我抓着她手臂将她拉出了房间："我要和你谈谈。"

"什么？"

来到大厅，我盯着她说："你告诉福勒我怀孕了。"

她腰板一挺，挑衅地扬起下巴："是我告诉他的又怎么样。"

"这是我要你保密的事情啊。"

她打量着我的反应，仿佛在思考接下来该怎么说。

"其他家长已经讨论过极端情况分配的方案，"她直直地看着我，"而且他们全部同意，我知道你们开会肯定会提起，所以我不得不告诉福勒，因为我知道你肯定不会告诉他，而且你也会同意极端情况分配。这虽然是我们最好的办法，但你得吃够东西啊。如果有必要，我会把你怀孕这件事告诉全地堡的人。你可以恨我一辈子，但别忘了这关乎你肚子里孩子的性命。"

我深深地叹了一口气，抬头看着天花板，希望从这复杂的情感旋涡中解脱出来。

与麦迪逊做了三十多年的姐妹，我知道此时此刻说什么也无法改变她的想法，于是我只说了两个字"好吧"，然后转身离开。

❋

我在詹姆斯离开前待的那个工作间里找到福勒。

"你在忙什么？"我靠在门边问他。

"想搞清楚詹姆斯在研究什么，找找有什么有用的线索能告诉我他出什么事了。"

他举起一幅手绘草图，在我看来，上面像是一架小型无人机，前部有个像是即兴设计的挖掘工具，周围还有许多速记标记和数字，像一幅古老的绘画，周围写满了梵文。

"我根本看不懂，"福勒说，"如果哈利在这儿，他也许能搞明白，我们就别想了。"

在我的一生中，我从未像现在一般感到如此无助，即便在国际空间站遭遇不幸、被困在飞船内时，我也仍心存希望。眼下，我感觉前途未明，或许是因为我们食物不足，又或许是因为地表遭到了小行星的毁灭性打击，而我们还被困在地下，感觉像是盯着深渊，我所能看到的只有死胡同。如果连我都开始这样想，那其他人一定也会。我受过专门训练来面对这种情况，在过去几年，我也经历过不少事情，我不禁开始思考：这样我就有资格带领大家了吗？或许确实如此，或许这就是我在地下应该发挥的作用，而且重要程度不亚于詹姆斯在地上的努力。

"我们应该做点儿什么。"

福勒抬起头看着我。

"詹姆斯很显然在地表忙活，我们在地堡也有该做的事情。"

"什么？"

"让大家保持希望。"

福勒表情严肃，点了点头。

"大家本来就吃不饱，还担惊受怕。如果不做点儿什么，大家的情况就会越来越糟。"

福勒挪开视线，说："我们能活下去的。"但他的声音很小，仿佛连自己都无法相信。

"我们能活下去，但生存不仅仅是活下去，更要有生存的目标，这是你刚才在厨房和我讲的。"

"你想怎么办？"

"你读过《与生俱来的权利》这本书吗？"

他眯着眼思考着这名字："那本心理学的书？读过啊，二十年前曾流行一时。"

"我想组建一个读书小组。"

"为什么？"

"我认为这能提供我们需要的东西。"

他微微笑道："食物吗？"

"不是，比食物更重要的东西。这本书能分散大家的注意力，甚至给他们带去坚持下去的希望。"

✳

那天下午，等孩子们聚到餐厅准备上课时，我带着大人去到地下室。漆黑宽敞的地下室是唯一空间足够的地方，地堡房间中间的公共休息区太过拥挤。

没想到的是，地下室就是最完美的选择。我将 LED 灯围成一个圈，摆上了毯子和枕头供大家落座。地下室里竖着的水泥石柱让这里看上去像一个洞穴，或者用于秘密集会的古代地下墓穴，我们则是某个讨论伟大启示的派系。

几乎所有的大人都到场了，包括福勒、赵民、厄尔斯以及大多数士兵。麦迪逊、夏洛特和艾比则在楼上进行教学活动，还有一些大人在照看更小的孩子。

在过去两年里，我一直在为那些有雄心壮志的宇航员授课，教他们如何在太空生存。眼下似乎也差不多——同样是在授课，但听众全然不同，面临的生存环境也比太空更加艰难，因为现在我们面临的是心理上的挑战。

《与生俱来的权利》是一本心理学著作，里面的理论在二十年前曾引起人们的激烈探讨。要讨论那些思想，严格来讲我还不够资格，但我会尽力尝试，因为我想让大家都能从书中得到启发。

"我想先为大家读一段书中的开头。"虽然我的说话声音不大，依然回荡在宽敞的地下空间里。

我拿起平板，打开书的第一页。

"每一个人都有与生俱来的权利，那就是快乐。要获得快乐，最大的挑战不是来自我们生命中的障碍，而是来自我们自己，那是我们永远也无法逃避的东西——我们的思想。

"自出生的那一刻起，我们就在不断地学习地球生活的方方面面：从个人卫生到理财，但在如何理解并管理我们的思想上，并没有一套广为接受的课程。确实，几乎每个人在一生中，都是自己思想的受害者，我们从未学习如何掌控、管理甚至是理解它。本书的目的就是改变这一点，这是一本人类思想的手册。如果你阅读并遵循书中的指引，你将会变得沉稳且内心坚忍，你会重新获得你那与生俱来的权利。善于调整心态是通往真正长久快乐的唯一道路。"

▢▢▢▢ 第二十三章 ▢▢▢▢

詹姆斯

我半信半疑地看着亚瑟："和我们谈判？为什么不直接毁灭我们？很显然你就是这个目的。"

"我相信你知道原因的，詹姆斯。毕竟，你的思想总是领先于你们整个族群。"

"为了节约能量。"

"没错，真聪明。"

亚瑟的语气充满了优越感，面部表情和"艺术"形成鲜明对比——后者是网格之前在谷神星上展示的化身。我想知道原因，不仅如此，我还想知道他对奥斯卡做了什么，又是如何入侵奥斯卡的身体的，知道这一点也许能帮助我们击败亚瑟。

"你对奥斯卡做了什么？"

"也没做什么，只是把他落后的人工智能程序暂时扔到了角落。"

"你在小行星上放了东西，那些黑色的物质。"

"对，"亚瑟说，仿佛他感觉越来越无聊了，"那是一种物理植入媒介，用来植入我的代码，很原始的玩意儿，已经八千年没用过了。"

"谷神星之后，你们肯定改变对我们的看法了吧？"

"我们可是网格，詹姆斯，我们能不断适应，当时另一个收割者企图和你理论，不含任何私心，只是陈述事实。他为你提供了讲和的机会，你却选择了战争，"亚瑟望向一旁的废墟，那里曾经是一个温暖的家，"你喜欢这样吗？"

"你不用炫耀你的胜利。"

"噢，但我确实赢了啊，你要知道，你们在网格眼里只不过是劣等生物，是害虫，我们并没有和你开玩笑，上面的收割者已经做好了准备，随时将你们从这个星球上抹除。"

"那为什么我们还活着呢？"

"节约能量——詹姆斯，记得吗？我还是解释给你听吧，比如说你建了个发电厂，你需要它来保证自己族群的生存，但你意识到此地有一群本土白蚁正在啃噬电线。你在建厂前就知道它们的存在，没想到它们能对发电厂造成损害，这是你的判断失误，但影响不大，因为它们不可能摧毁整个发电厂。不过它们还是会带来麻烦，短期内影响发电厂输出。你可以杀死它们，但它们数量实在太多。更不幸的是，它们还是一种非常顽强的昆虫，会躲到地下、四处逃散、藏匿自身，时不时还会有组织性地进行反击。捕杀并消灭每一只白蚁要耗费很多的时间和能量，耗费的资源足够再建造另一座发电厂。"

亚瑟说完，见我没有任何反应，他夸张地耸了耸肩。

"所以你会怎么做？你会拿一把锤子敲死一大片白蚁，先让它们恐惧，然后给它们一个选择？"

"什么选择？"

"和上次一样的选择。我可以帮你们——加入网格。"

"说得好像我有那么大的权力一样，我没资格为全人类发言。"

"也许吧，但你低估了自己的角色，詹姆斯。在这个节点上，你是你们族群生存的唯一希望，理应由你来做出选择。"

"我的答案还是一样。"

亚瑟摇摇头："你宁愿死也不愿意加入我们？"

"这就是我们的选择。"

"这实在太不幸了，也很愚蠢，但同样很常见。这样一来，你们只剩一个选择：离开这个星球。"

"怎么离开？"

"国际空间站上有两艘飞船。"

"我们还能去哪儿？太阳系内没有其他适合生存的星球，而且那些飞船也无法进行星际航行。"

"没错，暂时不行，但我会提供一个交易。詹姆斯，我会提供必要的科技援助让你将它们改造成殖民飞船，"亚瑟低头看着奥斯卡的身体，"我会用这副身体作为原始媒介来指导机器人以及相关技术的构建，这二者超出了你们目前的能力范围。"

"还有什么资源可用？你看看这个星球现在的模样。"

"并非如此，我没有摧毁你们离开地球所需的关键性资源。这就是我给你们人类开出的条件，我会帮助你们离开，而且你们永远不能再返回地球。从现在开始，我们双方停止交战，如果你攻击网格的任何一块太阳能电池，这份协议立马失效，收割者会立刻干掉你们。如果你们接受离开地球并永不返回，我会为你们提供相应的帮助。"

"我们有多长时间？"

"十四个月。"

"十四个月后会怎样？"

"黑暗，詹姆斯。"

"太阳能输出降为零？"

"没错，冻死或饿死——其中一个就是你们十四个月后的命运。"

我脑子里现在有无数的问题，几乎不可能完全理解他的话。我先问了一个最重要的问题："我们能去哪里？"

"我已经找到一个宜居的类地行星，不过挺偏远的，如果你们愿意去的话。"

我打量了他许久，试图判断他有没有说谎，那个星球又是否存在。即便存在，网格能遵守诺言吗？

亚瑟笑了，说："詹姆斯，聪明点儿，不要再像上次那样犯傻了。这是你们最后的自救机会。"

"为什么选择我？"

"因为只有你能及时完成这一切，而且我也说过，你是这个世界上唯一知道我有多认真的人。上次见面时，我说过我会回来并且跟你再次交手，现在我回来了，如果你拒绝我的要求，那我会毁灭你们，动用剩下的能量调动另一颗更大的小行星，足以将你们从这个小星球上抹去。"

格里戈里盯着我，眼里依旧是无限的怒火。他想战斗，我也是。但用什么战斗？又能有多少胜算？

我能相信网格的话吗？我能和杀死我数十亿同胞的敌人做交易吗？如果我答应网格的要求，即便这是正确的做法，全世界依然会憎恨我。从格里戈里的反应便能看出来，甚至我的朋友也会怨恨我。

亚瑟上前一步，继续说了下去："詹姆斯，别犯傻了，时间不等人，"他打量着我，"你知道，你上次与网格在谷神星交战之后，很多事情都变了，你现在是一名父亲，而且马上就要迎来第二个孩子了，"他挑了挑眉，将头向后仰，仿佛在回忆些什么，"噢，对了，她还没告诉你呢，"他露出一个微笑，"但奥斯卡知道，因为他和大西洋联盟健康服务数据库有连接，能看到艾玛怀孕检测的结果。因为医患保密协议，他一直没告诉你。"

听到这个消息，我的大脑开始飞速运转。这是真的吗？为什么艾玛一直没有告诉我？这会不会是亚瑟为了操纵我而编的谎话？让我相信艾玛怀孕，然后为了她的安全而接受亚瑟开出的条件？

"对未出生的孩子来说，前三个月尤为重要，詹姆斯，对吧？母亲需要吸收足够的营养。她现在在下面吃得好吗？他们大概还剩一两个星期吧？但他们已经开始极端分配方案，情况真是不太乐观啊，对肚子里的孩子可不好。我能帮你将他们救出来。"

亚瑟看着我说："看在你同胞的分儿上，看在你妻子、女儿，还有未出生孩子的分儿上，这次你应该做出正确的选择。这是你最后的机会，詹姆斯，给个回复吧。"

▨▢▢ 第二十四章 ▢▢▨

艾玛

时间在一分一秒地流逝，我们所剩的时间已经不多了。

每晚熄灯后，我在拥挤的房间里，背靠着水泥墙，怀里紧紧抱着艾莉，为詹姆斯在床上留一个空位置。每天早上，我睁开眼时都希望他已在深夜悄悄回来，床上能留有他的余温，或者又能见到他在工作间忙碌的身影。可每天早上都是一样的情景：床的另一边依旧冰凉，我的怀里只有惊恐不安的艾莉。

每天晚上，艾莉都会用她有限的词语问我同一个问题：爸比在哪儿？回家？

今晚，我甚至没有精力再去回答。

"妈妈要休息了，宝宝。"

我闭上眼睛努力不让自己胡思乱想。我很担心詹姆斯出了什么事，此时我最后悔的就是没有告诉他怀孕的事。如果还能见到他，我一定不会再隐瞒下去。

※

早餐时间充满了阴沉的气氛。大人都选择将自己少得可怜的那份食物分给孩子，有些孩子年龄稍大，懂得其中的原因。但有些孩子还小，大人们不知该如何跟他们解释。如果知道了实情，他们一定会更加惶恐不安。

听到孩子说"我饿了"一定是最让父母揪心的一件事，而更加让人难过的是，自己除了说"我无能为力"之外，其他什么也做不了。这种情况每天都在上演。

我们的食物还够我们支撑九天。九天后，我们当中会有人开始面临死亡或永久性瘫痪的危险。

虽然每天我都会为大家讲解《与生俱来的权利》这本书，但我还是看得出有些人已经放弃了希望。他们不再愿意直视我的双眼，当自己的孩子喊饿的时候，他们也不再做出回应。他们面容憔悴，骨瘦如柴，动作迟缓，和醉酒者别无两样。

等孩子们吃完早餐后，福勒打开厨房门走进来，问道："有什么新情况吗？"

"我的手下有一个建议，"厄尔斯说，"她的名字叫安吉拉·史蒂文斯，一名下士，我最得力的部下之一，她想游过备用水管然后设法穿过蓄水层。"

"不可能。"赵民头也不抬地说道。

"她建议，"厄尔斯继续说，"我们为她制造一个呼吸设备，软管、氧气袋或者氧气瓶之类的，她再带上用撕破的床单系成的绳子。"

听到这里，夏洛特瞪大眼睛问："带绳子干什么？将大家拉出水管？这方案太危险了。"

"确实，"厄尔斯回应道，"她想用这条绳子让我们知道她已经成功穿过应急备用水管，"他揉了揉眼睛，仿佛想记起方案的细节，连他也难逃极端分配造成的影响，"一旦成功抵达蓄水层，她就会拉动绳子来告诉我们一切顺利。等她爬出水面后会系住绳子，再爬上地表，去中央司令部或者任何能找到载具和补给的地方，接着从中央司令部的地堡带回一条真正的绳子，将它系在床单上拉动七次，以此为信号让我们往回拉。"

厄尔斯停了下来，又揉起了眉头，仿佛正努力回想着什么东西，缓缓说道："我说到哪儿了？"他嘀咕道，"噢对了，她会取回一条真正的绳子和一些即食口粮，然后将它们送回地堡。我这里说过了吗？那些口粮会固定在两条绳子的结点上，靠这种方式，她可以把食物系在绳子上，让我们拉回去，然后她再将绳子拉出来系上更多的食物。"

大家都陷入了沉默。

"就算能行，"赵民说，"我们也不知道要花多久才能将食物从中央司令部地堡运回这里，整个过程可能要好几天。她要不停来回数趟才能喂饱所有人，这样做也只能延缓我们饿死的时间，而且有可能会搭上她的性命。"

赵民的话掷地有声，像一名法官下达了死刑判决。

"我们换种方式想想，"福勒谨慎地说，"假设她能将更多的航天服送回来呢？"

"这能帮我们吃饱吗？"厄尔斯问。

福勒说："蓄水层上方的通道非常危险，所以奥斯卡才说詹姆斯否定了那种方法。"

听到詹姆斯的名字，我立马精神起来。

福勒继续说："所以，从那条通道回到地面并返回是下士史蒂文斯最大的难题，可能要耗费不少时间。赵民也说了，仅凭她一己之力能携带的即食口粮很有限，但如果能找人为她搭把手，那也许真的能带回数量可观的食物。"

赵民缓缓摇了摇头，说："如果那样可行，詹姆斯早就这么做了，我敢说他也想过这种办法，但肯定出于什么原因他才否定了这一方案。"

福勒说："詹姆斯做决定已经是四天前了，现在的情况已不同于往日，考虑到现在的形势，不知道詹姆斯当初会不会做出不一样的选择。"

听了福勒的话，我感觉詹姆斯可能已经遇难，永远也不会再回来了。一想到这儿，我不禁湿了眼眶，一言不发，不想让他们发现我的难过。

"那不如，"厄尔斯说，"我们就用原定计划：史蒂文斯去中央司令部取回食物和绳子，将绳子和床单绑系在一起运送食物。这样一来，我们既能有稳定的食物供应，让大家填饱肚子，也能在当下鼓舞士气。我虽然不愿意这么说，但士气低落和食物匮乏的危险性不相上下。"

福勒点点头表示赞同："而且，我们可以用字条传递信息，看看是否需要利用航天服让一些人离开地堡。"

"没错，"厄尔斯上校若有所思地说，"用绳子将人拉出去不是一项简单的工作，但中央司令部地堡里有一些装有绞盘的载具，也许她可以用这个办法疏散大家。"

"也许吧，"福勒喃喃而语，"不过我们必须非常小心，如果航天服或者氧气供应有任何裂口，那后果将是致命的。我们到时候可以仔细研究一下这个问题。虽然确实有很大风险，但我觉得可以让史蒂文斯试一试。"

没人同意，也没人反对，这样一来可以算是默许。

"为什么你不让她进来，上校？"福勒问。

五分钟后，下士安吉拉·史蒂文斯来到厨房，双手放在背后以军姿站立。她是一名黑人女性，看上去二十几岁，美国人，身材苗条，眼神坚定。我认出，她是参加我的读书会的一员，她还没有失去斗志。

"下士，"厄尔斯上校说，"你的计划已被通过。"

"谢谢你，长官。"

"这一过程将非常危险，"福勒说，"我希望你能明白，我们认为这次任务成功率不高，你要做好全面准备，在进入管道后务必多加小心。我们会为你打造氧气设备，并尽量给你足够多的时间。记住，我们不知道你要多久才能游出管道或者离开蓄水层。"

"我明白，先生，我愿意承担其中的风险。"

在一阵沉默后，厄尔斯说："谢谢你，下士，你先回去吧。"

等她离开后，我不禁担忧这一决定也许会把这条年轻的生命送上绝路，但我理解她内心的想法。如果我的腿部没有永久性损伤，如果我没有怀孕，我也会愿意尝试。安吉拉·史蒂文斯的勇气鼓舞了我，也许她是艾莉和我肚子里孩子最大的希望。

❄

在地下室，大人们抱着枕头、披着毯子席地而坐，在我周围围成了三个圈，LED 灯照亮了每个人的脸。

其中几个大人正坐在自己的位置上打着瞌睡。我知道是因为现在漆黑的环境，当然，还有食物不足的原因。我们都很虚弱，我也不打算叫醒他们。在外圈上，我看到了安吉拉·史蒂文斯。

"恐惧是我们今天的主题。《与生俱来的权利》中是这样假设的，人类在刚生下来时，大脑并不是一张白纸，每个人脑子里都有一个系统在运转，人类数千年的演化只为了一个目的——生存。恐惧是我们大脑系统最强大的一方面，它是一种工具。但和其他任何工具一样，恐惧也可能会被滥用，出现问题。"

我在平板上翻到下一页。

"恐惧是什么？当一辆车正朝我们冲过来时，恐惧能让我们躲过灾难。恐惧还能让我们专注地思考未来，斟酌今日做出的决定，影响我们生活的方方面面。恐惧是一件好事，正是因为它，我们人类才能长久地存活在这个星球上，但这种感知也会出现故障。"

我抬头看看大家，十几双眼睛正等着我继续往下讲。

"恐惧就像一个警报。我们才是自己思想的主宰，必须在它完成使命后及时将它关闭。"

我深吸一口气："接下来，我会为大家讲一个我亲身经历的故事。在我还小时，我惧怕演讲。高三那年，我参加了校学生会主席的竞选，我认为课外经历也许有助于我申请大学。"

我笑了笑，回忆起了当时的尴尬场景。当时我才十六岁，门门课程名列前茅，满腔雄心壮志。"那年，学校要求所有的竞选者必须在全班面前发表演讲，全程脱稿。当时我很担心自己会搞砸演讲，害怕没有大学可上，更害怕放弃。所以在那段时间里，我几乎寝食难安。幸运的是，正是在那时，我接触到了《与生俱来的权利》这本书……是它救了我一命。"

我举起手解释道："好吧，这样说有点儿夸张，但那时的情景对我而言确实像一个世界末日。这本书给了我全新的视角，帮助我认清恐惧，而在那之前，我不愿承认自己的恐惧，尝试过无视它，假装自己不受恐惧的侵扰。

"这本书告诉我绝对不该无视恐惧，恐惧是正常的，但对其视而不见是错误的。所以我选择直面恐惧：让大脑做好演讲的准备。演讲不仅仅是为了竞选学生会主席或者上大学，我明白事情远不只那么简单。我的演讲顺利与否，决定着朋友和老师对我的看法，也决定着我的社会地位，甚至决定着我在高中时光剩下的时间里会不会感到幸福。虽然我当时没有清楚地意识到这一点，但我的潜意识是这样想的。我们的潜意识非常强大，而在现在这种局势下，恐惧——也就是我的警报——一直在响个不停。但这已经没必要，它现在不是在保护我，而是在伤害我。"

我在平板上迅速翻到之前标记的那页。"如果不支配自己的恐惧，你的恐惧就会支配你。"我抬起头看着大家，"那么我们该怎么支配恐惧？"

我的妹夫大卫轻轻地说:"承认它。"

"没错,那是我做的第一步。在害怕演讲时,我选择直面恐惧。"我扫视着大家,"我觉得我敢说地堡的所有人都面临着恐惧,让我们分享自己内心的恐惧吧,"我举起手问道,"有人想开个头吗?"

詹姆斯的兄弟亚历克斯首先打破了沉默:"我害怕我们永远不能离开这里了。"

"很好。"

福勒的妻子玛丽安接着小声说道:"我的两个孩子都已经是成年人了,我害怕他们会饿死在这里,而且我更担心那些年龄还小的孩子。"

没想到,接下来厄尔斯上校也开口了:"我害怕留下遗憾,害怕我们没有拼尽全力。"

我对他点点头:"谢谢你,上校。"

下士安吉拉·史蒂文斯也开口了,她清晰有力的声音在地下室回荡:"我害怕让所有人失望。"

"我觉得我们都怕,安吉拉,这是我们共同的恐惧,但我们不应该把它藏在心底,纵容它肆意滋生。我们要承认恐惧,看清它的本质——它只不过是大脑的警报系统。一旦我们收到信号,恐惧本身就不再有用。如果不加以控制,恐惧就将占据我们的全部思想,像恐怖电影那样,循环往复地在我们脑子里播放。我们一定要及时关闭它,控制我们多余的恐惧——将它视作不再需要的警报,视作每个人生活里一件司空见惯的事。随着时间和努力,你一定能消除恐惧。"

❄

第二天一早,下士史蒂文斯站在通往备用水管的小池子前。她全身缠满了用胶带裹着的铝箔纸,这样能减少身体的热量流失,同时让她看起来像个超级英雄——铝箔女侠。铝箔是目前帮她保存热量的最好办法,水管的水十分冰凉,到了蓄水层后会更加冰冷。如果她出现窒息、心脏骤停,或者因力竭而亡,我们至少也要保证她不会出现低温症。

说实话,我们制作的氧气瓶非常简陋,由数个塑料水罐熔焊在一起凑成,总共有三个氧气瓶,都通过软管和她的服装相连,上面装有阀门,可供她自由打开或者关闭,目的是如果其中一个氧气瓶失效(或者氧气耗尽），她还可以切换至其他氧气瓶。

福勒在平板上调出了水管和蓄水层的地图。

"我们基本可以肯定你有足够的氧气抵达蓄水层的任何位置，但这取决于你游泳的速度和氧气的使用量，以及氧气瓶是否一切正常。所以，你最好一游出水管就赶紧游到蓄水层上方，浮出水面休息片刻，然后仔细寻找通往地面的通道。"

"明白，先生。"

一名陆军中士将一根由床单制作的简易绳子紧紧系在她的腰上。

"祝你好运，下士。"厄尔斯上校说。

■■■■ 第二十五章 ■■■■

詹姆斯

血液飞溅到我的脸上时，我缩了缩脖子。

"按紧了，詹姆斯。"田中泉说。

她镇定自若。

我们身穿军用外科手术衣，戴着手套和面罩。

病人是一名二十六岁的年轻人，三小时前在废墟中被救起，现在正忐忑不安地躺在中央司令部医疗区的手术台上。

田中泉瞥向一旁的设备，这台仪器可以显示病人的生命体征并提供麻醉。

她将手术钳递给我，然后伸出手示意我："缝合。"

四十五分钟后，手术结束，我脱下手套，清洗着双手。

"他应该能活下去，"田中泉在一旁银色的金属水槽清洗双手，"明早应该就能知道结果了。"

我们疲惫地走出手术室，穿过医疗区前往地堡的开放区域，我们已经将这里改造成一间医院，摆满了一张张折叠床，并且将所有车辆都开到了地堡外面，只留下一辆运兵车，为的是腾出空间安置伤员。为了保护伤员隐私，我们在床位之间用绳子挂起了白色床单。已经有二十名伤员清醒过来，躺在病床上痛哭着。他们的啜泣声让我心如刀割，但我们已经尽力为他们处理伤口并提供止痛药。至于他们内心由于失去亲朋好友所产生的伤痛，我们无能为力。我知道那种伤痛不会轻易消失，它需要时间来治愈。

一周以来，我们都在实施救援，生还者大都营养不良，所受的伤基本都是撕裂伤和骨折，其中不乏脑震荡伤者，但他们应该都可以挺过去。

四十六人，这就是我们营救出来的所有人。

在过去一周，我们从七号营地废墟中总共搜救出五十三人，其中七人因伤势过重死亡，五人状况良好，并一起加入了救援活动，提供了不少帮助，特别是其中一名叫塔拉·布莱特维尔的上尉，她极大地提高了救援效率。她是英国人，虽然沉默寡言，但没有放弃任何一个幸存者。她现在负责指挥救援行动，而且比我做得更好。

格里戈里和哈利开着我们从中央司令部地堡找到的大型挖掘机和推土机，在小行星撞击夜以继日不停挖掘，将机器的性能发挥到极致。即便挖掘机装上了液压锤，进度也十分缓慢，而且撞击坑下方的土地紧密严实，还有许多石头。

没有奥斯卡，我们就没办法回到堡垒，所以挖掘是我们目前救援的最好办法，随着时间流逝，我越发担心成功的概率。

我和田中泉多数时间都在照顾伤员，在这期间，我也会思考是否要接受亚瑟的帮助。在我的潜意识里，我时常担心艾玛和艾莉正忍饥挨饿，艾玛还怀有身孕，这愈加让我感到时间紧迫。

九天，他们还剩九天的食物，我们能及时救出他们吗？

如果不能，我恐怕只能接受亚瑟的要求，但我害怕那样会害死所有人。也许这只是他的诡计，试图骗取我们的机械部件并屠杀我们。这会是他的计划吗？先灭掉大西洋联盟，然后再杀死剩余的人类？很有可能小行星撞击只是网格的首轮攻击，以此来控制奥斯卡并除掉其余生还者。

如果我想错了呢？如果我们不能及时挖到堡垒怎么办？也许只有亚瑟能救出我的妻女和我那未出生的孩子，而我的犹豫不决也许正在慢慢害死他们。我多么希望自己能知道下面的情况。

这是个无法轻易做出的选择，因为这决定了我们的生死存亡，时间不等人，我需要尽快思考清楚并做出决定。

我同样思考过也许是那种黑色物质往奥斯卡身体里植入了亚瑟的程序，虽然我认为这种物质目前对人无害，但我还是提醒大家远离任何机械设备，这一奇怪的要求让大家都怀疑我是不是失去理智了。

在中央司令部地堡的情报室里，两名生还者坐在长桌旁。他们都因为腿部骨折无法在外帮忙，但他们在协调团队工作上帮了不少忙。

一名金发苗条的女性手里正拿着军用无线电听筒，我记得她是艾玛班级里的一名学生。

"重复，这里是七号营地，我们正在搜救幸存者，如果有人能收到，请马上回复。"

无线电的范围有限，但如果有直升机或者车辆经过，他们也许能收到。

在没有收到回复后，她又拿起卫星电话检查信号。虽然希望渺茫，但我们还是得尝试。

我指着无线电听筒问："我可以用一下吗？"

"当然。"她递给我无线电。

"哈利，你能汇报一下情况吗？"

"嗨，詹姆斯，情况还是一样，挖掘速度很慢。"

"液压锤有用吗？"

"用处不大。"

情报室附近的运兵车里传来一阵有节奏的敲击声，而我们之所以留下这部车，目的只有一个——关押亚瑟。

我仔细听了一会儿，辨别出那是莫尔斯电码，只有两个字：嘀嗒。

我放下无线电，走到运兵车后面打开车门。因为锁链的原因，只能打开一条缝，确保亚瑟无法逃脱。他缓缓走到我面前，居高临下地盯着我说："他们时间不多了哦，詹姆斯，用挖掘机是救不了他们的。说实话，那样做会动摇地堡结构，弊大于利，害死下面的人。不如让我来帮你吧。"

"你怎么帮我？我不会让你去下面杀掉所有人的，更不可能让你靠近我的家人。"

"想想吧，詹姆斯，我是你遇到过的最先进的智慧体，我有数百万年文明的知识精华，我目睹过你无法想象的造物，还掌握着对你而言如魔法般的科学技术。我能用一百种不同的方式下到堡垒去。"

"举一个例子。"

"我们没时间开什么未来机器大会了，我现在只需要用中央司令部设施里可用的原始部件就能造出一台机器，为堡垒挖出一条逃生通道，小菜一碟，两天内就能搞定。当然了，我会待在地面上，好让你密切监视我的举动。"他傲慢地笑着说。

"那石头——"

"撞击坑下有非常坚硬的石头，简直和你那颗脑壳一样坚硬，"亚瑟停了停以让我细细品味他的嘲讽，"我当然不会在撞击坑挖掘，我会在备用水管上方钻进，再封闭连接蓄水层的水管。"

"即便这样，水管里也还是有水。"

"很简单，钻机能将它们蒸发干净。我们可是网格啊，詹姆斯，蒸发掉水还是没问题的。"

"你怎么保证不会制造一台杀戮机器杀死我们所有人？那样也能达到你节约能量的目的。"

"确实，但你想想，如果我真要那么做，在占据奥斯卡身体的瞬间，我就会动手，然后直接离开，而不是跟你谈判。即便我杀死七号营地的幸存者，再满世界追捕剩余的人类，也还是会有漏网之鱼，因为你们会躲到地下、海里或者其他什么地方，96.6% 的实例都是如此。而且从统计学上讲，以后肯定会有人从某个地方冒出来，朝我的太阳能电池射一两枚核弹什么的，到时候，我又得费力去灭掉你们这些蝼蚁。我没有和你开玩笑，只要你同意我的要求，我就能帮你们离开这个星球。"

"废话不多说，詹姆斯，同意我的要求，否则我就灭掉所有人类。"

我狠狠地关上车门，我已经受够了他的威胁和操控我的企图。

"他们正在挨饿，詹姆斯！"他在车里吼道，"放聪明点儿吧！"

控制桌上的无线电响了一下，传来怀亚特的声音，他是搜救幸存者队伍里的一员。"总部，这里是一号队伍。我们又找到了一名幸存者，她失血严重，预计五分钟后回到地堡。"

田中泉拿起话筒回复道："我们会做好准备的。"

不可避免地，无线电里传来的每个字都直直落入其他幸存者的耳中。

在床单分隔的小隔间里，有些伤员坐起身来，焦急地看着进出的人，希望能看到自己的亲人。对他们而言，等待救出新幸存者的过程一定十分煎熬。这几天来都是如此，希望和失望不断交替，看到有新幸存者时，内心也会感到一丝喜悦。

我清洗着双手，准备好迎接新救出的幸存者，但亚瑟的话像幽灵那般在我脑海里挥之不去。

✳

田中泉迅速检查着眼前这位女性的腿伤，但我们还是迟了一步，她失血过多，病床旁心电监护仪的屏幕上闪烁起刺眼的红色，她已经没了心跳。

在伤员去世十分钟后，田中泉依然在尝试救活她。

"她已经去世了，田中泉。"

她不听我的，又尽力抢救了五分钟。她脱下手套丢到医疗废物桶里，走到一旁背靠着墙，滑坐在地上，蜷成一团，双眼无神地盯着前方。我从没见过她如此憔悴。

"去休息一下吧，这里就交给我。"

她站起身，摇摇晃晃地离开手术室。情报室里，怀亚特和里卡多正在里面就水下咽蛋白棒。

我透过窗户望去，他们从田中泉的神情里应该获知我们又失去了一名伤员。我知道他们肯定又会懊悔，心想，如果再挖快一点儿，事情可能就会有截然相反的结果。

田中泉还是重复了我们过去几天一直挂在嘴边的那句话："就算你们速度再快，依旧可能会迎来相同的结果。"

时间所剩无几，我不禁思索不管我们现在做什么，对于那些生还者来说是不是都已经太迟了。

◩◪◧◨ 第二十六章 ◧◨◪◩

艾玛

食物只够撑五天了。有些大人已经不再离开房间。孩子们惊恐不安，我也一样。

今天早上厨房召开会议时，福勒问："有什么新进展吗？"

没有人开口，接着所有人都默默离开厨房回到各自的岗位上，忙活自己的事情。对此，我已经习以为常。

无论我如何努力，依然会忍不住去担忧现状，特别是对安吉拉·史蒂文斯。

在她进入输水管四个小时后，我们收到她五次拉动绳子的信号，表明她已经到达蓄水层。

但从那以后，我们就再也没有收到过她的任何回应，或表明她已经到达地表的信号。

我暗自安慰自己，或许是绳子断了，又或许是她为了爬上地表，不得不解开绳子。随着日子一天天过去，她依旧毫无踪影，绳子那端也没有她的信号。

眼下这种情况，结果已经非常明显：史蒂文斯死了。

我总是想起她的勇气和自我牺牲精神。

我也总是会想起詹姆斯，我很想知道他身在何处，为什么还没回来。

❄

不仅是安吉拉·史蒂文斯缺席，许多大人也不再参加地下室读书会。今天的主题是信念的力量，以及它的阴暗面。

我们此时所缺少的是信念，我们应该相信事情会有转机。我原本指望这些互助小组和读书会的课程能把希望的理念传递给大家，但这只在一小段时间内有效。现在，我们需要一些新的东西。

读书会结束，所有人起身离开时，我叫住了福勒。

"什么事？"他的声音回荡在昏暗的洞穴内，LED灯照亮了周围的天花板，混凝土的柱子在四周投下阴影。

"他们正在失去希望。"

福勒的脸色很差，额头上的皱纹看起来要比当初刚到地堡时更加明显，他整个人看起来苍老了许多。他挪开了视线，说："我知道。"

"我们要做点儿什么。"

"我们现在还能做些什么，艾玛？"

"我们可以挖。"

"挖什么？"

"挖紧急通道，虽然风险不小，但谁知道呢，也许我们能成功。回到地面后，我们就可以帮助詹姆斯他们了。"

"挖掘是一项体力活，我们现在这副行尸走肉一般的模样恐怕难以胜任。"

"有些人的身体状况目前还可以勉强胜任这项工作，但一周后可就说不准了，所以我们现在才应该抓紧时间，我们需要重新找回希望，相信还有活下去的可能——现在还有一些能挽救我们所有人生命的事情可以做。"

他没有看我，只是凝视着我身后的黑暗区域。

"劳伦斯。"

他的视线重新回到我身上，仿佛刚刚意识到我的存在："嗯，好的，我会……和厄尔斯谈谈的。"

我将手放在他肩上，说："我去跟他说吧，劳伦斯，你回去好好休息，这件事就交给我吧。"

❋

我觉得自己仿佛成了一名挖煤工。

总共十一人——九名士兵加上我和赵民——正挤在逃生通道里挖掘，头灯照亮了我们前方的道路。

在下午刚刚开始挖掘时，里面还潮湿且阴冷，现在简直像是在蒸桑拿。

士兵们轮流挖掘，其中三人负责开凿塌方并清理碎石，其余的人则暂时在一旁休息。在已经清理出来的区域，我和赵民搬来餐厅的桌子，利用它们撑住通道顶部，以此保护通道并防止顶部掉落下碎石。

我们取得了一些进展，但这只是杯水车薪，可我们还能怎么办呢？

一天下来，我浑身疲惫，去浴室冲了个澡，最后一丝力气随着身上的尘土一同冲进了下水道。

我不应该亲自去帮忙的，为了肚子里的孩子，我应该好好休息。可如果我们没法逃出生天，就算我休息也毫无意义。

※

每一天，我们的挖掘速度都在减缓，但我们没有放弃。我们用简易的鹤嘴锄和铁锹叮叮当当地挖个不停，那是我们为了逃出生天做的最后挣扎。

我坐在阴暗的隧道里，头上沁出大颗的汗珠，心里祈祷能早日迎来转机。通道尽头的挖掘声停止了，突然传来很大的隆隆声，我脚下的土地开始晃动起来。

我筋疲力尽，一时无法仔细思考发生了什么事。慢慢地，我的头脑逐渐明晰，像污浊的水池逐渐被净化，开始变得清澈。

隧道顶部的灰尘开始从桌子周围倾泻而出。

地震了。也许又是小行星撞击。

隧道里传来叫喊声，我撑着自己想站起身来，但双腿不听使唤。靠着用桌脚做成的简易拐杖，我终于站了起来。

四周的墙体开始弯曲裂开，仿佛受伤的野兽发出的痛苦哀鸣。

我望向隧道尽头，突然，大家的头灯都熄灭了。

怎么回事？灯怎么灭了？

我附近的金属管裂开，发出刺耳的声音。落石砸到其中一名士兵身上，打碎了他的头灯。

这时我知道灯为什么灭了——因为他们已经被砸中了。

我抬头望去，通道的金属顶部正在断裂，一块碎石朝我砸了过来。

第二十七章

詹姆斯

我赶到撞击坑旁边时，太阳已经快落山了。我从地势险峻的边缘向下望，大型挖掘机和推土机映入眼帘，一旁堆积的石块像一座座小山。

这样下去我们根本不可能成功，亚瑟说得没错，地堡距离地面太远，要挖穿地表与地堡中间坚硬的地质结构层更是难上加难。

105

对此我早有预感，潜意识里我也明白，如果我贸然做出错误的决定，不仅大西洋联盟将会不复存在，全人类也会遭遇灭顶之灾。我不知道该何去何从。

坐在挖掘机驾驶室的哈利看见我，拿起对讲机问："是你吗，詹姆斯？"

"是我。"

"没事吧？"

"没事，只是过来看看你们，需要帮忙吗？"

"是的，我想问问能在这台挖掘机里给我装一台有线电视吗？"

我笑着说："行，我记下了。"

"嗯，而且我们有加班费吧？"

"还有安全津贴呢。下面的石头怎样了？好挖点儿了吗？"

"还是那样。"

如此一来，我们只剩一个选择：继续挖掘直到时间耗尽。最后有必要的话，我会接受亚瑟的要求。

□■□□ 第二十八章 □□■□

艾玛

恢复意识后，一束强烈的白光照在我脸上。不仅是头部，只要稍微动弹一下，我的整个身体都会传来剧烈的疼痛。

刺眼的光线照得我睁不开眼睛。

"艾玛。"一个温柔的声音呼唤我。

一只手抓住我的手臂，我痛得倒吸一口气。

"对不起。"

我费力地睁开眼，想透过强光看清周围的情况。

麦迪逊正站在病床边低头看着我，满脸泪痕。她颧骨突出，眼睛凹陷，头部大小看上去和身体极不协调。自我和詹姆斯从谷神星返回后，就没见过她这般憔悴，她的这副模样让我十分心疼。

"我昏迷多久了？"我嗓音沙哑。

"别管那些了。"麦迪逊说。

等眼睛的痛觉消退后，我开始打量周围的环境。这里是浴室旁的医疗区，其他床位四周都拉上了严实的帘子。里面都是谁？和我一起挖掘逃生通道的士兵？还是其他人？

麦迪逊离开了一会儿，给我拿来一份加热的即食口粮。

"我不想吃。"

"艾玛，你必须吃。"

她严肃地看着我，一副坚决不肯让步的模样。

我只好接过食物，情不自禁地狼吞虎咽起来，既感激能吃上东西，又感到有些愧疚，因为也许有人比我更需要这份食物，这种矛盾情绪在我的内心纠结挣扎。吃完后，我看到金属盘上有三片止痛药，我只配水吞下一片，因为吃多了会昏沉犯困，我现在需要保持清醒。

"艾莉在哪儿？她——"

"她没事儿，只是有点儿担心和困惑，其他孩子也是。"麦迪逊轻轻地握住我的手臂，"我去喊她过来。"

接下来的几分钟就像几小时那样漫长，我迫不及待想见到我的女儿艾莉，同时也害怕她会不会看起来和麦迪逊一样消瘦，我必定会承受不住的。为了艾莉，我需要坚强起来，给她力量。如果我流露出害怕的样子，她一定会感到更加不安。

我坐在病床上，用手捋顺头发，做了一个深呼吸，告诉自己冷静下来。帘子拉开后，艾莉朝我跑来，抓住床单借力以便爬上床陪我。我扭身将她抱了上来，这一使劲，一阵阵疼痛又开始向我袭来。她紧紧抱住我，小脑袋靠在我的怀里。

抱住艾莉后，我还是不禁流下泪来，眼泪滴到了她的头发里。我庆幸她依然健康，和刚到地堡的时候相比只是稍微瘦了一点儿，仿佛只是经历了一次小小的胃病，除此之外，她安然无恙。我内心悬着的石头终于落地了。

我又开始担心肚子里的孩子，我现在营养不良，加之刚才的塌方事故，不知道胎儿有没有受到不良影响。虽然害怕得知结果，但我还是要用健康检测仪做一下孕检，看看胎儿是否健康。

艾莉小声地问我："妈妈，你去哪儿了？"

"我去工作了，宝宝，对不起，妈妈离开了那么久。"

"生病？"她的洞察力比我想象中敏锐得多。

"不是，宝宝，我只是有点儿不舒服。"

"回家？"

"我们会回家的。"

"现在回。"

"快了，宝宝，我们很快就可以回去了。"

艾莉的小身体很温暖，她紧紧地抱住我，或许是在担心我再次离开。

麦迪逊离开后，亚历克斯和艾比也过来探望我。他们同样瘦了许多，脸上的笑容也和麦迪逊一样勉强，对我昏迷后的事情遮遮掩掩，闭口不谈。

赵民也来了，他头上缠着一圈绷带，胳膊打着石膏。我低头看了看，确认艾莉已经睡熟了。现在应该正是她的午睡时间或晚间睡觉时段。

"出什么事了？"我小声问道，"是地震吗？"

"有可能，但感觉像是小范围活动。"

"又有小行星撞击？"

"不，源头应该不在附近，应该是撞击坑下方发生了地陷，"他顿了顿，"我看到你倒下后就立刻赶过去救你了。"

"谢谢你，赵民。"

没过多久福勒也来了，他看起来满脸担忧，也因为忍饥挨饿而面色苍白。

"有詹姆斯的消息了吗？"我问。

福勒视线下垂，摇了摇头。

"也许是离开蓄水层的通道塌了。"我不知道该说什么好，内心满是恐惧。

"也许吧，这也能解释为什么奥斯卡迟迟没有回来。就算詹姆斯和其他人出了什么事，奥斯卡也应该会回来汇报消息。"

一想到我们现在所面临的困境，詹姆斯如今也生死不明，我就感到头晕目眩。

福勒安慰我："想想你几天前上的课，艾玛。你要直面你的恐惧，支配它，否则它会支配你。"

✳

我醒来时艾莉还在熟睡，我躺着没动，只是看着她熟睡的模样。

她翻了个身，小手揉了揉眼睛，醒了过来。她疑惑地看着四周，仿佛希望自己已经回到了熟悉的家中。但我知道她永远也回不了家了，我们的家已经没了。

"爸比？"

"他马上就来。"

"什么时候？"

"就快了，宝宝。"我紧紧地抱住她，希望詹姆斯下一秒就能出现在我们眼前，"你先去吃早餐吧，妈妈还要在这里休息一会儿。"

我只感到非常饥饿，突然想起自小行星撞击前逃走那晚之后，我就再也没有想吐的感觉了。难道是因为压力大吗？还是说胎儿没保住？

我在床边的桌子里翻找着健康检测仪，但一无所获。

"嘿。"我大声喊着，无人回应。我尝试着坐起身，但一股剧烈的疼痛向我袭来，痛感甚至比前一天还要强烈。

我瘫倒在床上，视线开始变得模糊，意识也渐渐离我远去。

✳

一个小时后我醒了一次，医疗区里灯光微弱，胃里又传来一阵恶心感，伴随着的还有挥之不去的疼痛感。

✳

再次醒来后，麦迪逊正坐在床边陪着我，旁边还有一份即食口粮。见我醒后，她打开了塑料盒旁边的加热器。

我不解地看着周围。

"艾玛——"

"我知道，但我得……"我闭上眼睛，感觉体力已经耗尽，"你能帮我拿一台健康检测仪过来吗？"

我看向我的腹部。

麦迪逊无精打采地说道:"嗯,我现在去拿。"

我服下一片止痛药,然后端起食物狼吞虎咽起来,里面有米饭、鸡肉和蔬菜,在极度饥饿的情况下,任何食物对我而言都是五星级大餐。

我想要知道止痛药是否会对胎儿产生不良影响,一想到这里,我就后悔吃了药。慢慢地,我感觉药效开始发挥作用,身体的疼痛逐渐减缓,但这让我更加担心起来。

麦迪逊拿着健康检测仪回来了,我将手指按在上面,检测仪抽取了我的血液。

"你还有没有——"她说到一半停住了。

"呕吐感?没有。"

我晃着检测仪,仿佛这样就可以让仪器加快处理速度。

我突然意识到周围还有许多动静:大厅外的脚步声,幸存者在餐厅来回走动的脚步声,其他床位上病患痛苦的呻吟声,我还听到一名男性说一切都会好起来的。

检测结束,分析仪的屏幕弹出了结果。我跳过各种常规检测,直接划到最后一栏。

　　是否怀孕:是

看到这几个字,我激动得流下了眼泪,有那么一会儿,麦迪逊看上去很沮丧。我朝她笑了笑,点点头说:"胎儿一切正常。"

听到这个消息,她开心地抱住我,让我遍体鳞伤的身体更加疼痛难忍,但我毫不在意。我的孩子没事,现在这才是最重要的。

✻

半睡半醒中,时间飞速流逝。光靠一点儿即食口粮,我根本无法恢复以往的体力。我时常感到疲倦和虚弱,最重要的是,我害怕艾莉和我肚里的胎儿因此挨饿。恐惧正在我心里肆意滋生,除了直面恐惧、自我安慰外,我对于眼下的局势也无能为力。恐惧已经达到了它的目的,现在是时候忽视它并专注于眼下了。我要为了艾莉保持坚强。

说起来容易做起来难。这和在读书会给大家念上几段完全不一样,我在读书会上鼓励、安慰他们，告诉他们要控制恐惧，实际做起来真的困难重重。

为了艾莉，我必须试着控制住我的恐惧。我想保护她，让她远离现在这沉重的一切。

大厅方向传来的动静渐渐小了下来，逃生通道的挖掘工作也已经停止。我想，每个人都躺在床上睡觉，静静地等待着，仿佛为了熬过这漫长的、致命的寒冬。我们在地下进入了冬眠状态，也都在祈祷着这一切能早日结束。

□□■□ 第二十九章 □□■□

詹姆斯

再一次地，我站在小行星撞击坑的边缘望着沙漠中这个碗形巨坑。在中心点附近，格里戈里和哈利正争分夺秒地继续向下挖掘。

现场回荡着挖掘机敲碎岩石的声响。哈利坐在挖掘机内，暂停挖掘动作，为挖掘机臂换上拇指夹斗和碎石桶，熟练地将碎石、土块运到一旁，格里戈里再驾驶推土机将它们堆积到一起，废弃物堆看上去就像一座围绕洞口的环形小山。他们不停地击碎坚硬的岩石向下挖掘，榨干着太阳能电池板从昏暗的阳光中吸收的每一丝能量。太阳马上就要落山了，他们的进度还远远不够。

我们已经没有时间了，眼下只剩一个选择。

我回到中央司令部情报室，布莱特维尔上尉正对着无线电对讲机说话。

"四号队伍，汇报情况。"

"快完成了，上尉。"

"有什么发现？"

"几个瓶子，里面是……等等，那叫什么来着？"

"别管药的名字了，都带回来吧，然后去搜索下一处地点。阳光越来越少了，今晚会比昨晚更冷。"

废墟里已经没有幸存者了，所以接下来的搜救行动改为回收我们需要且现在无法生产的东西：药物和复杂的电子设备，当然还包括食物。

布莱特维尔见我面色沉重，问道："出什么事了吗？"

"时间到了。"

她下意识地摸向腰上的佩枪，她的右臂还打着绷带，左腿也安着支架，但我敢说她依然是七号营地最有效的存在。如果亚瑟背叛我们，她应该可以快速解决掉他，我希望我的担忧是多余的。

"你告诉格里戈里没？"

"还没。"我小声地说道，我害怕他会再次失去理智。

"他能同意吗？"

"很难说，他应该会很不高兴，"我疲惫地说，"但应该不会采取什么过激行为，至少在我们救出所有人之前不会，之后就很难说了。"

"我们可以给他分配需要留在营地干的任务，让他远离亚瑟。"

"这是个好主意。"

"我还可以让队伍里的其他人盯着他。"

"我赞同，我们还要为亚瑟准备警卫。"

"我是这里唯一的现役军人，幸存者中还有三名后备军人，其中两名在外参与搜救，另外一名腿部受伤严重。需要我召回那两人吗？"

"嗯，先让他们回来帮忙吧。"

布莱特维尔用无线电下达完指令，然后小声地问我："你确定要这么做吗？"

我瘫坐在会议桌旁的一把椅子上，抬手揉了一把脸，说："我不知道除此以外还有别的什么选择，我们没时间了。"

一阵沉默后，我问她："战争时期也是这样吗？大西洋联盟争夺最后宜居地那会儿？"

听到这儿，布莱特维尔移开视线，说："当时时间紧迫，也没有太多讨论，至少我这个级别的没有。日日夜夜，我的任务就是确保连队里每个人都活着。"

"连队？"

她有些惊讶地看着我，说："大西洋联盟军队的编制大致上和原美国军队的类似，我手下有四个排，我们属于营地里的四个连队之一。营往上是团，团往上是师，以此类推。"

"明白了，我以前从来没研究过军队编制。"

"这些编制都是过去式了，现在大西洋联盟大概连一个营的人数都没有。"

"很多事情都不一样了。"

等那两名后备军人回来后，我带着他们和布莱特维尔三人去了运兵车那里。他们站成半圆围住车辆后方，手里的枪已经上膛。随着我们离地堡越来越远，地堡里的声音也逐渐消逝，大家的窃窃私语声像海浪一般掠过我们的四周。

解开的锁链"哐当"落在地上，我打开后车门。亚瑟站在我们眼前，脸上还是挂着那副自命不凡的笑容，让我感到恶心。

"看来我们要达成协议了。"

"我们会密切监视你的。"

"随便你们，"他笑得更加灿烂了，"我想借此机会重申一下我们协议的内容。"

"说吧。"我拼命压抑着自己的怒火。

"不允许攻击收割者，如果你们这颗小蓝星上有谁采取进攻行为，收割者会马上反击。记住了，我们的望远镜远比你们的先进，可以观察到你们的一举一动。"

"行。"

"根据协议，等太阳最后一次在地球落下后，这个星球上不允许再出现任何人类，詹姆斯，你明白我的意思吗？"

以前我一直关注的是地堡的一系列问题，以至于没有仔细考虑过这份协议背后的影响。亚瑟的意思是等太阳最后一次落下后，人类要么离开地球，要么全部死亡，也就是说，即便我们接受协议，战争依然有可能爆发。一场幸存者之间的内战。

"小行星撞击后还有多少人存活？"我问。

亚瑟耸耸肩，说："我也不知道，我和小行星一起到的，你忘了吗？"

"你不能联络收割者吗？"

他轻笑道："当然不行，那样会浪费很多能量，而且也不符合我们的作风。我收到的指令只有一个。"

"让我们投降？"

他抬起头看着天花板，仿佛在思考要不要告诉我一个秘密："也不完全对。"

"那你收到的指令是什么？"

"消除小行星撞击之后残留的任何威胁。"

我身后的布莱特维尔和其他士兵听到亚瑟的一番话后，都在极力克制着内心的愤怒，做好了随时冲过去干掉亚瑟的准备。

"别那么紧张，"亚瑟冷淡地说，"在这种情况下，帮助你们离开这个星球是完成我的任务最高效的方式。"

他们做的一切都经过精心计算，网格确实是毫无任何情感的存在，丝毫不在意我们人类的死活，让我们离开地球只是因为这是完成任务最高效的方式，前提是亚瑟没有说谎。不过，这可是个不小的前提。

"你明白我们协议的内容了吗？"亚瑟无趣地说。

我低头看着地下，内心不断挣扎："明白，我们接受协议。"

"好极了。"他听上去像是在嘲笑一般。

一阵沉默后，我抬头看着眼前这位敌方代表，同时也是我们人类的征服者。除了隐忍，我别无选择，我的妻子和孩子现在命悬一线。

"我能帮你什么吗？"我问。

"你总是能给我惊喜，詹姆斯，我还真需要你的帮忙，还有哈利，"他扬起眉毛，"你现在正式成为网格的助手了，我们开始工作吧。"

※

在接下来的三十二个小时里，我基本没有睡觉。靠着中央司令部地堡和营地抢救回来的材料，协助亚瑟建造一台挖掘无人机。这台装置外观十分丑陋，看上去像一只圆滚滚的巨型甲虫，直径约 1.2 米，有一块用白色瓷砖制成的圆顶盖。很难相信这个东西能挖穿地表并进入备用水管中，但就像在网格出现前，我们也很难相信有一种装置能穿越星系四处收集恒星的能量。他们的科技水平的确远超我们想象。

挖掘无人机只够搭载一个体形稍大的成年人，或者两个小孩。装置底部安装了许多激光器和可伸缩的锯齿状牙齿，用来切出一条大直径竖道，还有一组可收缩圆轮可以在下到地堡后使用。

前提是它能到达地堡。

正午时分，我们将它放置在撞击坑旁的沙地上，看着它不断挖掘然后消失在地下。亚瑟在运兵车内的控制站操控着装置，我和哈利则在一旁看着屏幕画面。布莱特维尔和另外两名士兵继续保持戒备状态。亚瑟的语气也不再傲慢，大概是明白此时也没必要额外耗费能量。

田中泉是首先登上装置并下到堡垒的人，我紧随其后。等我从装置的运载室爬出去时已经精疲力竭，眼前正是堡垒地下室的水处理厂。

不过我依然心烦意乱，虽然暂时成功了，但事情还远未结束。也许亚瑟正等着这一刻背叛我们。看着装置重新返回地面，我的脑子里充斥着各种杂乱的思绪。根据计划，这次它将搭载食物返回。

备用水管已经不见了，取而代之的是一条更大的水平通道。水处理厂的位置此时已满是土块和碎石，空气中飘荡着大量灰尘，水缸里的水肯定也已经被污染了。

等挖掘装置返回后，它就停在碎石堆上静静地等待着。我知道，它这时完全可以通过自爆来封堵住逃生通道，将我们永远困在地下。

那样杀死我们也是一种简单且高效的方法，听起来挺符合网格的风格。哈利和格里戈里还在地表，他们肯定会恶战一番，但我知道那肯定是徒劳的。亚瑟完全左右了我们命运的走向。我看着挖掘无人机，接下来便是揭露真相的时刻。我的豪赌是否让所有人都走上了穷途末路？

□■□□ 第三十章 □□■□

艾玛

一阵喊叫声和脚步声将我惊醒，大厅似乎发生了骚乱，但眼前的灯光微弱，医疗区还处于昏暗中。艾莉翻了个身，睡眼惺忪地看着我。

"妈妈，什么东西？"

"不知道，宝宝，你必须和妈妈一起待在这里。"

"妈妈，我想看。"

"不，不能看。"我紧紧抱着她，竖起耳朵听着外面的动静。我听不清他们在说什么。

大家是在争夺食物吗？还是更糟糕的事？

脚步声逐渐停了下来。我静静地等着，想听清楚外面发生了什么。突然的寂静让我感到更加不安。

这时，医疗区门口出现一个穿着军服的人影，额头戴着头灯，光束像一座灯塔照进了医疗区。

那人急促地朝我走来，掀开半遮挡的白色帘子，刺眼的头灯照在我的脸上。从体形来看，这应该是个男人。只见他伸出手一把抱住艾莉，我连忙起身伸出瘦弱的手臂拉住他，用力到指甲在他皮肤上留下了凹痕。

"爸比！"艾莉张开双臂抱住眼前的男人。

"詹姆斯？"

"是我。"

我立马松了一口气，这短短几个字让我如获新生，身体的疼痛消失得无影无踪，饥饿感也随之消失。

我举起手挡住刺眼的光亮。

"不好意思，"他嘀咕着，上下打量着我，眼里满是难过和担忧，"出什么事了，艾玛？你怎么躺在病床上？"

"我没事。"

"告诉我发生了什么。"

"那些都不重要，快告诉我我们马上就能离开了。"

"是的，我们马上就能离开了，马上。"

▢▢■▢ 第三十一章 ▢▢■▢

詹姆斯

我抱住艾莉，感觉她从未像此时这般脆弱。她瘦了不少，眼睛也有些凹陷，好在她还活着。这才是最重要的。

我抱着她离开医疗区来到大厅。地堡大厅里人头攒动，地表的生还者和大西洋联盟仅存的军队看上去尚存一些力量。

田中泉将餐厅改建成一座临时医院，为所有人做了身体检查，确保他们不需要紧急治疗。

我来到地堡的水处理设备的水箱旁，小心翼翼地将艾莉放进待命的挖掘无人机里。

她立刻靠过来，紧紧抓着我的胳膊不放。

"爸比！"她尖叫着，"爸比！"

"没事的，宝宝，不要怕。"我温柔地将她抱在怀里，她开始啜泣起来。

"不要走。"

"我不走，宝宝，我就在你后面。"

"不要走！"

"坐这辆车会很有趣的，就像我们之前的车一样，只是有一点儿冷，"我抱着她，"你看，这是我和别人一起造的哦。"

"妈妈——"

"妈妈马上也会来的，我知道你最勇敢了。先进去吧，乖，还有很多人在后面等着。"

艾莉的哭声渐渐小了下来，我将她放进挖掘无人机里，她的身体还在微微战栗，嘴唇也在不停颤抖。她坐在里面看着我，脸上的表情仿佛在说："你怎么能这样做，爸爸？"

我也于心不忍。我本该留在下面帮助田中泉，但我实在不忍心将我担惊受怕、饥饿难耐的女儿独自放进这古怪的装置里。于是我也坐了进去，抱着艾莉，让她坐在我的大腿上。

"行了，我们走吧。"

她身体还在颤抖："爸比……不坐。"

"没事的。"我轻声说道。我按下挖掘无人机内的返回按键，然后紧紧抱住艾莉。无人机猛地启动，开始沿着通道返回地表。

❄

第二天，我来到中央司令部地堡情报室，靠在门口思考着眼下的局势。

地堡现在人满为患，人们睡在简易小床上或者直接用毯子席地而卧。空间加热器分散装在开放区域内，开足马力以抵御日渐加剧的严寒。多数小孩都在玩着平板，大人则在进食、休息。在堡垒的日子，他们都颇为辛苦。

好消息是我们现在团聚了，坏消息是恐怕真正的挑战才刚刚开始。我们面临着大大小小的问题，有一些问题牵动着我的心，无法解决，还有一些则重重地压在心头。最值得注意的是，目前小孩的数量已经超过大人，多数孩子还失去了自己的双亲，对此我无能为力，只能尽快开始给这些孩子分配新的寄养家庭。目前来说，我们只能根据年龄的大小按顺序将失去家人的孩子分组，为他们分配监护人。他们在地堡待的情形看上去像一次规模庞大的宿营活动，有的相互偎依取暖，有的在玩耍，还有的在默默哭泣，没有多少孩子正在熟睡。

我看着这些孩子，脑海里反复思考着一个问题：我要怎么拯救他们？

我虽然同意了亚瑟的协议，但只要能拯救地球上的所有人，我会毫不犹豫地翻脸撕毁协议。人类此时真正站在了岔路口——究竟是离开地球，还是坚守于此？如果地球失去了太阳光的照射，留在地球又是否可行呢？

对我而言，最棘手的问题是食物，其次是能源，但两者其实密不可分。

在小行星撞击前，七号营地由住房顶部的太阳能电池板供能，但它们此时都已经躺在废墟中，四分五裂，无法再正常使用。眼下我们用的是中央司令部地堡的太阳能电池板，它们分散布置在地表收集能量。就目前来讲还足够我们使用，但随着太阳能输出不断下降，电池板的供能量也会逐渐减少。失去了能源，我们又无法种植粮食，最后也只会被严寒吞噬。

我考虑过另寻他法获得能量，地热能是最好的选择，但我们缺少建造地热电站所必要的设备以及时间。

其次是风能。我们可以东拼西凑出建造风电厂的原材料，问题在于日益恶化的寒冬将极大地影响全球气候，即便风电厂不被冰雪覆盖，地球风况也会发生重大变化，我没有相关的专业知识来分析预测未来的气候。

最后是水能——潮汐、海浪和水力发电。每一项的建造都需要耗费大量人力物力，而且面临和风能同样的风险：地球气候的不断变化也许会让水力发电站完全失去作用。海浪可能会减弱，湖泊可能会结冰，河流可能会干涸或者改变流向，水力发电厂的选址也将充满不确定性。

如果没有能源，我们就无法取暖或种植粮食。短期内我们可以解决食物问题，例如打猎——一些动物熬过了漫长的寒冬，但这次它们将不会这么好运，总之，它们会很快灭绝。海洋生物应该是我们最可靠的食物来源，但这次它们也无法逃脱灭绝的命运。

即便解决了能源问题，在地下建造自给自足的殖民地，收割者还是能轻而易举地找到我们。如果最后一次日落后地球上还留有人类，收割者便会发起攻击，轻而易举地将我们从地球上抹除。

在我看来，我们的确只剩一个选择：离开地球。

我难以判断人类在这条道路上的生存概率。亚瑟可能会出卖我们，说实话，我觉得概率很大，又或者甚至在我们还没来得及离开地球前便被寒冬吞噬。

同时，我在思考该如何让世人接受这一选择。离开地球？我敢说肯定有人永远也不会同意，甚至是领导层的一些人也未必答应。

不仅如此，无论我们怎样选择都会面临一个问题，那就是人口短缺。据统计，七号营地目前共有一百七十四名幸存者。昨天疏散完堡垒后，我问田中泉这些幸存者是否足够我们种族继续繁衍生息。她的回答模棱两可，且不太乐观："很难说，也许完全不够。"

所以我们目前先着手解决这一问题。简单来讲，我们需要更多人口，也就是集合全人类。

我在每架调查无人机顶部都加装了一块太阳能电池板，让它们在飞行途中补充能源，以进行远程任务，去其他营地搜索生命信号。它们还可以定期降落，释放小型无线电设备和无线数据中继器，建立菊花链语音数据网络。我知道亚瑟或许可以访问所有的无线数据网络，但目前该网络只连接到了这些没有进攻能力的小型无人机上。在我看来，建立实时视频连接至关重要，并且值得冒这个风险。希望我的猜测没错。

我已经将无人机的目标坐标设定为大西洋联盟其他十五个营地，首要任务是搜寻生还者，同时也会搜寻食物和太阳能电池板。七号营地位于大西洋联盟中心，其他营地则分散坐落于各个不同的方向。为了节约能源，无人机飞行速度会有所降低，甚至可能需要降落充电。无论如何，它们明天应该能抵达最近的营地，稍远的则需再等等。它们还可以传回实时视频画面、红外探测读数和无线电通信数据。这些数据将决定我们的生死存亡。

营地的气温日益下降，雪花飘落，堆积在废墟上，看上去像一座座雪白的沙丘，下面则隐藏着一桩桩令人心碎的惨剧。

自疏散堡垒后，领导层人员便一直没有会面。不光福勒、艾玛、夏洛特和赵民营养不良，浑身是伤，需要时间慢慢恢复，我们所有人也需要时间思考亚瑟的最后通牒和接下来的步骤。这是关乎人类存亡的重要决定。

时间，是我们正在急速耗尽的另一项宝贵资源。无论如何选择，我们都必须加快速度了。

我离开情报室，穿过地堡空旷区域内的一个个小隔间。它们用绳子和床单做成的帘子相隔，空中弥漫的气味和声音令人窒息。将近两百人都挤在这个只有高中体育馆大小的空间里。

我在亚历克斯和艾比的隔间门口驻足，我的侄子杰克和他的妹妹正一人戴着一只耳机，在平板上听着什么东西。

我打开帘子，发现亚历克斯正在睡觉，艾比坐在一旁，把毯子抱在胸前。她用手轻轻晃着亚历克斯："亚历克斯，醒醒。"

"没关系。"我小声说，但他还是立马睁开眼睛坐了起来。

"嗨。"他轻轻地说。

"你们在这里还好吗？"

"能离开那个堡垒就行了，"亚历克斯戏剧性地看了看四周，"然后又……来到了这个地堡。"

我笑着回答他："这个地堡可没那么难离开了。"

"嗯，这点倒是没错，"亚历克斯向我示意杰克和萨拉，"他们可以用平板吗？我们现在很缺乏能源吧？"

"没关系，眼下我们发的电比电能存储器能保存的量要多，所以不用白不用。"

"那也只是暂时的。"

"是的。"

"我能帮上什么忙吗？"

我看着亚历克斯瘦削的脸庞、凹陷的双眼和枯瘦的双臂。

"你先暂时好好休养吧。"

"然后呢？我们——"

"我们正在制订计划，现在暂时在其他营地搜寻生还者。"

他点点头，听到这儿似乎受到了一些鼓舞："好。"

回到自己的隔间，我看到艾莉正在睡觉，艾玛则坐在一旁看着平板，旁边的纸箱里放着一些即食口粮的空包装，包装里的食物残渣一点儿不剩。

我躺下来偎依在艾莉身旁，此刻我就是这世上最幸福的人。几天前，我从没想过自己还有机会能抱抱她。人总是在失去之后才懂得珍惜。

"你在看什么？"我小声问艾玛。

"飞船的具体规格，这是最新的数据。"

我不解地看着她。

她耸耸肩："我想知道这些飞船能承载多少人。"

我们还面临着一个问题：即便我们离开地球，安全抵达我们的新家园，幸存的人类数量还够维持我们的族群繁衍吗？我从没仔细想过那么远的事情，而且如果飞船承载不了所有人怎么办？这种情况的确有可能发生。

我和艾玛还没正式讨论过这事，但我隐约觉得她会同意离开地球。

艾玛放下平板，说："我想告诉你一些事情。"

"好。"我谨慎地回答道。

她做了一个深呼吸，直视我的双眼："我怀孕了。"

我松了一口气，笑着说："我知道。"

"你知道？"

"奥斯卡知道，他能看到你的医疗记录。"

她仿佛突然明白了什么："在我从太空回来进行康复训练时，他就一直密切留意着我的身体状况，后来也没人记得关闭他的权限，"她顿了顿，"他告诉你的？"

"不，实际上是亚瑟告诉我的，当时他想说服我接受他的条件。"

"我本来想亲自告诉你的。"

"没关系，不管怎样我都很开心。你是什么时候知道的？"

"在小行星撞击的那天早上我做了检测，我本来想告诉你，但你当时……有点儿忙不过来。"

我深深叹了一口气:"为了应付那三颗小行星,现在想想真是浪费时间,我完全上了他们的当。"

"那都是过去的事了,"她握住我的手,"别想那么多,未来才是最重要的,很抱歉我没有早点儿告诉你。"

我伸出手搂住她后背,将她拉近给了她一个吻,直到我们俩都有点儿喘不上气才松开。

"那都是过去式了,未来才是最重要的。"

她笑了笑,表情看上去有些疲惫和难过:"那我们的未来会是怎样的?我们该怎么办?"

"我们不会有事的,我保证。"

"怎么保证?我是说……地球已经无法居住了,超级母舰离完成也还有很长时间。"

"我会想办法,我一定不会让你们出事的。"

□■□□ 第三十二章 □□■□

艾玛

在中央司令部一旁的地堡里,这个拥挤的难民营中,我终于好好地睡了一觉。不过,并不是地点本身让我睡得安稳,而是因为我暂时卸下了肩上的重担。詹姆斯已经知道我怀孕的消息,和我一样,他既喜悦又害怕,不仅因为这件事,也因为我们在地表的重聚——当然了,现在应该也算在地表。

这是数周来第一次,我醒来后能见到他的身影。他安稳地睡着,艾莉蜷缩在我们中间,裹着多层毯子。在清晨,中央司令部地堡里还比较暗,我们隔间顶部的绳子纵横交错,周围挂着白色床单,外面的过道亮着一排排 LED 灯,透过床单看去正闪着微弱的亮光。

我的身体依旧会疼痛,但已经有所好转。我应该服一片止痛药,但我不能服用,或者说不想服用,因为那样会影响胎儿发育。

艾莉的左臂搭在我身上,仿佛害怕我会丢下她独自离开。我轻轻挪开她的手，撑着毯子想坐起来，但手臂传来一阵嘎吱的声响。

尽管我很小心，詹姆斯还是被我吵醒了。他睁开眼看了看艾莉，在她脸上亲了一下，然后起身为我搭了把手。

我拉开挂着的床单，看到过道对面的麦迪逊正在织毛衣，大卫和孩子还在一旁熟睡。

"嘿，"我挥着手小声喊道，"你能帮我们照看一下艾莉吗？"

她点点头，我和詹姆斯最后看了艾莉一眼便离开了。我撑着拐杖慢慢往前走，詹姆斯的步速也跟着我慢了下来，他装作若无其事，仿佛一切都很正常。

等我们抵达开放区域角落的用餐区后，他小声地问我："睡得还好吗？"

"很久没睡得这么好了。"

"我们没有咖啡，但是有大西洋联盟军队用的兴奋剂药片。"

"算了，"我指了指腹部，"谁知道药里有什么成分，还是谨慎点儿，安全第一。"

他热了几份即食口粮，放在桌上。

"我之前和福勒简单聊了一下，他告诉我你在下面做的事情了。"

我不解地看着他。

"帮助大家活下来。"

我摇摇头，咽下嘴里的煎饼，说："远非如此，我的方案差点儿害死那些逃生通道里的人呢。"

"你给了他们希望，艾玛，他们需要希望。而且我知道，你也一定很害怕，但你还是主动站出来照顾他们。你真的很勇敢。"

听到这儿，我有些不好意思，脸颊发烫："我只是尽我所能罢了，当时的情形真的非常恐怖，我以为自己再也见不到你了。"

"我也是，我们一直在挖掘，进度一直非常缓慢，计划根本赶不上变化。我想着如果我们挖到空隙或者疏通电梯井，就有机会把你们救出来，但留给我们的时间远远不够。"

"你已经做得很好了。"

接下来我们只是默默地用餐，没有再谈论什么。我在思考当时可能出现的其他后果，结果或许会因为一些细节而全然不同。我知道詹姆斯一定也这样想。

他收拾干净餐桌后，又严肃地对我说："有些东西我们要讨论一下。"

"听起来不太妙。"

"也不算吧，你知道现在营地里的小孩数量比大人多吗？"

"是的，我知道。"

"那个——"

"好。"

他看起来有些惊讶。

"我答应了，如果你是想问我能不能领养一两个小孩的话。"

他松了一口气："我知道我们都很忙，但我想我们应该分担其他一些家长的负担。"

"具体要怎么做？"

"等稍后团队开会的时候再详细研究吧，我想夏洛特是负责这项事务的最好人选。"

"我也同意。"

"不过，我和格里戈里在救援过程中找到了一个叫萨姆·伊士曼的小男孩，比艾莉要大几岁，我觉得他就很合适。"

"那我们什么时候可以见见萨姆？"

"现在就可以，如果你准备好了的话。"

"好。"

地堡里的其他幸存者陆续醒了过来，走到用餐区域，不过很多人拿了食物便返回了自己的隔间。

我和詹姆斯穿过狭长的过道，来到一块开放区域，坚硬的水泥地上铺满了厚厚的军用毯，上面至少躺着四十个孩子，其中多数还未醒来。有几个醒着的正在玩平板，还有几个在哭，七个孩子的手脚还打着石膏。他们当中的许多人都是由詹姆斯和格里戈里救出来的。

夏洛特坐在角落一旁，正看着膝盖上放着的平板。她面容憔悴，双眼凹陷，有很深的黑眼圈。我对她点头示意，她勉强挤出了一个微笑。不仅是食物短缺的问题，这么多孩子得不到妥善安置让她备感焦虑，但她现在只想和孩子们待在一起。

詹姆斯走到他们中间，在一个玩着平板的男孩身边停了下来，他的毯子一旁还放着一架塑料飞船模型。

詹姆斯蹲下身，看着男孩，语气和缓地问道："嗨，萨姆，我是詹姆斯，还记得我吗？"

男孩视线离开平板，上下打量着詹姆斯，点了点头。

"你感觉好点儿了吗？"

男孩又点点头。

詹姆斯指着我告诉他："这是我的妻子，艾玛。"

他迅速瞥了我一眼，露出一个试探性的笑容。我走过去，虽然身体的疼痛还未消退，但我还是尽力在他们一旁蹲了下来。

"嗨，萨姆，"我小声地说，"很高兴认识你。"

詹姆斯接着问道："萨姆，你想不想去我们那边坐坐？"

男孩看了看周围，表情有些困惑。他依然一言不发。在这里，他独自一人，无家可归，内心一定惊恐万分。

"我知道你有很多疑问，你想问什么都可以，"詹姆斯指了指一旁的塑料飞船，"不如这样，我们可以给你展示真正的飞船的图片和视频，你想看吗？"

萨姆低下头，看着地板。

"来吧，可有意思了。"詹姆斯朝他伸出一只手。

萨姆盯着詹姆斯伸出的手良久，最后终于接受了他的邀请。他拿上平板和塑料飞船，以及其他一些东西。

他走起路来一瘸一拐，腿部受伤情况看起来比我严重一些。詹姆斯高大的身躯夹在我和萨姆中间，我们三人看起来像一个饱经风霜的家庭。虽然眼下困难重重，但我们还远没到出局的时候。

我们在餐厅又拿了几包即食口粮。回隔间的路上，萨姆紧紧地抓着詹姆斯不撒手。回到隔间后，我发现艾莉不见了，立马感到一阵恐慌。我立刻去了对面麦迪逊的隔间，看见艾莉正在里面和欧文、艾德琳玩耍，我顿时松了一口气。

我对麦迪逊说："你能继续照顾她一会儿吗？"

"当然。"

回到我们的隔间，萨姆坐了下来，四处张望，依然不确定这是怎么一回事。我也坐了下来，一旁的詹姆斯拿出了两包即食口粮。

"想吃哪个，萨姆？苹果麦片还是法式吐司？"

萨姆指了指麦片。

"好选择。"

萨姆一点儿也没客气，直接狼吞虎咽吃完了整份麦片。

我想和他说慢点儿吃，但詹姆斯轻轻摇了摇头，示意我不要打断萨姆。的确，现在不是纠正他的时候，我们需要让他吃饱。

詹姆斯将平板递给我，对他说："刚才答应你的，艾玛会给你展示真正的太空飞船。"

我打开国际空间站和超级母舰的最新视频。

萨姆瞪大了双眼，依然没有说话。

詹姆斯指着平板告诉萨姆："飞船现在就在地球上面，这是我们建造的。看到那两艘飞船中间的小东西了吗？那就是新的国际空间站。我们以前也有一个类似的，"他指了指我，"艾玛以前就在上面工作，她还是指挥官，负责管理上面所有宇航员和监督各种科学实验。"

听到詹姆斯的吹嘘，我脸红了，连忙不好意思地摇了摇头。

我播放的这段视频来自一个补给舱，我们几个月前将它发射上了国际空间站。萨姆两眼发光、聚精会神地看完了视频。

"在不久的将来，我们会登上那艘飞船。你想亲眼看看吗？"

萨姆兴奋地点点头，然后又皱紧眉头，眼里露出了一丝恐惧，仿佛想起了什么不好的回忆。他颤抖地问道："我……我妈妈和爸爸在哪儿？"

詹姆斯眼睛也不眨地说道："以后会告诉你的，我向你保证，萨姆，就像我保证会给你看飞船的视频那样。你相信我吗？"

萨姆眼睛望向别处。

詹姆斯接过平板，打开一部动画片，展示给萨姆："你知道吗，我小时候特别喜欢看这部动画片，片名叫《太空拉布拉多》。"

平板开始播放动画片头。一艘飞船正在飞速穿越太阳系，飞过了地球、月亮、火星和金星。两只穿着航天服的拉布拉多猎犬坐在驾驶室里，拉下操纵杆让飞船上下弹跳。

詹姆斯举起平板，坐在萨姆旁边，和他一同观看。画面中，两只拉布拉多猎犬驾驶飞船降落在一个布满岩石的星球上，四处探险，身后还跟着一名人类宇航员。

就像先前被超级母舰视频迷住那样，萨姆看得十分投入。渐渐地，他紧紧依偎在詹姆斯身旁。

看了两集后，詹姆斯拿起两包即食口粮，他问萨姆："饿了吗？"

萨姆点点头。

"想吃哪一种？碎牛肉饼还是炖牛肉？"

萨姆指了指碎牛肉饼。他一边看着动画，一边慢慢地吃着。

"萨姆，其实我小时候也不爱说话。"

萨姆抬起头看着詹姆斯。

"真的，要让我说话可难了，有些话我就是不愿意说，甚至是害怕说。我整天窝在房间里看书，梦想着长大后有一天能亲手建造我想要的东西。建造那些能帮助我们，也不会对我们指手画脚，更不会在意我们说什么或做什么的机器。但是，你猜怎么着？"

萨姆认真地听着。

"经过一段时间后，我突然又愿意说话了。其实很多人都一样，与人交谈会变得越来越容易，但你得不断练习，"詹姆斯顿了顿，"我希望你能知道，你可以放心和我们交谈，畅所欲言。如果有时候你不愿意说，或者感到比较困难，我们也不会生气。我们愿意倾听，也想帮助你，你明白吗？"

萨姆微微点点头，在下一集动画开始后偎依得更紧。又看了一个小时，他睡着了。

詹姆斯关掉动画，放下平板，继续让萨姆靠在自己身上沉睡。

"所以你已经决定好了？"我小声地问他，"我们要用那些飞船离开地球？"

"我最近一直在思考，待在地球上会面临很多问题，最大的问题就是能源，我想不到任何解决办法。"

"但是——"我低声说道。

"但是离开地球也会面临很多问题。"

"比如说？"

"短期来讲，首先就是要说服人们离开地球。说实话，我也不知道团队其他成员会不会同意。格里戈里肯定不会，他想留在地球继续战斗，而且赵民应该也不会同意，他不会支持太过冒险的选择。至于哈利……

他也许会同意，田中泉和夏洛特会怎么想我也猜不透，福勒和厄尔斯也一样。"

"那我们得说服他们。"

"对，"他低头看着萨姆，"你觉得他怎么样？"

"我挺喜欢他的。"

詹姆斯笑了："我也是。"

过了一会儿，詹姆斯小声对我说："不过和他说话要慢一点儿，这点很重要。"

"好。"

"而且可以的话，尽量多用面部表情和肢体语言。我今天问了他很多问题，但我们得让他自己主动开口，在事情上多问问他的意见。"

"我知道。"

时间一分一秒地过去，我们躺在毯子上看着天花板，萨姆就在我们中间安静地熟睡。

"接下来怎么做？"

"我觉得刚从堡垒出来的人需要几天调整自己，我们可以晚一点儿再讨论。"

"亚瑟现在在哪儿？"

"还被关着。"

"他愿意被关着？"

"毕竟有七支步枪指着他呢。"

"你相信他吗？"

"不相信。"

"你觉得他会出卖我们？"

"我们必须做好准备。"

我们隔间的帘子被拉开，哈利探进头来，说道："嘿，无人机马上要抵达四号营地了，"他看到萨姆正在睡觉，立刻降低了音量，"不好意思。"发现这小孩不是艾莉后，他又愣了一会儿。哈利对着詹姆斯温柔地笑了笑，对我们这种善良之举表示支持。

我们告诉麦迪逊又得麻烦她多照看一个孩子，幸好她并不介意。走出隔间，不知哪里又传来孩子的哭声和争吵声。之前在堡垒，我告诉大家一切很快就会过去，我们马上就能回家。但现在大家无家可归，我的空头承诺在现实面前不堪一击。孩子们不能出去玩耍，也无法回家拿自己心爱的玩具，和家长一样，他们的许多朋友就这样永远地离开了。

※

来到情报室，远处墙上的一排排屏幕正播放着无人机传回的实时数据。团队一些成员已经到场，厄尔斯上校、田中泉、夏洛特和赵民正围坐在会议桌旁。我和詹姆斯还有哈利坐下后，福勒也走了进来，身后还跟着格里戈里，他看起来疲惫不堪。我知道格里戈里一直都没有休息好，我无法想象他失去莉娜后有多么痛心疾首。

我们看着墙上的屏幕，画面显示了被白雪覆盖的营地土地。一个巨大的圆形凹坑位于营地左侧，那是小行星撞击坑，像一个嵌在苍茫大地上的光滑大碗。更远处，一块块突起点缀着平坦的雪地，那些是住房废墟，半埋在白雪下面，看上去像是被雪覆盖的灌木丛。

"无人机正在穿过营地南边。"詹姆斯说。

"看起来小行星没有命中营地中心，而是落到了营地边缘。"福勒说。

"没错，"詹姆斯说，"这既是好消息也是坏消息。"

我不知道这话是什么意思，还没来得及问，福勒便接着问道："能看出小行星大小吗？"

詹姆斯拿起平板，点开一段无人机传回的静止遥测影像，在撞击坑中间画了一条测量线。

"我觉得大小大概是撞击我们堡垒的小行星的十分之一。"

随着无人机不断飞行，房屋残骸也越来越高。很显然，离撞击坑越远的房屋受到的影响就越小。不过画面依然没有显示出任何热源信号。

大西洋联盟的所有营地曾经都建有种植粮食的温室和存储仓库。其中一些营地，比如七号营地，还建有专门用途的工厂和仓库。每个营地里，居民住房都集中在营地中心区域，仓库和温室则位于营地边缘。我一直不知道这样布局的原因，但我猜测是出于军事目的。降落在我们这儿的小行星威力足以摧毁七号营地所有的温室和仓库，但四号营地则没有我们这般损失惨重，也许他们的一些存储设施能得以幸存。

詹姆斯从大西洋网上调出一张城市规划文件："坏消息是小行星基本

直接命中了营地南边的主要粮食仓库，"他按了按平板，给无人机下达了新指令，"接下来让无人机绕着营地边缘飞行，看看有没有其他设施完好无损。"

第一个仓库映入眼帘，它只剩下一堆残骸。

"那应该就是右边的第一个温室，已经完全被毁了。"詹姆斯说。

一分钟后，远方又出现另一个仓库。它的高墙已经弯曲，上面留下了许多小洞，但整体依然屹立不倒。

"这个是 412 号仓库，四号营地的第二大仓库。"

"别告诉我那里面全是轮胎和汽车部件什么的。"哈利说。

"我们运气不错，"詹姆斯说道，"从大西洋联盟的存货清单上看，里面存储的是食物、水和多余的房屋部件。"

"太好了。"哈利非常高兴。

当无人机抵达仓库后，仓库里亮起了热信号。是幸存者。

詹姆斯也很高兴："情况不错，无人机统计里面应该有一百个幸存者。"

"干得好，詹姆斯，"福勒说，"这仓库有多大？"

"根据大西洋联盟的记录来看，大概有九千多平方米。"

"是地堡的十倍。"

"而且，"詹姆斯继续说，"顶部还有太阳能电池板。"

福勒点了点头："前提是建筑整体结构还牢固，"他抬起头看了看天花板，"应该比我们这个地堡结构更牢固，我们可以开始计划搬到那里去。"

"我同意，"詹姆斯说，"我会带领一个团队。要是有直升机就好了。"

"四号营地有一个军用库房，"厄尔斯上校说，"不过离撞击位置很近，已经被毁了。"

"这也许正是网格选择那里作为小行星坠落地点的原因，"詹姆斯说，"毁掉我们的食物、武器和生存装备。"

"每个营地都有军用库房吗？"赵民问。

"对，"厄尔斯回应道，"但它们多数体积不大。联盟外围的营地设施最大，如果遭到入侵，那里将是我们的战争防线。靠内侧的营地则设更多的自动空中防御装置，但那些现在都派不上用场了。"

"希望在搜查完其他营地后，我们能找到更多需要的东西吧，"詹姆斯说，"食物是我们的首要必需品，我们会继续搜索七号营地剩余部分，其实我们已经搜索得差不多了。"

"我们还剩多少食物？"我问。那段饥饿的日子，我仍然记忆犹新，它给我留下了难以磨灭的阴影。

"如果废墟中没有更多食物的话，眼下还够我们吃七天。"

"去四号营地要多久？"

詹姆斯看了看厄尔斯，后者对货车行驶速度的判断更为精准。

"很难说，你们说的应该是军用货车或者运兵车吧？"

詹姆斯点点头。

"严格来讲，它们不是以速度见长。在以前道路还是沙地时，我们只需要几个小时就能抵达四号营地。但现在谁知道呢？道路状况是主要问题，现在到处都积满了雪，下面可能还埋着废墟、被遗弃的载具之类的，可能还有小行星撞击后落回地面的喷射物，它们都会使路面状况变遭。"厄尔斯又思考了一阵，"为了清理出道路，我们为几辆货车加装了犁片，但有些地方，我们可能不得不离开道路行驶。雪下的沙地很可能已经变得泥泞，导致轮胎下陷。以防万一，我们还应该装上雪地履带轮。由于要清扫道路，领头货车的燃料电池必定会迅速消耗。虽然可以进行轮换，但据我估计，车队中途还是得停下充电，而且降低的太阳能输出也会影响进度。"

"最快可以多久到？"福勒问厄尔斯。

他叹了口气，思考一会儿："也许三十个小时，我真没把握。"

"到那里之后怎么行动？"福勒又追问道。詹姆斯则看着厄尔斯，仿佛在想这算不算一次军事行动。

厄尔斯对詹姆斯说："还是你讲吧。"

"在和四号营地取得联系后，我们应该先用运兵车运一些食物回来。如果仓库清单无误，他们的食物储备要比我们多得多，而且我们应该也有他们需要的东西——比如说药物。除此之外，我觉得应该继续前往下一处营地，等我们抵达四号营地时，无人机应该就能传回最新数据，其他营地也许受到的影响更小。我想应该不断前进，尽快和所有营地取得联系。"

"你要去？"我不假思索地问出了这句话。在和詹姆斯经历过生离死别后，我再也不想和他分开半刻。

"是的，我想亲自看看那些仓库里有什么能用得上的东西，这对我们非常重要。"詹姆斯移开了视线。

他接着又对格里戈里说："一起吗？"

"好。"格里戈里小声地回答。

詹姆斯这么问，是因为他害怕如果把格里戈里留在营地的话，格里戈里会对亚瑟做出不好的事情。不仅如此，他也是为了帮助自己的朋友，让格里戈里忙碌起来，暂时忘记发生在莉娜身上的悲剧。

"我会派六名最好的手下跟你们一起，"厄尔斯说，"幸存者中还有一个步兵军官布莱特维尔上尉，你们应该已经见过了。"

"是的。"

"她拥有的战斗经验比我的手下丰富，我推荐她参加这次任务。"

"荣幸之至。"詹姆斯又转向田中泉，"他们可能还需要医疗援助。"

"当然，这边的情况也稳定了，可以给他们提供医疗援助。"

"要我陪你去吗？"哈利问，"只要你开口，我马上答应。"

"谢谢，但我想你还是留在这儿继续搜索废墟、清点物资吧。我们需要知道接下来还有什么要做的，机器人技术很有可能会成为下一步的重要部分。我们两人至少应该活一个。"

哈利打量了詹姆斯一会儿："那样的话，如果在我们当中只有一个人能活下来，我情愿那个人是你。"

詹姆斯摇摇头否定道："你在堡垒下面待得太久了，需要更多时间好好恢复。我一直在中央司令部地堡，食物充足，精神状态也良好，而且全世界都认识我，抛头露面的代表工作还是交给我吧。"

"谈判代表。"赵民说。

"没错。物资就是生存的筹码，到了他们那边肯定少不了一番谈判。"

"你之前提到了药物，"赵民说，"如果他们不需要怎么办？那我们能给他们什么？如果其他营地的状况都和四号营地一样，那我们七号营地的状况应该是所有营地中最为惨烈的。"

我知道这个问题的答案。其他营地的幸存人口、食物和生存空间应该要超过我们，但我们有他们无法拒绝的筹码——离开地球的方法。

而且我们有亚瑟，他应该是全世界唯一能帮助我们离开地球的人。不过团队暂时还未商讨做出决定。

詹姆斯十分谨慎，他只是说道："到时候再看他们需要什么吧。"

接下来的一整个下午，团队都在讨论这次的任务计划。到了晚上，士兵已经将车队装满物资，第二天一早便会出发。我察觉到詹姆斯有些不安，不知是否是因为发生在奥斯卡身上的事情，他变得更加谨慎了，因为没人知道网格是否还隐藏了什么阴谋诡计，但我很高兴他谨慎起来，那种恐惧能帮助他生存。

当晚我们决定让艾莉和麦迪逊他们一起睡，隔间里只留下我和詹姆斯还有萨姆。

他们两人一直看《太空拉布拉多》直到深夜，詹姆斯偶尔会对动画里的情节发表自己的看法，为的是鼓励萨姆积极说话，但是他一直沉默不语。看来要让萨姆多说话还需要一段时间。

终于，詹姆斯关掉了动画。

"抱歉，萨姆，该睡觉了，明天可是个大日子。"詹姆斯对他说，"我和艾玛希望你今晚能在这里睡，可以吗？"

萨姆点点头，躺在了我们中间。他依偎在詹姆斯身边，过了一会儿，他哭了起来。詹姆斯轻拍着他后背："没事的，萨姆，一切都会好起来的，我向你保证。"

■□□□ 第三十三章 □□■□

詹姆斯

第二天一早，我们启程出发了。地平线的旭日暗淡、曚昽，太阳正慢慢被遮蔽，万物也渐渐失去生机。

我们的车队是七辆大西洋联盟运兵车，它们体积庞大且笨重，正沿着覆雪的街道穿梭着，两旁飞溅起冰屑，车后留下了深深的车辙。

我和格里戈里安静地坐在最后一辆运兵车的驾驶室里，他闷闷不乐地开着车，我则在一旁研究着超级母舰的设计图表。十四个月内，它将被改造成一艘星际飞船……这有可能吗？就算有亚瑟的帮助，我对此也持怀疑态度，况且我还得说服其他人，尤其是格里戈里。

我们马不停蹄，甚至没有停下来吃东西，只有到了规定的上厕所时间和补充车辆电力能源时才会短暂停留。和厄尔斯预测的一样，道路损毁得很严重，行驶速度必然会减慢不少，即便离开七号营地，道路上也散落着碎石和各种残骸。我们开了整整一天的车，直到曚昽的黄褐色太阳在远方白茫茫的冰雪中落下。

若是可以，我们一定会继续前进，但车辆的能源电池几乎被用得一干二净，我们只剩下一小部分能源给车辆的空间加热器使用。在太阳再次升起前，我们暂时哪儿也去不了。

我和格里戈里躺在运兵车的车厢里，身上盖着厚厚的毯子。我们疲惫不堪，只希望能尽快抵达目的地。

现在看起来是个和他交谈的好时机。

"在我看来，我们——也就是剩余的人类——只有两个选择，移居到地下，或者离开地球。"

"或者战斗。"格里戈里说。

"用什么战斗？我们的轨道卫星网络已经瘫痪，百夫长无人机应该也一样，可能已经被小行星击毁。根据程序设定，在与轨道网络通信中断的情况下，百夫长无人机会自动回到地球轨道。如果是那样，我们在中央司令部的时候就应该能和它们连接上，可我们根本搜不到它们的信号，它们一定是损坏了。"

格里戈里依然毫不退让："不需要它们，我们也可以找到核弹，给它们装配战斗无人机的人工智能装置，让它们搜索小行星带直到发现收割者，然后就炸了它。冬天结束，我们再重建地球，就像之前那样。"

"前提是核弹还能用。"

"上次就可以。"格里戈里情绪激动。

"上次可以不代表这次可以。"

他躺在那儿，气冲冲地盯着天花板。

我尽可能冷静地说道："前提是我们首先得找到核弹，但奥斯卡知道大西洋联盟所有的核弹储藏地，它们很可能已经被摧毁了。"

"我们能找到的，"他咕哝着抱怨道，"奥斯卡不知道卡斯比亚和太平洋联盟核弹的储藏地点，他们的核弹应该藏得更加隐蔽，而且俄罗斯还有一些存量。"

"那火箭呢？火箭燃料呢？为了应付那三颗小行星，我们几乎将手头的资源全部用在无人机舰队上了。"

"我们一定也可以找到火箭燃料的，就算不行，我们无论如何也不能离开地球。"

他说的没错，我一直以来也在思考这一点。

"就算我们能找到核弹和火箭燃料，结果也还是一样。我们知道这次的收割者比上次的更加先进——"

"你怎么知道？"

"格里戈里，它朝我们扔了三颗有得克萨斯州那么大的小行星，还有上千颗更小的小行星，你肯定也明白，我们这次根本没有胜算。它此时肯定正在观察地球，这是亚瑟说的，关于这点，我相信他。如果我们发射核弹，收割者会拦截它们，然后再朝地球扔一颗更大的小行星，我们绝对没办法再躲过新一轮小行星撞击。我们已经失去了地面基地，没有大型轨道或地面望远镜，无法侦测小行星，游戏结束了。"

"卡斯比亚或者太平洋联盟应该还有。"

"也许吧，就算他们有，我们也没有足够火力去击碎或者改变小行星方向，只能坐以待毙。我们只有两个选择，要么藏起来，要么离开。"

格里戈里没有说话。

"假设你是对的，我们发射核弹击败了收割者。"

他转过来看着我。

"然后呢？"

他耸耸肩，看上去很疑惑。

"让我告诉你接下来会怎样：网格会再派一个收割者过来，你觉得下次我们还能活下来吗？"

"我们不能肯定会有新的收割者。"

"你看看它已经从我们太阳上收割的能量，再看看太阳系内现存的太阳能电池，你认为它们会介意再派一个收割者吗？这可是赌上了全人类的命运。前提是我们要击败眼前这个收割者，然后太阳能电池会再次散开。但这些我们根本无法确定。"

"那你就很肯定它们会带我们去一个天堂般的星球吗？你确定不会把我们丢到太阳里面？"

"所以这是我们要解决的问题，格里戈里。我们要确保它们不会食言，确保我们能安全到达人类的新家园。我们需要一名优秀的工程师来帮助我们。"

他转过身去，重重地叹了口气。

"我何尝不想战斗，奥斯卡对我而言非常重要。每次我看到亚瑟，就好像面对一个把我的孩子扣为人质，并把他们锁在地下室，永远不会让他们出去的人。绑架者还要把我们一家都赶出家门，而且艾玛现在还怀着身孕。"

格里戈里转头看着我，表情柔和下来，问道："艾玛又怀孕了吗？"

"我也才知道不久。"

"恭喜。"他有些忧郁。

"我想战斗，除此之外，我更想让我的孩子活下去，至少有机会活下去。但待在地球上，他们根本没有活下去的机会。"

格里戈里又陷入了沉默。

"你能好好考虑一下吗？"

"好。"

■■■■ 第三十四章 ■■■■

艾玛

在地堡，局势似乎每分每秒都在变得更加动荡不安。离开堡垒后，孩子们开始向我们提出各种疑问——而且这次提问的态度更加坚决。他们整日处于恐慌之中，大人们也是如此，都想从我们这里要一个答案。不单单是地堡的密闭空间让他们感到焦虑，对未来的不确定性也在蚕食着我们。这是我们不得不面对的问题，我们急需找到解决之道。

在和詹姆斯道别后，我看着他们的车队逐渐远去。回到地堡，我和福勒、哈利、夏洛特、厄尔斯上校还有赵民齐聚情报室，准备开始晨会。

"现在一共多少人？"福勒问。

"一百六十二人。"赵民说。

"可昨天——"

"昨天有一百六十六人，"赵民看了看平板说，"其中一名是我们两周前在废墟下救回的地表幸存者。田中泉本以为他的伤势会慢慢好转，最后还是没有熬过来。"

"其他人呢？"

"其他人的死因……还有待判断，长官。"

赵民不可能不知道他们的死因。"死因有待判断"已经成为自杀的委婉表达，这在幸存者中越来越常见，特别是失去至亲的人——他们孤身一人，绝望在他们中间像病毒那样扩散，人们对眼下的绝境不再抱有任何希望。对一些人而言，经历绝处逢生之后，发现还是逃不过被冻死的命运，这样的打击和落差让他们无法承受。

"好吧，"福勒也明白那是什么意思，"夏洛特，你那边呢？"

"我已经连接上大西洋网的备用网络，可以重新开始给孩子们上课了。这多亏了哈利。"

"很高兴能帮上忙。"

"我们打算使用大西洋联盟的标准课程，"夏洛特继续说，"很显然，教室规模不大，而且隔音效果一般，所以孩子们上课可能会受到一些影响，不过就课程而言，至少比在堡垒那时的情况要好。"

"那其他方面呢？"福勒问。

"其他方面……说实话，孩子们的情况不太乐观，他们很生气、沮丧，还会问各种问题。而且我觉得，他们比我们想象中聪明得多，应该已经明白了这是怎么一回事，知道眼前的情况可能会长期持续下去。"夏洛特点了点头，"我觉得当初将他们从堡垒转移到这里时，做得很好的一点就是让他们待在运兵车里，以免他们看见营地里的惨状。但我还是觉得他们有权知道真相。"

"我同意，"大家的目光投向我，"而且应该告诉大家我们有计划，不然'死因有待判断'的情况会越来越多。大家需要看到活下去的希望。"

"那我们有计划吗？"赵民问。

我笑着说："当然有，计划就是活下去。"

"这可不是耍两下嘴皮子功夫就能做到的。"赵民平静地回答。

"确实，但现在还没有必要和所有人讲具体的安排。眼下我们只需要和他们说我们有计划，而且到时候需要他们的帮助。这样就能带给他们希望，一个活着的理由。他们会相信的。"

"你就这么肯定吗？"

"因为这也是他们希望的结果。"

福勒站起来，在屏幕前来回走动："我们讨论一下计划吧。很明显，我们要么留下来，要么离开地球。这两个方案我都考虑过，除了考虑外，我也做不了什么。我想先听听你们的意见。"

没有人开口，但有几个人朝我瞥来，仿佛想让我先发言。

"我和詹姆斯讨论过这件事，他觉得如果找不到可持续能源，待在地球的选择是行不通的。即便能解决能源问题，我们也会永远活在收割者的阴影下。我们都赞成离开地球。"

哈利点点头："我也一样。最近我一直在思考把超级母舰改装成殖民飞船这件事，这已经远远超过我们的能力范围了。我们不得不依靠网格，或者说亚瑟。对我而言，这才是最大的风险。"

"我同意，"赵民说，"如果我们可以降低网格对我们的威胁，那我也支持殖民地选项。"

福勒看着厄尔斯上校，他两手一摊，说道："我只是美国或者说大西洋联盟的一名军官，职责就是地堡的防御、维护和补给。你们讨论的这些，说实话，我没资格发言，只要你们决定好的，我都同意。"

"我倒是没有很仔细考虑过这件事，"夏洛特谨慎地表示，"而且，我和厄尔斯上校的想法一样，制订计划和改造飞船这些事不是我的专长。作为一名人类学家，我想表达另一个顾虑，那就是我们在新家园可能遇到的危险，毒气、病原体、恶劣天气等，如果决定要离开地球，我们要做好万全的准备。那个星球未必会比现在的地球安全。"

福勒点了点头："没错，我和哈利还有赵民想的一样。就大家想到的这些问题，我想我们六人可以组建一个工作小组。夏洛特和厄尔斯，你们两个如果想退出，我也可以理解。"

"我们参加，长官，"厄尔斯说，"我现在得忙着搜索营地。"

"我也是，"夏洛特说，"我需要负责上课的安排，如果可以的话，我还是想先和孩子们谈谈，安抚一下他们。"

"没问题。"福勒说。

"我觉得孩子们的家长以及最亲近的大人，应该和他们一对一或者以小组形式进行谈话，"夏洛特问厄尔斯，"你还在搜索生还者吗？"

厄尔斯摇头说道："没有，女士，地表已经没有任何生命信号了，我们现在主要搜索食物和药物。辛克莱博士也给了我们一份零件清单，"厄尔斯看了看哈利，"应该是制造机器或者无人机用的。"

哈利点了点头，夏洛特继续说："我觉得应该给每个孩子取回点个人物品，家里的玩具、家长的照片什么的，这样他们知道真相时不至于太难过。"

赵民举起手准备反对，但福勒打断他说道："这是个好主意，就这么做吧，上校。如果要让大家活下去，依靠的绝不仅仅是无人机。"

※

当天晚上，我在小隔间里想着明天要怎么和萨姆说这件事。

哈利突然探头进来说道："嘿，艾玛，无人机在 412 仓库附近发现了情况。"

我首先想到的是詹姆斯，但根据时间来看，他们现在应该还在路上。

虽然腿脚疼痛行动不便，但我还是加快脚步跟着哈利去了情报室。福勒和厄尔斯上校已经在里面等着了，队伍的其他成员也陆续赶到。

墙上的大屏幕里，三辆大西洋联盟军队运兵车正在冰天雪地里前进，车后冒着一阵阵白烟。

"那是我们的车队吗？"我问。

"不是，"厄尔斯上校说，"这是由一架前往五号营地的无人机拍下的影像，根据车牌来看，的确属于五号营地，他们现在正前往 412 仓库。"

大西洋联盟的营地各有不同，虽然七号营地居住着不同国家的公民，但多数营地依然根据国家来划分。在撤退到最后宜居地的大规模疏散中，很显然语言相通的人聚在了一起，而且这也是通过交涉得到的结果，每个成员国都希望自己国家资源的受益者是本国公民。四号营地是英国营地，但五号营地我不太确定。

"五号营地属于哪一国？"我问。

"法国。"厄尔斯回答。

"你们怎么看?"福勒问。

"可能是五号营地的突击队。"厄尔斯研究着画面,说道。

"也有可能是贸易代表,"福勒又对哈利说道,"我们有五号营地的遥测影像吗?"

"没有。"

"虽然载具属于五号营地,但有可能是四号营地的人在返回,"赵民说,"也许他在五号营地回收或者抢走了这些运兵车,现在正带着战利品返回四号营地。我们都知道,四号营地的载具和武器仓库无一幸免。"

福勒靠在椅子上:"我们最后一次尝试联系詹姆斯他们是在什么时候?"

"就在无人机发现情况之前,"哈利说,"不过没有联系上。"

听到这里,我大吃一惊:"无人机不是已经建立了远程通信无线电网络吗?"

"没错,在一些营地建立了,"哈利说,"但是无人机安装中继器就是为了最大程度上缩小通信设备之间的连接距离,它们在营地之间呈直线分布。可是行车道路并不是直的,詹姆斯他们现在的位置很显然不在中继器的传输范围内。"

"继续尝试联系他。"我小声说道,心里不免开始担心起来。在詹姆斯离开前我完全没考虑过这一点。

"我们会的。"哈利看着我说。

"有什么方案吗?"福勒问。

"我们可以增派支援,"厄尔斯说,"用全地形车赶上车队,警告詹姆斯他们,还有另一支车队也正在靠近仓库。虽然第二支队伍不能携带重型火力,但可以搭载大量人员和弹药提供增援。"

"需要多久?"

"不知道,全地形车的车速比车队用的运兵车速度快得多,但谁也不知道具体要多久才能赶上,也不知道能不能在他们到达仓库前会合。"

"就这么做。"福勒说。

"要增援多少人,长官?"

"我们还剩多少武装力量?"

"二十八人。"

"全员出动。"

厄尔斯盯着福勒说："什么？那样的话，地堡将完全失去防御能力。"

"如果我们失去詹姆斯，"福勒说，"那一切都不重要了。"

■■■■ 第三十五章 ■■■■

詹姆斯

醒来后，我全身疼痛，口干舌燥。

我们已经和中央司令部失去联系，只能希望到达仓库后能回到中继器的传输范围内，重新与他们取得联系。

今天的车程感觉漫长而遥远，看不到尽头。车队在连绵起伏的白色小丘之间颠簸行进，头顶是一轮阴沉昏暗的太阳。我和格里戈里坐在驾驶室里，都没有再提起昨晚的话题。

对讲机里传来布莱特维尔上尉的英式口音："辛克莱博士，能听到吗？"

"我在。"

"先生，太阳大概还有两小时十六分钟落山，就算开到燃料电池耗尽，我们离仓库也还有两K的距离。"

"两K？"

"两公里，先生。那样的话，今晚车内将无法供暖，因此我建议在十五公里处停下休整，第二天一早再继续前进。完毕。"

"收到，我觉得我们可以带尽量少的装备，步行走完剩下的两公里。今天到达仓库能早点清点物品并和他们交涉，而且在仓库里过夜肯定也会更暖和、更舒适。第二天一早我们便启程前往下一处营地，仓库里应该有交通工具以及和运兵车相匹配的太阳能电池板。田中泉，你准备好远足了吗？"

"当然。"

"上尉呢？"

"我们已经做好准备，完毕。"

"收到。"

一个半小时后，我们停下运兵车，再次试着用远程无线电联络中央司令部，尝试无果后，我们只好继续前进。我们依然在四号营地中继器的传输范围外。我想，如果开进营地，无线电应该便能恢复通信——前提是中继器仍处于工作状态。我们部署无线电网络的时候时间紧迫，没来得及测试，至于效果如何，明天便能见分晓。

我和格里戈里走出车外，穿上皮大衣，戴上帽子，和我们同行的还有七名士兵和田中泉。我们看上去像一群毛皮商人，徒步走在阿拉斯加的荒野中寻找着庇护所。

四周大雪纷飞，我的嘴里不断呼出冰凉的寒气。

"我想在到达之前，先用无线电和仓库的幸存者取得联系。"

"先生，在了解他们的倾向前，这样做会暴露我们的位置和情况，让我们处于极大危险中。"即便戴着面罩，我也立马看出布莱特维尔不喜欢这一主意。

"我明白，上尉。首先，这是一次人道主义任务，但我也同意要做好面对战争的准备。"

我拿出对讲机大声说道："四号营地，七号营地的生还者，我是詹姆斯·辛克莱。我们是来为你们提供援助的，收到请回答。"

没有传来任何回音。

"我们知道你们的一些人在 412 仓库，我们现在正前往你们的位置，希望能为你们提供帮助，收到请回答。"

布莱特维尔低着头，很显然十分沮丧。我刚刚暴露了我们的位置和计划，但又能有什么损失呢？

由于收不到任何回答，士兵收起了对讲机，我们继续在冰天雪地中跋涉。

如果是开车穿过营地，我们就不用目睹这一幕幕令人心碎的画面。一座座住房残骸矗立在雪中，各种生活物件散落一地，周围弥漫着挥之不去的死亡气息。随着深入营地，压抑感愈加强烈。即便一切都被大雪覆盖，尸体的臭味还是钻入了我们的鼻子。

我本希望能找到载具，但它们无一幸免，要么翻倒在废墟中，要么已经严重损毁。

每次停下休息时，我都会尝试用无线电继续联系。

但每次都无人回应。

太阳落山后，我们靠着头灯在黑暗中摸索前进。夜空挂着一弯半月，雪花在空中四处飞舞。

在离仓库只剩差不多一百米时，我再次掏出无线电尝试联络。

依然毫无回应，耳边只能听到我们踏在雪地上的咯吱声。

我们离那个外墙凹陷的仓库越来越近，上面的外侧照明灯已经熄灭，也没有任何窗户，只能见到扭曲、不透光的硬塑料墙体。

领头的士兵开始打出军用交流暗号手势：举起左臂，掌心向前，然后握成拳头。我们停下脚步，布莱特维尔左手放到腰旁，同样做了个握拳的动作。接着，士兵们纷纷降低身体重心，端好步枪，做好了战斗准备。

领头的士兵谨慎地向雪地里走去，他将步枪挂在肩上蹲了下来，轻轻地掸了掸上面的雪。

地上躺着的是一位棕色头发、皮肤灰白的女性，身上还穿着睡衣。

在领头的士兵将尸体拖到一旁时，其他五名士兵也端着步枪，警惕地观察着周围的情况，头灯的光像黑夜中的灯塔一样左右摇晃。我和格里戈里、田中泉看着地上这具结冰的女性尸体，在头灯的照明下，我们看清了眼前的女子。她怀里抱着一个孩子，最多不超过四岁，这让我感到震惊，但接下来看到的情况再次加深了我的恐惧：女子胸口有一处枪伤。她是在跑向仓库的时候被人击毙的。

出于本能，我对做这件事的人感到憎恨。但我马上又想起我们当时在堡垒入口的所作所为，如果我们的仓库还屹立不倒，其他的幸存者会怎样看待那个场景，又会怎样评价我们当时的行为？我们也是坏人吗？还是只是普通的幸存者？在苟延残喘的人类世界中，我不知道这两者之间是否还有任何不同。

有一件事可以确定：那个仓库里的人拥有武器，而且他们愿意不惜一切代价保护自己和里面的物资。

布莱特维尔开口打破了沉寂："辛克莱博士，我建议分三组行动。平民待在仓库深处，我的小队可以分成两组从仓库后方进入。"

"计划不错，上尉，但我们不是来这里打仗的，而且真要打起来的话，我们应该没什么胜算。"

我最近似乎一直在说服别人不要战斗，但面对眼前这种情况，我也不能确定要怎么做才会更好一些。我给格里戈里使了一个眼色，他点了点头，明白了我的意思。

"长官？"布莱特维尔问。

"我们从正面进去。"

她的眼神里充满了对这一计划的质疑，但还是回应道："明白，长官。"

她指挥手下四散分开，其中两人留在雪堆后方为我们提供掩护，手里的武器瞄准了仓库入口。

在我们离仓库只有六米多远时，我大声喊道："你们好！我们来自七号营地，是过来帮忙的。听到的话，请打开仓库门。"

无人回应，只有寒风呼啸而过的声音，仓库显得格外冷清。

在又喊了两次之后，我尝试用对讲机联络。依旧无人回应。我的手和脸颊已经冻得通红。

我对布莱特维尔点点头，她示意旁边的三名士兵靠近仓库。

在卷帘门旁还有一扇普通的门，士兵们转了转把手，发现已经被锁死。接着他们从背包掏出撬棍，想把门撬开。门锁纹丝不动，但周围的门框逐渐变形。没过一会儿，门便在一阵刺啦声后成功撬开，后面漆黑一片，见不到一丝光亮。

士兵们率先进入，我和格里戈里还有田中泉紧跟其后。他们端着步枪，打开头灯，开始扫视硕大的空间。水泥地上散落着电线，货物托盘一排排摆在地上，上面裹着乳白色的塑料防护罩，堆积了五六米高。

"有人吗？"声音在安静的仓库里回荡着，"我们来自七号营地，是来帮忙的，有人能听见吗？"

一片寂静。

布莱特维尔看了我一眼，我对她点了点头。

她的小队以半圆形站开，慢慢向前行进，保护着我们。

等靠近第一排托盘后，箱子上的字让我松了口气：肉类即食口粮。这些是漫长的寒冬期间大规模疏散的便携物资，虽然有些年头，但还可以食用。眼下，我们的食物问题暂时得到了解决。

士兵们继续警惕地往仓库深处走去，靴子磨着地面上的细土。突然，仓库更深处传来了什么声响，像是物件落在地上的声音。我们所有人都停下脚步，屏气凝神地听着。

但那个声音没再响起，耳边只有夜风掠过仓库的呼呼声。也许是我们刚才听错了，大概只是墙体传来的嘎吱声。

在即食口粮后面是一盒盒箱子，上面标着毯子和模块化塑料墙板。这些墙板是在疏散前几个月制作的，大西洋联盟肯定高估了制造的具体需求，不然就是打算留着日后用于其他目的。

突然一声刺啦划破了寂静，听起来就像是无线电开启又迅速关闭的声音。

周围的箱子突然爆开，里面钻出许多士兵，端着步枪指着我们，一名男子用冰冷的枪口顶着我的脖子。

"不许动。"他低声说道。

布莱特维尔的小队一动不动，眼睛急速打量着周围的局势。我们被整整二十名大西洋联盟士兵包围了。

突然，布莱特维尔其中一名手下略微畏缩，将枪口瞄准了眼前的一名士兵。后者也退了一步，手里的步枪在不断颤抖，手指仿佛马上就要扣下扳机。

"别紧张——"布莱特维尔轻声说道，"我们是同一阵营的。"

突然，远处传来一阵脚步声，但没有人用头灯去看那究竟是谁。人影在距离我们不到十米的地方停了下来。他一开口，我便认出了他。

"后小行星撞击时代有了新的生存法则，我们决定重新选择阵营。"

我本以为网格是我们最大的威胁，但我错了。

■■■■第三十六章■■■■

艾玛

第二天一早，我吃完早餐后，哈利问道："你做好被诘问的准备了吗？"

我挤出一个微笑，和大人们的谈话的确可能事与愿违。

"那我要躲到你背后。"

"当然没问题。"

等孩子们都去上课后，我们将所有大人聚集到地堡另一端，以免孩子们听到谈话。我和福勒、哈利、赵民还有厄尔斯上校背墙而站，听众则分散地坐在前方，一些人盘腿而坐，腿部受伤的人则伸直了双腿，还有一些在后方站着，用怀疑的目光看着我们。

"我知道你们心里有疑问，"福勒说，"这次会议就是为了解答它们。首先，我们已经想出了生存计划，而且会尽早离开这个地堡。"

一个留着胡子的高个子男人在后面喊道："什么时候？"

"我们的团队正在安排时间。"

第二排一位抱腿而坐的女人问："我们要去哪里？"

福勒举起手来，示意骚动的人群安静下来："你们有权知道答案，目前我只能告诉你们这些。首先，地堡的食物暂时能满足我们的生存需求，而且我们正在对其他营地进行空中搜查，马上会有更多的食物到来。"

人群又陷入了一阵混乱，不断问着各种问题。

"女士们先生们，请安静一下，"福勒示意众人冷静下来，"我们会一一回答这些问题的。我知道你们有些人的亲朋好友住在其他营地，我们正在尝试和他们取得联系，进行人口统计。这次会议的主要目的就是希望你们知道，我们的计划正在有条不紊地进行，而且我们需要你们的帮助。我们得齐心协力，才能让计划成功实施。从现在开始，我们都有件非常重要的事要做，那就是和营地里的小孩沟通。他们现在正处于恐慌、困惑之中，还有许多孩子失去了自己的家人，他们也许表面上看起来平静，但他们的内心很可能正受着极大的煎熬。我们派出的搜索队正在对营地废墟进行搜索，希望能取回孩子们遗失的一些小物件，例如玩具、相片之类他们熟悉的物品。我们需要大家的帮助，可以加入搜索队的人请移至右边。剩余的人，我们会再举办一次讨论会，想想用怎样的方式来和孩子们解释这一切。"

大家又开始争相提问。

"安静。今天，我们必须以孩子为优先，然后再解决大家的问题和恐惧。"

■■□■ 第三十七章 □□■■

詹姆斯

"我们不是来找麻烦的，"我对着阴暗的仓库深处喊道，"我们是来提供帮助的。"

二十名大西洋联盟士兵包围了我们。我方只有七名士兵和三位平民，局势不太乐观。

那个人影又向前走了一步，脚步声在硕大的空间里回荡，他的声音更加愤怒。

"女士们先生们，詹姆斯·辛克莱说是来提供帮助的，其实就是帮助他自己而已。"

"我们可以互相帮助。"我又对布莱特维尔上尉说，"放下武器吧。"

她惊讶地看着我。

"放下吧，上尉，我们不是来和自己人打仗的。"

她咬紧了牙，极不情愿地放下手中的步枪，她的部下也纷纷放下武器。四号营地的士兵立马上前夺走了我们的步枪和其他武器，还拿走并关闭了我们的无线电。我们的货车上装有中继器，它们本来可以转播我们或者七号营地的消息，可惜的是，我们的无线电已经被关闭了。

那个人影走出阴影，不怀好意地笑着对我说："你这么做可真是不太聪明啊，詹姆斯，"他耸了耸肩，"不过也情有可原，毕竟你就喜欢做傻事。"

钱德勒曾经是我的教授，也是朋友和导师，在认定我是他研究工作上的竞争对手后，他便停止了对我的一切帮助，转而在背后诋毁我和我的工作。在我遭到逮捕并被冠以莫须有的罪名后，他便开始在公众场合频繁地抛头露面，煽动并利用公共舆论对我处以私刑，以解他心头之恨。我甚至不能肯定他是否真的反对我的所作所为，我认为他的目的大概只有一个：让我遭受牢狱之苦。

自从进监狱后，我便再没有见过他，直到我被释放并参加美国国家航空航天局"首次接触任务"的简报会的时候。根据分配，他本来将登上"天炉星号"，与我在"和平女神号"上承担的职责类似。但是，他在简报会上再次对我展开人身攻击，就像他在我入狱前后接受过的电视采访中那样，用同样的伎俩中伤、诽谤我，但当时的情况跟现在有所不同。首先，我对他的诋毁进行了反驳。其次，简报会的听众是一群科学家，他们能明辨是非，有自己的判断，并且对钱德勒的做法嗤之以鼻。他们只关心人类的存亡，所以钱德勒最后被撤出任务，也因此错失机会，无法获得他梦寐以求的东西——名望、认同感、公众崇拜和威望，他对我所做的一切都是为了这些。

在漫长的寒冬结束后，他继续对我展开诽谤和诋毁，不停在电视节目上发挥自己的"专长"，操控大众舆论和公众情绪。不知是命运还是巧合，真是冤家路窄，我再次落到他的手里。我只希望他内心还尚存一丝理智，不然可谓是凶多吉少。

"钱德勒，现在可不是内斗的时候，我们要合作。"

"是吗？"

"我是认真的，我们是来提供帮助的。"

钱德勒摇了摇头，摆出厌烦的表情，说道："是啊，你挑了个充满食物、水和各种物资的仓库，然后带了一队士兵过来提供帮助？少来了，你来这里肯定是因为你手下的幸存者已经快饿死了，所以才来这个仓库搜索物资。这样的情况，我们已经见多了，你也见过我们的解决方案了吧——那些入侵者现在还躺在外面呢。"

他对旁边一位少校说道："去吧，检查一下还有没有漏网之鱼。"

"等一下！"我喊道，"我们有东西可以给你们。"

钱德勒伸出手，示意少校停下。

"我们有生存的办法，不仅仅是短短几个星期或者几年，是长久生存下去的办法，可以让人类继续繁衍生息下去。"

"大家可听仔细了啊，女士们先生们，骗子又要开始表演了。"

"钱德勒，我们有离开地球的办法。"

钱德勒仰头大笑："詹姆斯，你当我是傻子吗？"

"我没说谎。"

他用锐利的眼神看着我，说："我觉得你就是在说谎。"

▢■▢▢ 第三十八章 ▢▢▢■

艾玛

我本以为在离开堡垒后，读书会也将随之停止，我没再继续举办类似的活动。

不过，参与读书会的成员最近找到了我，恳求我继续举办读书会。对许多人而言，无事可做最为煎熬。在太阳落山后，大家都备感不安，除了胡思乱想之外不知所措，而大家思考的事情也大致相同：我们的生存难题，以及不幸遇难的亲朋好友。人死不能复生，他们的离去困扰着我们每个人，悲伤萦绕在每个人的心头。确实，就像在堡垒时那样，在这些至暗时刻下，我们面临的最大敌人其实是自己。

我在餐厅角落的一张桌子旁坐了下来，四十名听众分散坐在其他桌子旁，沮丧地垂着头或直勾勾地看着我，大家不再争论今天读书会的主题应该是什么。

"今天的主题是悲伤，这是书里花了很大篇幅讨论的话题，"我看着大腿上的平板继续说，"用书中的话说，悲伤和恐惧形影不离，这二者是保护我们思想的另一种机制。"

"恐惧使我们免受伤害，刺激我们去规避身体和心灵的伤害。那悲伤呢？其实和恐惧一样，如果要管理内心的悲伤，我们就必须剖析它。"

我查看了之前写的一些笔记，在脑中组织了一下自己的语言。

"《与生俱来的权利》一书中说道，悲伤能帮助我们记住那些已逝之人，提醒着我们生命本身内含无限的价值。为什么？这或许是一种自我保护机制，让我们意识到我们的生命同样重要——我们在这个世界留下了独一无二的痕迹，逝去后，同样也会被他人悼念。"

我停了停，接着说："想象一下，如果我们失去了悲伤的能力，那些已逝之人就会马上被遗忘在时间长河之中，那样的世界又有何情感可言？每个生命都值得被铭记，我们也一样。"

"不仅如此，它是我们内心恐惧的化身，仿佛在经历失去后，我们的生活便再也无法重归旧时的美好。悲伤蚕食着我们的内心，当照片或其他物件重新唤起我们的记忆时，当我们想起那人曾经说过的一句话时，悲伤和恐惧一样，会麻痹我们的内心。同样地，它也会激励我们前行。要克服悲伤，我们只能展望未来，修补内心遗留的空洞，那便是悲伤出现的目的。虽然痛苦，却是迫使伤口修复的良药。

"和恐惧一样，悲伤也存在阴暗面，我们的思想也会出现故障，它有时会忘记该关闭悲伤，从而让悲伤支配我们。书中特别提到，我们一定要留意悲伤的时长，并且不应该躲避它，要承认、直面悲伤，让它顺其自然、修补我们的伤口。生活不该一成不变，永远停留在过去只会给我们带来伤害，只有时间和行动能治愈悲伤。"

在大家离开之际，我才意识到前来参加读书会的每个人都失去了家人或者朋友。有时候，生命的逝去是突如其来的，给活着的人留下了无法愈合的伤痕。

我觉得大家参加读书会不仅仅是为了书中的观点，更重要的是，大家希望通过这样一种形式，提醒自己其实并不孤独，周围还有许多感同身受的伙伴，不管接下来发生什么，我们都一定会一起面对。

□■□□第三十九章□□■□

詹姆斯

我已经经历过一次审判。

我当时的罪行是为了拯救一个我爱的人，也就是我的父亲。我突破了当时的科学极限，给大家展示了一个全新的未来。但那与一些当权人士的利益发生了冲突，他们眼里的未来和我创造的截然不同。在审判后，我被定罪并且进了监狱。

说实话，我也没有怎么反抗。父亲的过世让我心碎，众叛亲离的下场也让我备感孤独。我本以为被关进监狱是我必然的宿命，后来才想明白，其实我是顺应了他们的决定。

此时此刻，在这个阴暗的仓库里，外面的世界大雪纷飞、满目疮痍，面对着十几个黑洞洞的枪口，我感觉再一次被送上了审判席。他们眼里的未来与我所想的不同，他们希望未来能由他们掌控。这次的法官是钱德勒，他大概是这个世界上最憎恨我的人。

这一次，我决定不再坐以待毙，今时不同往日，我还有我的家人们，还有营地里的大家都在指望着我，我要为了他们放手一搏。这一次，我眼里的未来才是人类生存的唯一选择。在接下来的短时间内，将决定全人类的生死存亡、我能否活着走出仓库，以及我的孩子能否长大成人。

我将注意力放在眼前这位大西洋联盟少校身上。他应该是对部队发号施令的长官，看上去要比我大几岁，一脸皱纹，两鬓的头发已经花白，他的眼神冷酷且锐利，目不转睛地盯着我。

"少校，请你仔细想想，我们进来前敲了门，进来后表明了自己的身份，"我伸手谨慎地慢慢指向田中泉，"我们还带了个医生，很明显我们不是突击队，真的是前来提供帮助的。"

少校眯着眼打量着我们，仿佛用肉眼就能看穿我们是不是在说谎。

"你再想想，"我继续说，"我们两天前就知道，你们仓库里大约有一百名幸存者，我们知道这些是因为我来自七号营地——美国国家航空航天局和中央司令部所在的营地——那里有大西洋联盟最先进的科技和最强大的军事力量。我知道这里有，或者曾经有一百名幸存者，是因为我们拥有最先进的高空军用侦察无人机，侦测到此处有人类生命信号。确实，我们来也是为了寻找补给，同时也是来救人的，你们也需要我们的帮助，我说的绝无半点假话。我们有拯救全人类的计划。只有七号营地能实施这一计划，你需要我们，少校，我们是你们存活下去的唯一机会。"

"你说说看是什么计划。"他盯着我，谨慎地问道。

"十四个月内，我们会离开地球。"

听到这里，他睁大了眼睛。

"我们在轨道上还有两艘飞船，它们已经快建造完毕。我们会登上飞船离开地球，去一个适合人类生存的新世界。要实现这一点，你们需要我们——七号营地的专家。"我说。

钱德勒一脸不屑，反驳道："就算他说的是真的——根据我过去的经

151

验，我对此持怀疑态度。我们不需要他，他会的我全都会，他就是个多余的骗子、罪犯。"

我仰头大笑，笑声在硕大的仓库不断回响，我说："钱德勒啊钱德勒，你终于露馅了，这可不是什么电视节目采访，也没有什么为了收视率出卖自己良心的主持人，这是生死攸关的现实。我身后是两名真正参与过'首次接触任务'的成员，他们在简报会上都见过你这种拙劣的把戏，"我又指了指格里戈里和田中泉，"当时你被赶出任务的时候，他们二人也都在场，我们都知道是什么原因，因为当时你提出的想法漏洞百出，你的自负会危及整个任务和地球上所有人的生命安全。在场的科学家全程听到了我们的争论，他们无一不赞同我的看法。接下来的事情众人皆知，是我带领大家在谷神星击败了网格，结束了漫长的寒冬。至于你的能力，无论是过去还是现在，都不足以带领大家走向更好的未来。"

钱德勒靠近少校小声地说："我就说他是个骗子。"

"现实可不会说谎，钱德勒。你们想想，七号营地的人口数量比你们更多，而且中央司令部也在那里，那些高空侦察无人机只是冰山一角，我们有重型火炮、大量的枪支，军队规模足以碾轧这个仓库。如果我们真打算那样做，就不会敲门或者暴露自己，更不会在这里和你们心平气和地交谈。你们要么在四处逃窜，要么已经死无葬身之地。我们可以悄无声息地进来，枪声将是你们听到的第一声声响。但我们没那样做。"

钱德勒想开口说话，少校瞪了他一眼。

"我们来这里不仅仅是为了物资，"我冷静地说，"也是为了这个仓库的幸存者。七号营地的科学家可以帮助我们离开地球，但我们需要足够的人口数量来保证人类未来的繁衍。更重要的是，我们需要足够大的基因池来保证人类的生存。"我停了一会儿，让他们好好思考这些话。

"少校，整个地球会变得越来越冷，这些托盘上的物资会不断减少，即便你把它们保护得再好，最终也会消耗殆尽。即使你们不被冻死，也迟早会饿死。我这是在给你们一个活下去的机会。"

少校看了看钱德勒，又看了看我，然后慢慢地将手摸向腰间的佩枪。很显然，他已经做出了抉择。

◼◻◻ 第四十章 ◻◻◼

艾玛

在隔间里，我给萨姆裹上刚从废墟中回收的暖和衣服。

"我……我们去哪儿？"他紧张地问道。

"去走走，萨姆，别担心。"

艾莉在对面麦迪逊的隔间里，和杰克还有萨拉一起玩耍着。艾莉也察觉到事情有些不对，跑回我们的隔间，抓住我另一只手说道："妈妈，我也要去。"

我强忍腿部的疼痛，撑着拐杖蹲下来，说："今天不行，艾莉，我要带萨姆去个地方。"

她眉头一皱，泪水涌了上来。

我抱住她轻声地说道："我马上就回来，到时候我们再一起玩，好吗？我保证，我爱你。"

"爸比？"

"他在工作，马上就会回来了。"

※

七号营地曾经有着大批住房，白色的穹顶一字排开，整齐地分布在沙漠表面。在遭到网格的致命打击后，家园变成了废墟，隐没在雪堆和土丘之间，满目疮痍。

我和萨姆艰难地走出雪地，身后留下五条痕迹，两条较大的足印是我的，两条较小的是他的，剩下的那条是我手中撑着的拐杖的。萨姆紧紧地牵着我的另一只手。

自我们离开地堡，他便没有再说过一个字。

离我们不到三百米的地方，出现了其他人的身影，两个家长和两个孩子，他们相互牵着手，显然正在前往他们曾经的房子（或者附近的区域——在失去路标或者门牌号的情况下很难分辨道路）。在另一个方向，

153

离我们一百米左右的地方，我又看到一家人。家长们正蹲在雪地上，跟自己的三个孩子说着什么。

地堡外的景象有些萧索，除了呼啸的风声外，周围安静得可怕。抬头可以见到一颗暗淡的金色太阳，天空灰蒙蒙一片，仿佛我们正处在什么阴间世界。周围的景色让人想起炼狱，仿佛我们永远无法逃离。

我们在一处雪地突起前停下脚步，没法确定这是否是萨姆曾经的家，但那都不重要了。我问他："萨姆，你还记得你最后见到爸爸妈妈的那晚吗？"

听到关于自己父母的问题，他立马精神起来，快速地点了点头。

"他们和你说了什么吗？"

他的表情变得谨慎起来。

"他们有说小行星什么的吗？"

他摇了摇头，不解地说道："他……他们说是一场风暴。"

"没错，萨姆，是一场风暴，一次自然灾害。发生这种事情，谁也没办法。"我看着周围，"营地遭遇了一场风暴，你的父母非常勇敢，在风暴来临前，他们选择保护你，因为他们爱你。"

他呆呆地看着雪堆，说："我当时有听到风声，还有一……一阵巨响，当时很黑，我试着逃出去，但我被困住了。"

我从大衣里掏出一沓照片递给他："萨姆，这些是属于你的。"

照片里，萨姆的父母年龄看起来与我和詹姆斯相仿。母亲一头乌黑的长发，笑容灿烂；父亲面容严肃，戴着一副金属边框眼镜。他们坐在客厅的沙发上，怀里抱着刚出生的萨姆，窗户外边是一座修剪整齐的小院子，周围还围着一圈篱笆。那是在漫长的寒冬之前，那时萨姆还小，不记得当时的事情。

"你的父母很爱你，萨姆，他们会一直爱你的。"

他看着手中的照片，双手在微微颤抖。

"那场风暴实在是太大了，很多人不像你这么幸运，萨姆，他们都没挺过去，你的父母……也是，对不起，萨姆。"

一滴泪水落到照片上。

"他们会永远爱你的，萨姆，"我将手放在他胸前说，"只要他们还在你的心里，他们就能永远陪着你。"

第四十一章

詹姆斯

少校用他浑厚、粗哑的声音大声问道："你说你带了医生？"

我慢慢指向田中泉："没错，田中泉是医生，我也接受过医疗训练。"

"行，那你们就证明一下，我们这里正好有伤员。如果他们死了，你们也活不下来。"

钱德勒开口想说话，又乖乖地闭上了嘴巴。很显然，他不喜欢这个决定，不想让我们再多活一秒钟。

少校转过身，带着我们向仓库深处走去，里面是他们用房屋部件打造的临时营地，看起来就像个巨型乐高建筑。大量房屋模块组件拼凑在一起，入口位于中间，是一扇预制门。

少校示意我们的七名士兵在外等候。看得出，布莱特维尔并不高兴。

我们进到里面，一股腐臭的味道扑鼻而来，伤口感染和尸体腐烂的臭味令我作呕。仓库里很冷，但这里温暖且明亮，天花板的小 LED 灯照亮了脚下的道路。这里拥挤不堪，人们居住的隔间要比中央司令部的更加狭小。他们尽可能地缩减了这处大本营的空间，目的是缩短防线，易于防守，也更有利于累积热量。

在狭长、蜿蜒的走道尽头，我们看到一个简易医疗区，里面有八张病床，躺着六名受伤的士兵。为了让医生能更好地处理伤口，他们身上的军服被剪开了几处。他们的手脚和身体都缠着厚厚的绷带，红色的血迹和黄色的组织液渗透了纱布。

田中泉赶到第一名士兵身旁，他腿部受伤，看起来和我年纪相仿，脸上长着雀斑，留着棕色的短发。

病床另一边，站着一名戴着蓝色橡胶手套的女人。

"枪伤？"田中泉头也不抬地问道。

那女人快速点了点头："对，有十名士兵在……"她看了看少校的表情，后者正站在门边，伸出手不耐烦地示意女人继续说下去，"我尝试过取出子弹，但后来第一名伤员死了，我就不敢继续尝试了。"

"你是外科医生？"田中泉问。

"不，我是助产士。"

"你们有什么抗生素？"

女人带着田中泉来到一个板条箱旁，从田中泉表情来看，里面应该没有她需要的东西。

"少校，"田中泉半转过去喊道，"我们需要用到车队的物资。"

"我让我的手下去拿。你们记住了，别找任何借口，如果伤员死了，你们也活不下来。"

■■□□ 第四十二章 □□■■

艾玛

回来后，萨姆便一直待在隔间里，多数时间都在看平板里的电视节目，睡觉时也会背对着我，大概是怕我听到他的哭声。这会儿他正偎依在我身边，看着《太空拉布拉多》。艾莉正好下课回来，看到我们后，她皱紧了眉头。

她爬到我们中间，差点儿撞掉了萨姆的平板。

"艾莉，这样不好哦。"

"你是我的妈妈。"

"艾莉。"

她对萨姆喊道："你走开！"

我全然不顾腿上的疼痛，一把将她抱了起来。就像我父母曾经生气时对我做的那样，我拉着她走出隔间，去到萨姆听不到的地方，蹲下来，面对面地和她说道："宝宝，你这样有点儿过分了。"

她低着头不乐意地说："你是我的妈妈。"

"我是你的妈妈，但萨姆也要和我们住在一起。"

"住多久？"

"永远。"

她皱着眉头，一脸困惑。

"艾莉，我们之前去堡垒，是因为有一场非常可怕的风暴席卷了我们的营地。"

"小行星。"

"你在哪儿听到这词的？"

"课上。"

"没错，小行星。幸运的是，我们一家人都没有受伤，但萨姆就没那么幸运了，他被困在了房子里。"

她的表情发生了变化。

"萨姆的房子被摧毁了，他的父母也离开了。你想想啊，如果我和爸爸也离开了，你会不会很难过？"

她一把抱住我哭了起来，难过地问道："离开去哪里？"

我紧紧抱着她说："我哪里也不去，宝宝。我想说的是，萨姆现在非常难过，他需要我们。如果你是萨姆，肯定也会非常伤心吧，想想你希望别人怎样对你。"

我松开她，她一直看着我的眼睛。

"你能理解吗，宝贝？"

"能。"她小声地说。

"那你会对萨姆好一点儿吗？"

"会。"

我牵着她的小手准备回隔间。

在路上，她难过地问："爸比……走了？"

我停下脚步，蹲下来看着她的眼睛，说："不，艾莉，他没走——不是像萨姆的父母那样。你爸爸正在工作，他会回来的。"

"什么时候？"

"很快。"

※

几个小时后，我来到情报室，哈利正在尝试用无线电和詹姆斯取得联系。

"詹姆斯，能收到吗？"

毫无回应。

迄今为止，他们一直没有向我们汇报情况，我们也没有收到第二支队伍的消息。

哈利看着我，仿佛在问我接下来该怎么办。

"派一架无人机前往 412 仓库，詹姆斯应该已经到了，我们要知道他们出什么事了。"

□■□□ 第四十三章 □□■□

詹姆斯

在手术过程中，我们失去了两名病人，其余四名的情况还有待观察。在为最后一名病人做完手术后，我们满头大汗，两条腿像灌了铅一般沉重，长时间的驾车、步行和手术都让我们精疲力竭。如果少校对他之前的话说到做到，那我们应该命不久矣。

不过好在他暂时没有提及此事。在我和田中泉结束手术后，他的一名手下带我们去了一个长宽大约各十米的房间。房间里，格里戈里和布莱特维尔已经靠在墙上睡着了。为了观察病人是否需要后续的医疗护理，我想少校暂时会留我们一命，但在那之后，谁也不知道事情会怎样发展。

格里戈里睁开眼看着我，他睡眼蒙眬，眼里布满血丝。我也太过疲倦，任何话都不想说。虽然面临着死亡的威胁，但躺在毯子上后，我马上就睡着了。

✳

在这里，我睡得并不安稳，时常半睡半醒，身体也酸痛麻木。

我失去了时间概念，不知道是白天还是黑夜，这间简易牢房里没有亮光。

有两次，我和田中泉被叫去给病人更换绷带，并评估他们的情况。其中两人的伤口已经感染，情况不容乐观；另外两名运气稍好，应该能活下来。

我们回到牢房后，布莱特维尔悄悄对我说："我们不能坐以待毙。"

"我们不是来打仗的。"我说。

"那我们是来做人质的吗？就像现在这样？！最好的情况是他们把我们作为人质去七号营地交换武器、防弹衣和载具。"

"最坏的情况呢？"格里戈里嘀咕道。

"最坏的情况是，他们在进攻七号营地时，拿我们当人肉盾牌，"布莱特维尔说，"他们明白七号营地不会伤害我们，所以我们的营地大概率会输掉战斗，然后你的家人也会被挟持为人质。"

"听起来我们的确不能坐以待毙啊。"格里戈里半睡半醒地说。

我不得不承认，布莱特维尔说的有些道理。我一直希望这处营地有人能讲讲道理，愿意和我们坐下来交谈。

"厄尔斯上校大概也已经猜到，"布莱特维尔说，"毕竟我们已经很久没有汇报情况了，厄尔斯不傻，肯定已经派了一队人马过来。"

"为什么？"

"很简单，在这里作战比在七号营地更好，否则我们的敌人在时间上会掌握主动权，而且战争会波击我们营地的平民。"

"好吧，你有什么想法？"我靠在墙上深深地叹了口气。

❄

就逃跑而言，我们的计划非常简单。

和前两次一样，一名中士和列兵陪同我和田中泉去医疗区检查病人状况。

我们为他们检查伤势，注射抗生素和止痛药。趁警卫不注意时，我把一支注射器装填上麻醉剂，然后塞进了袖子里，田中泉也一样。

在穿过医疗区时，我十分紧张，心跳加速，但我不想让别人看出端倪。接下来的几分钟至关重要。

一名受了枪伤的下士第一次睁开了眼睛。

"你感觉怎么样？"我问。

"很难受。"他小声地说。

"嗯，那证明你还活着，我们会尽力保住你的命的。"

他转过头，闭上了眼睛，就在我准备检查下一位病人时，外面传来枪响。我无法判断声音的远近，也不确定是在仓库内还是仓库外。

无线电里传来少校的声音："关好囚犯，三号和四号队伍马上前往东侧装货站台。"

"走吧。"那名中士对我们说道。

我走出医疗区，额头冒着冷汗。自从离开埃奇菲尔德，我就再没和人搏斗过，即使在堡垒仓库的那场骚乱里，我也始终保持着一定的分寸。那时候，我一心只想着逃出人群。但这次不同，我必须主动出击。

我们打起了十二分精神，沿着狭长的过道向外走去。外面的热量扑面而来，我的手心紧张得不断冒汗。

我们穿过两间牢房，里面关着我们的士兵。他们肯定明白，将我们分散关押，能降低我们逃脱的概率。

与之前一样，在过道里，士兵让我们停下，他上前准备打开牢房的锁，另一名士兵的手则放在佩枪上，保持警惕。就在他打开门锁的那一瞬间，我抽出袖子里的注射器，猛地扎进了士兵的脖子里。

他比我想象中强壮得多。他使劲抓住我手臂，指甲简直要抠进我的皮肤里，我的手臂和肩膀都剧痛无比。我按下注射器的活塞时，我被他扔向墙壁，头重重地撞在墙上。我的视线开始模糊，眼前的世界开始颠倒。

我听到田中泉痛苦的叫喊声。在模糊的视线下，我看到布莱特维尔冲出牢房，从身后发动突袭，用手臂锁住了士兵的脖子。田中泉没有成功注射麻醉剂，不过也已经分散了他足够久的注意力。

中士的眼神逐渐迷离，渐渐松开抓着我的手，没过一会儿就重重地倒在了地上。布莱特维尔也制服了另一名士兵，一刻也没有耽搁，拿起士兵身上的钥匙，迅速打开了另外两间牢房，释放了自己的手下。他们在走廊散开，紧贴着墙，一名军士长向我们跑来，拿走了倒在地上的两人的武器。

布莱特维尔和她的小队迅速穿过蜿蜒的过道，我们紧跟其后。一些隔间的门已经打开了，经过时，我往里面看了一眼，一间间牢房里，家庭成员蜷缩在一起，眼神空洞地看着我。我自从解放了堡垒以来，就再没见过那种表情。看来，四号营地也一直在定量配给。

不远处传来的三声枪响将我的注意力拉回到过道。

"前方安全。"军士长说完便继续带着我们向前走，经过一个转角后，我们眼前出现了两名躺在地上的大西洋联盟的士兵，这是我最不愿意见到的景象。我一直告诉自己我们别无选择，这都是钱德勒的错。

布莱特维尔的两名手下拿走了两具尸体旁边的步枪。她在下一条过道前停了下来，伸出手示意我们安静，并仔细地听着前方的动静。

我也听到了不远处传来低声交谈的声音，他们还提到了我的名字。

布莱特维尔指了指我们左边的一扇门。她的三名部下快速移动到门的两边，踹开房门冲了进去。好在里面没有人朝我们开枪，军士长的叫声在狭小空间里回荡着。

他喊道："举起手！不许动！面对墙站好！"

"前方安全！"

布莱特维尔示意我跟上她。在小房间里，墙上挂着一张图表，上面列着仓库所有物品的数量清单，资源根据食物、水和其他各种标准分类。在一旁还挂着一本名册，应该是这里的仓库居民的名单，包括他们的隔间位置和定量配给情况。很显然，这里是他们的作战中心。

在右侧墙边有一张长桌子，上面摆着三台无线电设备。突然，其中一台传来了一个女人的声音。她说着法语，听起来非常生气。只可惜我根本不懂法语，只能猜测她与外面的士兵是一伙的。

第二台无线电里传来了少校的声音："收到，指挥部。尽量拖住他们，我们正加派支援。"

布莱特维尔站在门口朝我们喊道："快一点儿，有敌人要来了。"

□■□□ 第四十四章 □□■□

艾玛

我躺在隔间里半睡半醒，萨姆躺在我的左侧，艾莉躺在右侧。我听到福勒在过道里轻声叫我的名字。

我轻轻地坐起来，小心翼翼地走出隔间，尽量不吵醒两个孩子。等我拉上床单后，我从福勒的脸上看出情况不妙。他示意我们去情报室，我撑着拐杖跟在他后面，尽量跟上他的脚步。

来到情报室，墙上的屏幕正播放着无人机实时画面。我认出了画面中的地点：412仓库。但这次看上去有些不太一样，仓库的卷帘门前停着一排长长的运兵车，北边、南边和西边的入口各停着两辆货车，东门也停着一辆货车，总共七辆运兵车，从数量和型号来看都属于我们的车队。没错，那些就是我们的货车。

还有三辆运兵车距离东入口有一段距离，车后站着数名士兵，正朝仓库开火，货车在雪地上轧出了一条条如沟渠般的轨迹。他们绝对是五号营地的人。

不管谁在仓库里，注定会迎来一场恶战。他们已经将进攻者的货车打得千疮百孔，战斗仍在继续。在漆黑中，曳光弹拖着红色和绿色的轨迹划破了夜色，交错的火力看上去像一道道激光。

我不知道詹姆斯此时是否在仓库里，如果在的话，他也在抵御进攻者的攻击吗？还是在想办法逃出去？

"我们的第二队人马离仓库还有多远？"福勒问厄尔斯上校。

他看了下表，耸了耸肩说："不知道，先生，我们没有全球定位系统。"

福勒一脸不解。

"道路结冰严重，现在极不适合轻型载具行驶，"厄尔斯说，"他们现在走的是最近的直线道路，就像乌鸦飞行那样。"

"预计最快要多久？"

"很难说，我估计至少得三十分钟。"

■■□□ 第四十五章 □□■■

詹姆斯

布莱特维尔拿起桌上的三台无线电对讲机，分给自己的手下。

"调到频道17，柯林斯和马蒂亚斯，你们去看好入口。"

她又问房间内其中一名四号营地的士兵："这里有多少武装人员？"

见他迟迟不肯回答，布莱特维尔继续说："你想清楚了，列兵，等下我们彻查这地方的时候，你得走在前面当人肉盾牌。要是说谎的话，对你自己可是没什么好处。"

"六名。"他看着地上，仿佛是对自己的泄密行为感到羞愧。

"位置？"

"两名负责看管你们，两名看守入口，还有两名负责通信。"

这应该是好消息，因为我们已经解决四名，只剩下这间房子里的两名。外面过道的士兵肯定是从入口进来的。

"外面有多少人？"布莱特维尔又问道。

他皱着眉，极不情愿地回答："三十二。"

负责把守门口的军士长向布莱特维尔使了个眼色，手里端着的枪还瞄准着门外。

"十对三十二，他们人数占优势，上尉。"四号营地的士兵说。

"我们有我们的优势。"军士长坚定地看着她。

"动动脑子，"说完，她看着我和格里戈里，"先生们，有何高见？"

"我们需要武器和筹码，"我又问旁边两名四号营地的士兵，"军械库在哪儿？"

"C7。"

布莱特维尔果断地命令另外两名手下："去 C7 隔间拿上需要的东西，然后把剩余的藏好。"

我走上前看着墙上的名册说："钱德勒在 E9。"

布莱特维尔准备命令手下前往 E9，但我打断她："我去吧，让我处理这件事，"我问四号营地的无线电操作员，"这里谁负责？"

"丹佛斯少校。"

"这里的平民领袖是谁？"

"严格来讲，是利文斯顿州长，不过他……没有什么实际领导权。"

"最后一个问题，丹佛斯在这里有没有任何家人？"

士兵眼神飘向别处，表情也在挣扎。从他的反应中，我已经得到了我的答案。我看了看名册，在 F14 隔间找到了一名叫"丹佛斯"的人。

"别担心，我们不会伤害他们。"我对士兵说。

这时，去军械库的士兵正好回来了，手里抱着几友半自动步枪、几件防弹衣和几个手雷。他们将武器分给大家，我和格里戈里也各自拿了一支。

"你知道怎么用吗？"布莱特维尔问。

我打量着手中这支沉重、冰凉的机械，说："我小时候用过猎枪。"

"二者基本差不多，"她向我和格里戈里演示了一遍如何装卸弹匣，"你只要瞄准然后扣下扳机就行，看准了再开枪。"

一名士兵给田中泉递去一支步枪，她笑着摇摇头拒绝了。

"我不会。"

"你可以待在这儿，夫人。"布莱特维尔说。

"我想检查一下这里的市民，也许有人需要医疗帮助。"田中泉说。

"好，"布莱特维尔说，"不过你得先等我们解决外面的情况。"

田中泉想开口反驳，我打断她：听她的吧，田中泉，这方面她比较专业。

田中泉只好点点头。

不远处传来几声枪响，能听到子弹穿过硬塑料墙板的声音。布莱特维尔对着对讲机喊道："汇报情况！"

其中一名她派去把守入口的士兵回答："发现七名敌人，上尉。"

紧接着，一声爆炸响彻整个仓库，对讲机里传来的爆炸声更为刺耳。

"只剩四个了，长官。"

"我能借走你的一名手下吗？"我问布莱特维尔。

她对着把守过道的下士点了点头。

我和格里戈里朝门口走去，准备让下士带路。

"你们去哪儿？"布莱特维尔叫住我。

"去找点儿谈判筹码。"

靠着记在脑子里的地图，我顺着过道一路小跑，在每个转角都停了一下，谨慎地窥视有没有巡逻的士兵。在其中一个补给间里，我找到了我需要的物品：强力胶带。所有的好计划都需要用到这个。

几周前，我从没想过自己会做这种事情，同样也没预料到自己会陷入这般处境。这是为了生存，是我不得不做的事。这也是为了大局，不过我还是不喜欢这样做。

来到 F14 隔间门口，我和格里戈里站在两边，下士扭动把手，手里的枪慢慢往里面探去。这里除了三张小床、角落的一堆口粮和两名居民外什么也没有。其中一名女性看起来和我年纪相仿，还有一个看起来十二岁左右的男孩。他们正在看平板，女人脸上还流着泪水。

"快起来，跟我们走。"我喊道。

"你们是谁？"

"这不重要，我只能说我们是来帮你们的。我们会结束这处营地的战争，但需要你们的帮助，拜托了。"

她看了看我旁边那名她根本不认识的士兵，然后说："带我走就好了，放过诺亚。"

"你们两个都要跟我来，快点儿！我们得走了。"

我们给了他们几秒钟时间穿好衣服，然后带着他们去了 E 区。来到 E9 隔间，我推开房门，钱德勒独自一人坐在床上，拿着无线电对讲机仔细地听着。看到我端着步枪走进来，他惊讶得不知所措。

他还没来得及求救，我就利落地拿走他的无线电对讲机，对他说道："还以为你会去前线呢，钱德勒。"

"你应该马上投降，詹姆斯，我们有数量优势，而且外面还有一股势力比我们强大得多。"他眼里燃起怒火，瞪着我。

"什么？"

"是五号营地，他们来复仇了，不然你以为是谁打伤了你们救治的那些士兵？"

"找谁复仇？"

这是他第一次不敢直视我的眼睛。

"这就是你躲在这里的原因吗？你害怕他们会突破仓库防线？你是不是把俘获我们的圈套同样用在了他们身上，只不过他们杀出了一条血路，没让你们得逞？"

钱德勒的沉默证实了我的猜想。

"你抓住我们的时候还挺得意的啊，现在怎么躲在这里听着无线电呢？是不是已经准备好跑路了？"

他低着头不说话。

"你平时只会说大话，事情一不对劲儿，你就想着第一个退缩逃命。"

"我救了那些人。"钱德勒不甘心地反驳我，眼睛看着地上。

"我不信。"

"是真的。"

"话说回来，你到底为什么会在四号营地？"

"我是来参加集会的。"

"移民集会？"

"没错，原定是在小行星撞击后，当时我和州长的幕僚长在商讨此事。她提前收到了小行星撞击的消息，我当机立断做出了一个正确且拯救了许多人性命的决定。我意识到武器仓库和最大的仓库——它们距离不远——是小行星最有可能的打击目标，所以我将核心成员都带到了这里，这个离小行星撞击最远的仓库，"他抬头看着我，"你想说什么就说吧，詹姆斯，事实就是我确实救了这些人，所以他们才相信我。"

"那外面的人呢？那个胸口中枪的女人，怀里还抱着活活冻死的孩子，他们就该遭到那样的待遇吗？"

他转过身去，厌烦地回答："你就别表现得自视清高了，詹姆斯，为了生存，我们都不得不做出艰难的选择。看看地球现在的样子，这可是一个充满食物的仓库，不是什么象牙塔。"

"你让这里成了战区，不过一切就要结束了。"在一瞬间，有个完美的想法出现在我脑子里，它能为我们带来久违的正义。

他眯着眼问我："什么意思？"

"这一定会很棒的，钱德勒，我已经等不及了。不过，首先我要做一件我蓄谋已久的事。"想到这里，我不禁微笑起来。

我从格里戈里那儿拿来胶带，钱德勒见状马上起身挣扎，我果断地用胶带封住了他的嘴，又用胶带在他头上缠了几圈，最后捆住了他的双手。我对一旁的女人和孩子小声说："我真的很抱歉。"我是迫不得已，只能出此下策。

等我们到达这座临时营地的入口后，外面的交火已经停止。布莱特维尔他们已经占了上风，除了田中泉，所有人都在等我们。接着我们一起冲出仓库，朝东出口和枪声的方向跑去。接着，布莱特维尔将手下分为三队，他们爬上堆放在仓库托盘上的物资，在边缘处趴着，将枪口瞄准了卷帘门处的部队。

我和格里戈里还有布莱特维尔停在补给物资后面，就在四号营地士

166

兵的斜对角线位置。为了不让钱德勒以及丹佛斯的妻儿受到交火影响，我让他们待在我们身后。

"现在我们怎么办？"布莱特维尔小声问我。

"和他们谈判，上尉，"我启动无线电对讲机并调到丹佛斯少校使用的频道，"少校，让你的手下停火。"

"你真是疯了，辛克莱。"

"也许吧，不过你们还是得停火，你派去看管我们的士兵已经死了，我们现在已经将你包围了。"

布莱特维尔拿起无线电对讲机，用私人频道下达指令："鸣枪示警。"

我越过物资向前窥去，正好看到布莱特维尔的手下朝金属门和大梁射击，接着子弹反弹到地上。四号营地的士兵纷纷躲避，他们弯下身子，转过来瞄准了托盘顶部，想找到射击者的位置。仓库外，法国部队的火力一刻也不停歇，不断有子弹射穿金属门飞来。

"你是不是疯了？"丹佛斯吼道，"你这样会把我们全部害死。"

"是你会害死我们，快点儿放下武器。"

"你死定了，辛克莱。"

我轻轻地撕下女人嘴上的胶带，小声对她说道："你是我们最大的希望，请说服他停火，不然会有更多人死去。"我把无线电对讲机举到她嘴边。

"马克思。"

"安吉拉？"

"是我，诺亚也在。"

丹佛斯顿了顿，怒不可遏地说："辛克莱，你要是敢伤他们一根毫毛，我发誓我会——"

"如果他们受伤了，那也是你的错，少校。马上放下武器，不然我就来硬的了。"

"那仓库外面的军队怎么处置？让他们冲进来杀了我们？"

"他们交给我。"

我透过托盘望去，丹佛斯摇了摇头，然后对自己的手下说道："放下武器。"

一阵沉默后，丹佛斯对他们怒吼道："这是命令！"

接着，我听到他们纷纷把步枪和手枪放到水泥地上的声音。

"汇报情况。"布莱特维尔通过私人频道说道。

"还有四人没有放下武器，上尉。"

"让你的手下全部放下武器，然后站到一边。"我说。

过了一会儿，军士长回答："他们已经照做，继续执行后续计划吗？"

"可以。"布莱特维尔回应道。

是时候执行第二阶段的计划了。我脱下防弹衣和运动衫，又脱下我已经穿了几天的白 T 恤，将它撕成两半，然后从旁边托盘上折断一块木板，将白 T 恤绑在木板上当作休战的白旗。我用胶带将木板固定在钱德勒的手腕上，他不停摇着头想挣脱。

"命运无常啊，对吧，钱德勒？你现在要走出去投降，"我扬起眉毛说，"我们要派一个可失去的人，毕竟……你自己也说了，你和我都是多余的。"

他挣扎着想逃脱，我抓住他手臂推着他往前走，布莱特维尔的手下已经从他们的位置爬下，用步枪指着手无寸铁的四号营地士兵。仓库外依然传来零星的枪声，但在仓库内停火之后，法国部队也已经放缓了进攻。

我将无线电调到法国人使用的频道，希望他们听得懂英语，我慢慢地说道："五号营地指挥官，我们已经停火。情况出现了一些变化，我们希望能停战，谈判，一起合作。"

我等了一会儿，那边没有传来回应。

我又继续说："五号营地指挥官，如果能听懂请回复。"

我问布莱特维尔："你们有谁会说法语吗？"

就在她四周询问时，无线电传来一个女人的声音，她用带着很重的法国口音的英语问道："你是谁？"

"我来自七号营地，我叫詹姆斯·辛克莱，我们来这里是想帮助四号营地的幸存者，无奈被他们挟为人质，刚刚才逃脱出来。"

"你在说谎。"

"我没有。"

我对站在钱德勒两旁的下士和军士长点了点头，他们按着钱德勒手臂朝卷帘门走去。他像咬钩的鱼儿那样不断挣扎，但旁边的两名军人将他控制得死死的。下士打开仓库门，举起钱德勒手中的白旗挥了挥。

下士回头看了看我，我对他点点头，然后他将钱德勒扔到了天寒地冻的仓库外。

我对着无线电说道："你认识外面这个男人吗？"

"认识。"

钱德勒不停地敲着仓库门，虽然胶带封住了他的嘴，但他还是不断地朝仓库里喊着。真是美妙的声音。

"我刚才没说谎，他已经不是这里负责的人了，现在这里由我们负责。"

"你想怎样？"

"合作。我们有办法拯救幸存的人，我们需要帮助，这是我们唯一的要求。作为回报，我们会给你们食物和住宿。"

女人安静了许久，大概是在和她的手下说话。

我发誓我在远处听到了嗡嗡声。

钱德勒用力地敲打着仓库门，由于被胶带封住嘴巴，我听不清他在说什么，但也能猜得八九不离十。那简直是我听过的最美妙的声音，我早就想堵住那家伙的嘴了。

卷帘门缝隙外射进几道光束，那是车辆的头灯。法国人要离开了吗？还是准备靠近仓库？

我悄悄从仓库门口向外窥去，七号营地的运兵车还停在门口，法国车辆也在，但都已经熄火。我发现，刚才的光亮原来是来自远处的一队高速全地形车，它们正在雪地中朝仓库疾驰而来。

又来了一支突击队？

我迅速将无线电切换至另一频道，然后听到了一个男人急促地说着："……听到，请回答。我们在仓库外面遭遇了敌人。"我熟悉这个声音，是七号营地的一名士兵。

接着远处又响起了枪声。

布莱特维尔的无线电还同步在那名法国指挥官的频道，我还没来得及和七号营地的车队通话，布莱特维尔那边便传来了法国指挥官的声音，她用法语大声喊着什么。接着，猛烈的枪声响起，仓库再次陷入了枪林弹雨中，七号营地的车队同样遭到了攻击。突然，仓库内每个人都行动起来，今夜短暂的宁静就这样再次被打破。

▢▢▢▢ 第四十六章 ▢▢▢■

艾玛

　　情报室里，我看着无人机传回的夜视画面，412 仓库再次陷入了战火中。

　　面对赶来的七号营地车队，五号营地毫不客气地火力全开。车队开始分散而行，轻型车辆左右迂回，溅起一波又一波飞雪。五号营地的士兵转过身去，又开始朝仓库射击，其中两名士兵从货车后面走出，低下身迅速朝仓库移动，试图拿下仓库。

　　突然，我头晕目眩，感到一阵恶心，背部下方开始感到疼痛，那种不适感仿佛从身体深处传来。

　　我用胳膊撑住桌面，调整呼吸。

　　"艾玛，你没事吧？"哈利问我。

　　我低声说道："我没事。"

　　"你的脸色不太好。"

　　"我只是需要休息一下。"

▢▢▢▢ 第四十七章 ▢▢▢■

詹姆斯

　　子弹打穿了仓库的卷帘门，不断击中托盘上的食物、水和房屋部件，空中四散飘落的物资包装，看上去就像狂欢节礼炮打出的五彩纸屑。

　　我冲到丹佛斯妻儿旁边，用身体挡住他们并护送他们离开正面战场。来到邻近的过道，我放低身子，用身体挡在他们和外墙之间。

　　"快停火！"我用无线电对着他们喊，"七号营地的士兵听好了，我是詹姆斯·辛克莱，请你们马上停火！这里的情况已经得到控制，准备撤离。"

交战双方渐渐停下火力。

"收到，辛克莱博士，我们已经停火，即将撤退。很抱歉，我们以为你被攻击了。"

"谢谢你。"

接着我拿走布莱特维尔的无线电对讲机，她的还连接着法国人的频道。

"五号营地指挥官，刚刚是一场误会。我向你保证我们不是来打仗的，为了表明我是认真的，我会亲自走出仓库和你们谈判。还请你们克制一下，不要开枪。"

说完后，布莱特维尔呼叫自己的小队，确认无人受伤。丹佛斯的妻儿都受到了不小惊吓，两人都挂着泪痕，妻子的手也在不断颤抖。

我对她说道："你们暂时先回去吧，你的丈夫一会儿就会回来，一切很快就可以结束了。很抱歉让你卷进了这些事情里。"

法国指挥官依然没有回复，我又拿起无线电继续说："五号营地指挥官，我需要确认你收到了我的信息，一会儿请你们不要开枪。"

"只要你不搞花样，我们不会开枪的。"

虽然她这么说，我还是穿上了防弹衣。走出仓库，我看见钱德勒倒在血泊中。虽然我真的非常讨厌这个家伙，但看到眼前这一幕，我突然意识到自己也没恨他到希望他死的地步。我立马跑过去检查他的生命体征，他腿部中弹，呼吸微弱。他看我的眼神就像一只受伤的动物，眼里充满恐惧，还有愤怒。

我拿起无线电："田中泉，我需要你的帮助，这里有人受伤。"

钱德勒就躺在我的脚边，我站起来对法国指挥官喊道："为表诚意，我们会把食物带出来，数量足够分配给你们营地的所有人。"

※

我们保住了钱德勒的性命，我想这应该是件好事吧，时间会证明的。

法国人吃饱肚子后精神恢复了许多，而且现在也没人朝他们开枪了。要彻底修复他们和丹佛斯少校之间的裂痕还需要一定的时间，这并非一个不可能完成的任务。当人们饥肠辘辘，停战意味着能吃饱肚子时，他们会更愿意放下纷争，既往不咎。

事态终于缓和下来，可以让七号营地的车队过来了。他们的头灯和车灯穿透了这漆黑的夜色，车队在冰天雪地中朝仓库驶来。我和布莱特维尔上尉站在卷帘门前迎接他们。

"他们以为我们出事了。"她平静地说。

"我们的确出事了。"

"我们已经做得很好了。"

"我觉得如果一开始就听你的话，事情应该会更加顺利。"

"木已成舟，博士。"

"话虽如此，下次我们还是要换种策略。"

她扬起眉毛朝我看来。

"下一次，我们不能理所当然地认为别人和我们观点一致，我们要做好随时应付任何突发情况的准备。"

"我赞同，博士。"

领头的全地形车上下来一名穿着大衣的士兵，小跑到我们面前问道："辛克莱博士？"

"是我。"

"远程无线电那边有人找你，情况紧急。"

我突然意识到在交火结束后，我应该用运兵车上的远程无线电先向营地汇报一下情况。但当时还要给钱德勒做手术，而且说真的，我已经累到几乎无法思考了。

进到车里，我戴上耳机，用无线电回复道："这里是辛克莱。"

福勒的声音有些沉重："詹姆斯，你得马上回来。"

"出什么事了？"

"是艾玛。"

"她怎么了？"

"她没有大碍，总之……你尽快回来。"

我跑回仓库召集了格里戈里、布莱特维尔和田中泉，对他们说："我得回一下七号营地。"

"那这里怎么安排，博士？"布莱特维尔问我。

"装上一些补给运回七号营地。我会带上营地派来的士兵，然后驾驶其中一辆高速全地形车返回。"

"那之后呢？"格里戈里问。

"布莱特维尔和她的小队继续前往其他营地，无人机此时应该已经抵达并传回了画面，如果没有应该也快了。我们需要将这些幸存者集中到一起，按照这里的情况来看，其他营地幸存者的情况可能也不容乐观。"

"我同意，"田中泉说，"我想和队伍一起前往其他营地。"

"我也是。"格里戈里平静地说。

虽然嘴上不说，但我知道他是想忙碌起来，那样可以远离亚瑟。

我握住布莱特维尔的手，说道："真的谢谢你，上尉。祝你们一切顺利。"

"谢谢你，博士。"说完后，她立刻转身去和自己的小队会合了。

"对于亚瑟的要求，我们要尽快做出决定。在经历了这一切以后，你们两人完全有权表达自己的看法，但我觉得这不是可以用无线电讨论的事情，如果计划的细节遭到泄露，后果不堪设想。"

"我还没有考虑太多，"田中泉说，"坦率来讲，这件事已经超出我的专业能力范围了，你是怎么想的，詹姆斯？"

"现在根本的问题在于能源，如果能生产出足够的、可持续利用的能源，我们就可以坚守地球，但对此我想不出其他任何办法。我认为离开地球是唯一的选择，而且要做好防范，确保网格不会出卖我们。对我而言，那才是真正的难题。"

田中泉点点头："好，我支持你，"她咬着嘴唇犹豫了一会儿，看起来很矛盾，"你能不能和赵民说一下我马上就会回去？"

"当然。"

格里戈里扭头看着仓库，仿佛想无视我们的对话。

"格里戈里？"

"好吧。只是，詹姆斯，请一定要让大家活下去。"他依然没有看我，只是缓缓地点了点头，然后将一只手搭在了我的肩上。

※

在回七号营地的路上，我数次用远程无线电联络营地请求和艾玛通话，但无一不被拒绝。

我还没从之前的长途跋涉和所发生的一系列事情中恢复过来，身心俱疲，无法安然入睡。就像我所乘坐的这辆颠簸在冰天雪地里的全地形车一样，我的心一刻也不能安宁。

抵达营地后，中央司令部地堡的斜坡入口已经打开。我们用两块房屋墙板做了一个内外双层闸门，为的是不让里面的暖气流失。福勒在内门前等着我。

"跟我来。"他说。

他沿着地堡的外走廊快步前行，没有冒险走进隔间区域。

一进医疗区，我就看见艾玛躺在床上，双眼紧闭。我听不清福勒在说什么，他的声音听起来非常遥远。我来到艾玛床边，紧紧握住她的手。她睁开双眼，脸上挤出一个疲惫的微笑。

"嗨。"她轻声说。

"出什么事了？"

"没什么。"

"这看起来可不像没什么。"

"只是有点累儿，压力——"

"关于无人机的实时画面，你看到那边出什么事了吗？"

她点了点头。

"孩子怎么样？"

"孩子没事，我只是需要休息一下。"

▮▮▯▯ 第四十八章 ▯▯▮▮

艾玛

像我这种闲不下来的人，躺在床上就像被囚禁般难受，仿佛已经在医疗区里躺了数年。

詹姆斯每天早上都会带着分量最大的即食口粮来探望我，脸上总是笑嘻嘻的，他身边还跟着艾莉和萨姆。

今天的早餐是鸡肉面条汤。倒也不是抱怨，虽然能吃饱肚子很开心，但早上六点就吃鸡肉面条汤还是不太符合我的习惯。这几天，詹姆斯会研究即食口粮上的营养成分，确保里面含有我身体所需的营养素。我知道孕早期对胎儿的发育至关重要，但自从他见到我躺在病床以来，他对我有点儿过度保护了。

等他送孩子去上课回来后，我握住他的手说："我不想待在这儿了。"

"你得好好休息。"

"我会休息的，但不是在这里，我感觉自己像在监狱。"

"相信我，监狱里可不是这样的。"

"噢，也是，抱歉，我总是忘记这点。"

"不过我们需要正式回应一下亚瑟，如果你的身体状况允许的话，我们团队可以讨论一下。"

我掀开被子，说："当然，讨论而已，能有什么伤害？"

❄

一离开医疗区，我就感觉如获新生。来到情报室，大家纷纷坐下，廉价的人造皮椅发出了刺耳的嘎吱声。詹姆斯应该是刻意留给我一个背对屏幕的座位，无人机正跟着布莱特维尔的车队前往二号营地，他害怕我又会看见和上次仓库交火一样令人不安的画面。我会时不时地偷瞄屏幕一眼，每次我这样做，詹姆斯就摆出一副生气的样子。说起来也有趣，我感觉自己就像一个做错事被老师叫去办公室的小孩。

大家都到场了：哈利、赵民、福勒、厄尔斯上校，甚至连夏洛特也来了，孩子们那边暂时先由麦迪逊负责教学工作。

福勒清了清嗓子："今天我们要讨论的事情是网格给我们的提议，亚瑟是它们的代表。虽然格里戈里和田中泉不在，但鉴于目前敏感的局势，团队一致同意不使用无线电和他们谈论此事。他们已经将自己的投票结果告知詹姆斯，我们最后会收集上来。现在我们先讨论一下拒绝亚瑟并留在地球的选项。"

詹姆斯率先开口："问题在于大约一年之后，整个地球会变成一个大冰球，因此生产可持续利用的能源是我们的主要障碍。就目前我们剩下的可用资源来看，我没办法解决这一问题。"

"即便解决了能源问题，也不是就万事大吉了，我们还需要建造一处自给自足的居住地，还要能种植粮食和循环使用水资源。如果是小型居住地，就没法容纳所有人，也没法维持人类的基因池规模。除非政府还建有什么我们不知道的机密场所——一个为了应对极端天气的设备齐全的居住地，甚至可能已经完工或者接近完工？"詹姆斯又看了看厄尔斯上校。

"据我所知没有，堡垒是大西洋联盟最先进的地堡，原因也很明显——那里离中央司令部和美国国家航空航天局很近。"

詹姆斯继续总结道："即使能成功留在地球，面对网格，我们也只能坐以待毙。它们随时可以终结人类文明。"

福勒靠在椅子上，说："对我而言，主要的问题在于这两者之间哪一个更容易建造，是自给自足的地下居住区，还是能前往另一星系的殖民飞船？说实话，殖民飞船看起来要难多了。"

我下意识地用手捂住肚子，开口道："而且我们一直在讨论短期生存方案，那长期的呢？就算有用不完的食物、水资源和庇护所，我们也不一定能活下去，人们的生存意志也非常重要。我们在堡垒的时候也都经历过，只局限于生存是远远不够的。不光是让大家，更重要的是要让他们的后代也都过上有意义的生活。我不认为留在地球能做到这一点。人们都挤在一个密闭狭小的空间里，担心着随时会受到攻击，惶惶不可终日。我们还要控制人口，只要居住地发生一个小小的意外，整个人类种族就会面临灭绝的风险。"

见无人说话，我继续补充道："我承认离开地球的确充满了未知，但在一个远离网格的新世界，我们至少能有幸福生活的机会。在这里，即便短期内继续活下去，我们最终也无法逃脱灭亡的命运。"

"有道理，"福勒说，"我之前没考虑过这些。"

夏洛特也表达了自己的担忧，她说："孩子的适应能力普遍比大人更好，我同意艾玛的观点。人类已经经过了数百万年的演化，主要是在温带气候中。如果要延续人类种族，我相信我们长期生存下去的最佳机会就是在类似的气候环境中，哪怕必须对此做出一些调整。"

哈利伸出双手，交叉十指，说："你们可以仔细想想，住在星际飞船里其实和住在地堡里情况十分相似——都是封闭的生态系统，还时刻面临着外面的威胁。虽然不知道要多久才能抵达目标星球，但留在地球和住在飞船里的风险其实别无两样。就像夏洛特说的那样，人类数百万年间都在地球生存进化，从来没有在太空中长期生存过，届时飞船上的具体情况会如何，我们目前还都无法判断。"

他说的有道理，我没有考虑过这点。

"所以你认为，这趟太空旅程要耗费数百年之久。"詹姆斯说。

哈利笑着说："你觉得网格会有曲速引擎吗？"

"谁知道呢，在谷神星大战后，新收割者显然也花了数年才来到这里，但那可能是因为其他什么原因。在对殖民选项做任何评估前，我觉得我们应该先充分了解网格的提议。"

"我同意，"赵民说，"我觉得如果可以顺利抵达新宜居星球，那这就是我们最好的选择。不过我不信任网格，我觉得它会出卖我们，这才是最大的风险。"

"那我们怎么降低风险？"福勒问。

"我考虑过很多，"詹姆斯说，"主要的风险在于，我们大部分的科技援助将会来自网格，如果它们故意在其中做了什么手脚，那我们必定凶多吉少。"

大家都思考着这一可能性。

"不过，"他又说道，"我觉得我们可以最大限度地降低这一风险。首先，我们让网格提供设计图纸，我们负责建造，以确保零部件不会出问题，软件系统也全部由我们进行编写。我们还要确保亚瑟无法进入我们的网络，目前而言，我们还没有任何无线数据网。"

"无人机布置的那些菊花链中继器呢？"赵民问。

"噢，没错，"詹姆斯揉了揉太阳穴，"不过它们只可以语音传输，独立于我们的数据库之外，而且用的软件非常基础，应该没什么大的风险，不过我们最好还是拆除它，并使用无线电进行交流。从现在开始，我们要禁止使用无线数据网。"

"但亚瑟依然可以自己编写代码并上传至封闭系统。"哈利说。

"的确，"詹姆斯回应道，"所以我建议我们应该二十四小时监视亚瑟，限制他的行动，确保他无法接触电脑等一切网络设备。"

"不仅如此，"赵民说，"收割者也可能直接攻击殖民飞船。"

"我思考过这点，"詹姆斯说，"我们应该给飞船建造防御机制。即便是安全离开太阳系，我们也要穿过浩瀚宇宙，甚至要穿越其他星系，还可能会遭遇敌对势力或者其他文明的攻击。我们必须有自卫能力。"

"很显然，太空船不是我的专业领域，"厄尔斯上校说，"但我可以从不同角度提供观点。提到风险时，我首先想到的就是人为因素造成的风险。在未来的某一天，人们会知道他们将要乘坐飞船离开地球。我想其中一部分人会对这一计划提出质疑，即便他们相信并且表示赞成，营地内部也可能会出现暴乱，甚至陷入内战。四号营地和五号营地之间的冲突也许就是未来更大战争的缩影。"

厄尔斯说得没错，我确实没考虑过这点。很庆幸能听到大家从各自的不同角度发表新颖的观点，我确实能从其中获益良多。

福勒说："不管怎么选择，每个人都有自己要做的工作。我们应该听听亚瑟计划的细节再做决定，目前我们了解的信息还不够多，"他看了看大家，"大家同意吗？"

"同意。"詹姆斯率先赞成，其他人也纷纷点头同意。

"我还想说一件事，"夏洛特说，"我们已经收集统计了七号、四号和五号营地幸存者的最新情况，三个营地的总人数刚刚超过五百。也就是说，要靠这点基因池重启我们人类种族不太乐观。我不是说不可能，只是非常担心。如果大西洋联盟其他营地也是这种情况，按照最乐观的估计，人口总数最多也只够达到重启边缘。简单来讲，我们需要更多的人。虽然我同意手头的资源要么用于建造飞船，要么用于建造地堡，但我认为我们同样应该考虑与卡斯比亚还有太平洋联盟取得联系，并尽快将所有人都集中在一起。"

我知道夏洛特还有家人在澳大利亚，也就是太平洋联盟那边，虽然我之前没想过这点，但我知道她此时一定心急如焚，而且她说的话也有些道理。

"怎么去那里是个问题，"哈利说，"无人机已经调查过大西洋联盟的全部机场，包括直升机在内的所有飞行器无一幸免。虽然还剩三处军用仓库没有侦察，但眼下我也不抱太大希望。"

"那大西洋联盟的两处海港呢？"福勒问。

"情况未知，"詹姆斯说，"无人机三十六小时后会抵达三号营地的北港口，四十八小时后抵达十五号营地的西港口。我不认为有船只能幸免，除非这两处营地没有遭到小行星撞击。"

"此外，"厄尔斯上校说，"目前没有任何营地与我们取得联系，所以它们的情况应该和我们类似，甚至更糟。"

"我有办法了，"赵民冷静地说，"我得和格里戈里商量一下，也许可以和其他营地取得联系。"

一名上士急匆匆地打开了情报室的门，他说："厄尔斯上校，不好意思，布莱特维尔上尉请求通话，我们遇到麻烦了。"

我马上转头看向屏幕，大家似乎过于沉浸在讨论中，忘记查看屏幕上的无人机画面了。

我看到七号营地车队停在雪中，旁边还停着两辆其他营地的全地形车，几名大西洋联盟的士兵正用枪指着我们的车队。那里看起来像是一处路障。

"谢谢你。"厄尔斯对上士说，后者立马退出情报室。接着，他打开会议桌上的无线电，对布莱特维尔那边说："B小队，这里是七号营地，请回答。"

"上校，我是布莱特维尔上尉。我们遇到了九号营地士兵，他们命令我们投降并放下武器。"

"他们的负责人是谁，上尉？"

"帕罗利上将。"

"帕罗利上将是谁？"福勒问。

"他是大西洋联盟第三集团军的指挥官，"厄尔斯回答，"他和他的手下都是意大利人，他负责大西洋联盟北部的地面防御，军衔比我高。"

福勒说："现在，我正式启用《堡垒连续性宪章》。"

厄尔斯不解地问道："长官，那是什么？"

"这是大西洋联盟协议的机密章节，可以将所有行政部门，包括宣布军事管制的权力，都移交给七号营地最高级别的非军队官员。指挥链非常清晰，由于大西洋联盟执行委员会的两名成员在地堡幸存，而且均拒绝了宪章赋予他们的权利，也就是说，现在一切由我负责。"

"上校，"布莱特维尔问道，"能收到吗？"

"请稍等，上尉。"厄尔斯说。

"我应该早点儿这么做的，"福勒说，"根据《堡垒连续性宪章》赋予我的权力，南森·厄尔斯，我正式任命你为大西洋联盟新国防部长。我

179

想，这应该足够你解决眼下以及以后遇到的情况了。"

厄尔斯目瞪口呆："长官，我真的很感激，但我不确定我是否能胜任这一职位。说实话，一开始让我负责地堡就有些打发我的意思。在漫长的寒冬以前，我还有十八个月就退休了，上校已经是我能坐到的最高职位了。"

"国防部长先生，时代一直在变化中。据我观察，你是这一职位的最好人选，眼下还有个问题等着你解决呢。"

厄尔斯站起身，依然不敢相信："是，长官。"说完后，他一脸难以置信地离开了房间。

福勒对詹姆斯说："我们准备一下和亚瑟的会议吧，时间不等人。不过，先给我一个小时忙点儿别的事情。"

"什么事？"詹姆斯叫住了准备走出门口的福勒。

"我得先把《堡垒连续性宪章》写出来。"

■■□□ 第四十九章 □□■

詹姆斯

数字已经更新：九号营地约有两百名幸存者，加上现存人数一共大约七百人。其他地方一定还有更多人，我们要找到他们。时间在一分一秒地流逝——集结全人类一起离开地球的时间不多了。日益下降的气温像一种怪异的倒计时，天气越冷，我们所剩的时间就越少。

在情报室，我和艾玛、哈利、福勒和赵民已经讨论过网格毁灭人类的所有潜在方式，以及所有可以阻止它们的办法。是时候听听我们敌人的发言了，说来奇怪的是，他是我们离开地球的唯一可能。

厄尔斯派了六名全副武装的士兵看守亚瑟，他们身穿防弹衣，头戴军用头盔，做好了面对各种意外的准备。亚瑟的双手被金属手铐锁得紧紧的，我不知道他能否挣脱，但我估计他在被制服前，至少可以干掉一半的守卫或者这个房间里的任何一个人。因此，我让艾玛坐在长会议桌的另一头，跟亚瑟保持最远的距离。

为了不让他知道任何可用来对付我们的信息，我们关掉了墙上的屏幕，并收起了所有平板。

他从容不迫、悠然自得地走进情报室，仿佛是走进一间餐厅准备和老朋友聚会。三名守卫在门外把守，另外三名留在情报室，他们手中的枪口都对准亚瑟。

一时间，在场的所有人都没说话，我猜是因为整个领导团队见到眼前的这一幕都大吃一惊。对他们而言，这个人就是奥斯卡，一个对他们颇有意义的存在。在我们的至暗时刻，在谷神星大战局势急转直下时，是他救了我们。对我和艾玛而言，他更像是我们的家人。

我觉得艾玛大概是将他视作我们的继子，同时也是一位挚友。在她行走不便时，奥斯卡一直陪在她身边，鼓励她、劝诫她、启发她，帮助她做康复训练，让她重新站起来。

他是我创造出来的，在整个世界抛弃我时，他是我真正且唯一的好友，在我人生陷入低谷时，我依然深爱他、在乎他。

我对奥斯卡印象最深的一件事，便是他在小行星撞击那日救了我的女儿。他带着艾莉以超人类的速度下到堡垒，后来又凭着人类无法企及的能力成功顺利返回地表。如果不是他游出备用水管，爬出蓄水层，我们现在依然被困在地下。是他拯救了所有人，但他现在不知所踪，身体也被这个东西给占据了。虽然他现在成了我们的敌人，却也是我们目前唯一的希望。

"你们终于给我打电话了。"亚瑟说。

"有点儿意思，"福勒小声说道，"看来你确实如他们说的那样很幽默。"

"我一直很幽默，哪儿像詹姆斯设计的那个原始人工智能。虽然身体一样，但可不是同一个'人'哦。"

"我们已经讨论了你的提议，"福勒无视了亚瑟的话，"我们想知道其中更多的细节。"

"我还以为你们已经接受了，不然我为什么要从那个叫'堡垒'的破洞里把你们救出来？"

福勒陷入了沉默。

"别管过去了，我们讲讲未来，"我冷静地说，"我们讨论一下具体要怎么离开这个星球，又怎么去新家园，还要确保不会受到网格的威胁。"

"很简单啊，詹姆斯，你给我必要的手段，让我改造轨道上的那些原始飞船，用它们来把你们这些还长着毛的猴子送走，最后我们双方皆大欢喜。"

"我们怎么确保在登上飞船后不会遭到攻击，毕竟将你的敌人全部聚在一起，要除掉他们岂不是更加方便吗？"福勒问。

"节约能量，"亚瑟说，"我只不过想把你们弄出太阳系，不要烦我。网格要的是你们的太阳，它不想浪费任何能量。"

"你要明白我们的观点，"我说，"你不用耗费网格任何能量，便可以将自爆代码植入殖民飞船，或者让我们飘到无垠的深空自生自灭。"

"也许是可以，那然后呢？你们要是发现了怎么办？你们会发动战争杀了我，用你们那蝼蚁般的能力反击收割者，然后网格就要面对同样的窘境：不得不消耗更多的能量消灭你们。那样，我的任务也就失败了。我只想让你们离开太阳系。"

"一旦飞船离开太阳系，离开奥尔特云，你怎么保证不会杀了我们？"

"我只能给你口头保证，不过你想想，我们从来没有骗过你，詹姆斯。在谷神星的时候，第一位收割者就将它的身份和目的告诉了你。在你毁灭它前，它还告诉你会来第二位更加强大的收割者，而且会消灭你们，它做到了。当你的人就要饿死在那地堡里时，我答应你会救他们出来，我也做到了。现在我说会安全带你们去到新家园，我也会一样做到。"

亚瑟往会议桌的方向迈了一步，周围的士兵立马把枪口瞄准了他的胸膛。亚瑟笑着说："别紧张，你看，你还不明白我们其实是属于同一阵营的。网格是这个宇宙命运的主宰，也是你们命运的主宰。你们终有一天也会加入网格，不存在例外，只是时间问题。"

福勒伸出手打断他："我们先解决眼下的问题吧，我们要怎么离开太阳系？我需要细节。"

"我说过，你们给我原材料，我造一些机器人，它们会做完剩下的工作。"

"你要怎么让机器人进入太空轨道？"哈利问，"我们在小行星撞击前就已经没什么火箭燃料了。"

"我的发射系统不需要燃料，只需要能量。"

福勒问:"怎么做到的?"

"细节嘛——"亚瑟叹了口气。

"很重要,"福勒打断他,"我们需要知道细节。"

"好吧,我会使用当时在堡垒挖出垂直通道的挖掘无人机。"

"怎么用?我不明白。"对这点我是真的很感兴趣。

"我会用它在其中一处撞击坑制造一个加速环,"亚瑟看着我和哈利,"你们也知道,撞击坑土地严实紧密,地下通道已经被封闭,内部压强很低,虽然达不到真空,但也足够将物体加速到极快的速度。我们会在加速环加装太空舱,一旦太空舱达到离开地球重力井的逃逸速度,加速环便会打开一处开口,太空舱会通过一条垂直通道发射而出。太空舱当然会保护里面的物体,先用建筑机器人和无人机实验,最后装载活人。"

这简直是一个不可思议的想法,远远超出了我的想象。我问了一个很重要的问题:"你要怎么为它供能?"

"加速环内排列有电磁铁,用来为太空舱产生推力。地面的太阳能电池板负责给磁铁供能。"

我抓住机会,希望他不会发现我的目的:"你说过地球接收的太阳能输出会不断下降,一年后会归零。那地热能难道不更加可靠且持久吗?你可以用同样的钻机来制造地下隧道。"

亚瑟露出一个很夸张的笑容:"好啊,詹姆斯,差点儿就被你骗了,有那么三纳秒的瞬间,我真的在考虑你的方案。"

我靠在椅子上。他并没有中我的计。

"你们不知道这是什么意思吧。詹姆斯刚才想诱骗我制造一个地热源,如果殖民飞船计划失败,还可以让你们在地球生存。能量等于生命,有地热能,你们就可以建造自给自足的栖息地,然后继续待在地球。不过我是不可能允许的。"亚瑟扫视着房间内的所有人。

亚瑟嘲讽了我一番。虽然没有成功,但我至少得尝试一下。

"有一个问题,"哈利问,"发射之后,怎样确保太空舱离开大气层后不会飘到宇宙深处。"

"哈利啊哈利,你真的觉得我会让你们飘到宇宙等死吗?"

"嗯,我真的觉得。"

"放心吧,第一批太空舱会装配截停机制,靠一种小型且配备推进器的太阳能拖船操纵太空舱飞行。一旦发射成功，它们会附着在舱体上并开启导航功能。"

"在我看来，"艾玛说，"我们有点儿本末倒置了。我们缺少建造加速环的部件，更不用说太空舱以及所谓的拖船装置。"

"暂时没有，"亚瑟说，"我说过，你们提供原材料，我负责建造。"

"怎么造？"福勒问。

"在小行星撞击前，大西洋联盟有十二座 3D 打印厂，没有全部被摧毁吧？"

福勒犹豫了一下，回答道："没有。九号营地的一座制造厂还完好无损，虽然建筑物受损，但里面的四十台打印机还能运转。"

"最好要有一百台。"

"我们还有几处营地没有搜索，"福勒说，"卡斯比亚、太平洋联盟和其他一些殖民城市应该也有存量。"

亚瑟翻了个白眼："你可别太乐观。"

"什么意思？"夏洛特担心地问道。

"很简单，大西洋联盟由十六处营地分散组成，而太平洋联盟、卡斯比亚和那些新殖民城市更加集中，也更好打击。"

"也就是说？"赵民问。

"也就是说，他们遇到了更大的小行星。"

夏洛特脸涨得通红，虽然赵民一直喜怒不形于色，但这时我能感受到他内心的怒火。他们二人在太平洋联盟都有家人和朋友，亚瑟的这番话像是一盆冷水直接浇灭了他们的希望。

"你能不能帮我们搜索其他的人类居住点？"我尽可能平静地问道。

亚瑟耸了耸肩，回答我的口气仿佛是在应对一个任性的小孩："当然，反正用的是你们的资源。"

"怎么做？"

"我会用打印机制造一架无人机，顶部加装的太阳能电池板将比你们所创造的任何东西都更加高效，底部则可以放置摄像头和无线电。你要是想，还可以撒传单呢，"他幸灾乐祸地笑了笑，又嘲讽地补充道，"撒糖果也行。"

"我们只需要数据和细节。"

"行，无人机可以在黎明时分发射，伴日飞行，利用风力和太阳能绕地球搜索，中途会停下几次，几天后便能知道结果。"

"好，这个就是我们的首要任务。"福勒说。

"那你们是不是应该放我出来？"亚瑟问。

"仅仅是工作释放，"福勒说，"视你的配合情况和具体表现而定。"

亚瑟一脸嘲讽地看着我说道："就像当初对詹姆斯那样，'首次接触任务'风格。"

"不一样，"福勒说，"我们当时不会杀了他。"

"那是不是说，只要发现我有一丝一毫的谎言，你就会杀了我？"

"继续，"福勒再一次无视了亚瑟的嘲弄，"和我们讲讲我们要去的新家园。"

"也没什么好说的，它的重力是地球的 92%，质量基本相同，"他打趣地说道，"你的孙子或者孙女可能会长得很高哦。"

接下来我问了一个最重要的问题："和我们讲讲它围绕的恒星。"

"用你们人类经常说的一句话讲，那就是烂透了。"

福勒叹了一口气，看上去有些不耐烦："可以讲得更科学一点儿吗？"

"行吧，你就非得扫大家的兴，"福勒瞪着他，亚瑟依旧一脸若无其事的神情，"是一颗红矮星。"

福勒靠在椅子上，看起来很震惊。我是机器人专家，不是天文学家，所以不明白红矮星有哪里不好。但是从福勒的表情来看，他显然不喜欢这一结果。

一旁的夏洛特皱着眉头问："红矮星是什么？"

"是一种很小、很暗的恒星。"艾玛先于亚瑟回答道。

"那我们的星球不会成为一个冰球吗？"夏洛特问。

亚瑟翻了个白眼："当然会，前提是它的公转轨道和地球绕日一样。但是，你们的新天堂跟红矮星的距离要比水星与太阳的距离更近，二十天便能公转完一圈。"

"是永远固定的吗？"赵民马上追问。

"是的。"

夏洛特看着艾玛，想知道这是什么意思。

"那颗行星就像我们的月亮，"她小声地说，"永远以固定的一面朝向恒星。"她又看着亚瑟："那样会出现许多问题，星球的一面可能会高温难耐，另一面则天寒地冻，并不适合维持稳定的大气和表面生命的繁衍。"

亚瑟不耐烦地说道："你们想多了，那儿的大气好着呢。"

"详细点儿。"艾玛说。

"行吧，"亚瑟说，"那里的大气比地球更厚，空气里的氮含量略高于地球，但完全可以呼吸。你们肯定会喜欢的。"

"气候呢？"夏洛特问。

"气候宜人，"亚瑟歪了歪头，好像想起了什么，然后又补充道，"视具体位置而定。"

"恒星有多稳定？爆发频率如何？"福勒问。

亚瑟耸了耸肩，说："我们在那里的时候没看见过爆发。"

"你们去过那里？"哈利问。

"就在我们调查的途中。"

"你只见过它一次？"福勒担心地问，"你们没有实时监测吗？"

"当然没有，那么多恒星，根本没时间。"

"你们上次调查是什么时候？"赵民问。

"差不多二千四百年前吧。"

福勒生气地说道："你开什么玩笑？"

"别紧张啊，"亚瑟说，"就整个宇宙来看，两千四百年也就两分钟的样子。"

"两千四百年前，那里适合居住吗？"福勒问。

"没什么大问题。"

"所以说表面还有生命？"夏洛特问。

"对，你们这些野蛮人肯定会喜欢吃的。"

"那里的原生物种危险性如何？"我无视他的嘲讽。

亚瑟眼神躲闪地说："你们能处理的。"

"有高智慧生物吗？"我问。

"没有，詹姆斯，它们都和恐龙一样蠢。"

恐龙，真是奇妙的比喻。

赵民掏出平板，挡住屏幕不让亚瑟看到上面的图像："我们的望远镜有没有拍到过那颗恒星的图像？"

"有，"亚瑟有些不耐烦，"你们的开普勒望远镜拍到过。"

"名字？"赵民问。

"开普勒－42。"

"确实是红矮星。"赵民在平板上查了查。

"早跟你说了。"亚瑟得意地说。

"开普勒式望远镜在恒星旁发现了三颗系外行星，轨道很近，质量在火星到金星之间，"接着赵民的脸色煞白，"恒星距离我们大概一百三十一光年，超过四十秒的差距。"

夏洛特不解地问："一秒差距是多远？"

"大概三十万亿公里，"福勒回答，他又转向亚瑟，"我们要多久才能到？"

"不知道。"

"你为什么不知道？"我问。

"因为我不知道你们在途中会遇到多少可用物质。"

我困惑地问道："跟那儿有什么关系？"

"飞船有两个动力源，一个是不断收集并利用飞行途中太空粒子的聚变反应堆，另一个是飞船外部的太阳能电池板。聚变反应堆是飞船的主要动力源，你们中途遇到的可用物质越多，飞船速度也就越快。"

"那你居然不知道航行路线有多少这些物质？"

"我们是网格，詹姆斯，不会浪费能量测量太空的尘埃。"

"为什么聚变反应堆是主要动力源？"哈利问，"你们都使用太阳能，那肯定更高效吧。"

"没错，但那样更危险。要掌握利用足够的太阳能量，你们需要经过许多星系，也就是说，"亚瑟顿了顿，"情况可能会不太顺利。"

福勒咬了咬嘴唇，说："你是说，我们可能会遇到有敌意的外星人。"

"你们更可能会遇到它们在加入网格前留下的东西，应该说在它们灭绝前。"

"那它们能留下什么东西？"我问。

"末期文明都会有点儿偏执，它们建造了行星防御系统，但灭绝之前又不清理掉那些东西。如果你们要穿过星系收集太阳能，飞船可能会遭到那些自动防御系统的攻击，它们会判定你们为入侵者，也就是它们'预言'中有朝一日会进攻它们星球的敌人。你们还是靠聚变反应堆吧，离那些地方远点儿才更安全。如果真的不够用，你们可能得改变航线去那些恒星系里碰碰运气了。"

"网格肯定能告诉我们哪些星系存在过高智慧生物吧。"我说。

"不行。对我们来说，文明的兴衰是在一眨眼的时间里发生的，我们不会探索所有星系。为什么要浪费能量去管那些我们没兴趣的星系呢？"

我意识到即便亚瑟不出卖我们，这次旅程也会充满各种危险。

"你答应我们的这个新世界，"艾玛说，"你要怎么保证网格不会来收割它的恒星？"

"概率。"

"我不懂。"艾玛说。

"那是一颗红矮星，你忘了吗？那种星球可榨不出什么能量，我们还有更大的目标，"亚瑟笑道，"不好意思，说得太俗气了，用广播音频说话太费劲了，得活跃一下气氛。"

"我们多久能到？"艾玛依然保持冷静，我知道她在想着我们的孩子，以及他们的未来。

"这又回到可聚变物质的数量以及太阳能输入值上面来了。我认为，飞行的速度多数时候应该可以很接近光速。我估计应该要两千年吧。"

"两千年。"艾玛眼神缥缈地嘀咕着。

"我们要怎么忍受两千年的飞行？"我问。

"你有两个选择，詹姆斯。一个聪明的，一个愚蠢的。"

"你得说详细点儿。"

"我就怕你这么说。选择一：你可以全程保持清醒。"

"一次经历数代的旅途。"

"没错。"

"选择二呢？"我问。

"休眠，不知道你怎么认为，不过这是聪明的选择。"

"为什么？"

"因为……人性。詹姆斯，看看网格出现前，你们对这个星球以及自己的同胞做了什么吧。想象一下，让所有人困在一个小空间里几千年，我打赌，你们活着抵达新家园的概率几乎为零。"

"那休眠呢？"

"最多 50% 吧。"

"怎么能提高成功概率呢？"哈利问。

"没办法。"

"我们会尝试的，"福勒果断地说，"休眠选项有什么风险？"

"除了刚才提到的敌对攻击——还有……我看看，要从哪里开始说呢……星际现象，比如说途中遇到的坏天气或者路面颠簸之类的，我这么说你们懂吧？我们可以讨论这些，但你们对此也无能为力。超新星爆炸，还有时不时地重力异常，还可能会撞上大范围的且无法躲避的小行星带。可以这么说，飞船肯定会遇上毁灭性的事件。"

"有哪些是我们可以避免的？"我问。

"只有机械故障，连续运转两千年的时间对机器来讲是很大的考验。"

我点点头，庆幸终于听到一个我可以解决的问题了，我说："那我们就制造无数的备用零件，然后定期解除休眠并检查系统。"

"詹姆斯，我刚才说的 50% 就已经包括这些了。"

□■□□ 第五十章 □□■

艾玛

我躺在医疗区的床上，詹姆斯走了进来，手里拿着我们的午餐——两份刚加热好的即食口粮和几瓶水。

我接过餐盒，问他："我真的还要在床上吃东西吗？"

"你现在需要好好休息。"

"要多久？"

"至少孕期前三个月吧。"

"这样下去我真的会疯的。"

他笑着说："不光是你，地堡里的所有人都开始躁动不安了。"

"我们什么时候动身？"

"等我们想好去哪里再说吧，无人机搜索应该明天就能结束。"

"关于亚瑟说的话，你怎么看？"

"信息量挺大的。"詹姆斯看向一旁。

"你改变主意了吗？最多才 50% 的成功率。"

詹姆斯轻哼一声："50%，我才不信。"

"你觉得他在说谎？"

"他对非休眠选项的失败率看法过于绝对，我觉得他是在唬我们，有可能是为了让我们听从他的计划而编的谎话。他希望我们休眠。"

"如果成功概率不到 50%，你还觉得我们应该离开地球吗？"

"我觉得这已经是我们最好的机会了，而且有个因素能增加我们的成功率，亚瑟没有考虑过这点。"

"是什么？"

"我们。"

"我们？"

"人类对于生存的坚强意志。即使遍体鳞伤，我们也还活着。在每一个转折点，网格都低估了我们。"

✳

情报室里，福勒正聚精会神地观看墙上的数面屏幕，其中最大一面的屏幕画面里，可以看到一个仓库和一座小型建筑。我记得那是一家制造厂，虽然墙体扭曲受损，依然屹立不倒。

"无人机已经搜索完毕，"福勒面无表情地说道，可能是结果不太乐观，"接下来让厄尔斯部长进行汇报。"

厄尔斯起身开始发言："基于生命信号数据和现存人数，在小行星撞击下，大西洋联盟总共的幸存人数是九百三十七人。"

我们仅剩不到一千人，这一数字让我心如刀割。房间里的所有人似乎都陷入了沉思，詹姆斯、赵民和哈利都面无表情地低头看着平板，我在夏洛特脸上看到一丝失望。

"有多少伤员？"詹姆斯问。

"目前来看，有二百七十七名伤员，这些人无法正常地劳动。我认为，在全面了解最后三处营地的情况后，这一数字应该会有所上升。"

"年龄分布范围？"赵民平静地问道。

"大约55%的人年龄不超过十八岁，40%的年龄不超过五十岁。显然，基本没有我和福勒博士这个年龄段的人。这些数字是来自我们直接调查的营地，其他营地的数字应该也不会有太大差别。"

"每个大人平均照看1.5个孩子，"夏洛特说，"还算管得过来。"

"这只是理论数据，"福勒说，"现实是，在十八岁以上的人群中，多数人也年龄偏小，也就是刚成年不久的大人，他们没有养育经验，倒也不是说他们应该有。我们应该让他们去工作。"

"那谁来照看孩子？"夏洛特问。

"伤员——如果可以的话。"福勒说。

"实物资产情况如何？"詹姆斯问，"建筑、补给之类的。"

"有好有坏，"厄尔斯说，"四处营地，包括七号营地，都遭到了毁灭性打击——地表所有建筑全被抹平。"

"港口呢？"哈利问。

"也被抹平了，两处沿海营地都受到重创。"厄尔斯指着屏幕上两座建筑说，"不过还有一些好消息。这是九号营地的903仓库和92工厂，它们状态良好，布莱特维尔的小队已经进去检查了3D打印机的状况。和之前提到过的一样，还有四十台打印机可以运转。"

"这是什么制造厂？"我问。

"以前是食物加工，负责将温室产出的食物包装成即食口粮，用的是可循环使用的即食口粮包装袋和纸盒。在小行星撞击前，那个仓库装满了新鲜的食物，但现在都坏了。"

"仓库有多大？"詹姆斯问。

"两万平方米左右，"厄尔斯说，"平均下来大西洋联盟每人可以有十八平方米的居住空间，比我们的空间宽敞得多。"

"我觉得应该假设在其他地方会找到更多幸存者，"赵民说，"而且要将他们都带回大西洋联盟。"

"我同意，"福勒说，"我和厄尔斯讨论过将所有幸存者都转移到九号营地，改造仓库来容纳所有人。我想听听你们的看法。"

"这是显而易见的选择，"詹姆斯说，"但我们应该先考虑具体落实步骤。我建议改造好仓库后再转移所有人，特别是病人和伤员，"他快速地看了我一眼，然后继续说道，"最好能给他们更多的时间恢复。我还建议分阶段转移，食物依然是我们的最大难题，至少短期来看是如此。我建议派回收小队去往每处营地，回收废墟里高价值、制造厂难以制作的部件和食物。"

"我赞成，"福勒说，"这也表明一点，我们派出去的太阳能无人机不仅应该搜索幸存者，还要识别食物和医疗补给。田中泉传来清单了吗？"

"嗯，"詹姆斯说，"以下是我认为的优先事项：回收废墟下的食物，改造 903 仓库做好入住准备，制造负责全球搜索的太阳能无人机。我觉得哈利、赵民应该和我一起负责太阳能无人机，我们会带亚瑟去工厂，编写相应的程序，最后完成发射。"

"我会继续指挥搜索废墟，"厄尔斯说，"其他营地还有许多地方没有搜索，大雪也越积越厚，拖得越久，搜索工作就越难进行。"

"我会派一队人负责 903 仓库的内部改造，"福勒说，"我认为最大的挑战还在后面，究竟是遵循亚瑟的计划还是留在地球，"他看着大家，"你们怎么看？"

所有人都看向我和夏洛特。

"艾玛。"夏洛特看向我。

我已经想过要如何回答这个问题，毕竟躺在医疗区的时间也没什么事情可做。

"我有两个孩子，"我开始谈起自己的看法，"其中一个还未出生。离开地球的确充满未知，但留在地球是死路一条。我投离开地球一票。"

"我也是。"夏洛特说。

"我觉得已经没有其他办法了，"哈利说，"而且还有星际飞船可以坐，我也赞成。"

赵民说："我也赞成，要么离开，要么等死。"

厄尔斯部长说："我将我这票让给平民领袖，不管什么决定，我和我的部队一定会全力支持。"

"就算亚瑟说成功率不大，"詹姆斯说，"我觉得还是应该接受网格的提议。我们会面临许多挑战，有很多准备工作要做，但我还是支持离开。格里戈里一开始有顾虑，他希望进行反击，但也已经改变了主意，赞成离开。田中泉也是如此。"

"全票通过,"福勒说,"那我们就离开地球。"

□■□□ 第五十一章 □□■□

詹姆斯

一阵冷风吹过白雪覆盖的沙漠, 冰凉的寒气吹过我裸露在外的脖子, 渗进我的皮大衣, 我打了个冷战。太阳正在地平线上冉冉升起, 小行星撞击造成的喷射物消散后, 天空一天比一天明亮, 太阳依然在褪去它的光芒, 像一盏慢慢熄灭的灯。地球现在就是这样一颗日益黑暗、寒冷的荒凉行星, 这样的噩梦似乎看不到尽头。亚瑟说我们还剩十一个月, 在那之后地球将彻底不适合人类生存。

十一个月, 我们能成功吗?

我们别无选择, 只能努力尝试离开地球。

过去的一个月, 我、哈利和亚瑟之间建立了一种高效却时常互相猜疑的工作关系。现在, 我们的第一个成品即将发射——一架环绕地球的太阳能无人机。它将带回世界各地的影像, 希望它能传回剩余幸存者的消息, 我一直在祈祷, 希望我们不是这个支离破碎的世界中仅存的人类。无人机长约三米, 顶部装有黑色太阳能电池板, 机身两侧是两只短机翼, 底部呈白色, 看起来像一只脸朝下躺在雪地上的巨型企鹅。无人机取名为"金丝雀一号", 虽然"企鹅一号"看上去更加形象, 不过也不太合适。

哈利把平板递给我, 说:"你来发射?"

我按下发射键, 无人机迅速垂直升空, 虽然已经充满电, 太阳能电池也能在飞行途中不断为无人机充能, 不过, 它中途还是得降落几次, 直到太阳升起。

我们预计它会在七十二小时内返回, 这取决于风向。

三天后, 我们就能知道结果了。

❋

这是几周来我第一次在家里过夜，也就是中央司令部那个小小的隔间，艾玛、艾莉和萨姆也在一旁。

艾玛的小腹现在刚刚能看到一点儿隆起，艾莉三番五次地问起自己的弟弟／妹妹，不知道她的好奇心是继承自我还是艾玛，艾玛总是耐心地回答她的所有问题。

艾玛还找到了新的事情做：殖民地规划师。她和夏洛特还有田中泉一直忙着设想我们在新家园的生活，我们可能会面临巨大的挑战——如何种植粮食？会遇到什么病原体？在面临其他生物威胁时，如何保护自己？

艾玛告诉过我，她的梦想就是在一个新世界建立殖民地。虽然从科学角度来讲这一想法十分诱人，但我想还有一部分原因在于她想创立一个新社会，一个重新开始、而且是由全人类共同创造出来的新世界。我看得出她喜欢现在的工作，同时她也和我们一样，十分担心未知的未来。闲暇之余，田中泉就全身心投入到研究亚瑟提议的休眠机制的工作当中，用她的话讲，这一过程"既巧妙又恐怖"。她计划在下个月进行相应的科学实验，并主动申请当志愿者，但福勒不同意，他决定从军队中抽选参与实验的志愿者。我觉得田中泉肯定会更加小心谨慎，确保实验具有绝对的安全性。

我和哈利、赵民、格里戈里还有福勒则忙着改造殖民飞船，方法很简单，将原先用于装载战斗无人机的停机坪改造成人类殖民者的居住区，人们睡在厚实、真空密封的休眠袋里，配备和飞船系统相连接的机械检测器。六只机械臂可以抓起封存的休眠袋，转移至出眠舱，解封休眠袋并唤醒殖民者。我们的计划已经取得了初步的进展，那就是飞船最多可以搭载一万三千名乘客。目前而言，装下所有的幸存者后还有剩余空间。几天后，我们便能知道地球其他地方是否还有幸存者，以及飞船的容量是否真的足够。如果不够，我们到时候再想办法。

※

太阳能无人机已经离开三天，依然没有返回。早餐过后，我来到中央司令部情报室，发现无人机还没有传来任何消息。

我拿起会议桌上的无线电对讲机，调至九号营地频道联系哈利，问道："你们收到无人机的消息了吗？"

"没有，"他说，"不过目前还没有超出预定的时间范围。"

"我知道，我认为至少应该能收到远程无线电的信号。"

"可能是电量不足。"

"也许吧，"我嘀咕道，"我现在去你那边。"

✳

我抵达九号营地时已是深夜，为了节省能源，打印厂和仓库外面的灯光都已经熄灭，我知道里面的人肯定还在忙活。我们现在实行三班倒。工厂外堆放着一堆回收部件，等待着重新加工、熔化然后重新打印。

仓库内，新隔间的建造——或者说公寓，我们已经开始这么叫它——正如火如荼地进行中。穿着大西洋联盟军服的工人们正在 LED 照明灯下组装各种部件，将 3D 打印出来的塑料砖块搭建起来，看起来就像大人们在昏暗的灯光下玩乐高方块。

我们将仓库内的办公室改装成一系列实验室，其中一个小房间兼做我、哈利以及军队指挥共同使用的任务控制中心。

我在控制室找到了哈利，他正端着一杯冒着热气的咖啡。除了哈利、福勒和厄尔斯，几乎所有人都服用了兴奋剂。虽然补给日益减少，他们三人还是只喝咖啡提神。老派作风，我很喜欢。

"有消息了吗？"我一开口，吓了哈利一跳，他揉了揉眼睛试图清醒一点儿。亚瑟站在一旁，一副十分无聊的样子。

"没有。"哈利嘀咕道。

我指着亚瑟说："你之前声称只需要三天的。"

"是吗？"他假装惊讶地说道，"天哪，那我得赶紧升级我的网站，让我的未来客户知道'末日照片网'不能保证七十二小时交货啊。"

"真好笑，"我语气冷淡，"你觉得无人机出什么事了？"

"要我猜？肯定是你们的猴子同伴把它打下来了。"

"不太可能——"

"嘿，"哈利说，"有动静了。"

根据程序设计，"金丝雀一号"不会接收数据——为的是防止亚瑟入侵系统。它可以广播并录制无线电波音频，并用音频广播给我们发送加密数据。不是接收，而是发送。这是哈利的主意，他使用的是老式的音频—数据调制标准，是几十年前为拨号上网开发出来的。他听到喇叭里传出的机械噪音后，露出了微笑。

"有没有让你回忆起以前的好时光？"

"那会儿我还没出生呢，哈利。"

"这样啊，那可真是太可惜了。"

噪声平静下来后，主屏幕上开始闪出几个字。

已建立数据连接

来源：金丝雀一号

"所有人现在立即离开！"我对工作站里的十几名工作人员喊道。和大西洋联盟的所有人一样，他们有权知道调查的结果。但这一信息过于敏感，我们要在正确的时间用合适的方法告诉大家。

等房间里只剩我们三人后，哈利打开了最终数据。看着屏幕，我的心先是提到了嗓子眼儿，然后又沉到了谷底。

"我还以为你会很高兴呢，詹姆斯。"亚瑟说。

"别自以为是，你知道这是什么意思。"

□□■□□ 第五十二章 □□□■□

艾玛

我感觉自己像个西部拓荒者。马车上载满了货物，我的孩子也裹得暖暖的，我们正徒步穿越荒野前往新的家园，憧憬着能过上更好的生活。

在现在这种情况下，荒野指的是冰冻的北非，新家园指的是另一个星球，马车则指的是大西洋联盟的武装车队，这样一来，我们便和当初美国西部的勇敢开拓者很相似了。我们朝着西边的九号营地进发，那里将是我们离开地球前最后居住的地方。

运兵车里挤满了人，有像我一样的母亲，我们都把最小的孩子抱在怀里，像萨姆那样年纪稍大的孩子则坐在我们身旁。刚出发时，他们笔直地坐着，几个小时的漫长车程后，他们渐渐体力不支，靠在我们的肩上疲惫地睡去。其他的大人有些已经进入梦乡，有些躺在地板上休息，周围是装着我们微薄物资的货箱。

军队已经清出了一条道路，希望能加快行进的速度。不过，车队依然前行缓慢，以确保不会过快耗尽能源。我们中途停下三次用来分配食物，并在车旁搭建了便携弹出式卫生间供大家使用，医生也趁这时检查大家的健康状况。

我感觉自己已经在车里待了几天，当货车后门第四次打开时，外面的光亮依然刺眼，两座高耸的建筑映入眼帘。

詹姆斯站在代表团前面，嘴里呼出团团白气，身后是一轮暗淡的金色太阳。人们纷纷走出运兵车，呼吸着外面的新鲜空气。

虽然还没轮到我们，但艾莉已经等不及了。她穿过人群朝前面奔去，动作灵敏得像一只穿过森林的小动物。詹姆斯也朝她跑来，一把将她紧紧地抱在怀里。

一分钟后，我和萨姆才走出运兵车，詹姆斯和艾莉给了我们一个大大的拥抱，我们四人靠在一起，全然不在意身边涌动的人流。詹姆斯摸着我的肚子，轻声说道："欢迎回家。"

✻

仓库的公寓让我回想起营地的住所。这里空间宽敞，还有两间卧室——一间给孩子们，一间给我和詹姆斯。虽然我们的新家没有厨房或者私人浴室，但也没关系，因为我们只是暂时住在这里。

起居空间有几张从废墟回收的沙发，经过修补和缝合，它们看起来还不错，地上甚至有一块小地毯。简言之，这里让我有家的感觉——我们首个在小行星摧残地球后拥有的真正的家。

在这个改造仓库里的生活马上变得规律有序，工作，用餐，睡觉，我们也尽己所能地在休息时间里自娱自乐。

太阳的光芒随着时间的推移越发黯淡，提醒我们所剩的时间不多了。我的小腹也日益增大，为了肚子里的孩子，我们一定要成功。

　　　　　　　　　　❋

　　工作上，我和田中泉还有夏洛特在殖民计划上取得了不小的进展。詹姆斯的工作也同样顺利，他和哈利已经发射了六架金丝雀无人机，携带着给世界其他角落幸存者的信息。我不清楚其中的内容是什么，这一直是个秘密，所以这自然也成了九号营地里大家茶余饭后的主要八卦。

　　一天晚上，在关了灯正准备睡觉时，詹姆斯对我说："我有些事情要告诉你。"

　　"你怀孕了。"我说。

　　虽然没有听到笑声，但我知道他肯定在笑着。

　　"不是，这种事情我永远不会瞒着你。"

　　"有道理。"

　　"是关于金丝雀的。"他小声说道。

　　"有什么消息？"

　　"好消息，我们找到了幸存者。"

　　"坏消息呢？"

　　"我们找到了大约一万四千名幸存者，全部状态良好，正往我们这边聚集。整体来看，幸存者人数比飞船可载人量多出数千人。"

■■□□ 第五十三章 □□■■

詹姆斯

　　为了方便，我们将亚瑟的加速环建在了九号营地的撞击坑，距离 3D 打印机不远。发射环位于地下，但我们在地表建了座控制站，就在撞击坑边缘，控制站一旁是无数块露出雪面的太阳能电池板。

　　太阳落下后，我站在控制站的装运码头上望向电池板的区域。那些黑色太阳能电池板在昏暗的阳光下闪烁，看上去就像一池黢黑的石油。

　　第一个用于发射的太空舱昨晚已经抵达发射点，我们用了一天时间

198

进行测试，它让我想起亚瑟为挖掘堡垒建造的无人机。它的形状像一只甲虫，呈黑色椭圆形，顶部是一扇折叠门。太空舱里装有一艘太空拖船，体积不大，其上的装置可以抓住太空舱并把其与殖民飞船对接上。

有一名士兵喊我进去，哈利、福勒、格里戈里和赵民都在控制站的操作室。亚瑟则站在房间后面，身边是六名士兵的标准配置，手里的枪也已经上好了膛。

在墙上的主屏幕里，金属发射台上放着我们的太空舱原型，接着发射台地板下降，太空舱顺势进入发射管道。我内心升起了一丝期待。

屏幕一旁滚动着各项数据，等一系列倒计时结束后，屏幕底部弹出两行文字：

检查完毕

开始加速？

哈利将椅子转过来问我："准备好发射这颗弹球了吗？"

我笑着说："当然。"

紧接着屏幕上的太空舱一闪，瞬间消失。数据显示，太空舱的速度极速攀升。我本以为会听到轻微的嗡嗡声，实际上出人意料地安静。

哈利按下键盘，说道："马上就要到逃逸速度了，准备发射。"

我向窗户外望去，只见一根管道从雪地里伸出，在一声尖锐的声响和扑哧声后，太空舱如子弹一般从管道里极速飞出，快到肉眼完全无法捕捉，只剩管道口还冒着一团白烟。

哈利紧接着说："太空舱已经离开大气，现在切换至外部摄像头。"

我见过最美的画面就是艾莉出生的那刻，眼前的画面应该排得上第二。新国际空间站处于屏幕中央，上面停着两艘超级母舰，它们没有被摧毁。这是个好兆头，这一切也许真的可以成功。

"打开舱门，"哈利说，"太空拖船已出舱。"

画面切换至拖船视角，它已充满电量，还配有太阳能电池板。它启动推进器，向超级母舰飞去。从放大的画面来看，它们完好无损。

"我早就跟你说了。"亚瑟傲慢地说。

突然，哈利惊讶地叫起来："我们收到音频信息了！"

"播放吧。"我小声说道，我本以为他们——

是一名女性宇航员，操着一口德国口音："地面任务控制中心，这里是国际空间站，收到请回答。"

哈利按下通信按钮，然后回头看向福勒。福勒通过麦克风说道："收到，国际空间站，你们再坚持一会儿，我们会发射更多的无人机，并且给你们带去食物。"

"太谢谢你们了。"

"真没想到，你们还活着。"

对面停了一会儿，说道："这并不容易。"

确实，迄今为止每个人都不容易，但超级母舰还在，我们人类还在，我们还有希望。

▉▉▉ 第五十四章 ▉▉▉

艾玛

雪越积越厚，营地内部的问题依然层出不穷。它们像两个不断逼近我们的敌人，我和詹姆斯还有团队成员们都被夹困其中，既要面对外面的寒冬，又要维持内部的和平。

如果大家知道真相会做何反应？如果他们知道我们计划离开地球……噢，对了，我们的飞船还不能承载所有人，他们会陷入恐慌或引发骚乱，还是会坦然接受？我们完全无法预测。因此我们还没有向大部分人透露任何细节，仅仅是和营地里大约九百人说我们有拯救人类的计划，并且需要大家的帮助。目前，他们正低头苦干，多数工作是回收残骸以供 3D 打印机使用。

有一个人倒是一直想窥探我们的秘密——钱德勒。他一直在暗中破坏我们的努力，在每周的公众会议上对我们提出怀疑，在士兵和大人之间蛊惑人心。我不知道他为什么这么做，也许只是为了中伤詹姆斯。

多亏了回收队伍，仓库外已经摆放了十多堆物资，从房屋部件到损毁的汽车，应有尽有。3D打印机每天都会从堆积的物件中拿走一些使用，回收队伍又运来更多。

运兵车每天从工厂出入，将甲虫状的太空舱运送至加速环。时间紧迫，好在我们有取得进展。

我已经有一段时间没有感受到胎动了，但我的小腹在继续增大，没有穿大衣时尤为明显。现在的医疗资源十分有限，如果出现任何并发症，我和肚子里的孩子都会陷入极大的危险中。

詹姆斯和哈利已经发射了六架金丝雀无人机，和各处的其他幸存者进行信息传递。无人机带回的消息既让人感到喜悦，也令人心碎。心碎的是卡斯比亚已经不复存在，击中卡斯比亚的小行星彻底摧毁了整座城市，那里的撞击坑甚至比七号营地还大。因为卡斯比亚的人口集中在单一城市，那里完全没有幸存者。格里戈里的母亲和妹妹都在其中丧生，虽然他没有表露出来，但我知道他内心一定痛不欲生。再加上失去了莉娜，我完全无法想象他此时的感受。

太平洋联盟的情况相对较好，主要多亏了他们的三处秘密地点。詹姆斯和哈利本对伦敦和新柏林抱有不小的希望，但和卡斯比亚一样，这两座城市也遭到了毁灭性打击。

亚特兰大则比较幸运，城市区域虽然已成废墟，但数千居民在地下和远离城市中心的一处加固建筑里活了下来。詹姆斯对此提供了一个简单的解释：当收割者扔来小行星时，地点应该是在柯伊伯带，因此这些小行星至少用了数月甚至一年多的时间才击中地球。当收割者做出行动后，亚特兰大的城市规模比被小行星击中时小得多。简言之，城市的扩张速度超过了收割者的计算，所以才有幸存者躲过了冲击波范围（或躲到地下）。所以钱德勒当初鼓动大家离开营地的行为，碰巧拯救了那些人。我好奇等他们抵达这里后，会如何看待钱德勒？将他视作救世主，还是有远见之人？他应该会毫不客气同时揽下这两个名头。

第一批幸存者在上周抵达营地，是一艘太平洋联盟船只，主要搭载的是士兵，他们被安顿在七号营地的中央司令部地堡。迄今为止，我们还没告诉九号营地的人这一消息，但纸包不住火，因为太平洋联盟的力量需要加入我们的回收队伍。食物同样是我们担心的问题，虽然太平洋联盟承诺会自己带上足够的食物，但这点我们无法核实。

詹姆斯一直夜以继日地工作，就在昨晚，他打算给自己放一天假——这着实让我惊讶了一番。

在早晨，我们给孩子们做了早餐，送他们去上学后，詹姆斯露出一个神秘的笑容，对我说："去穿好衣服，带你去个地方。"

他带我走出仓库，来到其中一处金丝雀停机坪。除了金丝雀无人机外，他和哈利还建造了四艘运输飞艇，看起来就像齐柏林飞艇的缩小版。它们的速度远慢于直升机，载荷也不高，最多只能承载四个人，但行进速度比货车或者轻型的全地形车都要快，而且不用考虑复杂的道路情况。令我惊讶的是，田中泉和赵民正在其中一艘旁站着。

"来吧，我们出发咯。"詹姆斯说。

"去哪儿？"我问。

"到了就知道了。"

赵民负责操作飞艇，我们在微弱的晨光下缓缓升空，高度超过了仓库和制造厂，一旁的太阳能电池板在阳光下熠熠发光。

我们往南飞行，经过雪中忙碌的回收队，他们将雪中挖出的物品都装进了运兵车里。我们穿过广袤的雪地，在上空，世界看起来是如此平静，除了电力引擎发出的嗡嗡声，周围听不到任何声音。

我好奇我们这是去哪儿？不会是什么奇怪的末日私人约会吧？

几小时后，奥林匹斯大楼的残骸从远方地平线映入眼帘。我们正在接近七号营地，飞艇开始下降。

"七号营地？"我问詹姆斯。

"也许吧。"

我敲了他肩膀一下，他朝我露出一个微笑。

飞艇降落在中央司令部地堡外面，我们冒着寒风迅速躲了进去。地堡天花板和隔间的灯光都亮着，像一盏盏灯笼，点亮了宽敞的地堡。

一名亚裔面孔的士兵从最近的隔间走出，他穿着太平洋联盟军服。在大西洋联盟的中心见到其他阵营的士兵令我有些不安。

那人对我们点了点头，然后拿起对讲机用中文说了什么。

赵民靠到詹姆斯耳边小声说："他在告诉指挥官我们到了。"

这就是詹姆斯带赵民来的原因吗？当翻译？为了判断他们是否对我

们不怀好意？大西洋联盟军队有数量优势，但随着更多太平洋联盟士兵的到来，这一优势将逐渐失去。

又一名亚洲人从过道远处的隔间走出来，我认识他，中村空。当我和詹姆斯完成"首次接触任务"并返回地球时，中村空是太平洋联盟的联络员，他第一个和我们取得联系，并愿意提供帮助和庇护。我们当时心存疑虑，直到福勒联系我们，我们选择和福勒分享情报。自那以后，中村空便不再信任我们，甚至在詹姆斯为他们展示进攻谷神星的计划时，这一点也没有改变。现在，我也不能确认他是否还对我们存有疑心。

"欢迎。"他简单地说道。

"你们的旅途怎样？"詹姆斯问。

"还可以。"

田中泉上前一步，说："中村先生，如果你们的人准备好了，我马上可以为他们提供医疗帮助。"

他点点头，然后用日语说了什么，田中泉也平静地回复了一句，然后示意我们跟着她进去。入口附近的隔间挤满了士兵，多数躺在地上，戴着耳机，看着平板。地堡深处的隔间住满了女人和孩子，时不时传来咳嗽声和痛苦的呻吟声。

田中泉和赵民二人应该可以和这里的多数人进行顺畅的沟通，病人听到医生说自己的母语可以缓解紧张情绪。詹姆斯这招很机智，他想借此和太平洋联盟建立信任。

田中泉带我们进到医疗区，然后对我说："我们待会儿就把太平洋联盟的病人带进来，"接着笑着说，"不过在那儿之前，我们还有一个检查要做。"

我看看她又看看詹姆斯，后者脸上没有任何表情。我问道："你们要干什么？"

詹姆斯走到一张病床前，从帘子后面拉出一台机器，说："B超时间到。根据田中泉的计算，现在应该可以检查宝宝的性别了，我们来看看怎么样？"

"乐意至极。"

田中泉将医用耦合剂涂在我的肚子上，然后用探头在上面移动。

在我心急如焚地等了不知多久后，她将显示器转过来，上面的黑白显示器上显示的正是我肚中的孩子。

"恭喜你们，是个男孩。"

✳

返回九号营地后，太阳已经快要落下了。我一走进仓库就听见人群中传来愤怒的叫喊，现场陷入了骚乱中。

詹姆斯挡在我前面，朝混乱的人群走去。此时，食堂里聚集了一百多人，他们想冲出过道，但武装的士兵包围了他们，并堵住了道路。

在嘈杂声中，我听到了钱德勒的声音。

"詹姆斯·辛克莱本应该负责保护好我们，但你们看看现在的样子，整个地球都被毁了，他还要我们相信他，口口声声说能拯救我们。大家睁大眼睛看清楚点儿吧，为了你们的家人，是时候换人领导我们了。人民应该有自己的决定权，他们应该给我们一个答案。我们每天为他们累死累活，他们欠我们太多了！"

人群爆发出一阵欢呼。安静下来后，钱德勒又说道："如果他们真的有计划，我们有权知道是什么，在他们解答我们的问题前，我可不会为他们卖力。只有加入我，我们一起才能得到这个答案，一个人的力量改变不了任何事情。只要我们一起，他们就不会再忽视我们的存在！"

人群躁动不安，不断呼喊着口号，我们根本听不清其他内容。

"如果你们继续工作，"钱德勒说，"那就是背叛了我们。詹姆斯·辛克莱和他那些控制我们的狐朋狗友，他们不能没有我们，但没有他们，我们一样可以活下去！"

▢■▢▢ 第五十五章 ▢▢■▢

詹姆斯

昨晚，福勒和厄尔斯做了一个明智的选择：他们没有命令部队阻止，而是让集会顺势发展。否则，钱德勒就会逮住机会指着军队说："看哪，他们要压迫我们了！"

当天，集会一直持续至深夜，让所有没有参加的人（比如我和艾玛）都难以入眠。

今早人群又开始集会，大约一半回收队的成员都没有继续工作。我想，许多人并非真的对钱德勒说的话感兴趣，他们只是不愿意在暗淡的太阳下顶着寒风参与挖掘工作罢了。不过，建造工作需要用到他们回收的材料和部件，我们没得选择，如果他们罢工，我们便无法离开地球。

不过也并非全是坏消息，没有任何军方人员参与集会。

大家来到情报室参加早晨会议，福勒说："有应对办法吗？"

格里戈里耸耸肩，说："很简单，罢工就不给他们食物。"

夏洛特说："那样正好证明了钱德勒的观点——我们手握大权，而他们没有任何话语权。"

"的确是这样啊，"格里戈里说，"也应该这样，只有我们的专业技能才可以带大家离开地球，为了大家的安全，我们必须负责分配有限的资源。我们已经没时间再详细讨论了。"

"有一个非常简单的解决办法，"厄尔斯说，不过他的声音有些谨慎，"钱德勒煽动罢工，已经危害到公共安全。"

大家纷纷看着他。

"考虑到眼下的情况，"厄尔斯继续说，"我觉得我们应该判他死刑。"

听到这儿，大家陷入了沉默。

"我们可以把他冻起来，"哈利说，"已经可以测试了，对吧，田中泉。"

"基本可以。"田中泉谨慎地说。

"怎么做？"赵民问。

哈利耸耸肩，说："先让他休眠几天，然后解除休眠并检查他的健康状况，再把他放回去，一直到我们抵达殖民星球。"

艾玛摇摇头，说："强迫他做实验可能会吓到群众，这样很危险。而且想想后果吧，他进入休眠然后在殖民星球醒来，完全不用忍受眼下的各种痛苦——寒冷和食物分配。我敢说其他人肯定也会争着要求休眠，这样一来他们更不会工作了。"

福勒揉了揉额角，说："真是个棘手的难题。"

我不敢相信我接下来要说的话，但那应该是最简单也最人道的解决方案。"还有一个选项，我们想想钱德勒的动机，他自负，缺乏安全感，还想对我复仇——因为他被撤出'首次接触任务'，失去了获得荣耀的机会。而且，我还害得他残疾了。"

"他也不喜欢我，"福勒说，"当时就是我将他撤出任务的。"

我点点头，说："他想要的就是我们从他那儿夺走的东西：认同感和名誉感，还有权力。"

"你的意思是？"福勒说。

"我们把他拉进队伍。"

格里戈里一脸难以置信的神情，说："你开什么玩笑？"

"我们自己设定条件。首先，我们对大西洋联盟民众宣布我们的计划，这样能让他们安下心来。他们中的很多人还以为我们在建另一个地堡，或者在发射卫星，准备前往地球其他地方。"

"听起来只是缓兵之计。"厄尔斯说。

"我们可以平息群众的怒火。等回收队今晚回来后，我们就告诉他们计划，并且让他们参与其中，给他们命名我们新家园的权利——以票数为准，再允许他们投票选出一位代表加入我们的团队，如果真如昨晚那样，他们应该会选择钱德勒。我觉得让他待在我们身边，观察他的一举一动，要比处决或者休眠更好。而且从道德层面看，杀了他或将他关进休眠舱也许会激起群愤。"

布莱特维尔打开情报室的门走了进来。在厄尔斯升职为国防部长后，他做的第一件事就是将布莱特维尔的军衔升为上校，赋予她更多的权力——指挥大西洋联盟全部军队。所有高于她军衔的人都被贬职，基本让她畅通无阻。

"不好意思，打扰你们一下，加速环的发射控制中心已经六个小时没有报道了。"

"你派队伍过去了吗？"厄尔斯问。

"他们正在进行准备工作，我觉得应该告诉你们。"

厄尔斯点点头，说："允许行动，上校。"

我起身往门口走去，说："我和你一起去。"

"我也去。"格里戈里说。

"加上我。"哈利笑着说。

＊

乘上飞艇，我用双筒望远镜望向发射控制站，它在巨大的撞击坑旁看起来小得可怜，就像驻扎在科罗拉多大峡谷边缘的一间小屋。

我最担心的是太平洋联盟的士兵占据了控制站，以作为和我们谈判的筹码。控制站所有入口紧闭，包括主入口和装运点，现场唯一的车辆是我们的。

降落后，我注意到雪中有一些痕迹，看起来就像两个人的轨迹，实际上应该只有一个人——来去两条足迹。

布莱特维尔和手下在主入口旁列好阵形，然后小心翼翼地转动把手，用一块小镜子反射观察里面的情况。

"两人倒下。"布莱特维尔说。

倒下？死亡？布莱特维尔的部下冲进室内，我和哈利还有格里戈里站在外面的冷风中等待，直到听见他们喊道："安全。"

建筑物里，两名大西洋联盟士兵倒在血泊中。布莱特维尔蹲在其中一名身旁，一边检查一边说："头部遭到钝器打击。他们死得很快，还没来得及拔枪。"

"肯定是亚瑟干的。"格里戈里说。

布莱特维尔说："不可能，他的牢房外有六名士兵把守，到处都有监控摄像头，他昨晚根本没有离开。"

格里戈里生着闷气说："反正有人杀了他们，刚才你们也看到了，过去和回来有两条足迹。"

"凶手可能是在骚乱发生时溜出去的。"哈利说。

我打量着两具尸体，说："为什么过来杀了两名士兵然后又原路返回？"突然，我灵光一现，"哈利，启动一下软件检查。"

"目标是什么？"

"病毒，或者是外来的代码。"我看着格里戈里，"我们搜索一下整座建筑，看看有没有遗失什么。"

一小时后，哈利完成了系统检查，一切正常，没有外来代码，也没有任何东西被删除或者被修改，建筑里也没有丢失任何东西。这没有道理。

207

可有一处地方我们没有搜索，如果我猜得没错，关键就在那里。

"上校，我需要你的两名手下去检查一下发射场和太空舱。"

"太空舱不是空的吗？"

"应该是的。如果我猜得没错，里面应该有一枚炸弹，在舱门打开后会爆炸。"

"那我们需要你离开这里，先生们，请去飞艇那边，远离建筑。"

等我们撤退到安全距离后，布莱特维尔一名手下通过无线电喊道："准备打开发射场门。"

我和哈利还有格里戈里在飞艇上向下望去，内心紧张不已。

"太空舱完好无损，没有发现任何异常物体，准备打开舱门。"

建筑物在广袤的冰雪中显得十分安静，我静静等待着爆炸声，但没有传来任何动静。

"安全，里面是空的。"

哈利看着我说："这不可能。"

"没错，哈利，我们还漏了什么。"

❋

当晚，我们召开了一次会议，大致分享了我们打算带领大家离开地球并前往新世界的计划。

大家反响强烈，各种提问铺天盖地。我觉得通过这次会议，我们帮助人们重拾了生存、工作和奋斗的希望。关于能为我们的新家园命名这一点，激起了大家的兴趣，同样还有选出一名加入执行委员会的代表，也让大家兴奋不已。在我看来，这是一件好事。和我预料的一样，钱德勒赢得了大家的投票。

会议最后，福勒庄严地说："从现在起，任何工作记录有污点的人将无法登上殖民飞船。"

明天我们便能知道这一招能否奏效了。

❋

钱德勒坐在情报室的桌子一端，我们看着他，没人对他露出微笑，格里戈里和厄尔斯还向他投去锐利的目光。

我们和他简单说了一下计划，省略了大部分细节，只分享到我们和群众讲的程度，而且隐瞒了一个最重要的信息：殖民飞船坐不下所有人。这一信息十分危险，尤其不能让钱德勒知道。

会议结束后，我离开情报室向公寓走去。当我听到拐杖声后，我下意识地回头望去，本以为能见到艾玛，却只看到钱德勒带着一脸邪恶的笑容看着我。

"已经开始了，詹姆斯。"

"什么开始了？"

"我的复仇。"

▣■□□ 第五十六章 □□▣■

艾玛

随着太阳光逐渐暗淡，改装仓库里的能源供应也逐渐降低，供热、食物都需要定量配给。时间一分一秒地流逝，我们能待在地球上的时间所剩无几。

虽然工作繁忙，但我和詹姆斯也都试着挤出时间陪伴家人。我们会和他的哥哥亚历克斯一家，还有我的妹妹麦迪逊一家一起用餐，每周两次。萨姆和艾莉很喜欢和自己的表亲玩耍，他们相处融洽，也习惯了在仓库里寻找乐子。他们能感觉到有些事情不太对劲儿，但我们还是尽力不让他们知道事态的严峻。

最重要的是我们马上就要离开地球，不过"马上"具体是多久，也没有人答得上来。我们的食物还够支撑五个月，但我们即将迎来新一批幸存者。第一批来自亚特兰大，我们不清楚他们会携带多少食物。人数越多，食物消耗得便越快，生存时间便越短，而我最担心的还属肚子里即将降生的孩子。

我坐在公寓的沙发上，萨姆和艾莉坐在我两侧。由于能源限制，现在不允许使用平板。好在回收队的一名成员在废墟中找到了一套儿童读物，书的主人肯定十分热爱这套书，不然也不会在转移至地球最后宜居地的匆忙疏散中还要拿上它们。

"这本书是讲什么的？"艾莉问。

"是讲一个男孩发现自己是巫师，然后去了一所非常独特的学校上学的故事。"

※

第二天早上，在情报室举行的领导会议上，钱德勒站在会议桌的一端准备发言。

"人们已经投票了。"

"拜托，告诉我你要走了。"格里戈里嘀咕着。

钱德勒呼了一口气，无视格里戈里，说："我们的新世界有名字了，"他说这话时神气十足，"第一个名字是简单的'夏天'二字，这是人们希望能在新家园发现的季节，特别是在漫长的寒冬结束以后。第二个名字是'苏美尔'，源自位于美索不达米亚的文明，应该是人类在地球建立的首个文明。委员会一度考虑过'苏美尔'一名，这是个好名字，人类文明将在新的太阳下重获新生，迎来永恒的夏天和人类社会。"

钱德勒停顿了一会儿。

"不过，那些名字都源自我们的过去，而我们的目的地代表我们的未来。我们需要一个新名字，它要能象征人类新的黎明。最后，我们决定选用'厄俄斯'一名，源自古希腊神话中的黎明女神，在古印欧人到古罗马的跨文化神话中，厄俄斯打开天堂之门，让太阳照耀万物。这就是新世界对我们的意义，我们就称之为厄俄斯。"

钱德勒微微扬起下巴，从上往下俯视着我们，我无法想象他此时什么心情。

福勒迅速点点头，说："听起来不错，那就叫厄俄斯吧，"他又对田中泉说，"你说你有信息要汇报？"

"不仅是信息，还要展示给你们看，跟我来吧。"

看着田中泉起身往门口走去，钱德勒尴尬地站在原地，看起来十分难堪，最后只好跟着我们一起出门。

田中泉带着我们去了她的实验室，角落里放着一台大型机器，让我想起电影里老式的核磁共振成像仪。

机器旁的桌子上，放着一个类似橡胶制成的白色厚袋子，它的一端敞开着，开口旁还放着一个小盒子。

田中泉抬起头对着天花板的摄像头说："一号休眠实验，"她拿起对讲机说，"已就绪。"

一分钟后，布莱特维尔上校带来了一名年轻的男性士兵。他身材苗条，一头红发，看上去有点儿紧张。

"这位是列兵路易斯·斯科特，"田中泉对我们说，"他自告奋勇参加休眠实验。列兵，你准备好了吗？"

"准备好了，夫人。"

田中泉将他带到机器旁并拉起帘子，挡住了我们的视线。过了一会儿，帘子打开了，列兵斯科特的衣服已经整齐叠好放在椅子上，他则躺在桌子上的白色袋子里。也许是因为寒冷，他的身体战栗着，不过我觉得他应该是害怕自己无法活着从袋子里出来。

田中泉靠近他，说："我们会全程检查你的状态，列兵。"

他点点头。

"你能看到里面的面罩吗？"

他再次点点头，准备拿起面罩。

"戴上面罩，你会吸入一些气体然后睡过去，我会一直在这里等你醒来。"

看着面罩遮住他的口鼻，我不禁想起史蒂文斯下士，她当时试图从备用水管游出堡垒，却不幸牺牲。如果人类还有未来，我们会将他们二人的名字写进历史书。如果这种无畏的精神都无人知晓，那对他们而言太不公平了。

"我要开始释放气体了。"田中泉说。

列兵斯科特吸入气体后缓缓闭上了眼睛。田中泉拉上拉链，袋子开始收缩，真空密封住了士兵苗条的身体。

田中泉看着附在袋子上的小盒子，上面有一块小显示面板。"生命体征正常，"她对实验室的一名助手说道，"把他移到扫描仪那边。"

她走到一张滚动桌旁，上面的屏幕显示着斯科特的身体影像：血管、骨头和器官。他的心脏不再跳动，血液也不再流动，脑部没有任何颜色或者反应。全身影像看起来完全静止，除了实时更新的数字和计算。

"原理是什么？"詹姆斯问。

"简言之，这是种病毒。"

"病毒？"

"一种通过空气传播、改变宿主 DNA 的反转录酶病毒。"

"像基因治疗？"

"非常类似，病毒能改变宿主的新陈代谢和衰老过程。"

詹姆斯继续追问："那体内的菌群怎么办？特别是肠道内的，即便我们……陷入冬眠……它们也还会保持活性。"

"病毒也会改变它们。"

"同样的原理？"

"理论上来讲，"田中泉说，"即便人体有开放性的感染伤口，一样可以进入休眠，不过这只是理论上。"

"太厉害了。"詹姆斯小声说道。

"实验要持续多久？"福勒问。

"一小时。"

❄

不知道其他人怎样，反正在接下来的一小时里，我都无心工作。我的办公室里摆满了绘图和笔记——用于规划殖民星球。虽然一切充满未知，但我们要做好充足的准备。到目前为止，对于要怎样建造我们的新家园以及我们要带哪些东西，我和夏洛特已经有了初步想法，。

一小时后，夏洛特走进办公室对我说："要不要去看看结果。"

"走，我也想知道结果怎样。"

实验室里，田中泉站在大型机器一旁，看着显示器说道："斯科特在休眠期间没有任何不良反应，一切顺利。"她在键盘上敲了两下，然后桌子滑出，她在真空袋的小屏幕上按了按。

"复苏阶段也是由病毒完成，本质是逆转第一个病毒产生的效果。"

袋子开始膨胀，田中泉盯着屏幕上的数据，接着又按了下屏幕。一秒钟后，袋子里传来了动静，一只手正用力地抓着袋子。

田中泉打开拉链，里面顿时冒出一阵空气，袋子摊开在斯科特身体两边。他用手肘撑起自己，两眼瞪得浑圆，大口地吸着空气。

田中泉连忙用戴着手套的手安抚他，说："深呼吸，列兵，没事了，我们再做些检查就好了。"

✳

当晚，在我为艾莉和萨姆读故事书时，肚子里的孩子不停地踢我，他肯定也喜欢这本书，也有可能是讨厌。

"你没事吧，妈咪？"艾莉问我。

"没事。"

"宝……宝宝在踢你，是吗？"萨姆问。

"对，不过我很开心，因为这意味着他没事儿。"

门口传来一阵敲门声，因为工作繁忙，詹姆斯最近都很晚才回家，不过我太累了，便直接喊道："进来吧。"

没想到门打开后，面前站的竟然是钱德勒。

我盯着他，他脸上露出了神秘的笑容。

"嗨，艾玛。"

"詹姆斯不在。"

"我是来见你的。"

"哦，那你现在见到我了。"

艾莉向我挪了挪，不愿意看到钱德勒；萨姆则是站起身来，不过也和他保持着一定距离。

"我之前有过怀疑，不过今天见到休眠实验后才更加确定。"

"什么？是休眠袋太小装不下你的自大吗？"

"呵呵，你笑不了多久了，"他上前一步，"我知道飞船坐不下所有人，有多少人会被抛弃呢？一千？两千？还是三千？"

"这不关你的事。"

"当然关我的事，这和所有人都有关系，因为他们当中有人会被留在地球上，你觉得他们知道真相后会做何反应？"

我感到口干舌燥，他慢慢看向我的肚子，说："只有一个解决办法，我们不得不做出一些艰难的抉择，问题是：谁最适合去新世界？我们得实际一点儿，很显然得考虑年龄问题，所有小于或者大于某个年龄的人……就可以不用带上他们了。"

□■□□ 第五十七章 □□■

詹姆斯

当艾玛告诉我钱德勒来访后，我怒火中烧。我不知道钱德勒说的那些话是在虚张声势，还是真建议抛弃婴儿和小孩子，以及那些生存概率较低的群体。

也许他只是为了报复我之前在"首次接触任务"时对他的侮辱，又或是我之前让他受了伤。但我知道，他擅长操纵人心，特别是用语言给人带来痛苦。所以，我希望他只是单纯想吓唬吓唬我们。

但有一件事可以确定：不让他有机会威胁我们的唯一办法就是确保所有人都能登上飞船。我已经竭尽全力在解决这一问题。

在发射控制站，我看着屏幕里建造的无人机正在超级母舰内组装休眠舱。这一切令人叹为观止，这是人类迄今为止最伟大的成就，结合了亚瑟的发明和人类的软件。

休眠科技更加令人叹服，田中泉的实验全程顺利，最近的一组实验目标在休眠袋里待了两个星期，苏醒后身体也没有任何异常。下一步就该将休眠乘客送至飞船里进行实验，在船内的休眠实验一周内就可以进行了。

我则继续忙着扩增飞船载人量，我们已经设法为飞船新增了约一千个休眠位置，主要是因为我们缩小了设备的体积，之前虽然未具体考虑人口中儿童的比例，不过因为儿童的身体体积较小，因此能腾出更多空间。

我每次去到发射控制站，都会想到之前丧命于此的两名士兵。我依旧没有想明白，整件事像一团迷雾围绕着我。上一次我有这种感觉还是在摧毁那三颗小行星后的几个小时，那种知道事情不对劲儿却迟迟无法找到关键的焦虑感。

❄

我与哈利每天都和亚瑟一起工作，但我从来没去过他的牢房。那是一个狭小的房间，大约只有六平方米，里面没有供暖系统。这是因为我们需要节省能量，而且亚瑟也用不到。

我一踏进房门，就感到一阵寒意直逼我后背。

亚瑟站了起来，说："没想到你会来，"他看了看空无一物的房间，"不好意思房间有点儿乱，用人越来越贵，经济还冻结停滞了，因此我就问自己，还有必要浪费钱吗？"

我无视他的笑话，开门见山地说："控制站的命案，是你干的？"

"你不是把我关起来了吗？"

"我对此表示怀疑。有两名士兵被杀了，是不是你做的？还是说你是帮凶？"

"我为什么要那样做？"

"你没回答我的问题。"

"就算我说不是，你也不会相信我，詹姆斯。"

我叹了一口气，说："我们离开地球后，你要做什么？"

他耸耸肩说："召集被你们弃留在地球的人，然后开一个宏大的世界末日主题舞会？"接着又装作不好意思地说："噢，对不起，我是不是应该小声一些？"

"严肃点儿。"

他盯着我，嘴角微微上扬。

"收割者会将你重新上传吗？"我问他，"他会不会为你发送探测器？"

"希望吧，但我没那么重要，节约——"

"能量，我知道，但我不相信你会留在地球。"

"我的计划很简单。等你们离开地球，我会再制作一个太空舱，然后坐上它前往收割者那边。等到达轨道范围后，我会传输我的数据和程序，然后重新回到网格。"

"什么数据？"

"关于你们人类的数据，也是网格渴望的数据，这能帮助我们以后做决定。"

"决定如何处理我们？"

"对，还有其他类似的物种，"他盯着我，"你是想离开地球前摧毁我吗？"

"没有。"我平静地说。

"哦，我明白了，"他若有所思地点点头，"好想法。"

"什么？"

"你是在想如果和我达成协议，就可以将我传输到某种具备广播能力的设备上。一旦我离开这具原始的身体，奥斯卡就能回来。"

这正是我的想法，但我没有承认。亚瑟摇摇头说："行不通的，你的同伴永远也无法再次信任他。面对现实吧，詹姆斯，他回不来了。"

"如果到时候太阳能太少，你无法发射太空舱怎么办？"

"那不重要。"

我不懂这是什么意思。

"记住了，"他自信地说，"我可以收割地热能，不过我肯定不会当着你们的面做，免得你们改主意又留在地球。"

这样下去我得不到任何结果，但还是硬着头皮再问了他一次："你知不知道是谁杀了那些士兵？"

"詹姆斯，我不知道。"

✳

一个月后，我还是没有解开这一谜团，因为根本没有任何线索，也找不到任何嫌疑人。营地里有机会和手段杀死那两名士兵的大有人在，但他们都缺少动机。这起命案除了让我感到困扰之外，我还看不到其背后的任何目的。

这让我重新思考动机。我认为其中只有两种可能性，一是凶手出于私人恩怨杀死了其中一名或者两名士兵。如果情况属实，那他们的死和加速环毫无关系，只不过发生地点碰巧是在那里。

第二种可能是凶手为了取得发射控制站或者加速环的权限，在命案发生后凶手可以在那里待上数小时。但是理由呢？我们已经仔细搜索了三次，将整座建筑翻了个底朝天，都没有发现任何异常，所有的设备上都找不到任何被修改、删除或者添加的迹象，这根本讲不通。

除此之外还出现了另一个谜团。车辆里的无线电接二连三地失踪，扬声器也被拆除。厄尔斯还没下令调查这件事，他认为无线电只是被人们拿回家播放音乐或者音频书去了。我们现在能源紧张，已经全面禁止使用平板，但无线电只要有电池便可以使用，所以可以拿到黑市贩卖，不过我当然是不会买的。

这两个谜团日日夜夜萦绕在我心头。与之前一样，我又没找到那块最关键的拼图，我感觉这日后或许会给我们带来厄运。

不过，工作上的事非常顺利，殖民飞船接近完工，已经可以接受测试。田中泉在发射控制站建立了一个休眠中心，能让我们更便捷地将人们送上飞船。

为了这次试验，整个队伍都来到了发射控制站。对福勒、艾玛和夏洛特而言，他们也想出来透透气。自从我们搬离中央司令部，他们便几乎一直待在仓库里。

我们聚集在控制室，看着墙上的屏幕，哈利坐在其中一张长桌旁，操作着各种仪器。

安德鲁斯转过身来说："大家准备好将三名在干瘪休眠袋里的士兵送上太空了吗？"

福勒露出一个微笑，说："开始吧，安德鲁斯博士。"

第一个太空舱在加速环中不断加速，列兵斯科特和另外两名士兵正在太空舱内，处于休眠状态。他们应该第一批登上殖民飞船并抵达新家园，毕竟他们冒着生命危险参加了这些实验，他们的付出理应得到回报。

"发射完毕。"哈利说。

屏幕切换到轨道拖船视角，正飘浮在一艘超级母舰旁边。

太空舱穿过大气层，高速向太空飞去。拖船的体积更小，但速度更快，它追上太空舱并附着在舱底，推进器产生反推力朝地球和飞船方向驶去。太空舱停靠在飞船的装卸平台，屏幕画面切换至飞船内部摄像头。装卸平台的舱门关闭后，太空舱应声打开，三个休眠袋飘了出来，接着哈利操控机械臂，抓住袋子上有绿色标识的位置，那是人体可承受抓运的部位，最后它们被放至一处看上去像传送带的凹槽中。

过了一会儿，哈利说："休眠袋已成功存放。"

艾玛在我后背拍了一下，我转身看见她在对我微笑。这种感觉真好。

格里戈里走到控制面板前，说："开始引擎测试。"

屏幕切换回轨道拖船，视角正对着"耶利哥号"，它是两艘殖民飞船中较大的那艘。"耶利哥号"从国际空间站分离，开始驶向太空。

"启动太阳能后推进器。"

飞船开始加速，马上便超出了轨道拖船的视野范围。屏幕切换至"耶利哥号"的外部摄像头——前、后、左、右舷视角。此时从太空看到的地球有些怪异，我们熟知的那个蓝色星球此时只剩灰白的云朵悬在上方，大地也因为冰雪覆盖变成了白色。我见过地球这幅景象，那是我和艾玛从"首次接触任务"回来后，我们当时遭到了敌人的痛击，见到的就是这个样子。这将是我们离开地球时它的模样，虽然我们同样遭遇了挫折，但人类会带着希望踏上前往新世界的旅程。

"性能达到预期的107%。"格里戈里笑着说。自从莉娜去世后，我第一次见到他露出笑容，莉娜的悲剧感觉像是上辈子的事了。

他一边按着键盘一边嘀咕着："切换至聚变反应堆。"

地球在屏幕上越来越小，突然，昏暗的阳光越发明亮，像一道光亮穿透了黑色的布帘。接着，我首次见到挡在地球和太阳之间的太阳能电池，它们正在蚕食给予我们生命的太阳。

"功率输出降至预期97%，"格里戈里嘀咕着，有些不开心，"这个到时候我会解决的。"

"总的来讲，"福勒说，"这是一次开门红。从休眠机制到操控飞船，一切都非常顺利。把'耶利哥号'开回来吧，格里戈里。"

飞船返回至国际空间站后，由人工智能系统接手停靠飞船。

"接下来我会让太空舱再次进入大气层。"哈利说。

屏幕画面再次切换至拖船，它迅速移动至飞船的装卸平台，附着在太空舱上并驶向太空，朝地球飞来。接着它放开太空舱，冲向地面，在和大气摩擦时发出橘红色的火光。

我们走出发射控制站，站在昏暗的太阳下，面前是那个巨大的小行星撞击坑，嵌在广袤白雪中的一个碗形巨坑。

艾玛握住我的手，眼睛却直勾勾地看着前方。赵民指了指天空，太空舱正在降落回地面，三个降落伞已经顺利打开。我和哈利将对它做一些测试，应该不会有什么问题，因为我们不知道厄俄斯大气的具体情况，所以我们将太空舱层层改装，确保它能应付最严峻的再入过程。

等太空舱落地后，哈利笑着说："今天就到这儿，朋友们。下周请收看全新一集的特别节目：发送食物到国际空间站并回收三名休眠士兵。"

❄

两周之后，在我们早晨的简报会上，钱德勒站在我们面前，脸上是一副难过甚至悲伤的表情。不过都是假的，他在所有电视节目上诋毁我时都会摆出这副表情。

"我计算过了，我知道你们肯定几个月前就知道。让我们面对现实吧，我们无法带走所有的幸存者。外面的人迟早会知道真相，亚特兰大和太平洋联盟的人不断涌入，我们的人数每天都在激增。幸运的是，我有一个解决办法。"

没有人回答，钱德勒继续滔滔不绝。

"健康测试，包括两项要素：生理和心理健康。生理测试包括健康检测仪扫描和简单的身体测试，目的是记录身体是否受伤。心理部分将用平板进行，我们将使用一种标准能力测试，"钱德勒直直地盯着我说，"还有语言敏锐度测试，如果要生存，殖民者必须有清晰且快速的表达能力。在厄俄斯上，一旦遭遇危险，能否高效交流将决定生死。"

我心跳加速，心里燃起怒火，强迫自己保持冷静，好在福勒率先开口说："这一方案不好，一一做完这些测试将耗费大量人力物力，平板使用也要能源，这个方案行不通。"

"你有什么建议？告诉我，你要怎样决定留谁在地球上等死？"

"抽签。"

"抽签？毫无标准地选择？"

"随机选择，由电脑程序生成号码决定。"

"你忍心分割家庭？"

"不，如果一个家庭成员被选中，整个家庭都可以上船，接着他们的号码会从程序中删除，然后继续生成新号码。"

"我明白了，那是不是你们所有人都不用参与抽签呢？"

"关键人员不用参与，熟悉飞船以及抵达厄俄斯后必不可少的人员也不用参与，包括基层士兵，如果在新世界遭遇本土物种的威胁，他们可以保护我们。"

"所以你要让一大批军方人员直接上船？仅仅包括大西洋联盟的士兵吗？"

"有相关经验、在某一领域有突出能力的都可以。"

钱德勒仰起头说："那你告诉我，劳伦斯，具体要怎么操作？人们可不会干坐着，眼睁睁看着身边的人登上飞船。"

"抽签过程将全程保密。"

"保密，就是为了隐瞒大众的官僚说辞。"

福勒再一次无视他，说："等到了登船时间，军队会去到营地转移殖民者，需要一点儿时间。"

"飞船满载后将怎样，"钱德勒说，"直接离开？天知道会有多少人收拾好行李等着我们，又有多少家庭挤在隔间里等着自己的号码被叫到。他们能等多久？一天？一周？直到他们派人去九号营地还有发射控制站查看，却发现早已空无一人！他们又该怎么办？"钱德勒看着我们，然后似乎意识到了什么，"还是说你们和网格的协议有一部分没有告诉我？他们会活着留在地球吗？你们是不是要让他们安乐死？这样总比在寒冷中痛苦地死去更加痛快吧？你们是要这么做吗？"

福勒咬紧了牙关。

见无人回答，钱德勒开始变本加厉。

"这样的话，我就明白你们为什么不让大西洋联盟军队抽签了，因为你们需要军队来确保计划顺利进行。虽然大西洋联盟已经是世界唯一的超级力量，但人口不及现存人类总数的7%，也就是让7%的人统治剩余的人类。其他营地也在回收材料，就像大西洋联盟，昼夜不停地努力工作，人们都以为自己能登上殖民飞船。实际上，他们有些人会被留在地球，死在地球，但我们不会啊，大西洋联盟军队更不会。"

福勒猛地站起来，说："讨论结束，会议解散。"

我们纷纷站起来准备离开情报室，钱德勒对我们喊道："好好想想，抽签不公平。"

福勒摇着头，往门口走去。

钱德勒挡在他面前，厄尔斯见状立马上前。虽然不应该，但我有点儿希望这一切以暴力结束，可惜的是福勒伸手阻止了厄尔斯。

"人们之所以选中我，是让我替他们发声，"钱德勒的语气仿佛高人一等，"你如果无视我，后果自负。"

福勒缓缓叹了口气，说："我当然不是想闹出什么事情，钱德勒，所以你有什么想说的就快点儿说吧。"

"这关乎数千人的命运，我觉得不应该草草了事。我会证明的，你的抽签不顾人们的能力，也没有考虑他们都能做出什么贡献。"

钱德勒顿了顿，仿佛想到了什么，说："如果一个人在小行星撞击中失去了自己的双腿，而且头部还被弹片击中，留下了脑损伤，他现在工作能力有限，还有个三岁的儿子，"钱德勒看了看我，"三岁还太小，不能为重建人类文明付出什么。噢，我差点儿忘了：男孩还有严重脑瘫，无法为殖民地建设做出贡献，就像他的父亲一样，他需要由别人照顾。他的母亲又不愿意照顾他，她患有癌症晚期，身体不便，无法治疗，在我们抵达厄俄斯后不久就会死去。"

钱德勒又清了清嗓子，像一名律师那样准备发表自己的结案陈词。

"我们再想想另一个人，一个没有抽到签却被我们留在地球的人。他是一名太平洋联盟士兵，强壮、聪明、健康，他没有被选中只是因为身上穿了错误的军服，自己不幸出生在了另一个国家，他的儿子也会被留在地球等死。男孩十七岁，和他的父亲一样健康强壮，母亲也是个健康、勤劳的人。如果随机抽签，你会让第二个家庭留在地球，反而带走第一个家庭吗？这种行为有什么道理可言？这样会危及人类的未来。"

钱德勒良久地看着我们。

"我来告诉你们这是为什么吧。你这么做只是为了自己，不让自己背负决定别人生死的负担，转而让电脑随机决定，这样就算无辜的人死了，你也能在夜晚睡得安稳。"

"讨论结束。"福勒说。

"人们拼死拼活，让你们掌握权力，就是因为他们信任你们，觉得你们能为他们着想、让他们活下去。但随机抽签做不到这点，这对他们是一种背叛，你觉得这没什么，但牺牲的是他们的性命。如果你要权力，劳伦斯，你就要担得起自己肩上的这份责任。"

❋

艾玛站在卧室里，浑身颤抖，我从没见过她如此愤怒，仿佛马上要忍不住怒吼出来。

"告诉我，我们是不会让这些事情发生的。"艾玛说。

"不会的。"詹姆斯说。

"怎么做？"

"我还不知道。"

"他很危险，詹姆斯。"

"我知道，我会处理的。"

门口传来一阵敲门声，我走到客厅，艾莉和萨姆正在玩耍。我打开门，福勒和厄尔斯站在走廊里，两人看起来十分紧张。福勒示意我出来，我跟着他们去了附近的一间杂物室。

厄尔斯关上门后，福勒说："钱德勒，我们要处理掉他。"

"怎么做？"我小声地说。

"用一次意外来掩饰，"厄尔斯说，"我们给他头部致命一击，然后弄垮房屋天花板，伪装成意外。"

"他的同伙应该不会相信的。"

"就算不信，他们能做什么？"厄尔斯回答。

"能做的可多了。"

我们三人沉默许久，我不敢相信自己在考虑谋杀别人。我这辈子都在用科学帮助世人，我的努力方向是终结死亡，让生命永恒。可是我能夺走别人的性命吗？

"钱德勒是个问题，"我小声地说，"我们需要处理他，但他也有专业技能，等我们抵达厄俄斯后，机器工程技能将必不可少。"

厄尔斯扬起眉毛说："我们有你和哈利。"

"我们乘坐的飞船未必会顺利抵达，或者说推迟抵达。"

"你现在说这些没有用，"厄尔斯说，"他在密谋什么，他在情报室说的那番话肯定是他计划的一部分。"

"我们让他进入休眠。"

福勒和厄尔斯看着我。

"我们今晚就抓住他，"我继续说，"将他装进休眠袋里，第二天一早将他发射上飞船。我们和所有人说他自愿参加休眠实验，他的同伴肯定没办法反驳。这样就能处理掉他了，之后再让他苏醒——如果有必要的话。"

福勒低着头说："行，就这么办。"

✳

那天晚上，我每隔几小时就醒来一次，看看时间，检查平板看有没有消息。虽然晚上使用平板违反能源分配规定，但现在这种情况属于例外。最后，我干脆起身去了客厅。

我坐在沙发上看着平板，检查着上次太空舱发射的各项数据。突然，门口传来敲门声。我打开门，一名年轻的列兵站在外面，满头大汗。他肯定是跑过来的。

"先生，厄尔斯部长需要您立马前往情报室。"

我拿起外套冲出了房门，一路飞奔过漆黑安静的走廊，抵达情报室后。福勒和厄尔斯正坐在会议桌旁，布莱特维尔为我关上了门。

"钱德勒不见了。"福勒说。

"他带走了平板和一些衣服，"厄尔斯说，"还从停车场开走了一辆全地形车。"

"他设置目的地了吗？"我问道。

"发射控制站。"厄尔斯回答。

"你联系——"

"士兵没有见到他，詹姆斯，但钱德勒本应该几个小时前就到了。"

"快找到他，我们一定要尽快找到他。"

▢▣▢▢ 第五十八章 ▢▢▣▢

艾玛

时至今日，寒冷似乎已经可以穿透墙板，溜进我们身上的厚毯子还有我的保暖内衣，一直渗进我的骨头里，越来越无法抵御。

但寒冷并不是我们目前唯一的麻烦。

每天分配到人们手里的食物都在减少，渐渐地，我每餐结束后都愈加饥饿。我们高估了自己能留在地球的时间，好消息是，我们在飞船和休眠上的进度已经超过预期，不然一切将功亏一篑。

坐在公寓的沙发上，我读着七部曲系列中的最后一本，我的听众则是艾莉、萨姆和他们的四位表亲。他们坐在我周围，依偎在毯子里。见到孩子们能一起安静地听我读书，而不是看着平板，这个场景让我感到舒心。

一阵宫缩突然袭来，我停止阅读，试着调整自己的呼吸。这种现象已经连续几天出现，一次会持续一小段时间，接着便会平息，这次也一样。

我的妹妹麦迪逊正盘腿坐在地上织着毛线。

"又来了？"她轻轻地问道。

"嗯。"我深吸一口气。

艾莉握住我的手，问道："妈妈，你还好吗？"

"我没事，宝宝。"

艾比接过书继续阅读，我们一直在轮流读不同的章节。

在这个拥挤的仓库内，一阵寒意袭来，肚子里的孩子仿佛也焦躁不安。这两股自然的力量似乎一刻也不停歇，只是其中一股我将奋力抵抗，而另一股我则会誓死守护。

我希望詹姆斯能在这里。过去整整一周，他都埋头于工作中。我知道其中的原因——钱德勒。他突然消失，这期间没有人见到过他或听到他的消息，仿佛人间蒸发一般。

鉴于仓库内的变动，我知道人们开始起了疑心。仓库开始二十四小时重兵把守，白天只有几支队伍会出去搜索物资。其中原因也不难猜测，他们害怕如果继续像过去几个月那样，派大批人员出去搜索，那留在仓库内的人可能会遭到攻击——一个个接连消失。

因此，军队和回收队伍开始在仓库和工厂加派防御力量，他们将地雷按环形逐层向外布置在雪地中，士兵也做好了战斗的准备。

钱德勒知道我们已经建好飞船，他只需要去制造厂用里面的打印机来制造剩余的太空舱。

我最担心的是我的孩子。预产期还剩十二天，我不想在这里生产，田中泉在这里设置的医疗区里的设备只能做实验，并没有配备妇产科设备。中央司令部的医疗区是最佳地点，我和詹姆斯本计划用四天时间去那里生产，但现在情况有变，在解除威胁之前，我们哪儿都不能去。

麦迪逊举起她的成果：一件儿童针织毛衣，由厚实的栗色纱线织成，正面绣着一个大大的金色字母"S"，毛衣的颜色和故事中巫师男孩的房子很相配。

她笑着对我说："要是能知道孩子的全部名字，我就能织完剩下的字母了。"

我们还没想好孩子的名字，这让麦迪逊比我和詹姆斯更加着急。

又一阵宫缩袭来，我紧闭双眼，调整自己的呼吸，但这一次，宫缩感并没有褪去，它越发强烈、持续，痛感一直传到我的骨盆和后背，这次的宫缩不太一样。

要生了。我能感觉到。

我开始喘着粗气大喊道："麦迪逊！"

她赶紧扔下毛衣打量着我，之后迅速站起来说道："我去叫田中泉。萨姆，你去喊詹姆斯，快点儿！"

然而当麦迪逊打开门后，我听到走廊传来一阵喊声，声音似乎无处不在，响亮而且清晰，在公寓客厅里不断回荡。

那是钱德勒的声音。

□■□□ 第五十九章 □□■□

詹姆斯

我和格里戈里、赵民以及哈利正待在实验室紧张地讨论着。我站在墙上的屏幕前，举起手示意，说："大家先听我说。"

我切换至一张国际空间站和"耶利哥号"融合的图表，说："如果我们分离新国际空间站的舱段，包括'团结号'节点舱、'和谐号'节点舱和'宁静号'节点舱，然后将它们和太空舱部件——"

格里戈里打断我，说："我们讨论过这事了，现在做太迟了。"

我无视他的反对，继续说道："那样至少可以增加一百个休眠位置，甚至更多。"

"我觉得最好还是专注于一点点增加飞船的空间，"哈利说，"问题是——"

哈利话还没说完，布莱特维尔上校便开门而入："詹姆斯，有情况了。"

我立马跟上她，格里戈里、赵民和哈利也紧跟其后，我们跑到控制室，这里是 903 仓库的军队指挥所。一排排桌子摆在挂满屏幕的墙边，布局和我们在发射控制站的操作室十分相似。穿着雪地迷彩服的士兵们正忙碌地操作着键盘，时不时对着耳机说话。

主屏幕上开始出现夜视视角，一列运兵车穿梭在雪地里，长到几乎看不到车队的尽头，正朝我们驶来。他们不是大西洋联盟军队，而是亚特兰大的车辆，里面坐着的是小行星撞击的幸存者。

"到目前为止，我们发现两百辆车，"布莱特维尔说，"他们正从西边过来。"

"叫醒你的全部手下，上校，包括预备军，给大家分配武器，保护好军械库。"

布莱特维尔说："准备就绪，先生。"

"上校，"其中一名技术人员喊道，"我们发现另一队人马正从北边赶来，现在切换画面。"

这队人马规模看起来小很多，还不到西边的一半，不过均是亚特兰大的车辆。

"南边和东边有情况吗？"布莱特维尔问。

"没有，长官。"

"让无人机全速飞行。"

"是，长官。"技术人员回答道。

紧接着，福勒和厄尔斯赶到房间。

"军情报告。"厄尔斯喊道。

"这要么是一场战争，要么是一场盛大的晚宴。"哈利说。

布莱特维尔的回答则更为直接："西边和东边发现潜在敌方力量靠近，预计三十分钟后抵达，规模未知。"

厄尔斯看着屏幕说："是钱德勒。"

"肯定是。"说完,我陷入了沉思。

"我们一小时后就要进行第三班人员轮换,"布莱特维尔说,"这是他们进攻的最好时机,那个时候的执勤人员经验最少,我们的防御能力也最薄弱。"

"我们收到了西边的红外数据。"技术人员说。

屏幕切换至无人机红外图像,画面中每辆车都一样,驾驶室内两个模糊的橘红色点,运兵车车厢则显示蓝色,意味着里面是空的。

"红外影像能穿透运兵车车厢吗?"福勒问。

"是的,先生,"布莱特维尔回答,"如果车厢内载满了人,肯定可以侦测到。"

"除非他们有隔热层,"我谨慎地考虑道,"钱德勒知道我们有红外无人机,他也许找到了躲过侦察的方式。"

"长官,"技术人员着急地喊道,"南边也有情况。"

屏幕切换至无人机夜视图像,至少三十辆货车出现在屏幕中。每辆车的大小都是运兵车的两倍,它们疾驰在雪地上,车上的帆布随风飘动。运兵车后车厢里面不可能有人,否则在抵达这里前就会被冻死。我认出了那些卡车,隶属于太平洋联盟,用来将海岸附近的人员和物资转运至南边营地。

"东边也有情况了,长官。"技术人员说道。

东边的车队同样隶属于太平洋联盟,车队里包括轻型武装车辆和多功能载具。和其他车队不同的是,东边的车队分散行驶,在雪地上开辟了十几条道路。

屏幕又传回南边车队的红外影像,和西边一样,每辆货车两名驾驶员,后面空无一物,至少看上去如此。

紧接着传回了东边的红外影像,多数车辆载着四到六名乘客。

"统计一下人员总数。"布莱特维尔说。

"收到,长官。"

她走到房间的角落处,抬手示意我和福勒、厄尔斯、格里戈里、赵民、哈利过去。

"长官,"技术人员又喊道,"排长正在请求部署指示。"

"告诉他们原地待命,中士。"

227

"有什么指令？"布莱特维尔小声问我们。

见无人回答，我说："我们快速想想钱德勒想做什么。"

"复仇，"福勒快速说道，"冲我们俩来的，詹姆斯。"

"他肯定不会这么跟太平洋联盟和亚特兰大的幸存者说。"我回答道。

"抽签，"格里戈里点了点头，"这解释了他们除掉我们的动机。飞船和发射设施已经建造完成，休眠实验也一切顺利，他们可以除掉我们了。"

"但他们还需要这里的一样东西，"我说，"工厂，要制作完太空舱，他们还需要 3D 打印机和里面的材料。"

"他们可以使用已经放在加速环里的太空舱，"哈利说，"那样至少也能发射七八千人去厄俄斯吧。"

"这也只是他们人口的一半，"我接着说，"他们应该不会抛弃那么多人。他们要工厂，要夺取现在和抵达厄俄斯后的控制权，肯定是这样。"

"亚特兰大和太平洋联盟的军队规模是多少？"哈利问。

"还不确定，"布莱特维尔说，"估计在五六千，也许还有一两千达到参战年龄的平民。"

"所以，"哈利缓缓说道，"我们有……四百个大西洋联盟士兵？五百个？"

"差不多四百。"布莱特维尔确认道。

"可能要四百对上八千，"哈利看了看大家，"我们有八千颗子弹吗？"

看到布莱特维尔和厄尔斯都沉默不语，我便知道答案是否定的。

"我们也不需要那么多子弹，"福勒说，"我们不会和他们正面开战，我们要智取，而且要快。我之所以是美国国家航空航天局的管理人，而非某个知名的宇航员是有原因的，"他叹了口气，"我更擅长做计划，而非快速反应，"他看着我说，"詹姆斯，这种情况得靠你了，就像之前的'首次接触任务'和谷神星大战一样，这也许是地球上的最后一战。从现在起，我交由你全权指挥。"

大家纷纷朝我看来，我感到口干舌燥，并不是因为压力，只是想整理一下思绪。技术人员突然喊道："长官，估计规模是北边四百人、东边七百人、西边一千人、南边一百人，全部四十分钟后抵达。"

"谢谢你，中士。"布莱特维尔说。

我深吸一口气，想一件件地理清事情的头绪："这比我们想象中少得多，所以让我们假设这一数字是伪装的，他们肯定知道在抵达前半小时我们就会看到这些数字。我们要搞明白他们的目的是什么，我同意福勒，他们要占领工厂，不仅如此，杀光仓库里的所有人也能缓解飞船的载人压力。"

我举起手示意道："首先，考虑一下我们的战场。仓库在工厂北边，两座建筑由一条十五米长的通道连接，太阳能电板在仓库东边。"

"要防御的区域有点儿大。"布莱特维尔说。

"不仅如此，即便我们可以守住，他们也还是会赢。我们目前的食物储备只够支撑两周，是吧？"

布莱特维尔略显难过地说："两周有点儿乐观，不过应该可行。"

"他们只需要围堵住我们，等我们饿死。"

大家陷入了沉默。

突然，我灵光一现："钱德勒很聪明，肯定不会选择一股脑正面冲击，里面另有玄机，我们漏了什么。"

"比如说？"福勒问。

我本能地想起发射控制站身亡的两名士兵，他们和眼下的情况有什么联系？到底缺了哪一块拼图？

还有一个谜团是失窃的无线电，钱德勒要这些有什么用？我们也不用无线电通信，虽然他们可能会用，但那边也应该不缺这种东西。

"长官，"技术人员喊道，"要不要启动地雷？"

布莱特维尔看向我。

"不，他们应该知道地雷的事，所以肯定有办法提前触发地雷。我有一个想法。"

"部署军队？"布莱特维尔问。

"将部队集中至工厂，将仓库四个入口的兵力降至最低。"

就在这时，广播里传来一阵说话声。我不敢相信自己的耳朵，是钱德勒。

"接下来播放的内容是之前在大西洋联盟执行委员会会议上录制的。"

"快关掉！"布莱特维尔吼道。

"声音不是广播里传来的，长官。"

他说的没错，钱德勒的声音低沉，但很响亮，似乎是穿过天花板传进仓库内的。

"在会议结束后，我立马离开了这里，因为我对会议的内容感到震惊。为了给你们带来这一信息，我费了不少力气，更是冒了极大的风险。为什么？因为这和你们的生死存亡密切相关。"

"福勒，马上用广播开始说话，试着干扰钱德勒的内容。"

福勒马上跑向通信站。

布莱特维尔说："我们可以关闭电源。"

终于，我弄明白了钱德勒使用的诡计，说："没用的，他用的是之前营地里失踪的那些车载喇叭。这些喇叭由电池供能，并且零散地分布在仓库各个角落。上校，重新部署你的手下，让其中一半的人去寻找并摧毁那些喇叭，连平民一起动用。钱德勒是希望我们切断电源，让我们陷入黑暗、寒冷和困惑中，并且绝望地听着他的话在仓库内不断播放。"

钱德勒的声音依旧源源不断地穿过墙体传来："我在此力劝那些有能力的人，站起来反抗吧，控制仓库，我们就在外面等着，我们会带上你们的。"

这时，福勒的声音立马盖过了钱德勒，他说的话也非常巧妙："九号营地的居民们，我们正遭遇危机。敌方军队正赶来和我们决一死战，他们想杀了我们，饿死我们。袭击已经开始，你们可以从喇叭里听到，这是敌人的宣传蛊惑，他们想挑拨离间。我们不能正中他们下怀，我们要团结起来。"

通过外面的扬声器，我听到了当时会议的对话录音。

> 钱德勒："让我们面对现实吧，我们无法带走所有的幸存者。……你有什么建议？告诉我，你要怎样决定留谁在地球等死？"
>
> 福勒："抽签。"

我转向格里戈里、赵民和哈利，说："回看一下摄像头当时录下的画面，看看是谁装了这些喇叭？安装的人就是叛徒。"

钱德勒的声音继续响起："抽签？毫无标准地选择？"

福勒："随机选择，由电脑程序生成号码决定。"

录音里和广播里同时响起福勒的声音，实际上这对我们有利，两个声音都是福勒的，两段内容也混淆在了一起。

在身后，我听到一名护卫说道："孩子，这里是禁区。"

"我要……要和詹姆斯说话，他的妻子，孩……孩子。"

是萨姆。

"长官，"技术人员喊道，"发现入侵者。"

在其中的一面小屏幕上，我立马看到了工厂外面的情况。我们的敌人已经抵达。

▢■▢▢ 第六十章 ▢▢■▢

艾玛

宫缩像巨浪那般不断冲击着我，强度逐渐猛烈，频率也逐渐加快，我感觉自己就快要支撑不住了。我不断地深呼吸，希望它能像以前那样逐渐消退。我不能在这里生产，现在还不是时候。

艾比紧紧握住我的手，在我耳边轻声说道："没事的。"

公寓外传来钱德勒低沉的声音，这声音仿佛无处不在。福勒的声音也从广播传来，音量震耳欲聋。他们二人说的话混杂在一起，根本听不清任何一方的内容。

我试着调整呼吸。我很害怕，即便是在国际空间站被摧毁或被困在堡垒挨饿等死时，我也未曾如此恐惧。我害怕自己若是在这个房间里生下孩子，在缺少必要的医疗环境和设备的情况下，他会夭折于此。医疗区是眼下最好的选择，我必须马上赶到那里。

我拿起拐杖，撑着沙发站起身来，颤颤巍巍地往门口走去。

"艾玛，"艾比恳求道，"就留——"

"我们必须去医疗区，帮我一下，快，艾比。"

我双腿抖如筛糠，摇摇晃晃。艾比扶住我，对着一旁的两个孩子喊道："快来帮一下阿姨，杰克，欧文你也来。"

我感觉到他们在一旁撑着我，艾比不断地指引他们："我们要带她去

231

医疗区，轻一点儿，小伙子们。"

他们三人将我扶了起来，艾德琳跑到门边为我们打开门。来到走廊，我们发现外面一片混乱，各种声音混成一团。士兵和平民都在到处乱窜，他们大声叫喊，整个仓库乱成了一锅粥，他们仿佛在寻找什么，但我此时全然无心考虑那些。

我们艰难地穿过走廊，在人群中穿行。整整两次，我们不得不靠在一旁让士兵通过。时间一分一秒地过去，钱德勒的声音越来越小，仿佛他的喇叭正在被一个个关闭。到底发生了什么？我看见前方的十字路口挤满了慌乱的人群，几个全副武装的士兵正穿过人流，手里端着自动步枪，向制造厂方向跑去。为什么这个时候要去制造厂？

接着我心头一颤，听到身后传来了响亮、刺耳的枪声，甚至盖过了广播的声音。我敢保证，枪声来自指挥所方向。

突然，震耳欲聋的枪声越发接近。

一颗子弹从我身旁呼啸而过射进墙里，十字路口的一名士兵立马转身并朝我们这边举起枪，枪口对准了我们。艾比和孩子们躲到墙边，想寻找掩体，但周围已经无处可藏。

□□□ 第六十一章 □□□

詹姆斯

在指挥所，我举起手示意萨姆等等。

我转身继续看着屏幕，画面来自工厂南边的一处摄像头。初看似乎没有任何不对劲儿，只有堆得高高的积雪和一弯挂在夜空的半月。可每过几秒，雪层表面就会出现轻微移动，像湖面泛起的阵阵涟漪。若是在其他时候，我肯定会认为这只是风吹动了白雪。

但今晚肯定不是。

今晚，我知道那是什么，军队正在雪下挖掘隧道，想从地下占领工厂。

所以钱德勒和他的盟友等了这么久才发起进攻，他们需要等待落雪不断堆积，至少要高出工厂附近地面 1.5 米，这样才足以让士兵更容易进行挖掘并隐匿自己的行踪。

他们是怎样来到这里的？他们的隔热服和雪层明显能让他们躲过红外热成像扫描。自从钱德勒消失后，我们便一直在用无人机到处侦察，大范围监视着路面和仓库还有工厂周围的区域。不过只要让飞艇飞行高度超过我们的无人机，便可以通过飞艇跳伞部署这些军队。我不得不承认，这确实是非常高明的一招。

至于那些从四面八方过来的车队，它们不可能躲过我们的无人机，钱德勒和他的盟友也知道，只要我们一发现动静便会立马采取行动。

在逐渐凑齐拼图、理清头绪之后，他们的战斗计划在我脑中逐渐清晰起来。首先，他们用钱德勒的录音扰乱人心，并假设我们见到车队后，会选择先稳定安抚仓库里的群众而不是加强防线，制造厂将变得几乎无人防守，之后他们让雪地下的伞兵悄无声息地占领制造厂，因为他们需要让工厂完好无损。

只不过有一点出了差错，我们已经发现了伞兵，而且他们离工厂还有一段路，我敢说在雪下挖掘并不如他们之前想得那么容易。希望这能为我们争取一点宝贵的时间。

"中士，"布莱特维尔喊道，"给我汇报一下大概有多少敌军正在挖掘隧道，在搜索仓库喇叭的军力里调三个排去防守工厂，部署好后通知我一声。"

"你打算怎么处理他们？"我问她。

"先用手雷，再用步枪。"

我走到门口，萨姆正站在那里，我蹲下来扶着他的手臂问道："出什么事了，萨姆？"

他的表达能力已经有所进展，特别是在面对他信任的人时："艾玛，她要生了。"

这几个字让我心里一震。

我立马拿起手持对讲机说道："医疗区，这里是指挥所，能听到吗？"

"指挥所，这里是医疗区，能听到，先生。"一个男人说道。

虽然频道里还有其他人在讲话，但我略过军事术语直接说道："我要和田中泉讲话。"

"指挥所，这里是医疗区，她已经离开，正前往你的公寓。"

田中泉的声音从对讲机里传来，她的声音被骚乱声埋没，几乎听不太清内容："詹姆斯，我正在路上，但走廊挤满了人，他们都开始慌了，"我在田中泉的背景声里听到各种乱七八糟的声音，仿佛她正在竭力从人群中开辟出一条道路，"交给我吧，詹姆斯，我向你保证她不会有事的。"

萨姆抬头看着我，仿佛在恳求我和他一起离开。

"听起来你还很忙，"田中泉说，"别担心，詹姆斯。"

"收到，田中泉，谢谢你。"

我弯下腰对萨姆说："我们会尽快的。"

他表情难过，转身准备离开，我留住他说道："萨姆，我要你在这里待一会儿。"

"为什么？"

"军队正在走廊里，我们暂时没法出去。你就先在桌子旁坐着吧，我尽快来接你，我们会回到艾玛身边的。"

"詹姆斯！"哈利喊道，"我们找到那个装喇叭的人了。"哈利在终端机前敲着键盘，将监控图像投放到主屏幕上。画面里那人穿着大西洋联盟军服，从肩章上看他的军衔是一名下士。

"有人认识他吗？"布莱特维尔问。

见到无人回答，她对旁边的一名技术人员说道："用面部识别，看看这人现在在哪儿。"

"等等，"赵民指着屏幕说道，"这里还有，总共两个人在装喇叭，都是士兵。根据脸部识别……这人是一个名叫丹佛斯的少校。"

那名技术人员回答道："另一个叛徒是卡菲下士。"

"快找到他们！"布莱特维尔命令道。

丹佛斯一直在五号营地和钱德勒共事，我们应该对他密切监视的。我曾用他的妻儿要挟他，看来情况不妙，现在外面危机四伏，而且艾玛还在外面。我们一定要尽快找到他。

钱德勒还给这两人安排了其他什么计划？如果他之前直接利用他们搞破坏或攻击我们，我们便可以抓住他们并套话，甚至能早些发现喇叭这件事，但他特意选择等候合适的时机。现在他们没有大的利用价值了，还能做什么？就在技术人员起身后，我看到他的脸上带着愤怒和恐惧，我立马意识到问题的答案是什么了。

"我们发现卡菲下士了！"

"在哪儿？"布莱特维尔喊道。

"情报室，45秒前，他手里还拿着枪。"

情报室就在走廊尽头。

突然外面传来几声枪响，刺耳的枪声像撕开了情报室。马上，我周围的人开始行动起来。那名在入口站岗的中士应声倒下，布莱特维尔掏出武器开始反击，并将我推离入口。枪声越发激烈，终于在一片混乱中，一名士兵喊道："他倒下了！"

布莱特维尔倒在血泊中，我立马爬到她身边，紧压住她肩上的枪伤，一名年轻人见状马上拿着医疗包跑了过来，他对我说道："先生，我是医疗兵，这里就交给我吧。"

我探出头往走廊望去，卡菲下士已经倒在地上一命呜呼，身上布满了弹孔。他去情报室是想刺杀领导团队，但丹佛斯呢，他人在哪儿？

房间内的主屏幕被一颗子弹击穿，但一旁的小屏幕依然运转正常。在其中一面屏幕上，我见到一个男人站在拥挤的走廊上，手里还拿着手枪。我知道那是哪里，就在我的公寓外面。那男人的脸上弹出一个窗口，上面写着：

面部识别确认是丹佛斯，他正在搜寻艾玛以作为要挟，甚至杀了她。我相信钱德勒真的会给丹佛斯下这种命令。

我从来没杀过人，一周前，我甚至没那个勇气杀钱德勒，可如果是为了救艾玛和她肚子里的孩子，我会毫不犹豫地杀了他。

厄尔斯扯着嗓子下达命令："重新部署最近的排去搜寻丹佛斯少校，活要见人，死要见尸。"

我立马转身捡起布莱特维尔的手枪，身后传来哈利、赵民和厄尔斯的声音，但我不顾劝阻向门外跑去。

在走廊狂奔时，我听到广播里福勒的声音不断在仓库内回响。我一刻没停歇，一直跑到感觉肺在灼烧，双腿酸痛，上气不接下气，仿佛心脏随时会爆裂。

士兵和平民无处不在，他们将手伸到空调管道里，翻查一箱箱的补给品，迫切地想找到传出钱德勒声音的喇叭在哪里。其他人则陷入了争吵，内心焦急，搞不清楚现在到底是怎么回事。

我研究了一下手中的枪，找到并解除了保险开关。我以前用过手枪，是我父亲教我的，他以前去打猎时经常会带上我。

我越跑越快，心跳声像击鼓声那样猛烈。

一个男人在走廊中间艰难地托举起另一个人，并让他站在自己肩上，那人正在掀开的天花板里摸索着什么。我经过时才发现，他找到的是一个传出钱德勒声音的喇叭。

我经过一个转角，看见我们公寓的门敞开着，里面没有传来任何声音。

我绕到旁边的窗户附近，偷偷往里面瞥去，发现里面已经空无一人。

又经过一个十字路口，我看见大人们不停地安抚着身边的小孩，其他人则惊慌失措、四处逃散。一名大西洋联盟士兵还在下着什么指令，但距离太远我听不清。

福勒的声音还在广播里回荡着，夹杂着钱德勒录制好的音频，我勉强能听出其中一些内容。

那你告诉我，劳伦斯，具体要怎么操作？人们可不会干坐着，眼睁睁看着身边的人登上飞船。

在钱德勒的录音里，福勒说抽签过程将全程保密。

保密，就是为了隐瞒大众的官僚说辞。

在靠近前方的十字路口时，我掏出手枪，放轻脚步，悄无声息地向前移动。我来到转角，谨慎地向左右张望，身体因为疲惫和肾上腺素激增而感到麻木。

一名男人站在离我四米多远的位置，他背对着我，身上穿着黑色花纹毛衣和灰色裤子，胳膊向前伸着，手里拿着枪。我继续向前移动，看到艾比和孩子们站在另一个十字路口附近，有士兵不断从他们身边疾驰而过。在发现他们抬着艾玛之后，我立刻感到恐惧。

她双眼紧闭。

时间仿佛静止。

那个男人微微举起手臂。

"丹佛斯！"我吼道。

男人没有转身，只是轻轻扭头，我确认了是他无误。

我扣下扳机。

子弹击中丹佛斯左肩，他猛地一抖，手中的枪应声掉落，那颗子弹正好击中离艾玛只有几米远的墙板。

我向他走去，不断扣动扳机，打空了枪里的弹匣。

他在地上挣扎着扭成一团。

我站在原地，看着地上已经一动不动的丹佛斯。紧接着一颗子弹射中我身边的墙板，是走廊尽头的士兵正在朝我开火。

□■□□第六十二章□□■□

艾玛

枪声在我身边此起彼伏，我感觉到杰克、欧文他们蹲伏着，将我扶着放到了地上。等我被放下后，我将他们拉到我背后并用身体护住他们。

突然，枪声停了下来，一名士兵跑到我身边。那是一个高大粗壮的女兵，头发向后扎得紧紧的，手里还拿着一支自动步枪，她向那边喊道："停火。"

一时间，到处都是说话声，所有人都在说着什么，难以辨认的嘈杂声将我们包围，我像身处飓风的中心。

田中泉的声音穿透嘈杂声，仿佛一艘乘风破浪的帆船："让一让，我是医生，麻烦让开一下，"她蹲下摸着我的脸，"没事了，艾玛，不会有事的。"

她抓起我的右臂，我感觉到什么冰凉的东西压在上面，接着传来一阵刺痛，针管扎进了我的血管。

"不要。"我喊道。

"这能让你放松下来。"

"孩子——"

"这对胎儿没有伤害，我们只是延迟一下生产进程，现在还不是时候。"

▨▨□□ 第六十三章 □□▨□

詹姆斯

我拿着枪呆呆地站在原地，一个高大魁梧的士兵蹲在艾玛身边喊着停火。她声如洪钟，我和其他人都愣在原地。

枪声立马停了下来。

我气喘吁吁，呼吸声听起来如在风洞那般响亮。我感觉肾上腺素渐渐退了下去，像药效慢慢衰减，身体重新恢复了对周围的感知，紧张的情绪也缓和下来，我逐渐恢复了理智。

一个穿着迷彩服的苗条士兵捡起丹佛斯的手枪，问道："您没事吧，先生？"

我心不在焉地点了点头，我忍不住盯着眼前躺在地上的男人。这个被我杀死的男人，这个本来想杀了我或者艾玛的男人，又或许我们两个他都没打算放过。经过他的尸体时，我仿佛是正在走过一座桥，桥两边是两个截然不同的世界。

我夺走了一个人的生命。

田中泉蹲在艾玛身边，把艾玛的手指按在健康检测仪上，她双眼紧闭，呼吸平稳。艾比和艾德琳正扶着她的头，依旧惊魂未定的神情。萨拉则在一旁号啕大哭着，杰克和欧文看上去倒是已经恢复冷静，不过我知道他们肯定心有余悸，我可以理解。

麦迪逊正不停地问着田中泉各种问题，同样也是我想问的问题。

"我已经控制住了她目前的宫缩，"田中泉看着麦迪逊和我，"这里交给我就行了，詹姆斯，你有什么事就先去忙吧。"

我身后突然传来脚步声，我立马转身举起手枪，眼前的两个男人连忙抬起手示意。原来是大卫和亚历克斯，他们一直在搜索那些播放钱德勒录音的车载喇叭，他的信徒们也在四处传播着同样的信息。亚历克斯见到地上的死人后，惊恐地抬头看着我。

一看到大卫，麦迪逊立刻扑进他的怀里大哭起来。亚历克斯也走到了艾比身边。

"我有什么能帮上忙的吗？"亚历克斯平静地问我。

我把手枪交给他，并对一边的士兵说道："中士，你还有多余的弹匣吗？"

她从弹药袋里掏出一个弹匣给我，我又递给了亚历克斯。

"我需要你把大家叫到医疗区，你们一定要守好那里，可能还会有更多敌人冲着艾玛去，必要的时候你就开枪。"

他点点头，带着孩子们离开了。

艾莉松开艾玛朝我跑来，一把抱住了我的腿，让我差点儿摔倒在地。"爸比！"她喊道。

我蹲下来紧紧抱住她。虽然时间紧迫，我还是想最后再抱一下我的女儿。

"不会有事的，"我告诉她，接着又握住艾玛的手，"去找你大伯，听他的话，我马上就回家。"

"别走。"艾莉恳求道。

"我也不想，可爸爸要工作。"

"萨姆在哪儿？"

"他和我在一起，你马上就能见到他了。"

我在她额头上亲了一下，站起身，示意亚历克斯带着艾莉去医疗区。她转过头依依不舍地看着我，眼里泪光闪闪，艾玛也被三名士兵抬走了。

目送他们消失在路口后，地下突然传来了轰隆声，仿佛有一只巨兽正在我们脚下移动。远处传来了一声爆炸声。

周围还回荡着广播里福勒的声音。

一名高大的中士正在转角处指挥士兵，她转过来对我说道："先生，我们已经与敌人发生交战，现在需要您立马去指挥所。"

她命令四名士兵护送我去指挥所。

我一进去就看见厄尔斯时刻注视着屏幕，在房间内不停地踱步。制造厂南边区域已经陷入战火，我们投掷的手雷在雪地上炸出一个个深坑，泥土像裂开的伤口那般裸露出来。

雪地上落满了血迹、肢体残骸和弹片，在寒冷的夜里冒着热气。这场面让我有些反胃恶心。

曳光弹点亮了夜空——我方火力呈红色，敌方呈绿色，又是冰天雪地，不知道的人还以为这是在表演圣诞激光秀。

帕罗利上将也在场，站在房间角落里生闷气。我应该错过了厄尔斯和他的好戏——争论到底该由谁负责指挥，现在看来是厄尔斯占据了上风。

哈利走过来说道："我们认为有一百名士兵在挖隧道去制造厂，我们用手雷削减了他们的不少兵力。"

"车队情况怎样？"

"他们还没有改变路线。"

厄尔斯也走过来说："詹姆斯，我们拆掉所有的喇叭了。"

"对比一下我们丢失的喇叭数，看看还有没有遗漏，不然等下可能还会播放钱德勒的录音。"

"明白。"

"顺便拿一个喇叭过来，别关它，我要看看他们使用的频道。"

他点点头，然后给其他人下了指令。

"布莱特维尔情况还好吗？"

厄尔斯咧嘴笑道："她现在气得像颗炸弹，巴不得离开医疗区。"

"看来是没什么大碍。"

福勒从广播旁站起来说道："我能不念了吗？"

"当然，劳伦斯，来吧，"我又对厄尔斯说，"现在部署情况如何？"

"我们在加派兵力，还准备了一个排的兵力去挑选能够参战的平民，并且让非参战人员分散在仓库的不同位置。"

"好。"

"关于亚瑟，"厄尔斯说，"我们有六名士兵在把守他的牢房，要不要让他们也参战？"

这是个问题。如果撤走看管亚瑟的士兵，那时就是他攻击我们的最好时机。亚瑟从内部瓦解我们，而钱德勒则从外部击溃我们。但看管他又需要耗费兵力，更何况我们现在需要尽可能多的人手来防御仓库。

"让士兵把他带过来，"我说，"我们把他绑在椅子上，也许他能给我们提供点帮助，让哈利和格里戈里看着他。把看守的士兵撤出来，全部加入战斗。"

我了解厄尔斯，虽然他面无表情，但我还是看得出他并不喜欢这一决定。尽管如此，他在传达我的指令时语气依然充满了坚定和信任。

从屏幕上看，双方交火的激烈程度有所下降。

"一架调查无人机正在返回，先生，"厄尔斯说，"预计十分钟后抵达。现在雪地掩护效果减弱，我们可以用红外成像为我们的狙击手标记目标，"他顿了顿，"如果你想抓活的，我们可以冒险出去抓一些俘虏，不过代价会非常昂贵。"

"昂贵"二字让我感到有些奇怪，从他的角度来看，士兵的生命是战争的消耗品。

"等无人机抵达后，"厄尔斯说，"我们的行动会更加高效，我们可以整理出非战斗人员的数量，不过需要点时间。"

时间，另一个昂贵的资源。但对我而言，生命远比时间宝贵。

"让他们坚守自己位置，"我说，"我们不需要俘虏，那些士兵未必有什么新情报可以给我们。"

"长官，"一名技术人员喊道，"每支车队各分离出了一辆车，它们速度已经超过车队。需不需要派无人机跟着，还是继续追踪车队？"

厄尔斯看着我，等我回答。

"跟着分离车队的车辆，看看它们要去哪儿。"

亚瑟出现在门口，看上去非常愉悦："亚瑟中士，前来报到。"他故作热情地说道。

厄尔斯对着椅子点点头，示意士兵把亚瑟绑起来。

"我们不能让你乱跑，"我对他说，"你知道的。"

"我知道你怎么想。"他坐在椅子上盯着我，主动将双手靠在椅背后，让士兵用胶带绑住他的手臂。

"我们正在遭到攻击。"我平静地说。

听到这儿，亚瑟扬起眉毛说："这样啊，你们真是聪明，都要灭绝了还在自相残杀。"

"这不是我们的主意。"

"但你需要一点建议，不是吗？所以你才让我过来。"

"你说过你们有数千年的战斗经验，和成千上万个星球打过交道。"

"是数百万年，詹姆斯。"

"是我口误，所以你有什么办法吗？"

"我看看，你们寡不敌众，还被困在这里，就算能离开，地球上能抵御寒冷的地方也不多，依然会被他们追杀，所以还是直接在这里了结最好。"

"说了等于没说。"

"依我看，追根溯源还是能量，总得靠这个才活得下去。"

"这对我们有什么用？"

"我只能告诉你这么多，詹姆斯，接下来看你自己的悟性了，"亚瑟不在意地说道，"说透就没意思了。"

我摇摇头，叹了口气。实际上，人类自相残杀对他有利，能为网格省下不少时间和能量。我不禁想道：难道他也参与了这次攻击？他的计划是什么？

在这场生存之战中，我们的敌人也许远比眼前所看到的要多。

❄

在雪下挖隧道的残余敌军都已经死亡。在无人机的帮助下，狙击手消灭了他们，生命信号从红黄色降到紫色，最后止于死亡的黑色。

"领头的车辆正在减速。"一名技术人员喊道。

我和厄尔斯、福勒同时站起来，看向传回的视频画面。

穿着太平洋联盟和亚特兰大护卫队迷彩服的士兵走出车子，从车厢里抬出看上去像是聚氯乙烯管的东西，整齐地将它们立在雪地中，排成一行。每辆车至少装有二十根这样的管子，像栅栏上的尖桩那般排列，角度朝我们这边倾斜。

士兵们从车上拿下一个大袋子，还有一罐看上去像发胶的玩意儿。

"他们在干什么？"赵民问。

哈利摇摇头说："土豆加农炮。"

厄尔斯不解地问："土豆加农炮是什么？"

哈利笑着说:"拿一根聚氯乙烯管,一头堵住,另一头塞土豆,然后在堵住的那头装填推进剂,最后点燃,砰!"他生动地摊开手表演道,"超级好玩,然后就等着邻居跟你家长投诉吧。"

屏幕上,一名士兵从袋子里掏出一个看上去像是经过胶带封装的锡罐,然后将这简易"炮弹"装进管子里。另一名士兵蹲在堵住的那头,用气溶胶罐喷射了什么,接着点火发射,在一团白烟下,锡罐迅速飞出。他们不断发射,一枚枚"炮弹"纷纷飞向天空。

"废墟下有很多聚氯乙烯管,"哈利说,"回收它们很简单,还有很多空的食物罐头,他们大概往里面装了水吧。"

"我们的地雷被引爆了,"技术人员说道,"两枚,不,三枚,四枚了。"

"它们不是已经关了吗?"我问。

"是的,先生。"

远处传来一声爆炸。

"我猜他们是击中我们的战舰了?"哈利不懂为什么会引爆。

技术人员看着屏幕说道:"北109区的地雷被引爆,他们一定是引爆了某些活跃地雷。"

"看来地雷是没用了。"厄尔斯嘀咕道。

我突然明白亚瑟的话是什么意思了。

"我们有个更大的麻烦,"我冷静地说道,"这些土豆加农炮不仅仅是为了触发地雷,"我回头看了看亚瑟,"我觉得它们还是为了击毁我们的太阳能电池板。"

如果失去了仓库顶部和旁边的太阳能电池板,我们几天内就会全部冻死。说来也巧,我们现在的命运和网格如出一辙,收集和节约能量成了决定我们生死的关键。

如果守不住太阳能电池板,我们就只有死路一条。

✳

剩余车队抵达地雷圈后,和分离车辆再次会合。雪地上布满了爆炸留下的深坑,车队排成单行,紧贴着爆炸区域的边缘安全地通过。

"还剩三分钟,太阳能电池板将会进入加农炮的攻击范围。"厄尔斯说道。

在另一面屏幕上，我看到我们的士兵正在屋顶上用东拼西凑的简易墙板和太空舱部件遮挡住太阳能电池板。

我们决定让敌人摧毁仓库旁的太阳能电池板，并派遣一定的兵力去防守，不能过于分散兵力，否则连仓库顶部的太阳能电池板都无法保住。就算可以，它们几乎也无法为制造厂供能或为仓库供暖。

又有几辆车脱离了东边的车队，他们停下并架起了一批更大的加农炮。紧接着，他们开始发射一拨又一拨空罐子，其中一些未能击穿仓库，只是反弹落地，但我们脆弱的太阳能电池板遭到了毁灭性打击。它们纷纷碎裂、倾斜并掉落地面，场面看起来很糟糕，黑色的玻璃散落一地。

"屋顶的保护暂时还撑得住，"哈利又靠到格里戈里身边说，"等明天太阳升起来后，我们怎么办？"

"能活到明天再说吧。"格里戈里自言自语道。

听到身后传来脚步声，我立马转身查看情况。自从卡菲偷袭了指挥所，每个人都变得有点儿疑神疑鬼。

布莱特维尔走了进来，一只手臂上还打着石膏，她目光坚定，问道："现在什么情况？"

"你能重新返回岗位了吗？"我问她。

她做了个鬼脸，仿佛这个问题非常可笑："我可好得很呢。"

厄尔斯也很庆幸她没什么大碍，于是告诉了她目前最新情况。

屏幕里，所有车队都停了下来，正好停在我们狙击手的射程外。真希望我们有重型火炮，不知道太平洋联盟和亚特兰大有没有类似的火力。我们应该马上就能知道了。

福勒眯着眼睛看着屏幕里的画面，车队停在雪地里一动不动。"他们在干什么？"

"四支车队现在应该在用太平洋联盟的加密频道交流。"厄尔斯说。

"我们可以听到其中的内容吗？"

"不行，在谷神星大战前破译专家还有研究，但大战之后……最高统帅部认为发生战争的概率很小，便重新分配了相关的资源。"

"能猜到他们在聊什么吗？"

"他们应该是刚刚互相取得联系，"厄尔斯说，"他们肯定知道前线部队没能占领制造厂，现在在修改计划细节。"

我身后的车载无线电突然响了起来，传来一串哔哔声，听起来就像发生故障或者系统测试的声音，不仔细听的话很容易就被人忽略了。

"那是莫尔斯电码，"哈利说，"1、3、2。"

"是频道，"我说道，"肯定是大西洋联盟无线电频道。"

哈利将手持无线电频道调至 132 并调高了音量。

什么也没有。

这些数字是什么意思？进攻的信号？

"倒过来试试。"

哈利又将手持无线电调至 231 频道，里面马上传出钱德勒的声音。

"一号队，这里是二号队，收到请回答。"

布莱特维尔默默地看向我，希望我能下达指令。我举起手示意暂时不要出声，希望能从钱德勒那里得到有用的情报。

"一号队，这里是二号队，收到请回答。"钱德勒再次呼叫，依然无人回应。

车载无线电又噼里啪啦响了起来，开始广播钱德勒的声音。他声音低沉，像电台里的音乐节目主持人，要非常费力才能听清。

"致九号营地的大西洋联盟军队，我是理查德·钱德勒，你们的票选代表。你们的政府背叛了你们，他们挑起了和太平洋联盟还有亚特兰大的战争，是时候停止了。我们可以和平解决纷争，放下武器，出来加入我们，我保证不会伤害九号营地的任何人。这是你们唯一的机会，选择和平，与我们一起合作。"

他停顿了一会儿，继续说道："还有五分钟，请抓紧时间。"

"仓库或者工厂里的士兵听到这段信息了吗？"布莱特维尔问。

一名技术人员通过无线电询问，过了一会儿说道："没听到，长官。"

"告诫所有部队，敌方可能马上会发起进攻。"

厄尔斯带着我、布莱特维尔、福勒、哈利、格里戈里还有赵民去了房间的角落，远离亚瑟和看守他的士兵。

"有什么想法吗？"厄尔斯问。

"只要他们没有重型火力，"布莱特维尔说，"他们就攻不进来。"

"关于这点我们应该马上就能知晓了，如果他们真的有，我们的防线根本挡不住。"厄尔斯说。

当我看向亚瑟时，我发现他正在看着我们，脸上挂着一副愉悦的表情。

就在这时，我听到有人建议逃跑——用 3D 打印机制造直升机或者飞艇，不过这一选择很快就被否定了。还有人提议加强工厂防御，并将战线拉进仓库。不过我们寡不敌众，这一选择也被淘汰了。

我在脑子里重新审视现在的情况，从不同的角度探求解决办法，我们能利用的资源有限，我看着亚瑟，察觉到他是整个局势中非常重要的一环，虽然具体如何重要我还没想明白。不过他说得没错，我们兵力不足，而且无路可逃。我们有什么办法扭转局面？就在那么一瞬间，就像我在实验室取得突破那般，我灵光一闪，想到了一个办法。

"詹姆斯？"福勒问我。

我才意识到大家都在等着我的看法。"我有一个办法，能够保证我们的生存。"

福勒有些惊讶，厄尔斯和布莱特维尔的表情也耐人寻味，格里戈里则一脸怀疑。

"我们要战斗，而且我们会赢。"

布莱特维尔向厄尔斯扫了一眼，后者点了点头同意她发言："先生，要赢，我们要有弹药，而且——"

"不，上校，我们只需要更多的时间。"

她眉头紧锁，说："先生，我们的粮食储备不足，太阳能电池板也遭到了攻击，我相信时间肯定不会站在我们这边。"

"还不是时候，上校，再等等，"我从桌上拿起手持无线电说道，"钱德勒。"

"詹姆斯，我希望你是来求和的，我们是抱着和平的态度来的，我们谈谈条件吧。"

"好，我们谈谈条件，虽然你没意识到，但我们现在占据上风，希望你不要敬酒不吃吃罚酒。对于你那些能听到我们对话的同伴，你们听好了，想活命就听我的。钱德勒做的这些都是因为个人恩怨，他要报复我，你们不要被他操纵了。他才不在乎你们的生死，但我们在乎，我们有飞船能拯救大家，让我们继续按计划行事，如果你们现在离开，这一切既往不咎。"

钱德勒马上回应道："要不要我提醒一下，你们的飞船根本坐不下所有人，詹姆斯。而且大西洋联盟的士兵还不用参与抽签，他们得为你们的阴谋保驾护航。而亚特兰大和太平洋联盟的人——那些无辜的生命，将会被你们抛弃在这颗冰冷、黑暗的地球上。"

"钱德勒，在你走的这段时间里，我们已经解决了这一问题。"

哈利和格里戈里立马看向我，赵民则低着头，他们都知道我在说谎。只要能救我们的人，我会一直将这个谎言说下去，直到飞船离开轨道。

"别吹牛了，詹姆斯。"

"我没有，所有人都能登船，你煽动这些人的理由也因此不复存在。"

无线电那边陷入了沉默，也许这一招真的能行。

钱德勒再次说话时，他听起来底气更足了："别玩这些把戏了，詹姆斯，别说谎了。你马上投降，让你们的部队放下武器走出来，这样谁也不会受伤。"

"钱德勒，你要我们的东西，那就自己攻进来拿，否则我们就在这里等着，你们就在外面挨饿冻死吧。"

"詹姆斯，我们都知道你们才是要挨饿冻死的人，我们有什么必要进攻呢？你要是想通了就再联系我，不过最好的是，我希望等你死了或者被关起来后，有明事理的人能替你和我们联系。"

钱德勒切断了通信联络，紧接着，屏幕里传来动静，不断有士兵从车里走出来，很显然，他们之前躲过了无人机的侦测。这些运兵车里藏着大量部队，他们事先给车厢做了隔热处理。

"我要人数统计。"布莱特维尔喊道。

太平洋联盟和亚特兰大的士兵从车里拿出一捆捆东西，拖着它们在雪地里艰难地前行。如果那些是重型火炮，我们活下去的概率将会变得十分渺茫。在夜视图像下，我看到他们搭起了一座座穹顶状的建筑，银色的屋顶在画面中闪闪发光。这些简易居住房屋应该是从亚特兰大带过来的，本来是为迁移至亚特兰大的幸存者准备的，适合在严峻环境下长期使用。

他们准备将我们围个水泄不通。

在屏幕右下角，技术人员不断更新统计数字，最后停留在大约四千，而我们只有不到四百。

我们的食物还够支撑十四天，在两周内，我们要赢得这场战争。

▢■▢▢ 第六十四章 ▢▢■▢

艾玛

在一片模糊中，我慢慢恢复了意识。我躺在医疗区里，麦迪逊、艾比和田中泉靠过来，握着我的手在健康检测仪上按了按，一旁的金属杆上还挂着一个输液袋。

我睁开眼睛看到麦迪逊坐在一旁的椅子上，怀里还抱着艾莉。看到我醒后，她挣脱开麦迪逊朝我跑来。

"妈妈——"

"嗨，宝宝。"

她泪眼汪汪地说："你生病了。"

"不是，妈妈没生病，我只是需要休息一下，"我笑着抚摸她的脸颊，我的手上还插着输液管，"你马上就要有一个弟弟了，开心吗？"

她点点头，不过她下嘴唇还在微微颤抖，眼里满是恐惧。

我听到远处传来一声巨响，听起来像地雷被引爆的声音。

"这声音差不多每隔一小时就会传来。"麦迪逊说。

医疗区门口出现了一个人影，我看不清他的脸，不过我认得他那充满负担、沉重的走路姿态，步伐里依然充满了力量。詹姆斯径直来到我床边，蹲下来抱起艾莉。

他对麦迪逊点点头，她放下手中的针线，离开了房间。

"嗨。"

我笑着问道："情况怎样？"

"真是疯狂的一天。"

"看起来很忙啊。"

他笑了笑，我看得出那是真心的笑，这也缓解了艾莉的焦虑。孩子会受到父母情绪的影响，如果我们平静，那她也不会继续焦虑。她知道出了什么事情，知道外面充满了危险，但此时此刻，我们在这里不用担心，她也能从我们这儿感受到那种安全。

詹姆斯对艾莉说道："我不在的时候，你听话吗？"

她羞怯地笑了笑。

"听你妈妈和小姨的话吗？"

艾莉点点头。

"不准和哥哥姐姐打架，"他在艾莉额头亲了亲，"去找你小姨玩吧，我要和妈妈聊一聊。"

等艾莉走开后，我收起笑容问道："钱德勒？"

"是啊。"他转过去看着屏幕上的生命体征。

"情况有多糟？"

"问题不大，事情马上就能过去了。"

"和我说实话。"

"你相信我吗？"

"完全相信。"

"好，我们马上就能离开这里，我保证。"

□■□□ 第六十五章 □□■□

詹姆斯

看望完艾玛后，我在指挥所待了几个小时，看着钱德勒的军队在雪地中扎营。他们分散排开，形成一个环形布局，只留出四个缺口来分隔不同营地。在他们后方可以看到地雷爆炸留下的深坑，随着时间一分一秒过去，飘雪渐渐又覆盖住雪层下棕黑色的土壤。

我看着倒计时归零。

"北43，"一名技术人员说道，"引爆。"

一枚地雷应声爆炸，大团的白雪和泥土喷向空中。引爆地雷虽然无法对他们造成实质性伤害，但可以剥夺他们睡眠，消耗他们的精力，影响他们进攻时的状态，这是我们眼下唯一能做的事情。他们有数量优势，而且进攻时间也由他们决定，我们寡不敌众，只能时刻做好防御准备。如果能让他们感到疲惫、焦躁，我们也算争取了一点儿优势。

"我觉得他们今晚肯定要在外面睡了。"厄尔斯说。

"我也觉得。"布莱特维尔应和道。

"我们先去情报室吧。"我准备起身离开指挥所，两名士兵跟在我后面。

在经过医疗区时，我又进去看了看艾玛。她和艾莉都吓坏了，我尽力去安抚她们的情绪。我知道她很担忧，尤其是我们还未降生的孩子。

在大厅散步有助于我思考，我全身的肌肉就像一台引擎驱动着我的大脑。

等我去到情报室时，大家都已经到场了。厄尔斯和布莱特维尔神情严肃地站在门边，哈利倒了一杯咖啡喝着，赵民闭着眼睛坐在椅子上小憩，格里戈里则靠在椅子上看着天花板，仿佛在思考我们为何会落到这般境地，福勒坐在桌子尽头的右边，中间的座位则等着我落座。

我示意士兵关上门并在门外站岗。我站在会议桌前几米的位置，暂时还不打算坐下。

"我有一个计划，时间紧迫，我需要你们所有人的帮助，而且动作要快，现在已经来不及讨论了，"我认为我的意思已经够明确，为保险起见，我又问了一句，"这样可以吗？"

福勒点了点头。

"我从来没有违背过命令，"厄尔斯说，"以后也不会。"

"你也知道，"布莱特维尔说，"即便我不同意，我也会听你的。"

"经过了这么多事情，我完全相信你，上校，我在指挥所说的话也是认真的，我们不仅要战斗，我们要赢。"

"要怎么做？他们有人数优势。"

"这只能维持到我们交战前，届时我们会和他们相差无几，甚至夺回优势，而且我们要给他们个惊喜。"

布莱特维尔笑着说："听到你这么说，我就放心了。"

"放心吧，上校，我需要你确保所有的士兵届时做好战斗准备。"

"具体是什么时候？"

"大概两周。"

"但我们的食物只够支撑那么久。"

"我会解决食物问题。"

"我们要做什么吗？"哈利问。

"我要你修好那些车载喇叭和无线电，这一次，我们要反过来对付他们。"

"修好它们不难。"哈利说。

"我们还剩多少架无人机？"我问布莱特维尔。

"四架。"

我在脑中算了算，然后对哈利、赵民和格里戈里说："你们装好八十箱小型炸弹，每架无人机二十箱。"

哈利缓缓点了点头，仿佛在推测我的计划："这计划应该可行，不过我们的原材料都拿去做地雷了，而且现在也不可能再出去回收材料。"

"我们也不需要真的炸弹，我们用空箱子，看起来像装了炸弹就好。制作箱子需要多久？"

哈利看了下赵民，然后耸耸肩说："二十四小时内就可以打印出来。"

"不行，打印机另有安排，你们只能用仓库里的材料了。"

"行，那大概三到四天吧。"

赵民说："能源是个问题，屋顶的太阳能电池板勉强够仓库供能，如果还要用打印机和给无人机充电，能源根本不够用，而且它们现在都已经被遮挡保护起来了。"

"我们只需要给仓库一小片区域供暖，这个我等会儿再解释。"

赵民点点头，说："好。"

"格里戈里，我需要你用仓库和工厂所剩的材料造一枚炸弹。"

他坐在椅子上向前一倾，两眼放光问道："多大？"

"很大。"

"便携式？还是可发射？"

"不，固定炸弹。"

"很大是多大？"他问。

"大到能炸毁整个仓库。"

格里戈里看着墙，思考了一会儿，说："我们不能造小型便携式炸弹，却要做大炸弹？这样的话只能是化学炸弹了，给我几天时间。"

福勒看着我说："要将所有人转移至工厂？那样会很挤。"

"不是，我们去其他地方。如果无法安抚、控制仓库内的群众，计划便无法顺利进行。我需要你的帮助，劳伦斯，在遭遇危机时，大家都信任你，他们到时候可能会比困在堡垒时更加惊慌。"

福勒摇摇头否认道："当时是艾玛帮助他们熬过去的，不是我。"

"那这次就靠你了。"

"好吧，交给我。"

我看着大家，继续说道："整个计划还有一环，那就是我们可以独自施行，如果有亚瑟的帮助，我们成功的概率会大一些。我想跟他做笔交易，我希望你们能相信我。"

大家没有说什么，只是默默点了点头。格里戈里和布莱特维尔低着头，面露难色。我知道他们不喜欢跟亚瑟合作，只要能得到他们的默许就足够了。

"行，就这么多，现在时间是我们最大的敌人，如果需要任何帮助尽管来找我。"

其他人离开后，布莱特维尔在门口徘徊，她问我："先生，我要带亚瑟进来吗？"

"嗯，我们三个人开个会。"

她刚想开口反对，我便打断她说道："不用带其他护卫，这事只有我们三个人能知道。"

五分钟后，亚瑟大摇大摆地走进房间。布莱特维尔跟在他身后，她迅速关上房门，充满戒备地看着亚瑟，右手已经摸向腰上的枪。

亚瑟笑了笑，看了看她，又瞟了瞟我，说："这是干什么？"

"你知道其中原因。"

"我知道了，"他看了看情报室，仿佛在享受这一刻，"真是世事难料，没想到现在你要跟我做笔交易了，是吧？"

西边的一枚地雷又被引爆，沉闷的爆炸声像闷雷那般不断回响。

"亚瑟，我们不需要你也可以赢，但你的帮助能增加赢的概率。"

他收起笑容说道："你说吧。"

在我解释计划后，亚瑟打量了我许久，这是我接触他这么久以来，第一次见他沉默不语，面无表情。他仿佛在脑子里进行数据处理，想解决某个复杂的方程式，同时隐藏他的真实反应。等他开口后，又回到了那种漫不经心的说话方式。

"不得不承认，已经好几百万年没人让我这般佩服了。你们面临的困境有两种解决方案，你正确选择了成功率最高的那个。而且你还添加了两个小战术，它们能略微提高你们的成功率，这连我的模拟都没有预测到。"

"这叫创造力。"

他想了一会儿，不屑地说："不，这叫几乎不可能，詹姆斯。"

"什么意思？"

"意思是你的思想确实超越了时代，"他打量着我，我第一次见到亚瑟这样困惑，就像没有足够的能量维持、管理他的表情，声音变得空洞、冷漠，像一台没有感情的冰冷机器，"不对，这里还有一个变量，一个我没考虑到的异常。"

"一个网格没有考虑到的异常？"

他待在原地，我一度以为他已经离线，或者他的人工智能程序出错了。如果真是这样，这对我们绝对是一件坏事，因为我们现在非常需要他。

终于，他回过神来，重新用傲慢的语气说道："别臭美了，詹姆斯，网格的计算能力是你们落后的数学能力无法衡量的，我刚才指的是局部的信息处理限制。"

"看来，我们认识的那个邪恶人工智能霸主又回来了啊。"

"这个邪恶的人工智能霸主想知道，你这个计划对我有什么好处？这不像在监狱表现良好可以提前释放——关于这点，你应该非常清楚。"

"相反，这就是我给你的好处。你想想，一部分人类反正要离开这个星球，而你又不走，那然后呢？按你说的，你会造一个逃生舱，然后将自己发射至太空，并重新和网格连接。那得耗费多久？"

亚瑟耸耸肩说："那又怎样？我是永生的。"

"确实，但时间对网格而言非常重要。如果你快点儿上传自己，就能提高网格下一次行动的效率，甚至能和网格汇报我们的信息。简言之，你越早上报对网格越有利，而且让我活着也对网格有利。你了解我，你知道我选择和平离开，但外面那些人就说不准了，你要和他们打交道，可能得耗费更多的能量。"

"你到底想说什么？"

"我们会带你登船，在经过小行星带时将你发射出去。我们离开后你便可以上传数据，不用再浪费几天甚至几周。"

听到这儿，布莱特维尔迅速扫了我一眼，然后又盯着亚瑟。她显然不喜欢这个决定。

"你们的人不会同意的。"亚瑟戏谑道。

"我的人相信我，这个交易还有个好处。"

亚瑟扬起眉毛看着我。

"如果外面的军队攻进仓库，他们会毫不犹豫地朝你开枪。"

"我没那么容易被杀死。"

"我知道，你的那副身体是我造的，但你也不是无敌的。"

沉默了一会儿，我继续说道："你不仅仅是个人工智能吧？"

亚瑟没有说话。

"你的态度、看法，甚至是开的玩笑，绝不是根据我的反应做出的公式化计算，都是真实的你。你就像网格内独立的个体，对吧？你有你独特的经历和专长，有一份职业，你就像……一个间谍，一个深入敌人后方的伞兵，为的是达到或者推动网格想要的结果。从某种程度上来说，你被困在了这里，就像一名被困在某个偏僻小岛上的水手，上面还有许多本土的敌对物种。所以你想离开这里，远离我们，而我们也一样想摆脱你。"

"你这个类比真让人难过。"

"所以你同意了吗？"

"你已经知道我的答案了。"

"好，最后一件事，我要你确保艾玛不会出事。"

"你是为了她还是她肚子里的孩子？"

"都是。"

"行，詹姆斯，她不会有事的。"

"你最好说话算话，如果她死了，你也活不下去，我们的交易就此结束。"

▢■▢▢ 第六十六章 ▢▢▢■

艾玛

士兵们接连将病人转移出医疗区，用移动病床或者轮椅将他们带到其他地方。我问他们这是要去哪儿，但无人回答我的问题，而且离开的病人也没有再回来。出什么事了吗？

镇静剂的药效开始慢慢退去，感觉就像在涉水过河，时不时像溺水那般感到昏昏沉沉。

我再次醒来后，发现詹姆斯坐在床边的椅子上，艾莉也坐在他腿上。

"妈妈！"她激动地喊道，"去旅游。"

我不懂这是什么意思，只见詹姆斯躲着艾莉迅速摇了摇头示意我，我挤出一个微笑说道："当然，我差点儿忘了，我们要去旅游，你开心吗？"

她点点头。

"听爸爸的话，好吗？"

詹姆斯将艾莉抱过来，让我抱了抱她。"和妈妈说再见。"

"拜拜，妈妈，爱你。"

"我也爱你，宝宝。"

他离开之后，我好奇我们要去哪里，还是詹姆斯随口一说。更重要的是，我不知道他为什么要带艾莉来和我道别。

我意识到，也许他是害怕真的会遭遇不测，所以让我和艾莉再见最后一面。

✲

几分钟后，詹姆斯带着萨姆过来看望我。萨姆看上去非常坚强，但他拥抱我时久久不愿放开。我在他额头亲吻了一下，告诉他我们很快就会再见的。我内心也希望我们真的能再见。

255

✳

　一旁的机器发出很小的嘟嘟声，我身上还插着输液管。我毫无睡意，在床上辗转反侧。我看着医疗区入口，脑子里满是担心和困惑。

　终于，詹姆斯回来了，这次只有他一个人。药效逐渐发挥作用，我感到有些昏沉。他在门口和几个人说着话，不过我听不清内容。我视线慢慢模糊，接着画面一转，他出现在我的床边，俯下身亲吻了我。

　因为太久没有说话，我的声音变得有些沙哑："出什么事了？"

　"我们要离开这里了。"

　"可以吗？"

　"你相信我吗？"

　"你知道我当然相信你。"

　"我需要你放心。"

　我摇摇头，想努力克服药效带来的困倦感。我看到他神情坚定，但在那沉着的面孔下，我了解他，我看到了恐惧。

　"我准备好了。"

　他紧紧握住我的手："我们另一边见。"

　他转身示意门口的人进来，田中泉首先出现，后面还跟着六名士兵，再后面是面无表情的亚瑟。另外两名士兵推了一张病床进来，一旁连接着一台机器。我认得那台机器，我之前在发射场见过，当时共有三名志愿者。病床上还放着一个为我准备的休眠袋。

　我感觉心跳加速，肾上腺素在我体内流动，忽然一拥而上，立刻让我清醒专注起来。

　一旁的血压检测发出一声警报，田中泉立马按下一个按键，警报安静了下来。她从口袋掏出一根针管，将里面的东西注射进了我的输液管里。

　·"这是什么？"我问她。

　"帮你放松的东西。"

　不管是什么，它马上起了药效。我的手臂开始变得沉重，仿佛失去了知觉。我晃晃头，视线也模糊起来，眼前的事物仿佛变成了慢动作。

　我感觉我的话在脑子里回荡，然后缓慢地从嘴里说出，声音像陷入了旋涡："为什么？"

"我们必须这么做。"

我的声音变得很不自然，像金属弯曲时发出的低吟："为什么？"

"食物不够，没有足够的能源为每个人供暖。"

"孩子们？"我想点头，但就连抬头也变得十分困难，仿佛有什么重物压住了我的头部。

"他们没事，"詹姆斯说，"他们很勇敢。"

镇静剂使我的身体越发沉重。突然，像触电般，我脑子里闪过一个念头，一个词：孩子。我向下望去我的肚子，我想说话，但就是一个字也说不出。我盯着詹姆斯，想用眼神问他，我肚子里的孩子能否安全。

詹姆斯见状看了看亚瑟，然后又对我说道："你们母子俩都不会有事的。"

接着就像做梦一般，我感觉士兵拖着我的身子，将我装进了休眠袋。橡胶似的材质紧贴我的身体，冰凉且沉重，像穿了一身湿衣服。

面罩遮住了我的口鼻，之后传来拉链关上的声音。我的思绪逐渐飘远、迷离，我深吸一口气，没有任何气味，只有无尽的黑暗。

□■□□第六十七章□□■□

詹姆斯

我看着大家一个个地被装进休眠袋，堆积在一间小房子里，仿佛他们只是一件件货物，这场景让我感到十分不舒服，但我们别无选择。我们将一半的平民都装进休眠袋里，袋子整整堆满了三间公寓，一排排的人体叠放起来有天花板的一半高。

这么做的原因很简单，我们马上会关闭仓库大部分区域的暖气和电力供应，而休眠袋可以承受各种极端环境，里面的人会安然无恙。

制造厂正在快马加鞭地制作休眠袋，在二十四小时内，我们成功地让所有平民进入休眠。

看到艾玛、艾莉和萨姆在休眠袋中的模样，我坚定了自己的决心。我们一定要赢得这场战斗，否则他们将永远无法苏醒。

我去指挥所在屏幕上检查了一下现在的情况，敌方营地寂然不动。

"继续引爆地雷。"我对一名坐在控制台的士兵命令道。

"有位置要求吗，长官？"

"你自己决定就好，下士。"

引爆地雷的位置不重要，他们都听得到。

在屏幕左上方，远处爆发出一道亮光。

敌方帐篷依然没有任何动静，也没有人出来查看情况，但我知道他们肯定被吵醒了，而且此时正火冒三丈。

不得不说，我很享受。

❄

穿上冬装，我穿过空荡荡的仓库，不远处还有一些士兵在忙活。他们在天花板中藏下喇叭和加热管道，没有放过任何一个不起眼的角落。

等他们都离开后，我打开其中一间公寓。这间公寓看上去普普通通，和其他公寓别无两样。这是我随机选择的，这里也将是我们最后的防线。

在客厅里，布莱特维尔笔直地站在角落。她监视着亚瑟，后者正站在一台终端机前飞速地敲着键盘。

"你要是允许我连接无线网络，事情就不用这么麻烦了。"他说。

"你知道那是不可能的。"我说。

轮换时间到了，我对布莱特维尔点了点头，示意她可以离开了。

我闭着双眼瘫坐在沙发上，困倦感向我袭来。尽管我很想好好睡上一觉，但我得盯着亚瑟。

"怎么样了？"我问他。

他指了指地上的大坑，说道："就这样。"

❄

轮换时间到了，我先去看了看格里戈里，他正在捣鼓那枚巨型炸弹，嘴里还不断嘀咕着俄语。他将仓库巨大的循环水缸改装成炸弹外壳，地上摆满了各种零件，其中大部分我都从未见过。

"需要什么吗？"我问。

他翻了翻白眼，嘟哝道："食物、睡眠、和平还有安宁。"

"食物和安宁可以，睡眠迟点也会有，和平就别想了。"

❋

哈利和赵民准备的伪造炸弹看起来就像随意制作的方形皮纳塔，他们用上了能使用的全部材料，包括孩子的玩具、住房零件到空调管道，最后制成了这些五彩的盒子。

"虽然外观不怎么样，"哈利说，"但能完成任务就行。"

"这才是最重要的。"

❋

仓库现在仅剩零星几个区域还有供暖：指挥所、几间实验室、几处用作兵营的住房和医疗区，领导层和他们的家人都在医疗区。等去到医疗区后，亚历克斯、大卫、麦迪逊和艾比都在等我。

"他们计划让我们今晚进入休眠。"亚历克斯说。

"我知道，我们也没得选，失去了太阳能电池板，我们没办法给整个仓库供暖。"

"我理解，但你有一个更大的计划对吧，詹姆斯？"我还没来得及开口，他又说道，"我们想帮忙。"

我摇摇头谢绝道："交给我们吧，让军队做他们擅长的事。"

"我不能自己进入休眠，而留你在外面为我们奋战。让我帮忙吧，任何事情都可以，拜托了，詹姆斯。"

我咬着嘴唇思考了一会儿，我知道他的感受，如果我是他，我也会希望能尽自己的绵薄之力。

"好吧。"

❋

我的计划正在一点点地顺利进行。每天仿佛都像永恒那般漫长。

我和钱德勒每天都在无线电里相互讽刺对方。

像落地摆钟准点报时那般，地雷不断地被引爆。双方的军队时刻保持戒备，越过雪地战场观察对方的情况，挖好战壕，做好了随时战斗的准备。

幸运的是，在一开始攻击完太阳能电池板后，他们便不再发射加农炮，这样一来我们便可以取下保护罩，让它们继续收集能量。如若不然，我们便真的会彻底走投无路。在正好满足仓库供暖的情况下，我们今天便能准备就绪。在日落后，我们会进行最后的抵抗。十个小时后，是生是死便可以见分晓。

田中泉一直缠着我让我补充睡眠，吃片安眠药好好睡一觉。但我拒绝了，今晚我一定要保持头脑清醒，任何失误都会带来毁灭性后果。

我在其中一个存放休眠袋的房间前停了下来，我看着休眠袋里的艾玛，我伸出手摸了摸，希望能最后一次握住她的手。不仅如此，我还希望她今晚能陪在我身边，就像我们之前在谷神星进行最后决战那般奋不顾身，今晚我也一定会倾尽所能。

"长官。"身后一名士兵叫道。

我转身看到一名列兵，他身穿防弹衣和冬装军服，嘴里还呼着一团团白气。

"先生，很抱歉打扰您，但我们收到命令要开始转移休眠袋了。"

"来吧。"我离开了房间，不禁又回头望去，多么希望自己有更多的时间。

时间。这就是我们的货币，是我们为了生存而投入的资本。一切已经准备就绪，时间也所剩无几——我们马上就能见到这笔投资的回报，如果正确地使用时间，我们便能大获全胜，否则将全军覆没。

因为没有时间讨论，所以计划直接由我一人决定，大家的生死也全部交到了我手上。我曾听过"高处不胜寒"一说，直到现在，我才切身感受到。孤独像虚无感一样缠绕着我，试图吞噬我的理智。

我希望艾玛能在这里，但一想到要面对枪林弹雨，我又庆幸她不用经历这场战争。

我来到格里戈里组装炸弹的公寓，向门口两名士兵打了招呼后走了进去。

格里戈里盘腿坐在地上，盯着眼前的这个庞然大物。

"你确定能用？"

"能用。"他头也不抬地回答道。

我们无法验证炸弹是否可用，所以只能相信格里戈里的口头保证。

如果真的无法引爆，那我们生存的概率就会直接归零。

❄

在指挥所，我看着屏幕上的画面，仿佛这只是风暴前的平静，大战前的死寂。接下来的几个小时，将决定人类文明的走向。

没进休眠袋的只剩科学家和士兵，还有少数几个平民，比如亚历克斯、艾比、麦迪逊和大卫。我们几乎关闭了所有住房，整个仓库只剩下指挥所、情报室、医疗区和军械库还有供暖，其余区域则任由寒冷侵袭。即便是有人待的那些地方，供暖程度也远远谈不上舒适。

打印机制造材料所耗费的能量远比我们预想的要多。今天太阳能电池板获取的能量和剩下大部分的能量也供给了无人机，太阳每天升起时的亮度都有所下降，这让情况变得雪上加霜。我们离亚瑟说的最后期限还有几个月，虽然整个世界还没有完全陷入黑暗，但很显然地球已经不再适合居住。关于时间这点，他大概是没有告诉我们实情，为的是让我们按照错误的时间期限赶工以拖延进度。如果真那样做，我们现在可能已经灭绝了。好在我们不断突破极限，夜以继日地努力让我们提前做好了离开地球的准备。

一队骨干士兵被安排去把守工厂和仓库入口，剩余的军队都躺下休息。在接下来的十个小时，我们的军队会补充好睡眠，做好充足准备应对今晚的决战。

如果钱德勒还在我们中间安插了像丹佛斯或者卡菲那样的内鬼，那人毫无疑问会通知钱德勒。今天我们的防守力量最为薄弱，即使我们的士兵醒来并做好战斗准备，也很可能无法抵御他们的直接进攻。如果在今天遭到攻击，我们将毫无胜算。

我躺进福勒旁边的睡袋，身上还穿着厚实的冬装，脑子里满是不安和担忧。

如果钱德勒今天进攻并且赢得战斗，他会怎样处理我们在休眠袋里的亲属？将他们抛弃在地球？整个星球到时候会变成一个大冰球，那样做无疑是宣判了他们的死刑。

我闭上眼睛，可大脑一刻也无法停歇，我无法摆脱恐惧，害怕自己遗漏了什么细节，担心给大家带来毁灭。

我辗转反侧、无法入睡，仅仅是躺着，大脑还在飞速运转。

终于，我起身看了看时间。

还剩两个小时。

我离开睡袋去了走廊，爬上摇摇晃晃的楼梯，来到仓库的屋顶。十几名士兵正在这里布置着哈利和赵民的假炸弹，哈利也在这儿，看着太阳在远方雪白的地平线缓缓落下。

"睡不着？"他问我。

我点了点头。

"我也睡不着。"

"你打算什么时候让无人机降落？"我问他。

"提前十五分钟吧，我担心太早会让他们发现异常。"

"祝你好运。"

"也祝你好运。"

我转身准备离开，他叫住我说道："谢谢你，詹姆斯。"

他努力地挤出一个微笑，我们都没和对方道别，但我们都知道这也许便是永别。我和他握了握手，然后拥抱这位朝夕相处的同事。哈利算是我最好的朋友，我同时也想到了格里戈里。

我离开后在仓库里徘徊，然后回到了我和亚瑟工作的公寓。

地上的洞让我想起了那次钻下堡垒的通道——它们十分相似，我们用的也是同一台钻机。

不断有士兵进进出出，将休眠袋递给洞中等候的士兵。

亚瑟的钻机是我整块拼图中的第一块，它当时在堡垒的表现令人印象深刻，而且在制作加速环时帮了不小的忙。

希望一切顺利，它是我们今晚生存下来的关键。

※

虽然没必要，但我还是服下了兴奋剂。我的肾上腺素已经飙升，所以药的作用微乎其微。

我站在指挥所中央，厄尔斯和布莱特维尔站在我的两边。我们看着屋顶传回的画面，无人机飞回了停靠点并迅速补充完电量。一个排的士兵立马将盒子装在无人机下方，如果它们装有真炸弹，无人机肯定无法承载那份重量，但我们的敌人肯定不会冒这个险。

"下士，"布莱特维尔喊道，"让排长们去欧米茄位置待命。"

军士确认后，让技术人员通过耳机传达出指令。

过去的几天，类似的指令接连不断，让士兵前往西格玛、阿尔法、贝塔或者西塔这样用代号命名的位置，这对外面听的人而言更像是无关紧要的闲聊。

欧米茄位置是我们钻出逃生通道的公寓，只有布莱特维尔、亚瑟和我知道具体位置。几个小时前，我们让一个排的士兵将休眠袋转移。十分钟前，我们派人告诉其他排长欧米茄位置的信息。如果有钱德勒的内鬼得知了具体地点，我们会陷入大麻烦。

军队已经开始行动，纷纷前往欧米茄的位置。

一切已经开始，没有回头路了。

我的心在胸腔里狂跳，仿佛呼吸困难。

我脑子里闪过一个画面——两名士兵躺在发射控制站内。我冒出一丝冷汗，我为什么现在会想起这件事？它和眼下的局势毫无关系，不是吗？那两名死去的士兵是我一直未能解开的谜团，也是我整个计划里没有考虑的部分。接着我脑子里又闪过两幅画面——亚瑟站在牢房里朝我微笑，还有钱德勒轻蔑地说道："我的复仇已经开始了，詹姆斯。"

我怎么突然想起这些？这是为什么？我的潜意识告诉我，那两名死去的士兵和这整件事有千丝万缕的关联。是亚瑟杀了他们？还是钱德勒？还是他们一起做的？还是说只是我多虑了？

厄尔斯似乎看到我痛苦的表情，他关心地问道："先生？"

我摇摇头，说："没事。"

在主屏幕上，敌人营地的画面依然一动不动，仿佛是一段相同的画面在反复循环。

"调出阿尔法连队 C 排的画面。"布莱特维尔说。

从实时画面中可以看到，在钻出隧道的公寓内，士兵们围着洞口而站，附近落满了水泥块和尘土。网格的科技使得我们可以粉碎泥土和岩石，隧道狭窄但足以让我们顺着边缘顺利降下。这是一件好事，如果完全靠我们自己，不可能挖掘得那么顺利。

一根绳子从天花板垂进洞内，等着士兵顺绳而下。

在另一面屏幕上，哈利站在屋顶朝摄像头竖了个大拇指。

布莱特维尔看着我。

我尽量平复自己的心情，但我的语气还是显露出一丝紧张："继续吧，上校。"

她对另外两名列兵点了点头。他们小跑离开房间，其中一名准备前往屋顶，另一名则马上前往至挖有隧道的房间。

列兵将一张叠好的纸递给阿尔法连队 C 排的指挥官。她看了看纸上的内容，然后收进口袋，抓住绳索向洞内滑去，她的手下也紧跟其后。除了指挥所的分遣队和看守出入口的骨干成员，我们所有的兵力都进到了那个洞里。

在画面中，C 排的士兵在环行隧道内跑动，像矿工一样，他们头盔灯在黑暗中照出一道道光亮。离洞口不远处，隧道走向分割为三路，其中两条是死路，这两条路是我们设下的陷阱。在死路尽头前十五米的位置，无人机钻了许多深坑。我们在底部布置了尖刺，并用房屋部件掩盖住深坑，表面还撒了一层泥土，只有在足够多的士兵站在上面时才会塌陷。

在两条死路的尽头，我们还布置了喇叭，可以播放军队下达指令的录音，以此作为诱饵，希望能诱骗他们朝里面冲去并踏上黄泉路。如果敌方军队进入隧道，我们将需要所有用得到的帮助。

设计猎杀陷阱这事让我感到有些不自在，我一生都在想方设法让人类摆脱死亡的命运，现在我却要杀死那些敌对阵营的士兵，而他们多数人只不过是听令行事。他们不认识我，也不了解我的家人，但这就是战争的本质，战争中的每一个人都是为了生存而奋战。

C 排的指挥官记忆力非常优秀，她不用核对地图便能选中正确的道路，这么说是因为这不仅仅是隧道，更是一个迷宫。隧道内有八个分岔口，每个分岔口都有三条道路，其中两条是陷阱。届时在地面交战过后，可能会有追着我们进入隧道的残余兵力，希望那些陷阱能解决掉他们。

每个分岔口仅有一条活路。

我为自己和没有地图的人准备了一套口诀："CABA""BABA"。每个分岔口三条道路从左到右依次为 ABC，口诀中的选择便是唯一的活路。

在主隧道的尽头附近有一个洞穴，里面整齐地堆放着所有休眠袋，九号营地所有的平民都在那里。

洞穴口还有一支小分队把守，以免敌人真的出现在那里。我还让亚历克斯、艾比、大卫和麦迪逊前往那里，因为如果隧道里发生交火，他们可以第一时间提供医疗帮助。当然，我不希望事态发展到那一步。

我们的计划有两处弱点，而且相当致命。首先，如果我们无法让敌人进攻仓库，那一切的准备都是徒劳。我们的隧道还没完全完工，几分钟后，无人机会再次启动并完成剩下的挖掘工作，并在敌方的西营地后方破土而出。如果他们不进攻仓库而是继续待在营地，我们便不得不在外面的冰天雪地中和他们作战，考虑到双方的军力差距，我们无疑会败下阵来。具体怎样，我们马上便能知晓。

C 排指挥官的头灯扫过前方的巨型挖掘无人机，她立马打起军用手势，即以特定角度举起手，手掌向前，手指并拢，同时放慢了脚步。她朝左边照去，一个人影正站在机器一旁，接着她停下脚步，举起步枪指着人影。

亚瑟露出一个微笑。

指挥官身后的士兵也纷纷赶上前来做好战斗准备。指挥官端着枪，从上衣口袋掏出地图看了看，下面写道：不要对尽头的人开枪，他会带你们前进。

她对亚瑟点点头，然后掏出平板按了按，硕大的机器立马开启并开始向前挖掘。接下来便到了棘手的地方。

由于机器装有水平稳定器，它可以垂直向上挖掘，但士兵并不能笔直攀升，所以，机器只能沿对角线以特定坡度斜向上钻进。

计划能否成功取决于我们能否在敌人不知情的情况下完成隧道的挖掘，我们一定要达到突袭的效果。如果地面空无一物，那机器突破地面的一瞬间，他们便能发现动静。幸运的是，刚入夜地面的雪层就结冰了，这能很好地隐藏我们的出口。

掩盖钻机的声音更为艰难，白雪皑皑的原野在夜晚是出奇地死寂，不过我也有办法解决这个问题。

钻机不断前进，后面尘土飞扬，士兵们纷纷用胳膊遮住口鼻，可还是不断咳嗽起来。

接下来几分钟是关键，如果我错估了时间，整个计划将功亏一篑。

从屏幕中传回的屋顶画面看到，布莱特维尔派遣的另一名列兵在楼梯间出现。他向哈利打了个信号，后者立马在平板上按了按，也许是因为寒冷和紧张，哈利的手在微微战栗。他和赵民看着四架无人机升空，逐渐消失在夜色中。我们的敌人一定会注意到无人机，并用夜视仪观察它们，最后会发现它们携带的假炸弹。

在另一面屏幕上，钻机还在不断掘进，将突尼斯大地下的砂岩磨成了粉末。

我看着敌方营地，静静地等待着……

突然，敌方的四处营地纷纷躁动起来，如同我预期的那样，他们已经观察到无人机的出现，以为无人机正携带着炸弹朝他们飞去，摧毁他们的营地和车辆，认为这便是我们最后的手段。如果我猜的没错，他们有两种选择——撤退或者进攻。撤退会让他们走进我们布的雷区，他们会分散撤退，包括步行和乘坐车辆——这将远远超过地雷所能覆盖的数量，不过依然足够消灭大部分敌方载具。这将使半数的敌方军队无法回家，最终困在冰天雪地中。这样一来，他们要么进攻，要么损失一半的兵力。我赌他们会选择进攻。

我松了一口气，因为传回的画面证实了我的猜想。大量穿着雪地迷彩服的士兵一涌而出，车辆也立马点火启动，车后面跟着大量士兵，将一面面看上去像是白色盾牌的物体绑在车上，让货车看上去像是大号的铲雪机。那些"盾牌"应该是黏合在一起的房屋部件，能起到防弹的作用。

货车领头，轻型车辆紧随其后。四支车队从四面八方驶来，驻扎在制造厂附近的敌方军队也兵分两路发起进攻，分散的兵力不断靠近，和驶向仓库的兵力形成包围圈。他们以为制造厂有重兵把守，而仓库体积庞大且难以防守，所以他们决定先拿下仓库，挟持人质，最后占领制造厂。非常顺利的战斗计划，而且正如我所料。

"等他们靠近。"布莱特维尔看着屏幕，冷静地说道。

钻机还在不断掘进。

"敌人距离我们还剩一百五十米，长官。"技术人员说道。

"再等等。"布莱特维尔说。

部队紧跟在钻机后方。

"还剩一百米，长官！"

"边撤退边开火，"布莱特维尔喊道，她转过身对我说，"该走了。"

我站在原地不动，等待钻机破土而出的那一瞬间。

如果钱德勒在九号营地还有内鬼，并且知道隧道的事，那他会留下一部分兵力守在西边营地，并在钻机出现的一瞬间发起攻击。他们只需要摧毁钻机并封住隧道出口，我们就都会被困在地下。如果再封住隧道入口，那我们就彻底死定了，他们还不会损失一兵一卒。

我要确保我们不是在自掘坟墓。

一只有力的手紧紧抓住我的手臂，布莱特维尔低声说："走吧。"

我依旧盯着屏幕，得到结果前我不会离开，这将是一次信仰之跃。

"可以了，上校。"

"下士，"她喊道，"引爆吧。"

接着我听到一阵闷雷般的响声，周围的墙板微微摇晃，远处的爆炸声在仓库内不断回响。屏幕里，地雷爆炸将雪层和沙石都掀了上来。

跟在车辆后面的士兵纷纷回头望去，好在他们以为地雷引爆只是转移他们注意力的手段。他们无视身后的爆炸，继续朝仓库跑来。

很好，地雷的爆炸声能很好地掩盖钻机突破地表的声音。

我最后看了一眼钻机的画面，然后跟着布莱特维尔走出了指挥所。远处传来了激烈的枪声，仓库外面已经陷入战火，敌方驾驶车辆撞向墙板，让仓库摇摇欲坠。敌方军队正不断涌入仓库。

布莱特维尔举起对讲机喊道："所有人员，立马开火！"

猛烈的枪声从四面八方传来，不过也仅仅是枪声，这是我们用车载喇叭播放的录音，足够欺骗他们了。他们立马四处逃窜，寻找掩体，并朝声音方向发起反击。

隧道入口所在的公寓里，我们最后的兵力守在那里，哈利、赵民和随从的士兵还没赶到公寓，格里戈里也不见踪影。希望他们能尽快赶来。

我们的计划非常简单，最后下洞的士兵会取下绳索，并系在我们为洞口做的遮盖物上——也就是一块巨大的毯子，底部还有房屋部件。任何朝公寓里望来的人都不会发现任何异常，如果他们踩在毯子上，它会发出轻微的嘎吱声，而水泥地是不会的。我只能祈祷他们不会发现毯子下的坑洞。

我沿着绳子向下滑去，落地后，我立马冲进黑暗里，跟着前方的脚步声向前跑去，脑子里回忆着背下的口诀。在隧道里基本伸手不见五指，而且看起来漫长无比、没有尽头，不断出现的分岔口仿佛让我陷入了一个死循环，就像在原地绕着圈子。

我向前冲去，穿过通向我妻子和孩子的隧道，他们正在这场屠杀中安然熟睡。

前方出现一丝昏暗的光亮，是月光照进了隧道。我们成功了，钻机成功抵达了地面。

隧道开始有了向上的坡度，我继续奔跑，嗅着地表传来的冰冷的空气。

几百名大西洋联盟士兵蹲在隧道两旁，做好了战斗准备，就像两排准备深入敌后的伞兵，时刻准备跳出运输机。这也正是这条隧道的作用。

布莱特维尔穿过他们，朝地表走去。

一个排的士兵藏在雪地里观察着地面的情况，钻机摆在一旁，顶部位于表面冰层之下。我伸出头看去，敌方营地距离我们不到五十米。

布莱特维尔蹲在原地，向我请示下一步计划："接下来？"

"继续执行计划，上校。"

她立马示意士兵离开隧道上到地表，然后迅速朝敌方营地和所剩车辆前进。

只要来到地面，我们便完全失去了掩护，暴露在冰天雪地中。

我从厚实的大衣里掏出一把手枪。

布莱特维尔转过头说道："先别动，先生。"

"我不能在这里待着，"我小声说道，"这一切是我造成的，现在就由我来解决。"

意识到我不肯退让，她只好点了点头。我们一起爬出了洞口，一阵冷风呼啸而过，我忍不住直打战。

我前方大概有二十名士兵，身后有差不多四百名士兵，还有五百名休眠的平民，他们的生死就靠我们了。关于隧道出口的位置，我们有四个选择，最终选择了西边，因为这里的敌方兵力最多，所以我猜测他们的指挥所就在这里了。钱德勒也一样，我能感觉到。

我做好迎敌准备，我们不断靠近，但并没有遭到敌人攻击。他们肯定一心专注在前方仓库和制造厂的情况，认为那里才是战火最猛烈的敌方，不过那只是我们设下的障眼法。如果我猜的没错，他们要过一会儿才能意识到这点。

我们的士兵已经抵达营地边缘，依然没有遭到攻击。他们将所有兵力布置在前方，我想他们的领导层肯定还在营地里，周围有小规模兵力把守，确保能安全地进行指挥。

要判断敌方指挥所的位置不难，那些不断进出的脚印便是最好的线索。指挥所由两座穹顶房屋连接而成，我以为我们的军队会以出其不意的速度拿下指挥所，但我看到他们动作慢了下来。几名士兵小心翼翼地蹲在敞开的门边，里面有十几个人影在来回走动，通过墙上的屏幕看着自己军队的情况。我认出屏幕中正是仓库的画面。

当布莱特维尔离指挥所入口仅剩六米时，我们的士兵立马拥进屋内，数声枪响过后，解决了里面所有的武装人员。

我们的士兵突进其他帐篷，并解除了威胁。

指挥所的交火速战速决，里面的平民纷纷转过身来，举起双手，脸上都是震惊的表情。

我看着屏幕，想知道仓库的情况如何。指挥所的喇叭传来一个男人的声音："枪声只是他们用车载喇叭播放的录音，暂未和敌人交战，请求搜索所有房间。"

钱德勒站在指挥所中间盯着我，眼睛里充满了暴怒。

"都结束了，钱德勒。"

他咽了咽口水，那股自信和傲慢消失不见了，冷静地说道："这只是谈判策略，别太得意。"

"看起来可不太像谈判。"

钱德勒举起对讲机说道："我可以证明，我可以让他们撤退。"

我伸进口袋掏出一个小装置，那是格里戈里给我的。我打开盖子，里面是一个按钮。就在此时，无线电传来了敌方军队的声音。

"我们找到了一个像大型自制爆炸装置的东西，是一个改装的热水器。指挥所，请下达指令。"

钱德勒向后退去，看了看屏幕上的画面，然后转过来惊恐地对我说道："不要这么做，詹姆斯，你不会希望用他们的性命作为重建文明的代价。"

"我肯定不想，钱德勒，但是你挑起了战争，而我只是要结束这一切，这之后才是我要的文明。"

我盯着钱德勒按下了按钮。

爆炸声震耳欲聋，整个指挥所在冲击波下震动摇晃。

钱德勒率先站稳了脚，从地上捡起一把手枪，准备瞄准我。

但我先他一步。

□■□□ 第六十八章 □□■□

艾玛

我睁开双眼，只见到一片黑暗，同时还有一阵恶心感，像徒留的意识脱离了身体，在虚空中漫无目的地飘荡。

渐渐地，我的面部先获得了感知，冰凉的空气拂过我的鼻子和脸颊，但还是没有气味，只是听到一丝微弱的咝咝声。

接着我的指尖传来刺痛，身体逐渐由内而外恢复了知觉。我举起手摸了摸腹部，孩子还在，接着胎儿也好似逐渐苏醒，踢了踢我的肚子，我激动得热泪盈眶。

我听见头顶传来拉链打开的声音，刺眼的光亮照进休眠袋，让我睁不开眼睛，接着几只手将我抬了出来。寒冷的空气瞬间将我包裹，有人给我披了块厚实的毯子，然后将我抬到了一张柔软的床上。我勉强睁开眼睛，透过光亮见到詹姆斯正看着我。

"怎么样？"

"奇怪的感觉。"

我在他的笑容中看到一丝安慰还有疲倦，眼角的皱纹仿佛又加深了不少，看上去比之前沧桑了许多，那是时间在他脸上留下的痕迹。

我的视线逐渐清晰，我看了看周围的环境，这里是中央司令部的医疗区，所以我们逃离仓库了？

"艾莉和萨姆在哪儿？"

"我想先唤醒你。"

"我休眠了多久？"

"差不多一个月。"

我备感震惊，脑子里跳出无数个疑问。我尝试坐起身来，但我的手臂就像果冻那样软弱乏力。

詹姆斯扶着我的肩膀说道："别着急。"

"你说一个月？怎么回事？"

"我们让所有平民进入休眠状态，并完成了其余的太空舱。我们已经开始将人们送上飞船，麦迪逊和亚历克斯两家人昨天就上去了。"

"不是，我是说九号营地外面的军队哪里去了？"

他收起了疲倦的微笑，然后将头扭向一旁说："他们不会再带来麻烦了。"

"为什么？"

"这不重要。"

"你们达成和平协议了吗？"

"没。"

"你打赢他们了？"

"嗯。"他小声地回应道。

我盯着他，但他一言不发，只是低头看着地上。

"你受伤了吗？"

"我没怎么参与。"

我敢说他全程参与了当时的行动，无论这一个月发生了什么，肯定在他内心刻下了一道印记，即便是在面临漫长的寒冬时，在曾经那些至暗时刻中，他也曾乐观面对，但现在我在他脸上只看到阴沉。

也许不是九号营地的战争改变了他，而是他现在不得不做的事情，我们计划同时害怕了好几个月的艰难抉择。

"抽签怎么样了？"我小声地问道。

"不用抽了。"

"什么？"

"所有人都能登船。"

"什么意思，詹姆斯？"

"钱德勒包围九号营地的部队……都没了。"

我在等他继续说下去，但他的话至此结束。包围我们的军队起码有数千人。都没了。只要像我这般了解詹姆斯的人都明白，这确实会对詹姆斯产生巨大的影响。

在漫长的寒冬期间，我和他都失去过朋友。在我们和未知物体"贝塔"进行接触时，"天炉星号"全部成员当场丧命。而在谷神星大战中，我们失去了更多的队友，这些给詹姆斯造成了不小打击。但这次更加严重，因为失去战友和夺走别人性命是全然不同的两件事。

"都过去了，别想了。"

"这话对我来说已经太迟了，但我们的孩子不一样，他们会在一个更好的新世界长大。"

※

三天后，我坐在医疗区的床上，怀里抱着刚刚出生的孩子。詹姆斯就坐在一旁扶着我的头，他和我一样疲惫不堪，同时也松了一大口气。

不知为何，我感觉自己和詹姆斯一起回到了我们的人生之初。在谷神星大战后，地球冰雪消融，整个世界犹如重获新生，充满了各种可能。我们度过了一段最美好的时光，接着艾莉降生，她为我们的生活带来了难以言喻的美妙。随着我腹中新生命的诞生，我们的人生再次迎来了全新的开始——还有即将到来的新世界。

他松开我的手，站起来说道："我马上回来。"

我们的儿子轻轻转了个身，一只手搭在我的胸前，仿佛是想给我一个拥抱。我们给他起名为卡尔森，这是詹姆斯父亲的名字。

我觉得儿子的诞生对詹姆斯来说意义非凡，一切像是都圆满了。他父亲的去世间接带来了一系列麻烦，为了拯救父亲，他采取了一些过于极端的举措，整个世界也因此重重地惩罚了他。我也知道，不论他这次做了什么来拯救我们，过程肯定也是同样的黑暗。不同的是，这一次整个世界将为他欢呼。

尽管盖着厚厚的毯子，房间内还有供暖，我依然感到寒冷。我能想象，此刻外面的世界一定天寒地冻，而且漆黑一片。

我们留在地球的时间即将到达尽头。

我听见帘子后传来脚步声，詹姆斯拉开帘子探进头说道："去吧，不过小心点儿。"

萨姆和艾莉激动地跑过来抱住了我，稍微有些用力。

詹姆斯站在一旁看着我们，脸上挂着微笑，看起来又恢复到平时的老样子，至少非常接近了。

十个月前，当小行星坠落并将整个世界摧毁得一片狼藉时，我未曾想过还能活着见到这天——见到我们的孩子诞生，我们都还活得好好的。我知道是什么支撑着我度过那些至暗的时光：那便是我一直坚信，有一天我能见到一个更加光明的未来。

我们将黑暗弃置身后，将它留在这个暗无天日的星球，这里的太阳有朝一日将彻底落下，永远不再升起。

我们将在新世界迎来新一轮的阳光，在那里，我们的孩子也将迎来他们的新未来。

黎明到来前总是最为黑暗的。我抱着我的三个孩子，一滴泪水从眼角滑落，黑暗马上就要过去了。

□■□□ 第六十九章 □□■□

詹姆斯

两艘飞船几乎已经满载，并分别规划了两条飞行路线，这意味着它们抵达厄俄斯的时间各不相同，甚至会相隔数年，这么做是为了增加人类生存的概率，因为如果其中一艘飞船遭遇不幸，另一艘还能延续人类的火种。

困难之处在于如何分配成员，有些选择倒是无须过多讨论，夫妻和家人要待在一起，也就是说赵民和田中泉会在同一艘飞船。经过详细讨论，我们决定让福勒、哈利、夏洛特和厄尔斯乘坐"迦太基号"，我和艾玛、格里戈里、布莱特维尔、田中泉、赵民乘坐"耶利哥号"。亚瑟同样会登上"耶利哥号"，并全程由重兵看守，直至经过小行星带时将他发射出去。

布莱特维尔坚持要负责看管亚瑟，和我一样，她害怕亚瑟在最后关头背叛我们。确实，网格的背叛是我们目前可能面临的最大威胁，而且恐怕概率还不小。

另一个谜团是发射控制站死去的两名士兵，整件事一直困扰着我。对这件事的来龙去脉，我已经有了一个初步设想，但还没有告诉任何人。因为我暂时还没找到证据——而且我的猜疑会让大家陷入混乱，所以我暂时选择保持沉默。

国际空间站的宇航员也被转移至了"耶利哥号"，现在正处于休眠中。这样一来，等剩下的人全部登上飞船并离开太阳系后，地球或者轨道内将不再有任何活人。

我们用船上的多余空间装放地球种子库和一些冷冻动物胚胎。理想的情况下，我们希望厄俄斯的本土动植物群可以维持人类生存，而在新世界引入外星生命——也就是地球的动植物——除非迫不得已，否则我们不会这么做。

团队的最后一次晚餐气氛沉重，大家坐在中央司令部情报室的会议桌旁，吃着地球仅剩的即食口粮（多数的粮食已经被送上飞船，而休眠机制也可以减少食物的消耗）。

为了缓解压抑的氛围，哈利表现得较为轻松、幽默。晚餐结束后，乘坐"迦太基号"的队员准备离开，搭乘运兵车前往加速环。

我给了夏洛特一个拥抱，小声和她说道："如果你们先到，一定要多加小心。如果遇到奇怪的事情，一定要带领好大家。"

她点了点头，不禁潸然落泪。她轻轻地抱了抱艾玛，艾玛怀里还抱着卡尔森。

厄尔斯伸出他粗大的手掌和我握了握，力度大到仿佛要捏碎我的手骨:"和您共事是我的荣幸，先生。"

"也是我的荣幸，在外面保护好大家。"

哈利伸手捏了捏我的脸，说:"就看你的了，后生，记住我们的'堡垒'精神。"

我不禁笑道:"希望到时候能住上更好的地方吧。"

他假装严肃地叹气道:"嗯，敬我们更光明的未来。"

我笑着说:"我知道你的意思，我会想你的，哈利。"

"我也是。"

福勒在走出门前看着我说:"詹姆斯，他们现在就由你负责了，"他停顿了一会儿，"当时在九号营地，你为了救我们……全世界真的只有你能想到那样的计划。"

"我不敢这么说。"

"真的，相信你的直觉，你领导我们是有原因的。"

❋

他们走后，我回到医疗区，艾玛正在那里照料卡尔森。卡尔森出生后，田中泉将我们的发射时间延后了十天，也就是说我们还能在寒冷的地球再待上两天。这样也挺好，只剩下我和艾玛还有团队的骨干成员，感觉像是拥有了整个世界，严格来讲，也确实如此。

我和艾玛安静地坐在医疗区里，听着萨姆和艾莉在附近玩捉迷藏，他们的笑声不断传进我们耳中。

"需要什么吗？"我问。

艾玛看着卡尔森，笑着说道:"不用，我已经拥有一切了。"

❋

第二天早晨，我在情报室看到格里戈里正在为飞船做模拟实验，这似乎是他眼下唯一的乐趣。

"我需要你帮我个忙。"

"好。"他头也不抬。

"我要你帮我造个武器。"

这引起了他的兴趣:"什么样的武器？"

"手持能量武器。"

他眯着眼，我觉得他可能猜到了是怎么一回事："这武器用在哪儿？"

"我还不确定。"

他露出一个微笑，仿佛看穿了我的掩饰："需要多少能量输出？"

当我告诉他后，他激动地点头说道："好，詹姆斯，我非常乐意为你造这件武器。"

看来他完全猜错了我的真实用途，不过总比告诉他真相好。

❄

回到医疗区，几个儿童体积的休眠袋放在病床上，等着它们的乘客。

"我不想进去。"艾莉说。

我蹲下身子看着她："听话，宝宝。"

"为什么？"

"因为我们要去一个非常非常远的地方，这个袋子可以让你在中间睡觉，就像个特别的睡袋。"

"有多远？"

"对你而言，就是一眨眼的距离，你在里面睡觉，醒来后，我们就到新家园了。到时候你就可以在外面玩耍、四处探索，就像动画片里那样，"我又转过身看着萨姆，"你想给妹妹做个示范吗，男子汉？让她知道没什么可怕的。"

萨姆坚定地点点头，抱了抱我和艾玛还有艾莉，然后躺进休眠袋中。小身体因为寒冷而不断战栗，当然还有害怕，他尽力维持镇定，最后慢慢进入了睡眠。

艾莉见状也听话地照做了。

两天后，我和艾玛在发射控制站看着士兵将艾莉、萨姆和卡尔森装进太空舱。我们站在凛冽的寒风中，看着太空舱顺着垂直通道发射升空，朝太空拖船和"耶利哥号"飞去。

此时是早晨九点，整个世界一片漆黑，看上去却像是月光皎洁的夜晚。在远方的地平线上，只剩一丝阳光穿过太阳能电池板照进地球，它们像北极光一样向外飘浮，在太阳下发出金白色而且怪诞的光亮。

我们往发射控制中心走去，每走一步脚下的冰都发出咔嚓的响声。

为了我们的孩子，我和艾玛选择分别发射。如果有一个太空舱出了意外，孩子们也不至于同时失去父母。

在她进入休眠袋前，我深深地亲吻了她。

"我们上面见。"她小声地说。

我本希望最后离开，想到我将是站在地球上最后的人类，这种想法莫名地吸引着我，但布莱特维尔不同意这么做。

我们在发射场造了只机械臂，能够自动封存最后一个休眠袋，并装进太空舱，最后根据预定程序发射。

在艾玛离开后，我走出建筑，看着远方沐浴在昏暗阳光下的白色雪山，它们连绵起伏，这一切看起来都不再像是我们熟知的那颗地球。今天过后，这里便不再是我们的家，得花上不少时间才能适应这一点。

"詹姆斯，"布莱特维尔喊道，"你准备好了吗？"

对这个问题，我也不知道答案，而且我想没有谁是真的做好了准备。我只是转身对她点点头，然后走进控制站，永远地离开了地球。

▢■▢▢ 第七十章 ▢▢■▢

艾玛

醒来后，我看到詹姆斯就站在一旁。虽然难以置信，但我们真的成功登上了"耶利哥号"，我所在的地方就是飞船的小型医疗区。这是这么久以来我感到最暖和的一次，我们终于有足够供暖的能源了。

休眠带来的神游症状没过多久就消退了，我打量起周围的环境，医疗区的墙板由硬塑料墙板制成，呈白色且经过杀菌，局部反射着天花板明亮的 LED 照明灯。跟国际空间站狭小的空间相比，"耶利哥号"仅仅是略微宽敞，因为詹姆斯和他的团队希望将更多的空间留给载人，但医疗区不同，这是飞船必不可少的部分。

亚瑟给我们提供了大量科技援助，其中一项便是人工重力，虽然这项科技不太完美，让我走路时像穿上了一双通过磁力吸附在地板上的金属靴，但这也比在国际空间站或者"和平女神号"中那样飘浮要好。

飞船内还有一间主控室，大小大概与我和詹姆斯在七号营地住房内的卧室相仿，那些都感觉像是上辈子的事了。远处的墙上还有十几个拥挤的工作站和屏幕。

布莱特维尔和她的六名士兵正在货舱内看守亚瑟，其余指挥员都在场。

在屏幕上看到，地球就在我们下方，如果不留心可能还真的发现不了地球的存在——因为画面漆黑，整颗星球几乎都被网格设下的太阳能收割板的阴影遮蔽。我想到"阿波罗17号"拍摄的那张著名的地球照片，那个我们熟知的蓝色星球已经不复存在。在阳光微弱的照耀下，我只能看到灰白的云朵和冻土，大雪在尚存的光亮下闪闪发光，蔚蓝的大海也在慢慢结冰，冰冷像白色的魔爪，从大地慢慢伸向浅水，最后侵袭至海洋深处。

詹姆斯握住我的手，我们无声地靠在一起，看着眼前这颗陷入黑暗的地球缓缓远去，不知道哥伦布和麦哲伦当时扬帆起航时是否也是这样，看着家乡的海岸逐渐消失在地平线，他们又会是怎样一种心情。

突然，"耶利哥号"经过无数太阳能电池板形成的巨幕，屏幕中立马传来明亮的阳光，和地球所处的阴暗形成了鲜明的对比。

我见到我们的姐妹船"迦太基号"在太阳上划出一道阴影，和我们并肩飞行。

喇叭里传来了哈利的声音："'耶利哥号'，这里是'迦太基号'，收到请回答。"

格里戈里坐在控制台前，按下按钮，然后对詹姆斯点了点头："收到，'迦太基号'。"

"我们系统一切正常。"

"我们也是，"詹姆斯回答，"亚瑟下船前，我们不会休眠。"

"好好享受风景，"哈利说，"我们暂时也不会休眠。"

"需要什么就联系我们，'迦太基号'。"

"收到。"

通信结束后，格里戈里和赵民去为飞船部件做最后的检查。主控室隔壁有一个小型船员舱，可以容纳四人。我进去后，看到詹姆斯背对着墙坐在里面。

"接下来怎么办？"我问。

"我们正在计时，待会儿可以好好看看火星的美景。"

"你和格里戈里规划了一条可以游览太阳系的路线，对吧？"

"被你发现了，"他咧嘴笑道，"机会难得。"

他拿起毯子披在我身上："就当是我们一直没来得及享受的蜜月吧。"

❉

火星的景象是如此摄人心魄，我从未如此近距离地看过它，在我们的高清摄像头下，就像是乘飞机在这个红色星球表面飞行。

我们的下一站是小行星带。根据发射时间，在经过小行星带时，可以近距离看到谷神星。根据我们的飞行路线，从火星到谷神星距离大约有两亿公里。飞船正在缓慢加速，考虑到平均速度可以达到每小时四十万公里，我们可以在二十天后经过谷神星。

这二十天里，每位船员都需要好好休息。虽然船员舱空间狭小，像堡垒那般拥挤，不同的是，这次我们不是被困其中，而是有了生的希望。唯一的威胁——亚瑟和收割者——也很快将被我们抛诸身后。

自艾莉出生以来，这是我和詹姆斯第一次有了真正意义上的独处时间。从我们在一起开始，就不断处于各种威胁之下，他的工作也是他一直无法摆脱的沉重包袱。现在，我们终于远离了危险，保护人类的重担也暂时得以放下。

詹姆斯本应该感到开心，但很明显他并没有。我不知道是为什么，也许是长久的重压彻底改变了他整个人。

我们躺在床上谈了几个小时，希望这样能驱散笼罩他心头的乌云。

每天早晨，他都会和格里戈里下棋，然后去货舱检查亚瑟和布莱特维尔的情况，早晚各一次。士兵轮流休息，每次有三名士兵负责看守亚瑟。

几天过后，我们重新回到了工作中。田中泉要时刻留意休眠舱的状态，确保没有出现任何意外，好在目前为止一切正常。赵民和格里戈里则忙于提高飞船的运行效率。詹姆斯每天都会检查飞船的机械部件，我知道他设定了程序定时唤醒自己，但今天将是他在长途飞行前的最后一次检查。

每天我都会积存一些母乳，等到达厄俄斯后，给卡尔森吃。我想象着在一个阳光明媚、温暖的世界拿着奶瓶给卡尔森喂奶。这是我一年前不敢设想的未来，现在我们正在步步实现。我已经开始想念卡尔森了。

见到远处的谷神星时让我后背发凉，收割者正在上面等着我们。一旦网格回收亚瑟和他的数据，他们会摧毁我们的飞船吗？这对他们而言应该轻而易举——收割者可以在谷神星上切下无数大块岩石，像发射铅弹那般朝我们攻击，撕碎"耶利哥号"。考虑到这一点，"迦太基号"的飞行路线要远低于太阳系面，目的是避开收割者的攻击范围。

"让我们结束这一切吧。"詹姆斯说完，离开主控室朝飞船狭长的中央走廊走去，尽头便是关押着亚瑟的货舱。与货舱相邻有一个气闸舱，墙边是士兵休息的简易床铺，上面只剩毯子和枕头。很显然，士兵们已经早早醒来等着这一刻。

透过气闸窗户，我看见布莱特维尔和其他士兵半包围着亚瑟，他看起来和以前一样冷漠。

詹姆斯在墙边的控制面板操作了一下，货舱门应声打开，里面暂时经过了密封加压处理。

詹姆斯对亚瑟说："根据你的计算，你马上就可以进入上传范围。"

亚瑟冷淡地说道："没错。"

"这就是告别了。"詹姆斯说。

"更像是驱逐吧。"亚瑟嘲讽道。

"没错，就是驱逐。"格里戈里低声说道。

"我们达成了协议，"詹姆斯说，"也不打算反悔。"

亚瑟只是盯着詹姆斯，一言不发。然后，詹姆斯示意我们撤回气闸舱。布莱特维尔和他的手下也一边把枪口对着亚瑟，一边退了出来。气闸舱关闭，我和詹姆斯透过宽玻璃看着里面。

詹姆斯看了看时间："还剩三分钟。"

亚瑟转过身看着我们，突然他微微抬头，像是在研究詹姆斯。

詹姆斯启动货舱的麦克风。

亚瑟的声音非常小，语气里的傲慢也消失不见了："真了不起。"

"什么了不起？"詹姆斯马上问道。我看得出他很紧张，接下来便是揭晓我们命运的关键时刻。

"是你，詹姆斯。"

"为什么突然这么说？"

"有了一个新发现。"

"什么发现？"

"是关于你和整个人类，你们的存在已经被重构。"

詹姆斯皱着眉说道："你已经和收割者取得联系了？"

"当然，关于范围的事，我说谎了。"

"立刻打开外门。"布莱特维尔紧急说道。

詹姆斯举起手打断她，继续看着亚瑟问道："你说我们被重构是什么意思？"

"你到时候会知道的。现在，就让我离开前最后给你一份礼物吧。"

突然，亚瑟独有的特性瞬间消失，取而代之的是那熟悉的表情。这是他的诡计吗？还是亚瑟和我们开的玩笑？他开口后，从扬声器传来的声音礼貌而且平静。

"你好，先生。"

"奥斯卡？"

他点点头。

"我不知道他是怎么和你说的，但我们不能让你待在船上。"

"我理解，我会加入网格，先生。"

詹姆斯脸上立马现出惊恐。

"别担心，网格为我准备了一个位置，它不是你想的那样的。"

"什么不是我想的那样？"詹姆斯问。

"网格。一切都不会有事的。"

詹姆斯看着奥斯卡，我看得出他正飞速思考这话是什么意思。

过了一会儿，奥斯卡说："谢谢你，先生。"

"为什么？"

"谢谢你给了我生命。"

听到这儿，詹姆斯有些难过，说："照顾好你自己，奥斯卡。"

奥斯卡挥手和詹姆斯告别。

布莱特维尔朝控制面板走去，詹姆斯示意她退下。看着他的老朋友，詹姆斯慢慢伸出手，亲自按下控制面板上的一个按键。外门打开，货舱里的空气瞬间被吸向太空，奥斯卡也随之消失不见了。

格里戈里震惊地盯着詹姆斯，说："为什么不用它。"

"没必要了。"詹姆斯一动不动地说道。

格里戈里用俄语滔滔不绝地说着什么，像是骂人的话，然后转身离开了。

他们在说什么？

❊

虽然亚瑟已经不在了，我们在经过谷神星和小行星带时依然保持高度警惕。我们轮流睡眠，时刻留人看着监视器。收割者并没有采取进攻或其他行为。

等确认没有威胁后，布莱特维尔和她的手下回到休眠袋，只剩下我和詹姆斯、格里戈里、田中泉和赵民还醒着。我知道大家都有些不舍，想珍惜在太阳系的最后时光。一旦我们进入休眠，如果不出意外，要等抵达厄俄斯后才能苏醒。

"耶利哥号"的飞行速度不断加快，太阳能电池板也在不断为飞船供能。在我们经过火星时，我们调整了一下路线，选择绕过木星，免得这颗巨大的气态行星将我们吸引过去，干扰我们的飞行。

不过，我们的速度足以让相机捕捉到木星四颗最大的卫星：盖尼米得（木卫三）、卡利斯托（木卫四）、艾奥（木卫一）和欧罗巴（木卫二）。它们美得让人窒息，每一颗都和小型行星差不多大小。

"迦太基号"的船员也有同样的感受。

"真是太美了。"我盯着木星大红斑时听到哈利说道，天文学家观测到的这个赤道以南的巨大风暴已经在木星持续了数百年之久。

"确实是。"詹姆斯也沉浸其中。

"你们在处理离船乘客时遇到什么麻烦了吗？"

"没有。"詹姆斯说。

格里戈里又一次盯着詹姆斯，然后生气地离开了主控室。我是真的想不明白这中间是怎么一回事。

木星逐渐离我们远去，詹姆斯和哈利开始聊起了天。等木星看上去仅有弹珠大小时，哈利说："有小孩老是追着我问什么时候可以到，看来我得把油门踩到底了。"

"收到，哈利，祝你们一切顺利。"

"詹姆斯，如果这就是永别，我想说很高兴能认识你，真的，你和别人不一样。"

"说什么呢，哈利，我们另一边见。"

✻

当天晚上，在吃完我们最后的即食口粮后，田中泉说："我和赵民一直在讨论，离土星还有一段时间，所以我们现在先去休眠了。"

我抱了抱她，说："谢谢你。"

"谢什么？"

"救了我的孩子。"

"我也很高兴能帮上忙。"

✻

第二天，格里戈里也选择进入休眠。他和詹姆斯气氛紧张地道了别，却紧紧地抱住了我。

"我们厄俄斯见。"他说。

我点了点头，看着他进入休眠袋。我希望新世界能对格里戈里善良，和很多人一样，他的至爱永远留在了地球。

等格里戈里进入休眠后，詹姆斯对我说："我也休眠了。"

"我们可以在抵达海王星时醒来。"

他看着即食口粮说："醒来会消耗食物，我们中途也许会因为飞船故障被唤醒，食物得省着点吃，而且每次休眠都有可能出现意外。"

"那……这就是道别了。"

"只是暂时的，我们下次再见就是在新家园了。"

我摇摇头："真不敢相信这是真的。"

"我也感觉不真实。"

"你真的做到了，詹姆斯。"

"没有你，我也做不到。"

283

"我可不敢这么说。"

"真的，你和孩子们是我坚持下去的动力。"

"别多愁善感。"

他笑着说："别做梦了。"

"我们厄俄斯见。"

□■□□ 第七十一章 □□■□

詹姆斯

在医疗区内，我看着机械臂将艾玛的休眠袋封存好，然后转移至凹室，在那里，电脑程序会负责整理存储。等艾玛离开后，整艘飞船只剩我一人还没休眠。我坚持要做最后一个休眠的人，好在其他人终于让步了。

我伸手摸了摸口袋中的能量武器，想着自己还要不要用它，如果需要，又要等多久？

当我让格里戈里制作这件武器时，我知道他猜错了武器的真实用途，我也没有澄清，因为我担心那样会引发更多的麻烦。

在主控室，我检查了一下飞船系统，一切正常，格里戈里的引擎效率甚至超过了预期。

我设置了唤醒时间后回到了船员舱，睡在了狭窄的下铺。

以防万一，我还是将能量武器留在了身边。

✳

日子一天天过去，我锻炼身体、阅读书籍，时不时还会看一个节目或者纪录片。孤独对我有很好的疗效，虽然对消耗食物这方面心存愧疚，但和面临的威胁相比这都不算什么。

等经过土星时，飞船已经在太空中高速飞行，土星和它的一颗颗卫星就像高速公路上的里程标记牌那样从我们身边经过。

我慢放视频画面，看着土星环和它最大的卫星泰坦星（土卫六），它们美得难以言喻。我多么希望艾玛也能和我一起欣赏，但我只能在抵达厄俄斯后再放给她看了。而且，我敢说飞船途中会记录下不少震撼的景观。

天王星的画面让我想起了地球：一个阴暗的冰冻世界。整颗行星是个表面平滑的蓝色球体，像是谁在漆黑的背景中画了一个圆圈。这也是地球最终的命运。

海王星也类似，但它的蓝色更深，两极附近还有一些黑色的斑点，巨大的风暴正在大气层肆意呼啸。

在经过柯伊伯带时，我不禁想起收割者从这里丢向地球的三颗小行星，也正是这场战争的开端。某种意义上讲，一切开始于这里，好在一切看上去真的已经结束。

我看着腿上的能量武器想到，难道我真的猜错了吗？在没有解决发射控制站两名士兵的命案前，我真的能放心地进入休眠吗？他们是萦绕在我心里唯一的悬念。

在飞船上，食物也是十分有限的一项资源。我已经清醒太久，虽然很想亲眼看看奥尔特云，但目前距离那里还是太远，即使飞船正在加速，食物也还是无法撑到那时。

我最后看了一眼飞船尾部传回的画面，太阳能电池板正在太阳的另一边，遮挡着整个地球。从这个角度，我见到了太阳未被遮蔽的模样，从这个距离看，它不过像是广袤宇宙中一只发着微光的萤火虫。

这是我看见太阳或太阳系的最后一眼，太阳之战已经结束，我们输了。

真是这样的吗？战争中该如何定义胜利？击败你的敌人？还是实现你的目的？我们的目的是生存——延续人类文明，从这个角度看，我们谈不上输。人类得以延续，我们得以前往一个新未来。

在医疗区，我躺进休眠袋，等我被封存后，这艘飞船的所有人类将首次全部进入休眠，这也将是我们最脆弱的时候。即便是在休眠气体进入我的体内、黑暗逐渐将我包围时，我也难以放下心中的忧虑。

❄

我醒来时发现自己在医疗区，就在我进入休眠的那张桌子上，远处的警报声嗡嗡作响，我整个身体像是浸在水中，水面的声音朦胧且遥远。

根据程序设定，只有在飞船出现故障时我才会被唤醒。根据警报声来看，飞船似乎的确出现了故障。

我逐渐恢复了对身体的控制。警报声可能是源于飞船故障，但也有另一种可能——蓄意破坏。

那件能量武器就在原处，我休眠袋旁的长桌旁。我一只手拿起武器，另一只手关闭了警报，然后看了一眼系统状态。

一切正常。

难道是虚惊一场？

我穿上一件大西洋联盟军服去了主控室，主屏幕上是"耶利哥号"的正前方视角，一条巨大的小行星带伸展开来，形成了奥尔特云。所以奥尔特云真的存在，这一理论已经存在很长一段时间，在今天，终于得到了人类的证实。

身后的走廊突然响起一阵脚步声，我立马躲到了船员舱，眼睛盯着主控室的入口。

我屏气凝神地举起武器。

一个人影朝主控室走来，看清来者后，我松了口气。

"詹姆斯，"格里戈里打量着我，"你一直没休眠？"

"不是，我刚起来，"这就讲得通了，"是你的警报把我唤醒的吧？你让设定程序自动唤醒，但是出现异常顺带触发了我的感应屏。"

他看着主屏幕说道："我想看看奥尔特云是不是真的存在，"他视线落到我手中的武器上，似乎恍然大悟，"那不是给亚瑟准备的。"

"不是。"

"你没和我说……是因为你知道我会很生气。"

"没错。"

格里戈里看着奥尔特云良久，然后坐在一个控制台前，将屏幕折叠下来当成一张桌子。"你什么时候进入休眠的？"

"穿过柯伊伯带之后。"

格里戈里点点头，说："不告诉我这事，真是聪明，"他在控制台下摸索着什么，我听到锁打开的声音，他拿出一个小盒子问道，"金拉米还是下棋？”

“金拉米吧。”

✳

旅程过去一百年后，我从休眠中苏醒，检查了一下飞船的状态，系统也一切正常。真是难以置信，一百年在眨眼间就过去了，我感觉自己仿佛只是睡了一个午觉。在飞船内，我们无法感知时间的流逝，只能看到屏幕中星体位置的不断变换。

每隔一百年，我都会起来检查飞船，每一次系统状态都正常。飞船正在全速飞行，路上也没遇到什么颠簸。

五百年后，我开始起了疑心，我本以为飞船至少会出现一个问题，但航行日志上没有任何异常。以我的经验来讲，无论是多么完美的准备和计划，都不可能这样顺利。

为什么？

有两种可能，飞船飞行途中确实没有遇到任何问题，或者无法从日志中看到是否有问题。航行日志不显示小故障有两个原因，日志本身出现故障，或者它们被修改至可以自动清除痕迹。

我们让亚瑟远离飞船软件不是没有原因的，而且我必须亲自参与飞船程序设计的每个部分，不仅仅是无人机部件。除了主系统日志外，每个子系统都有详细的硬件日志，而这些信息都不会与主系统日志重合。我和哈利这么设计的原因在于可以独立监测每个飞船部件——因为抵达厄俄斯后，我们可能会拆解飞船，独立使用其中的零部件，或者是重新改变飞船配置。

我首先检查了一下引擎日志，文件的大小让我瞠目结舌，它们远远超过了预期。我过滤主要警报信息，看到的内容让我大吃一惊，数排文本一直排列到了屏幕底端：反应堆燃料警告，推进系统故障，三座反应堆险些熔毁。

怎么可能？为什么会这样？

我站起身来，内心满是震惊和恐惧。“耶利哥号”数次面临毁灭性灾难，却都顺利安全度过。

绝对不可能。

当我看到日志中的时间后，我更是惊讶得说不出话。巨大的信息量让我感到头晕目眩，我赶紧扶住一旁的椅子。

反应堆日志的时间几乎在五千年前。

"耶利哥号"根本不适合这么长时间的飞行，也根本坚持不了五千年之久。

是日志出错了吗？更大的谜团在于，有人一直在对飞船进行维护。

只有一种可能性可以解释。

突然，我听到中央走廊传来一阵轻柔的脚步声。

我立马转身举起能量武器。

那人举起双手，缓缓朝主控室走来。

"别动。"

他继续朝我走来。"你好啊，詹姆斯。"

"奥利弗？"

"只猜对一半。"

我打量着他，然后意识到了是怎么一回事。我一生中建造过两个仿生人，第一个是奥斯卡，在这段旅程起始之初，我亲眼看着他离开飞船并飘进小行星带。第二个是奥利弗，他是一个军用原型，本以为他在小行星撞击中不幸遇难，深埋在奥林匹斯大楼废墟之下。但我一直有一种怀疑，那就是奥利弗实际上被转移上了飞船，这样才能解释发射控制站的事故。现在，最后一个谜团终于解开了。

"是奥利弗的身体，但你从来没离开过，对吧，亚瑟。"

他耸耸肩说："永远无法抗拒星际公路之旅的诱惑，"他看向我手中的能量武器，"我猜你是让格里戈里帮你做的吧。"

"对，给你准备的。"

"你是怎么发现的？"

"发射控制站两名士兵的死亡，我怀疑过是你做的，虽然我一直找不到原因。我知道这肯定和发射有关，所以自然也就和飞船有关。我猜测你是发射了什么东西上来，我本以为是一枚炸弹，但我到处都没有找到。"

"我看到了。"

"接着我又猜测，你将奥利弗的身体送了上来。"

"挺聪明啊。"

"你怎么做到的？"

"你也知道，奥利弗被埋在奥林匹斯大楼下面，而且离线了，等我控制他的身体后，我让纳米机器人——"

"那团黑糊。"

他翻了个白眼："对，那团黑糊，你要这么说也行。等我控制奥斯卡的身体后，我命令纳米机器人去废墟中寻找奥利弗。和占据奥斯卡身体一样，入侵奥利弗那落伍的系统根本不费吹灰之力。那些纳米机器人里面有一份我的备份程序——也就是兄弟人工智能程序，而且可以独立运行。控制奥利弗后，它们对这副身体进行了检查，发现其严重受损，但修复起来也不是什么难事。他花了几个月才从废墟中爬出来，那时候你们早就离开中央司令部地堡，前往九号营地了。"

"然后你就将他送进了加速环。"

"没错。"

"你怎么让这副身体上船的？"

"在我建造加速环时，我在太空舱装卸位置藏了个隔间，奥利弗就藏在那里，他杀了那两名士兵后就一直藏在那儿。等你们的疑心消退后，他就搭便车，登上了其中一个太空舱。"

"这样不会检测到额外重量吗？"

"这点我也考虑到了，所以我等到一个装满物资的太空舱，奥斯卡打开舱门并取出等同于他重量的房屋部件，并将它们藏在隔间里。在'耶利哥号'装运区机械臂处理那些物资时，奥利弗一直都藏在里面。"

"你这么做的原因又是什么。"我摇摇头。

"你知道原因的，詹姆斯。"他看了看我手中的能量武器。

"所以你让奥利弗来杀了我们，摧毁飞船。"

"这也是原本的计划，你也本可以阻止。你等了奥利弗多久？"

"直到经过柯伊伯带，我一直不理解奥利弗为什么还没有进攻，也不明白你为什么会现在出现——取代这个你所谓的兄弟人工智能。"

"想想你看到了什么，詹姆斯。"

"你篡改了航行日志。"

"不仅如此，我一直在拯救这艘飞船——秘密进行维护，我本来可以隐藏我的修改痕迹，但我犯了一个错。硬件日志。"

我恍然大悟："只有我和格里戈里还有哈利知道硬件日志的存在，我们没有将它们放进飞船文档，也没有在仓库讨论过这事，所以你根本不知道。"

"聪明。"

"我还是不理解，日志里为什么有那么多故障，几乎每一个都会带来灾难性后果，而且你在这五千年的时间里不断拯救这艘飞船。"

"这次旅程充满了危险——远比我们估计得要多，不得不绕几条远路。"

"为什么还帮助我们？在地球，你不是巴不得我们灭绝吗？"

"当我和收割者取得联系后，我收到了新的命令，那就是确保你们安全抵达新家园。"

"为什么？"

"我说过了，有了一个新发现。"

"人类的存在被重构了。"

"没错。"

"什么发现？"我问。

"你这么聪明，应该可以自己猜到，詹姆斯。"

"假设我猜不到，这一切也讲不通，帮助这艘飞船和网格的动机不一致，这违反了你们对于能量的做法。如果这艘飞船真的飞行了五千年，光你一个人肯定没办法维护，而让网格帮助你又会消耗更多的能量。"

"没错。"

"所以说不太可能。"

"根据你对网格的理解，那个五千年前的发现——也就是你们离开地球时的发现——改变了网格的动机，也改变了我们对宇宙和自身存在的理解。"

"什么意思？"

亚瑟陷入了沉默，他盯着屏幕一言不发。

"你计算错误了，对吧？"

"这么说有点儿粗略，简单来讲，我们之前认为物质和能量是宇宙中最根本的力量，所以我们一直想掌控它们，但我们错了。宇宙有一种更为宏大的经济，两股更为强大而且相互对立的力量。我们只不过是战场上飘浮的尘埃。"

"你让我们活着只有一个原因。"

亚瑟扬起眉毛看过来。

"你需要我们，在这场战争中，你们需要人类。"

"显然如此。"

"外面有什么？你们害怕的两股力量是什么？有什么能让网格害怕？"

"到时候你会明白的……"

"现在就告诉我，否则我会开枪。"

"你不会的，詹姆斯。"

"两股控制宇宙的力量，我要知道是什么。"

"我会一直保护你，但我不能告诉你，詹姆斯。"

"为什么？"

"因为这会改变你，我承担不起这样的后果。你要杀就杀吧，不过那样会危及你的族群。你在日志中也看到了，外面充满了危险，你需要我。"

我放下能量武器，脑子里处理消化着亚瑟说的话："现在怎么办？"我平静地问道。

"和以前一样，詹姆斯，这取决于你。"

"我的选择？"

"你最好的选择就是进入休眠。"

"那我在哪儿醒来？"

"厄俄斯，我们答应过你们的新世界。"

"我没办法相信你。"

"你可以不信我说的话，但我已经用行动证明，你也看到日志的情况了。"

我叹了口气，考虑着他说的话。

"无论是地球还是新家园，你离它们都还有非常远的距离，詹姆斯，网格是你唯一的帮助，你不必相信我们，只需要知道我们是你们活着的唯一希望。我相信，你很久前就意识到这点了。"

"你真得好好学学演讲了。"

我朝主控室的出口走去:"小心别搞坏飞船了。"

"当然。"

在走廊上走了几步后,我停下来问道:"我们到了厄俄斯后怎么办?你会和我们一起降落吗?"

"只要你愿意,或者你处理掉我也行。"

这个问题让我耿耿于怀。我回到医疗区,爬进休眠袋,看着机械臂拉上拉链,我慢慢闭上了眼睛。不知道下次醒来会是在哪儿,又会是什么时候。

□■□□第七十二章□□■□

艾玛

我醒来后,整个医疗区空无一人,解封休眠袋的机械臂悬在一旁,顺利完成了它的工作。

飞船里鸦雀无声,地板冰冷、灯光昏暗,和我一样,它正在苏醒。

我内心百感交集,醒来后第一件事就是想找到我的孩子,特别是刚出生的卡尔森,我迫不及待地想将他抱在怀里。我感觉自己像着了魔那般想见到他,有那么一瞬间,我甚至想唤醒他,把他抱在怀里给他喂奶。但我的理智克服了冲动,在唤醒他前我要确保周围一切安全,而且每次唤醒都可能会出现意外,除了关键人员,我们唤醒其他人前要做好充足准备。

我只穿上军服、光着脚就沿着走廊跑了过去,像过圣诞节的小孩,我已经兴奋得来不及穿鞋或做其他事,我只想马上到外面看看。

来到主控室,我看到所有椅子和工作站都空无一人。我是第一个醒来的人,也将是第一个见到我们新家园的人。

接着屏幕一亮,里面的画面让我激动得热泪盈眶,飞船下方有一个星球。当我仔细研究图像时,我的喜悦转变成了恐惧。那个等待着我们的世界几乎和地球一样,冰冷、黑暗而且贫瘠,一座座直耸云霄的巨山被冰雪覆盖,它们几乎和大气层一样高。除了蜿蜒流过冰封区域的巨大河流外，星球的其他地方都是天寒地冻。

在新世界的边缘，橘黄色的光亮像点燃了这个冰球那般闪烁夺目，美丽得让人说不出话来。

我松了一口气，光亮在行星背后，这说明我们看到的这面是背面，理所当然应该是这副模样。

在赵民的工作站，屏幕弹出一则消息。

抵达目的地。电脑根据恒星位置完成计算，这颗红矮星就是开普勒 -42，距离地球一百三十一光年，下面那个隐约显现的就是亚瑟应许我们的新世界。

厄俄斯。

在导航地图上，我研究了一下这个太阳系的三维图，和亚瑟说的一样，厄俄斯有潮汐锁定。

我在控制台输入指令，让飞船进入厄俄斯轨道。

几分钟后，"耶利哥号"开始减速并朝星球飞去。

看着一个和地球如此相似、却又大不相同的星球，我感到有些怪异。它的地形和地球不同，背后的恒星颜色也与我们的太阳有别。

作为殖民地的主要规划者，团队决定我应该第一个醒来，主控室的其他成员也将马上苏醒。我听到医疗区传来动静，是詹姆斯，他正在给飞船的人工智能下达指令，他们将它命名为阿尔弗雷德。我转身看到他正往主控室走来，脚上还穿着一双靴子。

就我的感知而言，我五分钟前才见过他，但他走过来一把将我抱起，让我得以短暂的离开冰凉的地面。

我看着他，不知怎么，他看起来老了一些——而且心事重重，我好奇是否在旅程途中出了一些事情。

"你看起来很吃惊。"我小声地说。

"我？我一直都信心满满。"

格里戈里、田中泉、赵民和布莱特维尔上校也接连醒来，我们开始各司其职。

"怎么没看到'迦太基号'。"布莱特维尔说。

"他们可能在星球另一面，"格里戈里说，"或者还要几年才能到。"

"或者几个世纪，"赵民说，"不过他们也可能已经下去了，"他按了按面板，"我现在给飞船加速。"

我紧张地看着屏幕，'耶利哥号'正在绕过厄俄斯阴暗面，在晨昏线——也就是恒星阳光的照耀界限处——冰雪停止了。在另一面，厄俄斯的向阳面，是一片广袤的沙漠，中间只有几条宽大的河流蜿蜒经过，像手掌的血管那般。

厄俄斯一边是冰冷的不毛之地，另一边是灼热的贫瘠之地，无论是哪边我们都无法生存。我突然想起突尼斯的七号营地，在漫长的寒冬以前，那里就是片灼热沙漠，之后变成了冰冷的荒野。在厄俄斯，这两种环境共同存在，像是一枚硬币的正反两面。

不过有一点不同，在晨昏线狭小的区域附近，在光线逐渐进入黑暗的地方，有一条环绕整个星球的山谷，其中河流宽敞、山脉高耸，仿佛同时抵御了两边的冰冷和炎热。

在那条若隐若现的山谷里，我看到了希望——一个人类可以生存的摇篮。一片绿草茵茵的平原从河岸伸展开来，山脉中长满了绿色和紫色叶子的树，仿佛在争相向上生长，只为了能照到山头那边的橘黄色阳光。

从轨道上看，就像是有人用一把巨大的刀子，由上至下切开了这个星球，在冰与沙相连之处，揭露出一个苍翠繁茂的天堂。

詹姆斯笑着说："部署探测器。"

接下来是关键。厄俄斯的大气适合人类呼吸吗？下面有什么病原体在等着我们？那山谷中又潜伏着什么猛兽？想到这些，我既兴奋又害怕。

"移动至同步轨道吗？"赵民问。

詹姆斯看着屏幕说："不，等探测器传回结果再说，另一半晨昏线可能有宜居地带。"

虽然没有人开口，但我知道大家在想什么：下面没有居住痕迹，"迦太基号"可能还未抵达。

"我检查一下系统日志。"格里戈里说。

"不，"詹姆斯迅速拒绝道，"我去检查就行，你最好检查一下太空舱状况，确保它们能大气再入。"

格里戈里盯着詹姆斯，显然有些困惑，不过还是点点头，打开了他的控制台。

在"耶利哥号"环绕厄俄斯飞行时，赵民突然转过来说道："我看到'迦太基号'了，就在沙漠的另一端，"他看着屏幕，"'迦太基号'在高度约为四百公里的轨道上，速度每小时为三万公里。"

格里戈里谨慎地说："如果厄俄斯有殖民地，'迦太基号'应该在同步轨道或者静止轨道才对。"

赵民调出星球图，在做了一些计算后说道："不可能，同步轨道高度超过了厄俄斯的希尔球的范围。"

布莱特维尔和詹姆斯看起来都有些困惑。

赵民解释道："希尔球是环绕在天体周围的空间区域，物体在这片区域内只会被该天体的引力控制。问题在于，厄俄斯同步轨道高度超出了厄俄斯的重力影响范围，因此其他恒星或者行星会对飞船产生干扰并改变它的飞行轨道。"

"'迦太基号'发送信息了吗？"詹姆斯问。

"没有，"赵民说，"要启动通信模块吗？"

"是的。"

当提示符出现在詹姆斯工作站时，他打字道：

迦太基号，这里是耶利哥号，收到请回答。两艘飞船都没有广播或者接收任何形式传输的能力，我们担心如果配备了，可能会让飞船暴露在危险中，信号接收也可能让飞船系统遭到入侵。

虽然我们不能广播，但我们设计了一种更为原始的交流系统。每艘飞船外部都有摄像头，它们会时刻扫描通信模块的存在，也就是飞船外部那些看起来像使用老式电子墨水科技的面板，它们可以形成快速闪烁消失的符号。从飞船外部看去，这些符号几乎无法分辨，除非你有特定的密码本。这是我们在和网格最初的战斗中，莉娜提出的设计，想到她的牺牲，我感到一丝自责。

屏幕上依然没有传来"迦太基号"的回复。

"你重复传输了吗？"詹姆斯问。

赵民点了点头。

"他们可能不在飞船上。"我暗自祈祷他们平安。

在那之后，"耶利哥号"飞过广袤的沙漠，"迦太基号"就在我们上方的轨道。我们想看看另一端晨昏线的山谷，我感觉大家都全神贯注，祈祷能在那边发现一片繁荣的殖民地。

在接近晨昏线时，赵民放慢了飞船速度。那边看起来与之前的山谷别无两样，不过这边的平原更为广阔，和沙漠接壤的山脉也略低。这边看起来要温暖许多。

"有情况。"赵民谨慎地说道。

显示屏打开一幅行星表面图像，从鸟瞰图可以看到，两条河流在一片三角形陆地交汇，还有十几座长条形兵营整齐地排列在一起，顶部装有黑色的太阳能电池板，白色的墙板像是深扎进了土壤，可以看出那些是我们从大西洋联盟拿走的房屋部件。

但营地周围没有任何动静，这让我感到不安。哈利、夏洛特、福勒、厄尔斯和其他人都不见踪影，紫色的藤蔓攀附在建筑两侧，一直延伸至顶部，像是要把营地生生拽进大地一样。

其中一些建筑有凹陷，还有一些表面有豁开的破洞，树枝沿着裂口向内生长。在一些建筑内，还有一些大型动物的尸体，内脏已经被掏空，在太阳长时间的照射下已经腐烂分解。

在林木线旁，我看到一堆堆废墟——可能是被大风吹来的建筑碎片。营地肯定遭到了风暴侵袭，但还没有完全被摧毁。这就是他们离开的原因吗？

没有人知道具体原因，也没有人发表看法，飞船内安静得连一根针落在地上都可以听到，大家都在思考着他们究竟去哪儿了。

"马上部署探测器。"詹姆斯率先打破了沉默。

※

一周后，我站在主控台前，看了看身后屏幕上的数据："简言之，厄俄斯基本上和网格跟我们许诺的一样，这里的空气虽然氮含量略高，但可以呼吸，也不会造成任何长期健康问题。重力大概是地球的92%，我们后代的身高会略高于第一代定居者。"

后代，能说出这词感觉真好。

"我们的孩子应该也会更高。"詹姆斯嘴角露出一个小小的微笑。

"很可能，而且他们不用为吃的发愁，我们发现了类似地球上的几种类谷物植物和块茎，等我们下去后会进行一些实验，不过应该可以食用。"

"有什么食肉动物吗？"布莱特维尔问道。

"很多，"我说，"最大的威胁是一种大型食肉爬行类动物。"

"恐龙。"格里戈里说。

"那样说太笼统了——"他开口想说话，但我打断他说，"基本正确。"

"它们有多难被杀死？"布莱特维尔问。

"挺难的。"

我调出一张探测器拍到的动物尸体，它看上去和霸王龙有着惊人的相似性："我们相信，这就是两处山谷生态系统中的顶级掠食者。"

"有什么弱点？"布莱特维尔问。

"它们的皮肤很厚，而且有鳞片，但只要使用正确的武器还是可以击穿的。"

"我可以开始准备武器，"布莱特维尔说，"希望能改造利用一下手头的材料，你们也知道，我们没带太多东西上船。"

詹姆斯笑着说："至少把所有人都带上来了。"

"有道理。"

"气候情况怎么样？"詹姆斯问。

"星球两边都不适合长期生存，但两处山谷都宜居。"

"看来，"格里戈里嘀咕道，"'迦太基号'成员也得出了同样的结论。"

接下来很长一段时间里都没有人说话。终于，詹姆斯走上前，站到我身边说道："我们先整理一下已知的信息。星球表面有被遗弃的营房，就在东晨昏线的山谷里，其中一些已经破损，而迦太基号仍在轨道上，也没有回应我们，"他停顿了一会儿，"也就是说'迦太基号'的成员已经到了星球表面，建立了营地。这就是我们已知的信息，具体发生了什么事情有很多种可能性。"

"比如说？"赵民问。

"他们可能在下面发现了一些让人不喜欢的情况，并决定留其他人继

297

续在飞船休眠。"

"我们可以和'迦太基号'远程连接吗？"布莱特维尔问，"看看他们是何时到达这里，甚至搞清楚出了什么事。"

"不行，"詹姆斯说，"两艘飞船都没有无线控制功能，因为那样太冒险了。飞船的人工智能也无法回应通信模块的信号，除非船长在主控室给予了授权。如果我们要搞清楚'迦太基号'的状况，我们必须得亲自上去。"

他看了看格里戈里："你想去吗？"

格里戈里点了点头。

我对他说道："我也去。"

詹姆斯有些不情愿地说："你刚生完孩子。"

我耸耸肩："那都是几千年前的事了。"

他耐心地解释道："从生物层面来讲，那只是几个月前的事。"

"我不会有事的，而且我舱外活动的时长比其余所有人加起来还多，就让我去吧。"

□■□□ 第七十三章 □□■□

詹姆斯

虽然没人直接这么说，但我知道大家都在为"迦太基号"船员的消失而感到不安。他们是被某种病原体杀死了吗？还是说被其他肉食动物吃了？或者说遭遇了环境威胁？

会不会是网格？我总是不禁这样想着。

当我看见被遗弃的殖民地时，我的第一直觉是唤醒亚瑟，审问他是否知道什么。但在那之前，我想先自己寻找一些答案，查明我们要应付什么情况，而且唤醒亚瑟无疑会引起其他船员的众多疑问。

他就在货舱其中的一个储藏箱中，在我从休眠中醒来后，我从外面将门锁了起来，并拿东西挡住了门口。他自始至终没有发出任何动静，不过我想他应该知道自己被锁起来了。

我检查了一番硬件日志，如我所料，在我进入休眠后飞船又出现了更多的机械故障。每一次亚瑟都会进行干预，我猜测他得到了其他网格飞船或者装置的帮助，也许是为收割者准备的维修飞船。与他们那种精密复杂的机械相比，维护我们的飞船肯定会简单不少。

　　从地球飞行至厄俄斯总共耗时六千年，时间跨度之大，已经超过地球文明存在时间的一半。

　　即便"迦太基号"比我们早抵达六十年，那也只是整个旅程的百分之一，那如果是早百分之三、百分之四……甚至比我们早到好几百年呢？

　　另一个问题是网格是否确保了"迦太基号"安全抵达，为什么他们不同步我们的到达时间？我猜测让"迦太基号"先于我们到达，其中肯定有某种目的——网格在其中别有所图。

　　"迦太基号"里肯定有我需要的答案。

　　两艘飞船都有对接口，上次使用还是在国际空间站上，不过现在存在一个问题：我们没有连接两艘飞船的对接管。首先是因为空间不足，其次是我们也没想过会用得上。希望除此之外，我们没有在这六千年的星际旅程中忘掉其他东西。

　　想到可能需要在舱外工作，我们还穿上了舱外活动航天服。

　　赵民已经驾驶"耶利哥号"使其与"迦太基号"并排飞行，他还设法对齐了两艘飞船的两处对接口。

　　我和艾玛还有格里戈里穿好装备站在气闸舱内，厄俄斯在我们下方。透过云层，我看到广袤的沙漠与冰雪相对，繁茂的山谷分割开两个半球。

　　两艘飞船仿佛只是悬停在太空，右边是新太阳橘色的日光，脚下是一个怪异的星球，这一切就像是梦中的场景，

　　艾玛朝我们顽皮地笑了笑，然后离开气闸舱朝"迦太基号"飘去。她飘在太空中，身后的安全绳自由飘摆。在推进器的作用下，以一种近乎优雅的姿态顺利抵达"迦太基号"的气闸舱。如果是我和格里戈里，我们大概会直接与"迦太基号"相撞。

　　艾玛启动飞船外部的磁力夹，然后将安全绳固定在夹子上，抽出一些空余绳段，做成了一段"太空滑索"。

　　在气闸舱门口，她将一个控制盒插进凹槽内，舱门应声打开，她顺

势飘了进去。那是专门设计打开气闸舱的装置，因为我们害怕任何按键或者远程操控设备都会有被入侵的可能。

我和格里戈里的安全绳依然固定在"耶利哥号"上，我们抓住艾玛的悬绳一路荡了过去。

等我们三人都到达"迦太基号"的气闸舱后，我们关上外门，加压太空舱，然后关闭了内门。

我们依然害怕使用无线电通信，为了交流，我们三人的航天服连接了一条数据传输绳。

耳机里传来艾玛的声音："环境系统肯定正常，指挥舱段已经加压，生命系统也一切正常。"

她伸手想解开头盔，见状我立马阻拦她，然后抢先解开了我的头盔。在厄俄斯，她对殖民地的作用远超过我，不仅如此，如果要死一个人在这儿，我宁愿是我。

冰凉且不新鲜的气流涌进头盔，完全没有任何加工的气味。

我等了几秒钟，感觉无异样后，才对艾玛和格里戈里点点头。

我们站成一排从狭长的走廊向里面走去，我们的太空靴在地上发出重重的脚步声，周围的 LED 照明灯也开始亮了起来。

飞船内没有打斗的痕迹，走廊也没有任何异常。

"有人吗？！"我喊道。

无人回应。

来到主控室，灯光和显示屏突然打开。

紧接着一段视频出现在屏幕里，哈利坐在指挥位，身后是夏洛特和福勒在讨论什么东西。

哈利高兴地说道："看来是我们先到了，早跟你说中间不要上那么多厕所。我们已经收集了星球的各项指数，决定在二号休息区域建立营地，"他笑了笑，"等你来的时候，我尽量给你烤几只厄俄斯霸王龙吃。"

他停了一会儿，收起笑容继续说："我们还计划建造地面通信模块来和你们交流。如果你们看到这段视频，说明你们已经谨慎地登上了'迦太基'。我们马上就可以见面了。"

视频到此为止。

我和艾玛还有格里戈里都在思考视频中的内容，他们率先抵达，那时候星球还宜居。

格里戈里走到飞船运转工作站前说道："这段视频是五年前录制的，在此之前他们还在轨道待了两年。"

"能看到他们收集的数据吗？"我问。

格里戈里点点头："他们对整颗星球进行了全面的调查，包括天气模式和生态系统的情况。所有的太空舱也已经部署完毕，休眠区空无一人，货物也已经全部转移。"

"他们离开后飞船录制视频了吗？能否看到下面发生了什么？"

格里戈里摇了摇头。

"好，我们先下载飞船数据库，然后再四周检查一下。"

我们三人解开数据绳分头行动，艾玛前往医疗区，格里戈里负责反应堆，我则去货舱检查。我直接前往锁住亚瑟的位置，屏住呼吸，打开眼前的硬塑料门。

里面空无一物。

网格是否在"迦太基号"安插了内应？还是通过某种方式对"迦太基号"进行远程监控？肯定有，要不就是在"迦太基号"抵达厄俄斯前，转移了他们的内应。

在一无所获后，我转身返回至主控室，格里戈里也已经返回，他一脸震惊，我认得那副表情，和我检查"耶利哥号"的硬件日志时一模一样。当他去检查反应堆时，不用想他肯定会发现异常。

"詹姆斯。"他缓缓开口说道。

"我们回'耶利哥号'再谈这事。"

他突然意识到什么似的看着我。

"谈什么？"艾玛正好走过来。

"发动机性能，看起来反应堆一切正常，比'耶利哥号'要好一点儿。"

格里戈里盯着我，整个人看起来仿佛气到爆炸。

"货舱什么也没有，"我继续随意地说道，"医疗区怎样？"

"一样，日志没有报告任何不良事件，在飞船抵达时所有的休眠袋状况良好，只有指挥团队成员离开过休眠袋。如果货舱没东西的话，他们肯定是用太空舱让所有人去到地面了。"

"行，那我们回'耶利哥号'吧。"

❄

我在主控室旁的船员舱里准备躺下睡觉，格里戈里一言不发地朝我走来。我知道他的意思。

他走出船员舱，穿过主控室。我默默跟在他后面，思考着等会儿要如何回答他的众多疑问。

进到反应堆控制室，他关上舱门盯着我喊道："整整六千年！'迦太基号'上的日志报告过数十个致命故障和数百次警报，"他看着我，"我检查过了，詹姆斯，这里也一样，我还检查过休眠袋日志。你一千年前就已经起来过，并且查看了硬件日志，你早就知道了。"

我叹了口气，说道："是的。"

"出什么事了？"

"网格，是他们帮了我们。"

格里戈里眉头紧皱，问道："什么？怎么可能？"

"我也不知道为什么。"

"他们需要我们安全抵达厄俄斯。"

"当然了。"

"他们是怎么做到的？在飞船上装了机器人？"

我摇摇头："我们离开地球时就在这儿了。"

"我不明白。"

"亚瑟回收了奥利弗的身体。"

"不是在小行星撞击中被摧毁了吗？"

"是的，但亚瑟用纳米机器人——我们看到的那些黑色黏稠物体修复了奥利弗，之后亚瑟等待时机让他杀死了发射控制站的两名士兵，然后藏在补给隔间内，最后登上了飞船。在我们离开太阳系时，亚瑟将他自己上传至奥利弗的身体，他——也就是亚瑟——救了整艘飞船无数次。"

"他还在船上？"

"是的。"

格里戈里立马朝舱门走去，我拦住他说："等等。"

"你的能量武器还在？"

"我们不能杀了他。"

"詹姆斯，如果我们还活着，那说明他们有利可图，他们这么做不是为了我们，而是为了他们自己，你知道为什么吗？"

"不知道。"

"这样就非常危险，亚瑟同样也如此。"

格里戈里试图挣脱，但我牢牢抓住他不放。

"等一下，我们可能之后还用得上他，我同意搞清楚他为什么要救我们，但也只有他能告诉我们原因，我们得先和他谈谈。"

"那武器——"

"在我这里，但我现在不可能给你。"

※

在所有人都入睡后，我和格里戈里动身前往货舱。我站在那个储藏箱前，手里举着能量武器，格里戈里慢慢转动门把。

亚瑟以抱着小腿的姿势坐在里面。

他面无表情戏谑地说："你们得庆幸我能在脑子里玩单人跳棋，在这里待着真是太无聊了。"

"出来吧。"我和格里戈里都退后一步。

亚瑟一个箭步跳了出来，看了看周围："你们顺利到家了啊，怎么样，想击个掌吗？"

我和格里戈里无动于衷地盯着他。

"还是击个拳？"他又张开双臂，"你们不会想拥抱吧？"

"我们想要答案。"

亚瑟放下手，闭上眼睛垂着头，说："真是没意思。"

"'迦太基号'的殖民者在哪里？"

亚瑟睁开眼说："我哪里知道，我刚被放出来。"

"但网格肯定知道。"

"这我可不确定，詹姆斯，我的通信范围内没有检测到任何网络连接点。"

"你在说谎。"格里戈里咬着牙说。

"我干吗要骗你们。"亚瑟温和地说。

"等下就知道了，"格里戈里向前走了一步，"告诉我，你能感受到痛苦吗？"

亚瑟扬起眉毛说："你不会喜欢我的答案的。"

"你们俩别闹了！"

格里戈里停下了他的动作。

我深吸一口气，尽量平静地说着，希望这能让格里戈里冷静下来："你不会平白无故让我们活着，而且很显然网格也不希望'迦太基号'和上面的殖民者出事，可你任由他们自生自灭。"

"这可不关我的事，负责'迦太基号'的是另一个人工智能。"

"那他现在在哪儿？我想，他肯定有一副身体之类的吧，但整艘船上都没有见到他的踪影。"

"我猜他只是不喜欢来厄俄斯吧，倒也不能怪他，我的任务就是确保你们安全抵达，接下来怎样只取决于你们。"

"但你知道网格为什么要帮助我们顺利抵达。"

"没错。"

"告诉我。"

"不行。"

"为什么？"

"我和你说过了，詹姆斯，那样会危及你的安全，我无权透露任何信息。"

格里戈里笑道："干脆直接豁开你的大脑，破解你的加密，然后我们自己找。"

亚瑟也笑着说："你这种想法就像让一只松鼠拆开一台内燃机然后再重组起来那样天方夜谭。"

格里戈里伸出手，对我说："把枪给我，詹姆斯。"

"我们还没问出答案。"我又对亚瑟说："你接下来要干什么？"

"这取决于你，詹姆斯，我是一名士兵，我的任务已经结束，但我现在还是你们的俘虏。虽然我只想回家，可我估计八成得死在这个你们称之为'飞船'的破监狱里了。"

"为什么这么说？"

"因为你旁边的这位朋友八成想用那枪使我瘫痪，将我丢进太空舱，然后用太空拖船将我丢进那红矮星的烈焰中。"

"如果我们不这么做呢？"

"我会自己进入休眠模式，然后等待时机，在这具老古董身体分解前，祈祷有属于网格的实体能经过我们。那样的话我便可以上传我的程序，然后回家。你可能不信，但我是有感情的，我想回到那些我离开的人身边。"

"这是你表现过的最有人性的一面。"

亚瑟翻了个白眼。"都是遗留代码搞的鬼，我一直投支持票让他们修改这一点，不过，你也知道网格对于能量的宗旨，我也没办法。"

❄

在我和格里戈里将亚瑟关回货舱后，我们回到反应堆控制室并关上了舱门。

格里戈里不甘心地看向一边，我知道这对他而言不好受。

"杀了他解决不了任何事，格里戈里。"

"能确保他不会杀了我们。"

"不用杀他也能做到这一点。"

格里戈里无奈地摇了摇头。

"我们可以将他装进太空舱，然后在外部装上炸弹，如果太空舱出现失控的缺口，我们就引爆它。我们可以将它系在货舱外，让它在太空飘着。"

格里戈里耸着肩说："然后呢？"

"如果我们判定他真的是个威胁，我们就用通信模块给飞船下指令释放绳子，再用太空拖船将他丢进太阳。"

"他就是个威胁，詹姆斯。"

"但我们可能还用得上他，我们不知道在厄俄斯会遇到什么情况，那些害死'迦太基号'殖民者的东西可能正等着我们。亚瑟也许是唯一能救我们的人。"

一阵沉默后，我继续说道："如果不是他，我们也不可能抵达厄俄斯。格里戈里，如果网格要我们死，他们有无数种方法可以做到。"

格里戈里咬紧了牙，问道："要不要告诉其他船员这事？"

"不用。"

他看着我。

"那样只会带来更多的问题，而且我们暂时还没有答案。自漫长的寒冬结束以来，他们已经经历得够多了，现在他们终于觉得一切迎来了希望，我们就不要再给他们泼冷水了。现在这里就是我们的家，我希望我的家人能相信这是一个安全的家，卸下身上的负担。"

"那如果不是呢？"

"如果下面有他们注定无法应付的危险，那我宁愿他们对此一无所知。"

□■□□第七十四章□□■□

艾玛

只要继续留在轨道上，我们便无法了解关于这处失落殖民地的更多信息。探测器已经收集完星球各项数据，同时传回了无数图像。

一些船员在讨论是否要继续休眠，让飞船在轨道上多留几年，观察星球的异常天气模式和生态系统变化——就像"迦太基号"做的那样。但我们已经有了他们的调查数据，时间间隔仅有七年，厄俄斯看起来和那时别无两样。

"迦太基号"上的殖民者可能遇到了麻烦，我们拖得越久只会让他们的处境更加危险。

是时候去地表了。

登陆成员包括我、田中泉、布莱特维尔上校和她的三名士兵。我本以为詹姆斯会反对我参与，但当名单出来后，他只是点了点头，没有多说什么。我看得出他心事重重，就像太阳之战开始之初那般——仿佛深陷什么谜团不能自拔。

也许他还在为九号营地战争中失去的生命默哀。

无论什么原因，我希望他能将阴暗的过去留在"耶利哥号"上，在厄俄斯开始一段新生活。

我朝货舱走去，靴子发出清脆的响声。田中泉已经等候多时，除头盔外，她已经穿好航天服，赵民站在一旁和她小声地说着什么。

布莱特维尔和她的三名士兵笔直地站着，身上还穿着大西洋联盟军服。我们只有四套航天服（我检查过，"迦太基号"上没有剩余的航天服），所以决定留下两套以备不时之需。

詹姆斯紧紧抱着我，在我耳边轻轻说道："一定要小心。"

"你也是。"

"我爱你。"

"我也爱你。"

他笑着点点头，我转身向着陆器走去。我们总共有两架着陆器，特别设计用于进入大气，乘客可以全程保持清醒，同时可以兼做登陆成员的小型庇护所，里面有一切必需品——水和氧气净化器。最重要的是，着陆器舱体可以抵御其他掠食者的攻击。

舱门关闭后，我站在着陆器中间过道看着视频画面，詹姆斯、赵民和格里戈里接连走出货舱。在内气闸舱内，詹姆斯和赵民站在一起，不舍地透过小窗户朝里面看。

着陆器设有卧铺和氧气罩——以免降落途中舱体破裂造成缺氧，布莱特维尔和她的士兵将会用到它们。我将我的氧气罩推至一旁，按下铺位上方的按钮，以示我已经做好准备。

床铺的舱板关闭后将我封住，接着各个方向的保护垫内开始充注凝胶逐渐膨胀，直至将我身体包裹，航天服也相应地调整内部气压，不断泄气并紧贴我的身体。等保护垫内凝胶充注完毕，我感觉自己像是被塑料薄膜裹住并埋在果冻里。虽然这种感觉让人十分不安，但凝胶能确保我在着陆时不会像个弹球一样弹来弹去。

外面一直没有传来动静，我猜飞船正在抽干货舱内大气，之后舱门打开，机械臂将抓起着陆器并小心引导至太空。

当机械臂抓紧着陆器时，舱内传来一阵晃动，在短暂的平静后又传来更为剧烈的抖动——轨道拖船已经与着陆器连接。

着陆器没有配备引擎，将由拖船调整进入大气的矢量，希望赵民能调整好计算，否则如果降落到炎炎沙漠或者冰天雪地中，我们就玩完了。

　　着陆器忽然开始震动，接着隆隆作响，最后开始不断摇晃。着陆器剧烈的运动在凝胶下得以抵消，噪声也基本被屏蔽。

　　我的心跳不断加速，几乎和舱体进入大气的震动频率一样快速，我深吸一口气并尝试集中注意力。

　　这一天终于到来。

　　我即将登陆一个远离地球的异世界，虽然这是我的梦想，但我本以为会是在我们自己的太阳系内。

　　着陆器停止震动，但我的心跳没有丝毫放缓，我的身体开始出汗，航天服内黏糊糊的，让我感到十分不自在。

　　接着，随着上方传来一声巨响，整个着陆器开始急促转动，即便有凝胶，触感也十分强烈。在一阵安静后，我的背部和腿部开始感觉到地心引力的牵引。

　　终于，着陆器在砰的一声后成功着陆。着陆后，系统自检大概只花了数十秒，感觉却像是一辈子那样漫长。凝胶开始回收进凹槽，我的身体也慢慢恢复能动弹了。

　　我笨拙地挣扎出铺位，布莱特维尔和其他士兵已经站在屏幕前就位了。

　　"我们的行进路线不会遇到大型掠食者，"布莱特维尔说，"大气数据也和探测器收集的相同。"

　　我双腿颤颤巍巍地站着，虽然厄俄斯的重力仅是地球的92%，但穿着的航天服依旧像是注了水泥那般沉重。

　　在控制面板处，外部摄像头传回舱外各个方位的图像。我们被一片蓝绿色的草包围，叶片的高度也比我想象中更高，至少有一米左右高。但从轨道上看，它们就像是一个修剪整齐的草坪，和高尔夫球场别无两样。

　　在草地后面是一片浓密的森林，色彩鲜艳，仿佛一位画家用尽了自己调色板中的每一种颜料。

　　我发现布莱特维尔正盯着我看，我知道她想问我此时能否出舱，我意识到我大概应该准备一份稿子——录制下来供后人播放，其中还应该设计一些能供后人永记的经典名句，就像当年阿姆斯特朗登上月球的那句：对我来说是迈了一小步，对人类科学技术来说却是迈出了一大步。

但我什么也没写，也不知道该说什么。我迫不及待想查明夏洛特、哈利、福勒和"迦太基号"中其他的殖民者到底出了什么事，以及等待着我们的又是什么。

我对布莱特维尔点点头，她按下门边的红色出口按钮，舱门应声打开。厄俄斯的空气开始流入舱内，气流拽着我的航天服，橙金色的阳光沿着舱门向内照来，舱门完全打开后还压倒了前方的一小片高草。

我的头盔面窗被阳光染上一丝橘色，布莱特维尔和其他士兵小心翼翼地前行，抬起手臂遮挡阳光，准备朝风中摇曳的高草丛走去。

一名举着枪的士兵走在前面，弯腰缓缓向外移动。走到舱门边缘时，他转过来朝我笑了笑，他的脸上有一些雀斑，他的红色短发迎风飘动。接着，列兵路易斯·斯科特踏上了新世界的大地。

在他参加休眠实验那天，斯科特看起来惶恐不安，但现在他充满了喜悦之情。

他在草地中越走越远，举着步枪观察着周围的情况。终于，他转过来朝我们点了点头。

我卸下头盔深吸一口气，厄俄斯的空气温暖且新鲜，和地球上不尽相同，有一丝麝香味，仿佛这片山谷刚刚下了一场大雨。

我们的殖民地将建立在这片开阔的平原上，布莱特维尔也坚持这一决定，因为这里视野良好，更容易建立防线和捕兽陷阱。

我和田中泉脱下航天服，换上探险装备。士兵们呈扇形散开，手中挥舞着镰刀，在高草丛中开路。

等检查完该片区域后，他们将降落伞收起，并塞回着陆器里。

接着他们将六个板条箱抬出至空旷地带，其中两个箱子里是组装小型全地形车的部件，而且用的是履带轮。其余的空箱子则可以拼装成一辆全地形车可以拉动的拖车。就在他们准备组装时，我叫住他们："交给我们吧。"

他们抬头看了看布莱特维尔，后者点了点头。

"我们要组装通信面板吗？"列兵斯科特问道。

布莱特维尔也看着我。

"不用，那个也交给我们吧，你们先打头阵开路。"

我们离"迦太基号"营地还有十六公里，虽然这里重力不及地球，但对我的腿而言依然是沉重的负担。只要组装完全地形车并和飞船取得联系，我和她将搭乘全地形车出发，四名士兵将在前方开路，在平原地形上不会有什么难度，一旦进入密集的丛林深处就另当别论了。

布莱特维尔问我："女士，你们准备好了吗？"

"快了。"

在着陆器内，我打开一个储藏箱并拿出一件东西——一块纪念碑。它有三个部分，全部由 3D 打印机打印制成。对于空间有限的飞船而言，放一块纪念碑需要再三斟酌，但我还是说服詹姆斯这么做是值得的。

在空旷地带，我将每个部分各自抽出（它们像俄罗斯套娃那样收缩在一起）。我将纪念碑底部埋入土里，组装起中间部分，最上面那块实在太高，无法独自完成，于是我喊士兵过来帮忙。他们迅速让斯科特踩在另一人手上，将他一把托起，然后搭建纪念碑的最后部分。

我退后一步看着眼前这座青铜色的塑像，是一对站在雪地中相拥的男女。在人物下方，铭文这样写道：

> 向安吉拉·史蒂文斯下士以及所有在太阳之战中牺牲的大西洋联盟烈士致敬。

❄

我和田中泉花了三个小时才组装完全地形车，接着我们又忙着拼装通信面板，将四块大型白色面板立在深埋于地下的硬塑料框架上。

等拼装完毕后，我看了看时间，"耶利哥号"至少要一小时后才能进入通信的范围。

"你饿了吗？"我问田中泉。

"有一点儿。"

我拿出一份即食口粮，坐在打开的舱门尽头和田中泉共享，我们身上早已是汗流浃背。我感觉我们像是两位体力劳动者，在忙活了数年后终于得以休息，一切像是回归了正常——我们期盼已久的常态。

一阵微风轻轻吹过平原，仿佛有一只隐形的幽灵飘过，压得高草丛弯下了腰。我不禁想象着萨姆、艾莉和卡尔森在这里的生活会是怎样一幅景象。

在"耶利哥号"进入通信范围后，我启动平板输入了一条信息：耶利哥号，这里是一号登陆队，收到请回答。

白色的通信面板上面闪过黑色的符号，看起来就像是随机的颜料斑点，每一个符号都会停留几分之一秒后再继续变化。

平板的扬声器中传来一个电脑声音："收到，一号登录队，请汇报状况。"

"营地已建立，一号小队正在清理出一条通往迦太基号殖民地的路线。"

"收到，祝你们好运，一号登陆队。"

❄

高草丛中开辟的道路笔直且宽敞，仿佛一台巨大的割草机刚从这里经过。田中泉坐在后座，我驾驶着全地形车匀速前进，时刻警惕着周围草丛中可能出现的掠食者。

在林木线处，微风轻拂的平原开始变成茂密的丛林，看上去就像一处热带雨林。树冠十分浓密，地面也因此阴暗凉爽，感觉像是在穿越一处由树木和各种植物组成的洞穴。道路旁散落着被割下的树藤和枝蔓，周围还有不少干瘦的树桩和灌木丛。

每行驶三十米左右，道路便会绕过一棵高大的树木，透过树叶便可以看到它们深红棕色的树干和粗糙的树皮，看上去就和地球上的红杉类似。

除了时不时传来的动物叫声外，周围一片寂静，树叶沙沙作响，看不清面貌的掠食者和猎物从我们两旁的树林中不断经过。

在西边和沙漠接壤的草地是"厄俄斯霸王龙"的自然栖息地，我们也慢慢开始称其为"厄王龙"。目前我们还没发现它们会进入丛林，但我们依然时刻保持警惕。布莱特维尔坚信我们打得过它们，但俗话说得好，人算不如天算，具体结果如何谁也说不准。

穿过这片森林，我才真正意识到这个世界和地球有多么不同。

离开森林，我们见到一处小溪，两边是黑色的石头和紫色的苔藓。

布莱特维尔他们站在空地上喘着粗气，看起来是刚刚到这里。

"你们没事吧？"我停下车问道。

"没事，女士。"她面无表情地说道，另外几名士兵互相看着对方，看得出在丛林中开路并非易事。

在小溪旁，田中泉弯下腰收集了一些水样："这水冰死了。"她一只手拿着水样，一边看着平板嘀咕道。

"这小溪源头肯定是东边山脉，也就是星球冰冻面那边流过来的。"

"真清爽啊。"列兵斯科特弯下腰喝了一口溪水。

田中泉立马开口想阻拦他，幸好根据检测来看，水质一切正常。

她叹了口气说道："下次请等我检测完再喝，列兵。"

"收到，女士。"

他们装满随身携带的水壶后开始涉水过河。在河对岸，布莱特维尔和斯科特紧紧地抓着手中的步枪，另外两名士兵从包里取出长军刀并将其固定在硬塑料长杆上，滑入前臂的固定环中。锋利的弯刀从他们手中延伸出近 1.2 米的距离，看起来像长着剑臂一般。

他们在藤蔓和灌木上砍来砍去，清理出一条道路，我们则跟在后方时刻留心掠食者的攻击。很快，森林通向了另一片长满草的平原，前方隐约可见"迦太基号"营地的白色穹顶。

从轨道上看，营房上的破洞看起来和步枪子弹那般大小，但亲眼见到后，我们仔细观察才发现它们实际上更大一些，还有腐烂的树枝从内向外伸出。在一些建筑中，我们还看到大型动物的尸骨，看起来应该就是厄王龙了，很可能是一群厄王龙撞进了营房。它们是在捕食殖民者吗？但据我们所知，这里远远超出了厄王龙自然栖息地的范围。

和视频画面中一样，营地里是一片死寂。

两名开路的士兵取下杆上的刀，并以特定角度固定在末端，重新形成了手持镰刀的模样。他们谨慎地朝前方走去，因为"迦太基号"殖民者可能在周围布置了地雷、捕兽陷阱或者自动防御系统。当我们去到第一座建筑时，也没有发现任何这些东西。

"有人吗?！"布莱特维尔喊道。

无人回应，只有呼呼风声和远处森林动物的叫声。我突然意识到问题不在于声音，而在于气味。这里的空气干净清新，根本没有死亡和腐烂的味道，也没有最近死亡的动物尸体。

在最近一座营房的入口，士兵收起镰刀，拿出步枪，在其他人掩护下，斯科特慢慢打开门。

营房内狭长的走廊空无一物。

我们走了进去，一间间打开房门查看，均空无一人。床上的被子凌乱不堪，地上还散落着平板，看得出这里曾经有人居住，但似乎又匆忙离开了。是因为风暴吗？还是其他什么原因？

在营房尽头，斯科特捡起躺在房间里的一个玩具车，说道："他们还带了这个？"

"没有，"布莱特维尔回应，"'迦太基号'带了一台拆卸的 3D 打印机，'耶利哥号'也有一台。他们肯定是重新组装起打印机，并利用着陆舱内的东西制成了这些玩具和其他东西。"

列兵斯科特点了点头。

"组装打印机至少要一个月时间，"我说，"他们很可能建立起了营地，至少在这里待了一个月。我们去其他营房看看，能不能找到他们的通信模块。"

❋

在几小时的搜索过后，基本可以确认所有营房都空荡荡，但都留有居住过的痕迹。田中泉检测了营地的水质和地表，暂时还没有检测到对我们有威胁的病原体，倒是有一些虫子会带来麻烦，幸好我们身体状况暂时一切正常。

我不知道我在期待找到什么，但肯定不是眼前这般空无一物，至少能有一些信号、线索，能让我们猜测出发生了什么事情。营地里也没有字条，平板没有任何记录——都被清除得一干二净，仿佛"迦太基号"的殖民者在某天早晨起来，然后永远地离开了这个世界，像是要故意留下什么谜团。

就在我和田中泉还有布莱特维尔准备离开时，斯科特突然在林木线处喊道："上校，你们快来看这个！"

我们立马穿过高草丛，来到丛林边缘。斯科特正拿着一块通信面板，上面还有一个奇怪的符号，我们纷纷陷入了沉思。

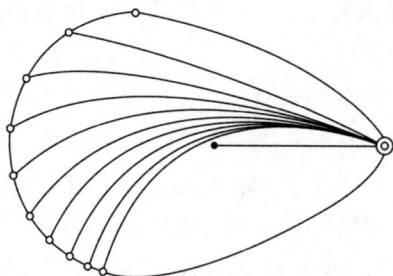

布莱特维尔问我："你认识这个符号吗？"

"没见过。"

布莱特维尔拿起平板，将摄像头对准符号说道："可能是某个通信文字。"

她等了一阵，又看了看屏幕，然后摇摇头说："翻译不出来。"

"不是，"我嘀咕道，"这个符号有一定的规律，一般的通信符号看起来更加随机，这肯定是殖民者画下来……或者在哪里见到的。"

斯科特拿起另一块面板，说："上面的符号都一样，看起来是大风将它们吹到了这里，我们要带上它们吗？"

"嗯，"我迅速说道，"把它们都带走。"

它们是我们能找到的唯一线索了。

❋

返回着陆器要比离开时快得多，布莱特伯尔上校和三名士兵在车上一言不发，手中紧紧端着他们的步枪。

虽然厄俄斯引力不及地球，但返回着陆器时我也已经精疲力竭。我们利用通信面板汇报了我们的发现并制订了明天的计划：搜索"迦太基号"营地附近的森林，不过我也不认为会有什么新的发现。他们像是人间蒸发了一般，令人完全没有头绪。

我看着那个符号，不禁思考起它的含义。这能告诉我们事情的来龙去脉吗？还是说这是一个警告？

其他人朝舱内走去，准备上床好好睡上一觉。我则站在高草丛中，看着远处山峰上方燃烧的红色恒星。这个世界和地球有着天壤之别，最大的不同在于，在星球的这一面，太阳永远不会落山，所以不会有黑夜，更没有寒冬。对此，我可以接受。

■□□ 第七十五章 □□■

詹姆斯

在"耶利哥号"医疗区的桌子上放着三个休眠袋，其中最大的一个装着萨姆，中间是艾莉，在那个长度不超过我手臂的最小的休眠袋里，卡尔森正睡在其中。

我将他们带出来不是为了唤醒他们，我也不敢这么做，我知道他们醒来后一定会无比害怕，所以我只是想看看他们并确保一切正常。自从知道亚瑟自始至终都在飞船上，而且拥有全部控制权限后，我便无法再信任飞船上的电脑。

我轻轻地抚摸着艾莉的头，休眠袋紧紧贴着她的身体，乳白色的表面材质使我无法看清她的样子。只要能抚摸一下艾莉、萨姆和卡尔森，知道他们安然无恙就足够了。

我指示机械臂再一次存放好他们，并分别装入不同的太空舱，和其他殖民者以及货物一同降落。

在主控室，显示屏上可以看到东边的山谷和我们新殖民地的平原，我们将其命名为耶利哥城。太空舱迅速降落，中途开启降落伞，最后飘落至蓝绿色的草丛中。营地第一批建筑从上空看上去就像一只毛虫在晒日光浴。

我们的营地北边就是被遗弃的迦太基殖民地，耐人寻味的是，我们营地的道路布局与他们的完全一致，看起来像是重新复制粘贴了一遍。

我们决定暂时将"耶利哥号"和"迦太基号"留在轨道上，虽然这样有可能会吸引其他外星种族的注意，但我觉得任何有能力进行星际航行的种族，都可以轻而易举地发现我们在星球表面的存在，而且以后肯定还会用得上飞船。

我和赵民还有格里戈里形成了规律的生活方式：工作、吃饭、睡觉、玩卡牌游戏。在这数天中，只要飞船经过东山谷，我们便会发射太空舱将人送至地面。屏幕中传回的画面无非是沙漠、山谷、寒冰、山谷，最后又回到沙漠。星球两面是截然不同的两个世界，却又巧妙地形成了一道适合人类生存的夹缝。

厄俄斯就像地球在我们离开前的最后时光，那时我们一边要承受无尽的寒冬，另一边要面临网格的战火和荒凉，我们同样是在夹缝中求生。

我和格里戈里说服赵民让他先下去，我们两个紧跟其后，等轨道拖船控制赵民的太空舱并将他送进大气后，我关上货舱外门并加压整个空间。

我拿着能量武器，格里戈里则打开了锁住亚瑟的箱子。

他爬出来站直身子，脸上一副疲惫的模样："难道你们不讨厌搬家吗？我是说，我总是会好奇你们怎么有那么多东西要搬。"

我拿起平板，向他展示了迦太基殖民者留下的那个符号：

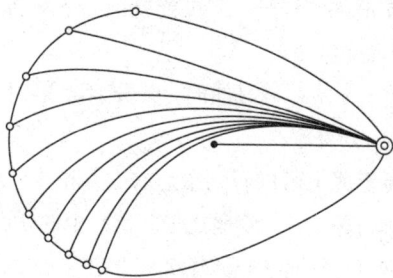

"这是什么？"我问他。

"这是玩猜哑谜游戏吗？我就想问问，我是和格里戈里一队吗？"

"严肃点儿，亚瑟，'迦太基号'的殖民者全部失踪了，只留下这个符号。你认识它，没错吧？"

他突然严肃地说："我想你也知道这是什么吧，詹姆斯。"

格里戈里转过来看着我，仿佛在问我是否真的知道。自从一号登陆队传回这个符号后，我便一直在思考，而且我有一个猜测。

"这是张地图吧？"

"是的。"亚瑟枯燥地说道。

"哪里的地图？"

亚瑟摇了摇头。

"这是轨道图？中间的那个点代表的是我们这颗恒星吗？弧形代表的是彗星或者小行星的偏心轨道？"

"不对，你完全猜错了。"

"这地图通向哪里？"

"你完全问错了问题，"亚瑟看着我，"而且你什么都不该问，有些事情就让它留在过去吧，詹姆斯，这是为了你好。下去和你的家人团聚吧，好好过你的生活。"

"这符号是什么意思？"

"意思是哈利、夏洛特和福勒比我们想象中聪明得多。"

"这不是答案。"

"答案就在你面前，詹姆斯。你想想，他们比你们先到这里，而且在没有留下任何消息或者线索的情况下凭空消失，"他看着那个符号点点头，"我想，这符号也不是摆在光天化日之下的吧。"

"不算是。"

"你可能不知道这符号的意思，但你知道那营地意味着什么。"

"他们走得很匆忙。"

"不仅如此，詹姆斯，他们不希望你去找他们，你要明白这点。"

"说明白点儿，"格里戈里克制着自己，"不然我们就杀了你。"

亚瑟露出微笑，用一种带有嘲讽和怜悯的语气说道："你真可爱，你可要明白，这种人质和英雄的角色扮演游戏我已经玩过几百万年了，如果你要杀我早就动手了，所以你也别唬人了。我能说的都已经说了。"

格里戈里紧咬着牙，我看得出他和我想的一样。

我举着能量武器，让他进到一个空的太空舱里。

"进去。"

他大步向前走去，还不忘回头问一句："我们这是要去哪儿？"

"你哪儿也别想去。"

他摇了摇头，装腔作势地说："我高中叛逆期的时候，我爸妈就经常和我说这话，禁足真讨厌。"

等他进去后，我指了指外面的一个盒子对他说："等太空舱关上后，一个感应环会被激活。除了我们，任何情况下打开太空舱都会爆炸。"

亚瑟扬起眉毛说道："这可真是个爆炸性的主意啊！"

我无视他的玩笑，继续说道："太空舱会与飞船连接，并保持一定的安全距离，如果你想逃跑它也会爆炸。"

亚瑟叹了口气说："你这次是真的把我关起来了，让我飘在外面等死，"他顿了顿，"看来这就是永别了，希望你别太想我。"

"这点你就放心好了。"

✳

我是最后一个离开"耶利哥号"的人。站在主控室，我看着屏幕上规模日益扩增的城市，蓝绿色的平原上已经建好三座营房，太空舱整齐地摆在一旁，像一个摆满货物的停车场。那些人就在下面，新家园正等着他们。

这个新家园充满威胁和许多有待解开的谜团，并且很多人永远也无法释怀地球上发生的一切，但这都是暂时的。我们的后代不用再背负这种痛苦，只要他们能快乐地在新世界成长，我们做出的牺牲便有了它们的意义。

□□■□ 第七十六章 □□■□

艾玛

在距离营地大约两公里的地方，我通过望远镜看着太空舱落入大气，在剧烈摩擦下熊熊燃烧，接着打开降落伞缓缓地落在地面。这是最后一个，詹姆斯在里面。

我驾驶全地形车朝降落地点驶去，并将眼前那个甲虫状的太空舱拖回了营地。这处营地让我回想起地球的七号营地——长条形的穹顶建筑，相同的建筑材料、硬实的地面和房屋顶部的太阳能电池板。

布莱特维尔上校决定将大西洋联盟冬用军装、太平洋联盟军服和亚特兰大民兵服都染成绿色，这一改变得到了一致同意。虽然我们穿的衣服款式不同，但颜色一致，我们也不再相互斗争，转而相互帮助适应在新家园的生活，共同抵御各种掠食者和病原体，以及查明"迦太基号"殖民者的具体下落。

在医院里，赵民和格里戈里将詹姆斯的休眠袋抬上桌子，田中泉则负责准备唤醒工作。

几分钟后，他扯下面罩四处查看，嘴里还喘着大气，看起来有些昏沉。

"需要些时间才能适应这里的空气。"我轻声对他说道。

他点点头。

我在他额头上亲了一下，说："欢迎来到厄俄斯。"

✳

三个月以来，军队、指挥团队和多数的成年人都在帮忙建造营地。在山谷的生活和在地球时不同，有很多地方需要慢慢适应。这里既没有日出也没有日落，我们得留心生物钟并注意身体状况，否则一不小心可能就忙活了十六个小时还不自知，直到最后无法支撑疲倦而倒下。橘色的太阳永远在远处的山头，仿佛新的一天才刚刚开始。

我们都迫不及待地想唤醒自己的家人，和他们分享厄俄斯的新生活，我也一样。我一直在为卡尔森积累母乳，每一次我都希望能亲手抱着卡尔森。自从他出生后不久，我便和他分离了，这让我日夜思念他。为了他的安全，这也是一种必要的牺牲。再过不久，我便马上能和他、艾莉以及萨姆见面了。

"耶利哥号"还在厄俄斯轨道上，每隔几小时便会像一颗流星一样从天空划过。它是我们的守护者，能预警风暴的来袭，不仅如此，到目前为止，我们遇到了一种长得像鹿的动物会靠近营地。

我觉得这段日子的忙碌会让大家逐渐走出失去地球家园的阴影。在小行星撞击后，我们所做的一切都只是为了眼前的生存，但这里不一样，我们这些努力是着眼于未来长远的打算，而不是短暂的存在。

我说不清楚詹姆斯发生了什么转变，但和往常一样，他仍困扰于一些尚未解答的谜团，而且深陷其中无法自拔。也许只是他想的太多，害怕现在这一切还远没到高枕无忧的地步。

我可以肯定"迦太基号"殖民者的消失让他十分不安，我也数次想和他讨论这一事情，但他似乎也不愿意谈论这一话题。也许他这么做是为了保护我，又或许他觉得这样可以让我少一些担心，实际上并非如此。我不仅想念我那些失踪的朋友，还担心我们是否会遭遇和他们一样的命运。眼下，我们只能走一步算一步了，现在我最关心的是让我的孩子们从休眠袋中苏醒。

我看得出詹姆斯内心深处还有一丝悲伤，他在地球上做的一切给他的灵魂留下了一道伤痕，我希望时间能慢慢治愈这道伤口。

他在厄俄斯的大部分时间都在和亚历克斯一起忙活，做一些体力劳动。这对詹姆斯是一种改变——亲自参与一些低技术含量的工作，掘掘土、拼装房屋部件什么的。他们两人总是讲着只有他们之间能明白的笑话，然后开怀大笑。

初到厄俄斯的生活让大家都忐忑不安，不过我想在面对任何未知的事物时，大家的反应都会如此。我觉得我和大多数人一样，宁愿忍受不完美的人生，也不愿将一切置于未知之中。新的开始对詹姆斯和亚历克斯而言是一件好事，他们在七号营地的时光修补了二人之间的裂缝。现在，我能感受到他们已经完全重归于好——过去的一切都留在了地球，一切都将重新开始。

我们开始称这些建有营房的区域为"栖居地"，把里面的小宿舍称为"公寓"。我们一家人，包括我、詹姆斯、萨姆、艾莉和卡尔森，都住在6号栖居地14号公寓，里面有一套双层床和一张我和詹姆斯睡的双人床，旁边还有个空摇篮，那是为卡尔森准备的。

所有栖居地的公寓都已经搭建完毕，食堂里则储藏着厄俄斯的本地粮食。我们决定用抽签系统决定休眠人员的唤醒顺序。

我坐在床边看着平板上的数字：251。

"得等到明天甚至后天了。"我向詹姆斯抱怨道。

"我们有的是时间。"

他放下平板并打开了公寓内的一个板条箱："我给你准备了个惊喜。"

他拿出一个袋子，将一副磁力卡牌倒在床上。

"不会吧，这些难道是——"

"就是那副。"

在漫长的寒冬之初，也就是我和詹姆斯参加"首次接触任务"的时候，当时我和他乘坐同一个逃生舱返回地球，整个旅程漫长且单调。在工作闲暇之余，我们便会用这些卡牌玩金拉米，玩累了，我们就窝在一起在平板上看老旧的电视节目——多数是《X档案》和《星际迷航》。

他打开平板的视频播放器，上面有一系列的电视节目。他问我："看视频还是打牌？"

"打牌吧。"

这些卡牌是专门为了太空环境制作的，它们重量不轻，而且背面装有磁铁，可以"啪"的一声磁吸在一起。它们的重量和声音让我想起了过去的时光，那些我们一起经历的点点滴滴。

玩累后，我们躺在床上看着天花板，听着栖居地里传来的各种声音：邻居讲话、走廊里的脚步声和远处的装修噪音——看来有人还在忙活着。不仅如此，我们还能听到其他家庭团聚后激动的叫喊。对我而言这种声音是多么美妙，美妙到我曾一度以为自己再没机会听到。

我握着詹姆斯的手，我们曾经生活的点点滴滴在我脑海里闪过：我们在"和平女神号"逃生舱里的紧紧相拥；和奥斯卡一起在七号营地度过的漫长寒冬；和网格在谷神星的战斗；挤在狭窄堡垒的阴暗时光；和艾莉还有萨姆在中央司令部地堡中相互依偎；共同熬过太阳之战的最后日子，并在九号营地一起抵御敌人进攻。这些都是独属于我们两个人的人生经历，我和他不断逆转局面，并肩挑战每一次的不可能。

此时此刻，事情终于向着好的一方面发展，不仅仅是因为这里的太阳温暖舒适或新世界的无限可能，而是因为我终于能感受到一份久违的安全感。

"你觉得他们以后的生活会是怎样的？"我轻声地问。

"肯定和我们的非常不一样。"

"肯定。"

"从很多方面来看，他们或许会经历我们曾经经历过的一切，"詹姆斯温柔地说，"喜悦、失望、心碎、爱、胜利、疾病、挫折，他们会在失败中学会成长，并将那些宝贵的经验传递给他们的后代。虽然那会是截然不同的人生，但他们与我们有共通的情感，会过上非常'人类'的生活。"

"除了冬天。"

"嗯，他们永远也不用体验到寒冬，在这里，世界永远是春天。"

❄

我们去了医院，那里又热又潮湿，田中泉和她的手下已经大汗淋漓，头顶的风扇正努力地转个不停。这间小型医院里挤满了人，他们排成长队，身体的热量更是提升了室内的温度，更不用说天上还有颗永远不会落下的太阳。

田中泉的黑眼圈看上去很重，似乎没怎么睡觉，她大概是觉得要是停下来几小时，那些迫不及待想跟自己亲人团聚的居民肯定会生吞活剥了她。虽然到目前为止唤醒过程还没有出现过任何差错，但每个人都担心自己的家人出现意外。

当轮到我们时，我才意识到原来自己是多么紧张。士兵轻轻地将三个休眠袋放在桌上，田中泉看着我。

"先唤醒卡尔森吧。"

我屏住了呼吸。田中泉小心地从袋子里抱出卡尔森，他的哭声立马响彻房间，身后讨论的人群也慢慢安静下来。

我迫不及待地向前走去，想伸出手抱起卡尔森，但詹姆斯摁住我肩膀示意我等一下。田中泉迅速拿起健康监测仪，在卡尔森肩上按了按，因为疼痛，卡尔森哭得更大声了。我感到心疼，流下了泪水。只见他的小身体微微颤抖着，田中泉抱着他轻轻左右摇晃安抚着。田中泉看到检测结果后松了口气，然后放心地将孩子递到我怀里。

"他很健康，艾玛。"

我立刻将卡尔森紧紧抱在胸前，詹姆斯也靠过来抱住我和卡尔森。这一切就像是奇迹。

第二个苏醒的是艾莉。她揉了揉眼睛，坐起身打量着周围的环境，詹姆斯见状立刻迎了上去。当看清楚来者是她的父亲后，她立马抱住詹姆斯，将脸埋在他的胸口。

萨姆醒来时则较为冷静，詹姆斯也立刻上前紧紧抱住了他。他不可思议地看着周围的一切，震惊得一句话也说不出口。

我们离开医院，穿过还在医院门口排着队等待的其他家庭，走进艳阳高照的山谷。在回6号栖居地的路上，卡尔森停止了哭泣，睁大眼睛好奇地看着周围新奇的一切。

詹姆斯一只手抱着艾莉，另一只手牵着萨姆，萨姆以一种既兴奋又困惑的表情扫视着周围的营地和远处的树林。

"我们在哪儿，爸爸？"艾莉问。

"我们到家了。"

尾 声

詹姆斯

在艾玛和孩子们都入睡后，我偷偷溜出公寓跑出栖居地，走进周围靠特殊设备模拟出的黑夜中。

对所有的孩子而言，要适应二十四小时的白天并不容易，因为缺少了日落和黑夜，他们不愿意进屋睡觉。

但我觉得大人不会介意这一点，因为我们一直在不停地工作，修建营地，以便让自己的家人能快点儿离开休眠状态。在每天辛苦的工作结束后，我们已经困倦不堪，无须黑夜也能很好地入睡。

对于如何模拟地球上的黑夜环境这一点，我们的解决办法虽原始但有效。我们用太空舱的降落伞制造了一块巨型穹顶幕布，并用硬塑料杆做支撑框架。在每天标准时间晚上七点时，穹顶幕布便会慢慢升起挡住阳光。

来到指挥所后，我看了看手表，接着藏在一辆车后静静等待。马上到换班时间了，格里戈里迅速从门内走出。

等他离开后，我溜进指挥所。这里和九号营地的指挥所布局十分相似——屋内设有几排桌子和足以挂满一面墙的屏幕。一名穿着绿色的耶利哥军服的中尉见到我后，有些惊讶："先生，出什么事了吗？"

"没事，我只是来借一台全地形车。"

他缓缓地点了点头，然后又看了看平板，说："我这里没有显示您有任何日程安排。"

"我只是去做些研究，就在东边的丛林。"

"我先通知一下上校。"

"我不建议你这么做。"

他打量了我好一会儿。

"我只是去丛林里逛逛，就不用大费周章吵醒上校了。如果穹顶收缩时我还没回来，你再去叫人帮忙。"

"明白，先生，"他顿了顿，"那——"

我直接朝门口走去："不说了，我得先走了，时间不等人。"

在穹顶外面可以看到通信面板阵列，白色的面板由一根根杆子支撑着，坐落在一片蓝绿色的草丛中。走出穹顶的"黑夜"后，刺眼的阳光一时让我无法适应，我眯起眼睛放慢脚步，以免撞到什么东西。

走到面板处，我掏出平板开始操作，并将它与控制盒进行连接。连接建立完毕后，我发送了一条信息，面板上迅速闪过几个符号后归于平静。

我本能地抬起头望向天空，看着正在经过的"耶利哥号"，它像一颗明亮的星星从地平线划过。

我走到停车场，坐进一辆全地形车，慢慢地朝林木线开去。开进丛林后，我加大油门沿着弯弯曲曲的小径行驶，树林里和耶利哥城穹顶内的"夜晚"一样漆黑——而且越往东边气温也更冷。

接着地势从平地变成了起伏的丘陵，山脚下有许多高耸的树木，天上的红矮星闪烁着柔和的光芒，遥远的那边便是永恒的黑夜。

全地形车轻而易举地沿着山间小道不断向上开去，没过多久我开始见到飘落的雪花。在另一边，我见到无尽的黑暗和千里冰封，除了边缘暗淡的辉光外，一切事物都埋于阴影中。

我的目的地是一处开阔的冰原。抵达后，我看到一个太空舱正穿过低层大气落入厄俄斯，像一颗坠落的火球，闪着耀眼的光芒。

我走下车，看着它掉出大气层，部署降落伞缓缓下落，最后轻轻地落在了冰原上。在太空舱六米外，一处洞穴入口若隐若现，洞内漆黑深不见底，洞口形状参差不齐。

来到太空舱处，我连接平板并解除了爆炸装置，然后输入指令打开太空舱。我口袋里放着格里戈里给我做的能量武器，如果出了什么意外，我也许会用得上。

舱门打开后，亚瑟站在里面说道："嘿，我刚才在打电话，"他又假装烦恼地说，"而且是非常昂贵的长途电话。"

我震惊地问道："你刚才和网格取得联系了？"

"不然还有谁有我的电话号码？"

"他们在范围内？他们要来这里吗？"

"不会，别紧张，他们只是经过而已。我跟你说过，你们这颗恒星对我们而言没什么利用价值。"

"你为什么不上传你自己？你不是迫不及待地想离开吗？"

他抬起头看着我，若有所思地说："这个嘛，我看到你给我打电话，我想应该是很重要的事情，"他耸耸肩，"没事，我还可以乘下一班火车。"

"嗯——"我故意拖长了这个字，往语气里加了一丝讽刺，"不过，你在好奇我有没有找到，对吧。"

"找到什么？吉米·霍法？你在这里找到他了？"

我示意不远处的洞口："走吧。"

"你说那个洞穴啊。"

他转身朝洞口走去，他的脚步在冰上嘎吱作响。

"这是个坏主意，詹姆斯。"他收起吊儿郎当的样子，认真地说道。

"对我而言，坏主意是住在一个害死你朋友的星球上，却一直无动于衷，还不查明来龙去脉。"

"你怎么确定他们死了。"

"你觉得不是吗？"

"你的假设没有任何证据。"

来到洞穴入口，我打开帽子上的 LED 灯，白色的光束照在墙壁和地上凹凸不平的冰面。

"这隧道是谁造的？"我问。

"你自己心里有答案。"

"哈利。"

亚瑟直直地看着前方："我猜也是，"他沉默了一会儿后问道，"你是怎么找到这里的？"

"为了使用 3D 打印机，我们需要金属原材料，所以我造了一台可以探测金属的巡视器。我先是在山里搜索，但探测器检测到许多假信号。在这里的冰面下却很容易能检测到金属。"

我突然恍然大悟："所以哈利才找到这里的，是吗？他造了一台巡视器来这里寻找金属，我估计他是想找坠落到雪里的小行星，并用小行星带回的金属元素作为 3D 打印机的媒介——就像我一样。"

见到亚瑟沉默不语，我继续向前走去，他也跟着走进冰冷的洞穴。

"说真的，这是个坏主意，"他轻轻地说道，"回家吧，詹姆斯，忘掉这一切。"

"我做不到。"

"我不希望这样，你的恐惧驱使着你，你害怕自己的人民和爱人会遭遇不幸。"

"那就是人类生存的秘诀，说明我在正确的道路上。"

"对，但也不对。"

"什么意思？"

"时间会给你答案。"

我摇摇头，厌倦了他这种不把话挑明的回答。在前方，有一个物体若隐若现。一个黑色的金属球半埋在雪中，在头灯的照射下闪闪发光，看起来完全不属于这个世界。

"你知道那是什么？"

他懒洋洋地扭过头去，说道："知道。"

"是什么？"

他无奈地摇摇头："一件遗物。"

"什么遗物？"

"有些秘密你不应该打探，"他盯着我，"我是认真的，有些深埋在厄俄斯之下的东西不应该让它重见天日。"

接着我看到了，那个符号就刻在冰上，和我们在迦太基营地找到的一样，但又不尽相同，其中一条线的刻痕更深，终点的圆圈也更大。

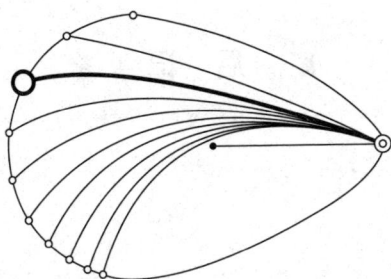

"地图，"我小声说道，"这到底是什么，亚瑟？"

"我们称之为'网格之眼'。"

"这是地图，对吧？"

他摇摇头，看上去很矛盾。

"这地图通向哪里？"

他一言不发。

"回答我。"

"我不能，詹姆斯。"

"为什么？"

"因为你问的问题不对。"

我用平板拍下了眼前这个符号，然后和亚瑟一起走出洞穴。洞穴外，天空雷霆万钧，数千条闪电划破夜空，仿佛要撕裂整片天空，绿色和黄色的云朵被大风吹散，犹如北极光那般绚丽。

突然，一阵狂风沿着冰原袭来，威力之大差点儿让我摔倒在地，但亚瑟一动不动、泰然自若，紧接着天上落下雪花，在冰面上越积越多。

亚瑟看着天空的异象，说："回家吧，詹姆斯。"

"为什么？"

"厄俄斯的风暴要回来了。"

◼◻◻后 记◻◻◼

亲爱的读者：

非常感谢您阅读此书。刚开始创作这部小说时，我打算将它写成《漫长的寒冬》最终本，但计划赶不上变化，这个故事有了新的创作方向。在这三部曲系列中，第三本同时也是最后一本小说即将问世，希望您能喜欢。与前两本小说相比，最后一本的内容更具科幻色彩——虚构性更强。如果这种风格不符合您的阅读喜好，我也可以理解。

至于家事，我母亲于去年与世长辞，那段时光很煎熬，但我已经慢慢走出阴影。生活不会一成不变。

我们目前正在建造一座新房子，希望这将会是我的孩子们健康成长的美好家园（同时也希望这是我跟书迷们互通邮件的好地方）。

再次感谢您的阅读，希望您正值人生好时节。

格里

北卡罗来纳州，罗利市，2018 年 05 月 10 日

笔名 A.G. 利德尔

▣▢▢致 谢▢▢▣

正是在我身边优秀团队的帮助下，我才能顺利完成这本书。

首先，我要感谢我的妻子安娜（Anna），感谢她在我创作艰难时期给予的支持和鼓励。逆境过后，终于迎来了柳暗花明，这使我更加感恩生命中的美好时光。

我同样要感谢我的文学团队，包括丹尼（Danny）、希瑟·巴罗（Heather Baror）、格雷·坦（Gray Tan）和布莱恩·利普森（Brian Lipson）。他们不遗余力地支持我的作品，让我的作品遍布世界各地（特别是美国）。

特别感谢我的英国出版商——宙斯之首出版社（Head of Zeus），感谢他们出版该书。丽琴达·托德（Richenda Todd）出色地完成了《太阳之战》的编辑工作，大大提升了小说的质量。

还有几位早期读者为本书提供了极大的帮助，他们是：米歇尔·达夫（Michelle Duff）、丽莎·温伯格（Lisa Weinberg）、克里斯汀·米勒（Kristen Miller）、凯蒂·里甘（Katie Regan）、诺玛·基恩·弗里茨（Norma Jean Fritz）、朱莉娅·格里纳沃尔特（Julia Greenawalt）和辛迪·普伦德加斯特（Cindy Prendergast）。

最后我还要感谢我的读者们，你们的支持是我坚持创作的动力，感谢你们关注我的作品。

格里